ARTERIEN
DAS GEHEIME LAND

MARTIN BRENNINGER

ARTERIEN   MARTIN BRENNINGER

ARTERIEN
DAS GEHEIME LAND

Lesen Sie auch:

ABENTEUER IN ARTERIEN

Bibliografische Information der Deutschen Nationalbibliothek: Die Deutsche Nationalbibliothek verzeichnet diese Publikation in der Deutschen Nationalbibliografie; detaillierte bibliografische Daten sind im Internet über dnb.dnb.de abrufbar.

Die automatisierte Analyse des Werkes, um daraus Informationen insbesondere über Muster, Trends und Korrelationen gemäß §44b UrhG („Text und Data Mining") zu gewinnen, ist untersagt.

Verlag:
 BoD · Books on Demand GmbH, In de Tarpen 42,
 22848 Norderstedt, bod@bod.de

Druck:
Libri Plureos GmbH, Friedensallee 273, 22763 Hamburg

Dr.-Ing. Martin M. Brenninger
Ostallgäu © 2025
1. Auflage
ISBN: 978-3-7693-4016-7

VORWORT

Liebe Leserinnen und Leser,

wenn Sie dieses Buch in den Händen halten, möchte ich Sie mit auf eine Reise nehmen – eine Reise in das geheime Land Arterien. Was Sie auf den folgenden Seiten lesen werden, mag unglaublich klingen, doch ich versichere Ihnen: Die Geschichte basiert auf meinen persönlichen Erlebnissen aus dem Jahr 2024. Natürlich habe ich diese Erlebnisse literarisch verarbeitet und ausgeschmückt, um sie für Sie greifbarer zu machen.

Dieser Band und das Buch „Abenteuer in Arterien" ergeben eine zusammenhängende Geschichte, die ich aus Gründen der Handhabung in zwei Teile getrennt habe.

Ich widme dieses Buch den wenigen, aber bedeutenden Frauen meines Lebens. Besonders im Gedenken an Ella und in tiefer Verbundenheit mit Sandra. Ihrer beider Liebe, Stärke und Inspiration haben in mir den Mut entfacht, dieses Buch zu schreiben.

Vielleicht fragen Sie sich beim Lesen, wie ein Mensch mit meiner starken Sehbehinderung eine Welt so detailliert und lebendig beschreiben kann. Die Antwort ist einfach: Ich habe die Dinge so dargestellt, wie ich sie durch meine anderen Sinne erlebt habe. Oft habe ich mir meine Umgebung in Gedanken ergänzt und Bilder entstehen lassen, die meiner Fantasie entsprungen sind. Diese Art des Wahrnehmens ist für mich nichts Besonderes – es ist die Art, wie ich durchs Leben gehe. Für dieses Buch habe ich bewusst diesen Erzählstil gewählt, um die Geschichte für Sie flüssiger und lebendiger zu gestalten.

Natürlich möchte ich an dieser Stelle klarstellen, dass sämtliche Figuren, Orte und Ereignisse in diesem Buch frei erfunden sind. Ähnlichkeiten mit lebenden oder historischen Personen, öffentlichen Orten oder Institutionen sind rein zufällig und dienen allein dem Erzählfluss. Dieses Buch erhebt keinen Anspruch darauf, reale Gegebenheiten zu kommentieren oder zu bewerten.

Mein Wunsch ist es, dass Sie sich in dieser Geschichte verlieren können, dass sie Sie fesselt, bewegt und mit etwas Glück sogar inspiriert. Möglicherweise entdecken Sie beim Lesen neue Perspektiven oder nehmen Gedanken mit, die Sie bereichern. Und vielleicht wagen auch Sie eine Reise in das geheimnisvolle Arterien – in Gedanken, im Herzen oder auf andere Weise.

Ich danke Ihnen von Herzen, dass Sie sich auf diese Reise einlassen. Möge sie spannend und erkenntnisreich für Sie sein!

Ihr

Martin Brenninger

INHALT

KAPITEL 1 – EIN ÜBERRASCHENDER BESUCH

Die Straße draußen lag still und leer, genauso leer wie mein Inneres. Drinnen dagegen war es übervoll – übervoll mit Erinnerungen an sie. Jede Ecke, jedes Möbelstück, die Fotos von uns auf dem Regal, alles schien noch von ihrer Anwesenheit zu sprechen, obwohl sie längst gegangen war. Der Verlust lastete schwer, doch ich wusste, dass sie ihren Weg beendet hatte. Sie war angekommen, war in der Unendlichkeit aufgegangen, und das gab mir Trost. Nur ich, ich blieb zurück, gefangen zwischen Erfüllung und Leere.

Ich starrte auf die Tasse Yogi-Tee in meinen Händen. Kein Alkohol – das hatte sie nie gemocht. Wir hatten die letzten Wochen gemeinsam verbracht, voller intensiver spiritueller Erlebnisse, und Ursula war ein Teil dieses letzten Weges gewesen.

Plötzlich klingelte es an der Tür. Ich erhob mich langsam, unsicher, wer um diese Uhrzeit kommen könnte. Als ich öffnete, stand Ursula Bauer vor mir, fast so, als wäre keine Zeit vergangen. Ihre blauen Augen musterten mich aufmerksam.

„Ich hoffe, ich komme nicht ungelegen," sagte sie, ohne eine Antwort abzuwarten, und trat ein.

„Nein, komm rein," murmelte ich, während sie sich im Raum umsah, als würde sie die Erinnerungen genauso spüren wie ich.

Sie zögerte nicht lange. „Es hat sich einiges verändert seit… damals. Die Welt gerät aus den Fugen, und es gibt Entwicklungen, die mich beunruhigen. Eine Gruppe innerhalb des Geheimdienstes untersucht derzeit, woher all das kommt. Wir vermuten eine tief verwurzelte Verschwörung."

Ihre Worte schienen in der Luft zu hängen, und ich spürte, wie mein Interesse geweckt wurde, obwohl mein Kopf noch so voller anderer Gedanken war. „Und was hat das mit mir zu tun?" fragte ich.

„Ich brauche deine Hilfe. Du hast Fähigkeiten, die uns fehlen – nicht nur dein logisches Denken, sondern auch deine Spiritualität. Die

Lage ist ernst, und ich glaube, dass du der Schlüssel sein könntest, das alles aufzudecken.“

Ich blickte sie an, erstaunt und zugleich unsicher.

„Was genau suchst du?“

„Die Quelle des Bösen,“ sagte sie leise. „Willst du mir helfen?“

Für einen Moment herrschte Stille. Dann nickte ich. „Ja, ich helfe dir.“

„ Gut!“ sagte sie. „Ich bin gerade auf dem Weg zurück vom Gardasee. Am Fernpass liegt Schnee, und es ging nur langsam vorwärts. Da hatte ich viel Zeit nachzudenken und dich beschloss, dich einfach mal so zu überfallen jetzt bin ich aber müde und möchte nach Hause. Es gibt noch viel vorzubereiten.“ „ na klar! Es ist ja auch schon sehr spät.“ bestätigte ich. Wir verabschiedeten uns, und Ursula ging hinaus in die Winternacht. Ebenso schnell, wie sie gekommen war. So war sie nun einmal. schnell und impulsiv. Oft folgte sie einfach nur ihre Eingebung.

Nun war ich wieder allein. Die Tasse Yogi Tee war lauwarm geworden. Ich leerte sie in einem Zug. die Frage, welcher wahnsinnige mich denn gerade geritten habe, kroch in mir hoch. Draußen war es totenstill in unserer Sackgasse. Die Straßenlaternen malten lange Schatten an die Wände.

Ein neues Kapitel begonnen, noch bevor das alte wirklich abgeschlossen war.

KAPITEL 2 – ZWISCHEN DEN JAHREN

Die nächsten Tage verliefen sehr ruhig. Nach außen hin zumindest. Innerlich zog und zerrte es an mir. Das Außen spiegelte mir meine Situation wider. Wir befanden uns „zwischen den Jahren". Woher kommt eigentlich dieser Ausdruck? Vermutlich hat er keltische Wurzeln. „Zwischen den Leben" würde für mich in diesen Tagen noch besser passen. Die letzten Jahre hatten einen enormen Wandel in mein Leben gebracht. Die Ereignisse rund um die Krankheit meiner Partnerin und ihren Übergang hatten viel Kraft gekostet. Gleichzeitig hatte ich in dieser Zeit meinen Weg zur Spiritualität gefunden. Dieses neue Leben passte nun aber nicht mehr zu den Strukturen in der Firma. Noch vor Jahren hatte mein Chef anders über mich gesprochen. Als ein mehrstelliger Millionenbetrag in ein anderes Werk fließen sollte, zeigte er auf mich und sagte, man solle mir das Geld geben, denn ich würde damit die Welt niederreißen und verkehrt herum wieder aufbauen. Nun wollte er mich loswerden. Unsere Wege hatten sich in den letzten Jahren auseinanderentwickelt.

Die Erleichterung darüber, dass er mir die Entscheidung, ob ich zurück in die Firma gehen sollte, so leicht gemacht hatte, überwog mittlerweile. Alles verloren zu haben, bedeutete auch, ein offenes Feld für neue Wege vor sich zu sehen.

Die Angst war in diesen Tagen allgegenwärtig. Noch bevor Ursula mich besucht hatte, meinte ich, allen Grund dazu zu haben. Jetzt war es sogar gewiss, dass unsichere Zeiten vor mir lagen. Doch meine Neugier – sie hatte mich schon immer angetrieben – verdrängte nach und nach die Angst. Diese Neugier verband sich mit der Klarheit, dass ich jetzt die Möglichkeit hatte, Dinge zu erleben, die weit von der Struktur einer Firma entfernt waren.

Veränderung war angesagt.

Freunde, die mich schon lange kannten, waren in den letzten Jahren immer wieder überrascht, welche Wege ich einschlug. Durchaus unübliche Wege, zumindest für einen Jungen vom Lande, der die klassische Laufbahn durchlaufen hatte: Gymnasium, Studium, Promotion, Manager. Mit vollem Fokus auf den Beruf.

Und dann hatte schrittweise das bewusste Leben begonnen – mehr Fokus auf das Leben und die Menschen. Einer meiner Freunde meinte vor ein paar Wochen, dass sich nun zeigen würde, welche dieser Veränderungen wirklich zu mir passten. Genau darum ging es jetzt: Wer war ich? Was war mir wichtig? Und was war am Ende mein Auftrag?

Früher dachte ich, mein Auftrag wäre es, Produkte zu entwickeln, die Menschen weiterbringen. Dann stand im Vordergrund, anderen beizubringen, wie man solche Produkte herstellt. Doch das Leben hatte andere Pläne.

Der Gedanke verfestigte sich, dass ich nur in diese Welt gekommen war, um eine andere Seele auf ihrem Weg zu begleiten. Doch tief in mir spürte ich, dass es auch das noch nicht gewesen war. Noch zögerlich und ängstlich, doch gleichzeitig in Aufbruchsstimmung.

Und was hatte Ursula gesagt? Die Welt sei irgendwie in Unordnung geraten. Ja, klar. Ohne Zweifel. Für mich war es unverständlich, dass es Menschen geben sollte, die das nicht sehen konnten. Man konnte es im Großen und im Kleinen erleben. Die Weltpolitik kam mir schon lange wie ein schlecht gemachter Film vor: schlechtes Drehbuch, miserable Handlung, katastrophale Dialoge und stümperhafte Schauspieler.

Die alten Meister nennen diese Welt eine Illusion. Selbst Physiker gebrauchen mittlerweile dieses Wort, spätestens seit sie entdeckt hatten, dass selbst die Gravitation auf den Drang zur Unordnung zurückzuführen ist. Newton sah den Apfel fallen und führte das auf die Gravitation zurück. Mittlerweile wissen Physiker mehr. Sie haben ein weiteres Koordinatensystem eingeführt und sagen, dass die Bewegungen, die wir wahrnehmen, nur eine Illusion seien.

Alles Illusion. Alles nur ein Streben nach Unordnung? Mir gefiel mehr die Sichtweise, dass es eigentlich ein Streben nach Balance ist. Wie ein Pendel, das man anstößt, um es in Schwingung zu versetzen. Am Ende werden die Ausschläge des Pendels immer kleiner, bis es zur Ruhe kommt.

Diese Gedanken gingen mir in diesen Tagen durch den Kopf. Es waren die Rauhnächte. Zwischen Heilig Abend und Dreikönig gibt es die Tradition, sich zu wünschen, was im kommenden Jahr sein solle. Im Grunde hatte ich nur einen Wunsch: „Lasst mich in Ruhe!"

Energie tanken – das stand ganz oben auf meiner Liste. Wie zum Teufel war ich auf die Idee gekommen, Ursula ohne zu zögern meine Hilfe anzubieten? Na klar. Sie hatte mir kräftig Honig ums Maul geschmiert, aber das war es nicht gewesen.

Mit Grübeln konnte ich keine Antwort finden. Die Antwort lag auf einer anderen Ebene. Es hatte sich einfach richtig angefühlt.

Der Kopfmensch in mir durfte nun lernen, sich auf sein Gefühl zu verlassen. Da war es schon, das neue Leben.

Ich war wieder in Gedanken versunken, als das Telefon klingelte. Ursula war dran. Sie schlug vor, mich abzuholen, um das Weitere zu besprechen. Ich willigte ein.

Ursula hatte mich gebeten, ein paar Dinge zu packen. Wir würden für ein paar Tage wegfahren. Also nahm ich meinen alten Rucksack und füllte ihn mit den wichtigsten Sachen: Mütze, Handschuhe und Kleidung zum Wechseln. Ursula hatte gemeint, dass das Wesentliche vor Ort vorhanden sein würde. Trotzdem packte ich ein paar Dinge mehr ein: meine elektrische Zahnbürste und mein Deodorant. Endlich hatte ich eines gefunden, das weder Aluminium noch Alkohol enthält, und die Dose sah aus, als würde sie Schuhcreme beinhalten. Darauf wollte ich nicht verzichten. Auch ein Kamm landete im Rucksack, denn seit der Beerdigung war schon wieder etwas Zeit vergangen, und ich musste manchmal meine Haare bändigen. Dazu noch allerlei Kleinkram. Zwischendurch ging ich immer wieder in die Küche, um mir am Wasserspender ein Glas Wasser zu holen. Es war wohl die Nervosität vor dem Aufbruch, die mich ein Glas nach dem anderen trinken ließ. Vor einigen Jahren hatten wir uns diesen Wasserspender zugelegt, um gefiltertes, hexagonales Wasser zu haben. Praktisch war er außerdem.

Während des Packens lief ich eher planlos in der Wohnung umher und dachte über Ursula nach. Wie war sie eigentlich in mein Leben getreten?

Sie hatte sich damals als freiwillige Hospizhelferin angeboten. Auf der Terrasse des Hospizes hatten wir uns unterhalten, und von da an hatten sich die Ereignisse überschlagen – an die ich jetzt lieber nicht denken wollte. Ursula Bauer hatte mir von ihrer Vergangenheit beim Verfassungsschutz erzählt, einfach so. Das war mir sofort ungewöhnlich vorgekommen. Sie erzählte, dass schon ihr Vater beim Verfassungsschutz war und sie nach 9/11 angeworben wurde. Sie habe sich dann bis zur Zusammenarbeit mit dem Bundespräsidenten hochgearbeitet. Ganz frech hatte ich sie auf die Möglichkeiten, Menschen zu überwachen, angesprochen. Daraufhin erklärte sie mir, dass all diese Möglichkeiten sie irgendwann erschreckten, und sie den Verfassungsschutz verlassen habe. All das erzählte sie mit der ihr eigenen hanseatischen Kühle. Später erfuhr ich, dass sie einer geheimen Untergruppe beigetreten war, die es sich zum Ziel gesetzt hatte, nach hohen ethischen Maßstäben zu handeln und die eigenen Kollegen zu überwachen. Und noch so manches mehr.

Sie war von Hamburg in den Süden gezogen, weil sie die Berge schon als Kind geliebt hatte. Ob sie nun im Allgäu oder anderswo wohnte, schien mir egal zu sein. Ursula Bauer tauchte genauso schnell auf, wie sie auch wieder verschwand. Heute hier, morgen dort. Man musste sich entweder daran gewöhnen, oder es blieb einem schwer, damit umzugehen.

Ich wusste nicht einmal, ob Ursula Bauer wirklich ihr richtiger Name war. Ebenso hatte mich überrascht, dass sie mich über Signal kontaktiert hatte. Ich hätte eher einen Messenger erwartet, der mehr Privatsphäre bot. Vielleicht gehörte das aber zu ihrer Tarnung.

Kurz vor der Beerdigung war sie dann wieder verschwunden und hatte nicht mehr auf meine Nachrichten reagiert. Umso überraschter war ich, als sie vor ein paar Tagen plötzlich wieder auftauchte. Und jetzt wusste ich nicht einmal, wohin es gehen würde. Allein das war für mich schon eine Herausforderung. Ich, der immer alles im Voraus plante. Es gab immer einen Plan A, und auch einen Plan B. Manchmal sogar einen Plan C. In meiner Arbeit war ich für die Strategie der nächsten zehn Jahre verantwortlich. Darauf war ich stolz: Ich erkannte heutige Zusammenhänge und plante daraus die Zukunft, Produkte, von denen der Kunde noch nicht wusste, dass er sie haben wollte.

Und nun ließ ich mich einfach fallen, hinein in den Sog der Ereignisse.

Es klingelte. Ursula stand vor der Tür. Ich öffnete, und sie trat ein.

„Lass uns im Auto reden. Hast du alles dabei?" fragte sie.

„Alles, was nötig ist, denke ich," antwortete ich.

„Hier ist dein Handy. Steck es ein." Sie drückte es mir in die Hand. Doch ich stutzte.

„Das ist nicht mein Handy!" wehrte ich ab.

Ursula hielt kurz inne. „Glaub mir, das ist dein Handy! Wir reden im Auto weiter."

Ich akzeptierte, zog meine Jacke an und schlüpfte in meine Winterstiefel. Wir verließen die Wohnung. Im Treppenhaus, gerade als ich die Wohnungstür abschloss, fragte Ursula: „Hast du deinen Stock?"

Ich zeigte ihr meinen Langstock, den ich für den Transport zusammengeschoben hatte. Er steckte im Rucksack. Ich erklärte ihr, dass ich ihn bis zum Auto nicht brauchen würde, da mir der Weg vertraut sei.

Als wir aus dem Haus traten, war ich dann doch überrascht. Ursula war mit einem VW-Bus gekommen. Nicht irgendeinem, sondern einem, der fast genauso aussah wie der, den ich vor einem Jahr gekauft hatte und der jetzt bei einem Freund in der Scheune stand – weiß mit roten Elementen und natürlich als Wohnmobil mit Aufstelldach. Doch bei Ursula wunderte mich nichts mehr. Es würde schon seinen Grund haben. Also verstaute ich meine Sachen auf der Rückbank und kletterte auf den Beifahrersitz.

Wir fuhren los.

15 Bereits nach den ersten Metern war klar, dass es sich bei diesem Bus nicht um ein Standardmodell handelte. Wenn Ursula Gas gab, setzte sich der Bulli unvermittelt in Bewegung, und ich spürte den Allradantrieb, wenn er regelte. Für einen Laien wäre der Eingriff des Allrads vermutlich nicht wahrnehmbar gewesen, doch das war schließlich mein Spezialgebiet. Darüber hatte ich promoviert.

Der Schnee hatte das Voralpenland erreicht und bedeckte die Landschaft mit einem glitzernden, weißen Teppich. Die Straßen, auf denen wir fuhren, waren fast menschenleer – passend zu dieser Jahreszeit.

Wir fuhren zunächst nach Osten. Ich nutzte die Gelegenheit, um Ursula auf das Handy anzusprechen. „Mich interessiert, warum du mir dieses Handy gegeben hast."

„Es ist praktisch ein Klon deines eigenen Handys", erklärte Ursula. „Du musst dich nicht umgewöhnen. Alle Apps, die du nutzt, sind darauf – mit den gleichen Einstellungen. Aber sämtliche Verbindungen werden über unsere Server umgeleitet. Nichts von dem, was du machst, kann zurückverfolgt werden. Wenn dich jemand auf deiner Nummer anruft, läutet ab jetzt dieses Telefon. Und wenn du jemanden anrufst, wird immer eine andere Nummer angezeigt, die nicht zurückverfolgbar ist. Mit diesem Handy bist du im Grunde unsichtbar."

„Aber wie hast du so schnell gemerkt, dass es nicht dein Handy ist?" fragte sie dann.

„Es hat sich einfach anders angefühlt", erklärte ich. „Wenn ich mein Handy einschalte und das Mobilfunknetz aktiv ist, spüre ich immer ein leichtes Unbehagen. Dieses Gefühl stellte sich bei diesem Handy nicht ein. Außerdem hat mein Handy rechts oben einen kleinen Kratzer auf der Panzerglasscheibe. Der ist kaum zu spüren, aber er fehlt bei diesem Gerät." Wir fuhren schweigend weiter.

Als Nächstes wollte ich wissen, warum wir nicht in meiner Wohnung reden konnten. Ursula fragte mich, ob mir das Prinzip der zweiphasigen Antennen und Skalarwellen bekannt sei. Ich erzählte ihr von einer früheren Behandlung wegen meiner Augen und bestätigte, dass mir das Konzept vertraut war. „Es gibt Gerüchte, dass mit diesem System in Häuser hineingesehen werden kann, ähnlich wie in diesen amerikanischen Serien", fuhr ich fort.

„Das sind keine Gerüchte", entgegnete Ursula. „Ich habe solche Antennen auf eurem Landratsamt gesehen. Bei dem, was wir vorhaben, war mir das zu riskant."

Das überraschte mich nicht. Schon in den 90er-Jahren hatte ich Software zur Schwingungsanalyse programmiert. Schwingungen und Frequenzen faszinierten mich, weshalb ich auch die entsprechenden Fächer im Studium belegt hatte. Für mich war klar, dass es viele technische Möglichkeiten gab, Menschen zu überwachen – wenn man es wollte. Nur die schiere Masse verhinderte, dass dies flächendeckend geschah.

„Dieser VW-Bus ist vermutlich auch eine Sonderanfertigung, oder?" fragte ich neugierig.

„Klar. Er kann mit fast jedem Sprit fahren, sogar mit Waschbenzin. Und er hat noch ein paar andere Tricks auf Lager", ließ mich Ursula wissen.

Wir waren inzwischen schon einige Kilometer nach Osten gefahren und im Oberbayerischen angekommen. Dann bemerkte ich, dass Ursula nach Süden in Richtung Kloster Ettal abbog. „Wo fahren wir hin?" wollte ich wissen.

„Nach Falkenstein bei Pfronten. Ja, ich weiß, dass das nicht der direkte Weg ist. Aber ich muss noch etwas Zeit überbrücken, bis alle Vorbereitungen abgeschlossen sind. Außerdem umgehen wir so die automatischen Tracking-Systeme. Jeder Regierungsbezirk und jedes Bundesland hat seine eigene Software. Der Datenaustausch funktioniert zum Glück noch nicht besonders gut. Je mehr Grenzen wir überschreiten, desto schwieriger wird es für die Programme, uns zu verfolgen. Pfronten liegt, wie du weißt, direkt an der Grenze zu Österreich, und Falkenstein ist so nahe, dass wir als innerörtliche Bewegung eingestuft werden. Nenn es eine Gewohnheit von mir, auf diese Dinge zu achten."

Ich verstand. Es gab Schlimmeres, als durch diese herrliche Landschaft zu fahren. Kurz vor dem Kloster Ettal bogen wir rechts ab und fuhren an Schloss Linderhof vorbei zum Plansee. In Reutte tankte Ursula und machte einen kurzen Stopp bei einem großen Händler für VW-Busse. Dann fuhren wir weiter auf einer Nebenstrecke nach Pfronten und schließlich direkt hoch zum Falkenstein.

Der VW-Bus meisterte spielend die steilen Kurven und die schmale, verschneite Straße. Ursula entpuppte sich als eine gelassene, routinierte Fahrerin. Schließlich erreichten wir das entlegene Hotel Falkenstein. Der Parkplatz war menschenleer und tief verschneit. Ich war schon oft hier oben gewesen. Normalerweise wimmelte es hier nur so von Touristen, die Ludwigs unvollendetes Schloss sehen wollten. Doch heute bot uns dieser abgeschiedene Ort eine herrliche, friedliche Ruhe – weit weg von der Welt, und doch mit einem erhabenen Blick auf sie.

Der Schnee lag schwer auf dem Hotel Falkenstein, als wir ankamen. Es war tief verschneit und menschenleer, so als würde die Welt da draußen gerade den Atem anhalten. Nur ein paar Bedienstete erwarteten uns, freundlich, diskret und offenbar allein für uns da. Ursula stieg aus dem VW-Bus und blickte sich kurz um, bevor sie sich zu mir wandte. „Ich werde dich führen," sagte sie, während sie sich auf meine Bewegungen einstellte.

„Ich gehe rechts von dir," begann ich zu erklären, als ich ihren rechten Ellenbogen mit meiner linken Hand umfasste. „So habe ich immer einen halben Schritt Zeit, um auf das zu reagieren, was vor uns liegt. Mit dem Stock in der rechten Hand ertaste ich den Boden." Ursula nickte und nahm ihre Rolle als meine Führerin mit bemerkenswerter Sorgfalt an. Wir begannen unseren kurzen Weg durch den Schnee zum Hoteleingang. Der Boden unter unseren Füßen knirschte, und jeder Schritt war ein leises Echo in der winterlichen Stille.

Später, nach dem Bezug unserer Einzelzimmer – beide Zimmer waren mit einer Tür verbunden – standen wir zusammen im

Kaminzimmer. Das Feuer flackerte leise, während die Flammen über die Holzscheite tanzten. Draußen breitete sich die verschneite Weite des Allgäuer Himmels aus, doch die Panoramascheiben, die vom Boden bis zur Decke reichten, schufen eine Verbindung zur scheinbar friedlichen Welt dort draußen.

Ursula stand am Fenster, die Hände locker ineinander gelegt, und beobachtete das letzte Tageslicht, das sich über die schneebedeckten Felder legte. Ihr Outfit war edel, stilvoll wie immer. Ein dunkler, eleganter Mantel lag auf ihrem Stuhl, und ihre graue Seidenbluse unterstrich ihre Aura von Selbstsicherheit und Ruhe. Der feine Stoff ihrer Bluse fing das Licht des Kaminfeuers ein und warf sanfte Schatten auf ihre Schultern. Sie sah aus, als könnte sie den Blick der Natur mit einem stillen, aber tiefen Respekt erwidern.

Ich lehnte mich zurück in den weichen Ledersessel und betrachtete sie eine Weile schweigend, bevor ich aufstand und mich zu ihr ans Fenster gesellte. „Kannst du dir vorstellen," begann sie leise, „dass diese Welt da draußen so böse sein soll? Sie sieht so friedlich aus von hier oben." Ihr Blick wanderte über die schneebedeckten Hügel, und in ihren Worten schwang eine tiefe Skepsis mit.

„Frieden ist oft nur eine Illusion," erwiderte ich, während ich mit meiner Hand leicht über die Fensterscheibe strich. „Und manchmal ist es nicht die Welt da draußen, die uns beeinflusst, sondern etwas Unsichtbares. Etwas Geistiges." Ich bemerkte, wie ihre Schultern sich leicht anspannten, als ich das sagte.

Sie drehte sich zu mir um. „Genau darum geht es." Ein böser Einfluss, der sich uns entzieht, und trotzdem da ist."

Das Feuerwerk in der Ferne erhellte den Nachthimmel, doch der friedliche Schein konnte das Gefühl von Unsicherheit nicht verdrängen. Wir sprachen noch lange über die Verschwörungstheorie, über die Geheimagenten und ihre Suche nach der Wahrheit. „Es sind nicht mehr als zwanzig Personen, die das wirtschaftliche Schicksal der Welt lenken," erklärte sie. „Und dennoch ist die Welt blind dafür."

Am nächsten Tag, als wir unseren Weg hinauf zur Burgruine Falkenstein antraten, pfiff uns der Wind um die Ohren. Der Weg war steinig und tückisch, doch wir meisterten ihn gemeinsam. Rechts und links fielen die Felsen steil in die Tiefe, und der Schnee machte den schmalen Pfad noch gefährlicher. „Was wäre, wenn dieser Einfluss geistiger Natur ist?" fragte ich, als wir oben angekommen waren und der atemberaubende Blick über die Alpen und das Vorland sich vor uns ausbreitete.

Ursula schwieg einen Moment, bevor sie antwortete: „Deshalb bist du hier. Es gibt Dinge, die nur du verstehen kannst." In der Ferne krächzte eine einzelne Krähe. Ein, zwei, dreimal. Ihr Rufen hallte über die Felsen, und ein leises Unbehagen legte sich über die stille Szene.

Wieder zurück unten im Hotel, ließen wir uns im gemütlichen Kaminzimmer nieder. Die Wärme des Feuers empfing uns mit offenen Armen, und der Geruch von brennendem Holz mischte sich mit der frischen Kälte, die wir von draußen mitgebracht hatten. Ich bestellte mir eine große Tasse Ingwertee – richtig scharf und heiß, genau das, was ich nach unserem anstrengenden Abstieg brauchte. Ursula hingegen ließ sich ein großes Glas Granatapfelsaft bringen, dessen tiefrote Farbe im Schein des Feuers fast magisch schimmerte.

Der Weg von der Burgruine zurück zum Hotel war kurz aber gefährlich gewesen – schmale Pfade, rutschige Felsen, und an einigen Stellen ging es steil bergab. Doch dieser Abstieg hatte das Vertrauen zwischen Ursula und mir noch weiter gefestigt. Ich hatte erlebt, dass ich mich in jeder Situation auf sie verlassen konnte. Sie brachte sowohl körperliche Robustheit als auch eine natürliche Eleganz mit, eine Mischung, die in ihrer Präsenz deutlich spürbar war. In jungen Jahren hatte sie viel Handball gespielt, wie sie mir einmal erzählt hatte, und auch das Reiten zählte seit jeher zu ihren Leidenschaften. Dieser sportliche Hintergrund gab ihr nicht nur die nötige Ausdauer, sondern auch eine tief verwurzelte Verbundenheit mit der Natur.

Gleichzeitig hatte der Ausflug Ursula gezeigt, dass auch ich trotz meiner Sehbehinderung schwieriges Terrain meistern konnte. Das Stand-up-Paddling auf dem Forggensee hatte mir geholfen, ein gutes Gefühl für Balance und Körperbeherrschung zu entwickeln, was mir auf den schmalen Wegen zugutekam. Wir waren beide von dem Erlebten beeindruckt, und so saßen wir eine Zeit lang schweigend vor dem knisternden Feuer, jeder von uns in seine Gedanken versunken.

Nach einer Weile, als die Hitze des Kamins unsere Glieder langsam entspannte, fragte ich Ursula: „Warum hast du eigentlich gerade dieses

Hotel ausgewählt?" Ihre Augen funkelten im Feuerschein, und sie lehnte sich zurück, als sie antwortete.

„Das Hotel Falkenstein war in den früheren Jahren, zu Zeiten von Franz Josef Strauß, ein Ort für geheime Treffen. Politiker trafen sich hier, abseits der öffentlichen Aufmerksamkeit. Auch wenn das heute nicht mehr der Fall ist, hat der Ort seinen Ruf als unüberwachter Rückzugsort beibehalten. Die modernen Überwachungsmethoden greifen hier nicht, und das Kaminzimmer ist speziell gegen Lauschangriffe geschützt."

Sie machte eine kurze Pause, nahm einen Schluck von ihrem Saft und fuhr fort: „Außerdem haben wir dafür gesorgt, dass die Familie, die das Hotel normalerweise betreibt, einen ausgedehnten Urlaub in Spanien genießen kann. So gehört das Hotel für die nächsten Wochen uns allein. Natürlich müssen wir vor Beginn der Tourismussaison wieder verschwunden sein."

Ich nickte zustimmend, beeindruckt von ihrer Weitsicht. Wir sprachen weiter darüber, wie wir es am besten anstellen konnten, unter dem Radar zu bleiben. Ursula erwähnte den VW-Bus, den sie besorgt hatte. „Damit können wir unauffällig reisen und notfalls auch vor Ort übernachten. Mit deiner Sehbehinderung wirst du ohnehin ein gewisses Maß an Aufmerksamkeit erregen, aber ich möchte das so lange wie möglich hinauszögern."

„Das ist klug," sagte ich und lächelte. Wieder fiel eine kurze Stille ein, in der nur das leise Knistern des Feuers den Raum erfüllte. Die winterliche Kälte draußen schien plötzlich weit weg, während drinnen eine Atmosphäre von Ruhe und Sicherheit herrschte – zumindest für den Moment.

Das Feuer im Kamin knisterte leise, während draußen die Schneeflocken in großen, dichten Schwaden fielen. Der Raum war warm und gemütlich, doch ich spürte, dass etwas in der Luft lag. Ursula saß mir gegenüber, die Stirn in Falten gelegt, ihre Augen auf die Flammen gerichtet, als würde sie in ihnen Antworten suchen. Schließlich brach sie das Schweigen.

„Wie sollen wir jetzt vorgehen?" fragte sie, sichtlich ratlos.

Ich lehnte mich zurück und dachte einen Moment nach. Es war schon immer meine Art gewesen, Dinge analytisch zu betrachten, und doch wusste ich, dass die Lösung hier anders sein musste. „Kennst du das Prinzip der Anziehung?" fragte ich sie schließlich.

Ursula nickte. „Ja, das kenne ich."

„Dann weißt du auch", begann ich, „dass wenn wir wirklich auf dieses Prinzip vertrauen, die Hinweise zu uns kommen werden – ganz von allein. Das Universum wird uns Antworten senden, wenn wir offen dafür sind. Aber unser Verstand, der wird vielleicht nicht erkennen, dass es Hinweise sind. Er wird sie als unwichtig abtun, sie ignorieren, weil sie nicht in unser vertrautes Muster passen. Deshalb müssen wir achtsam sein. Wir müssen auf alles achten, was uns begegnet."

Ursula stand langsam auf und ging zum Fenster. Sie blickte hinaus auf die Schneelandschaft, die still und friedlich dalag. Es verging eine Weile, ehe sie ohne sich umzudrehen, sprach: „Vielleicht… vielleicht habe ich bereits so einen Hinweis bekommen, ohne es zu merken."

Ich setzte mich aufrechter hin. „Erzähl mir davon."

„Es war vor ein paar Wochen", sagte sie, immer noch auf den Schnee starrend. „Zwei Kollegen von mir unterhielten sich über eine Frau. Sie soll… Verbindungen zu übernatürlichen Eingebungen haben. Zumindest dachten sie das. Aber nach außen hin redete sie wie jemand, der verwirrt ist, und so haben sie sie als schizophren eingestuft. Die Sätze, die sie von sich gab, wirkten zusammenhanglos, und niemand konnte etwas damit anfangen. Ich habe das Gespräch zufällig mitbekommen, und etwas in mir…" Sie stockte. „Irgendetwas zog meine Aufmerksamkeit auf diese Frau, aber mein Verstand hat es damals als uninteressant abgetan."

Ich spürte, wie sich etwas in mir regte. „Und worüber hat sie gesprochen? Erinnerst du dich noch an etwas von dem, was sie gesagt hat?"

Ursula schüttelte langsam den Kopf. „Nicht genau. Nur, dass sie immer wieder von bösen Mächten gesprochen hat. Sie weigerte sich, mit Autoritäten zu reden. Wann immer Ärzte oder andere Personen sie darauf ansprachen, schwieg sie oder lenkte ab. Es war, als hätte sie Angst, ihre Worte könnten ihr schaden."

Mein Herz begann schneller zu schlagen. Ein starkes Gefühl überkam mich, das ich nicht erklären konnte, doch es war da, wie ein tiefes inneres Wissen. „Ich muss mit ihr sprechen", sagte ich leise, mehr zu mir selbst als zu Ursula.

„Was?" Ursula drehte sich um, ihre Augen suchten meine.

„Ich weiß nicht, warum, aber ich muss mit ihr reden", wiederholte ich, fester diesmal. „Irgendetwas sagt mir, dass sie uns weiterhelfen kann.

Vielleicht kennt sie mehr, als sie preisgibt, vielleicht… ich weiß es nicht. Aber ich fühle, dass es wichtig ist."

Ursula schwieg. Sie wusste, wie sehr ich auf meine Intuition vertraute. Und obwohl es verrückt klang, wusste ich, dass sie meine Worte ernst nahm. Nach einem langen Moment nickte sie. „Gut. Dann müssen wir einen Plan ausarbeiten."

Die nächsten Stunden verbrachten wir damit, Möglichkeiten durchzuspielen, wie wir Kontakt zu dieser Frau aufnehmen könnten. Es war schwierig, denn sie war in psychiatrischer Betreuung, und ihre Zurückhaltung gegenüber Autoritäten machte die Sache nicht einfacher. Doch wir konnten nicht aufgeben.

Währenddessen wandelte sich das Wetter draußen. Der dichte Schneefall ließ nach, und als der Morgen dämmerte, glitzerte das verschneite Allgäu in der Sonne. Es war, als hätte die Welt beschlossen, uns eine Pause zu gönnen, uns Hoffnung zu schenken inmitten unserer Zweifel. Die Winterlandschaft lag ruhig und friedlich vor uns, und trotz der vielen ungelösten Fragen begann ich zu spüren, wie sich mein Inneres beruhigte.

Unser Verstand war hin- und hergerissen, wollte zweifeln, wollte uns sagen, dass dies alles Unsinn sei. Doch tief in meinem Herzen wusste ich, dass wir auf dem richtigen Weg waren. Ursula hatte den Hinweis nicht zufällig erhalten, und ich hatte nicht ohne Grund dieses starke Gefühl verspürt. Das Universum arbeitete auf seine eigene, geheimnisvolle Weise, und es lag an uns, offen zu bleiben – offen für das, was kam, und bereit, die Zeichen zu erkennen, die uns den Weg weisen würden.

Die Hoffnung war zurückgekehrt.

KAPITEL 3 – EINE KÖNIGIN

Nachdem unser Entschluss gefasst war, verließen wir den mystischen Zauber des Falkensteins und begaben uns wieder hinab ins flache Land. Es war, als ließen wir einen Traum hinter uns – einen Ort voller Magie und Geheimnisse, die uns verführt und mitgerissen hatten. Der Bus schlängelte sich die Serpentinen hinunter, während der verschneite Wald wie ein Märchenbild an uns vorbeizog. Die schneebedeckten Äste schienen sich über uns zu neigen, als wollten sie uns ein letztes Mal festhalten, bevor wir endgültig Abschied nahmen. Doch in uns wuchs der Tatendrang, eine stille Entschlossenheit, die die Wehmut über unseren Aufbruch überwog.

Als wir unten im Tal ankamen, begannen die sanften Hügel des Allgäus, ihre schützenden Arme von uns zu strecken. Der Schnee glitzerte im Licht der winterlichen Sonne, und alles wirkte wie in Watte gepackt, als wäre die Welt still geworden. Doch tief in mir wusste ich, dass diese Stille nur trügerisch war – sie war das Vorspiel zu etwas Größerem, zu einer Mission, die jetzt beginnen musste. Ursula machte wieder den gewohnten Umweg. Dann setzte sie mich zu Hause ab, und wir verabschiedeten uns – eine kurze, knappe Verabschiedung, denn Worte waren in diesem Moment nicht nötig.

Meine Wohnung, die mir sonst immer ein Ort des Rückzugs und der Geborgenheit war, kam mir plötzlich fremd und leer vor. Die gewohnte Umgebung wirkte karg, als ob all ihre Farben ausgebleicht wären. Doch ich hatte keine Zeit für sentimentale Gedanken – meine Aufgabe lag klar vor mir. Es galt, die notwendigen Vorbereitungen zu treffen. Mein Arbeitsverhältnis hing in der Schwebe, und ich wusste, dass der Anschein gewahrt werden musste, ich würde nicht freiwillig gehen. Ein alter Bekannter, ein kampferprobter Anwalt, hatte sich bereit erklärt, mich zu vertreten. Die Firma bot mir eine alternative Stelle an, doch die Bedingungen waren so gestaltet, dass klar war, wie unwillkommen ich inzwischen dort war. Schritt für Schritt verhandelte mein Anwalt einen Auflösungsvertrag. Ich ließ die Dinge laufen, ohne Eile – alles Teil des Plans.

Ursula war in der Zwischenzeit dabei, einen geeigneten Ort zu finden, wo wir der geheimnisvollen Frau näherkommen könnten. Tage vergingen, bis eines Morgens eine Nachricht auf meinem Handy erschien – eine einzige Zeile: „Jetzt." Die Zeit war gekommen.

Ich stand vor dem Spiegel und betrachtete mich. Meine Haare waren ungewaschen, fettig und schlaff. Der ungepflegte Eindruck war gewollt, fast wie eine Maske, die ich mir aufgesetzt hatte. Mit Widerwillen zog ich die verschwitzte, zerknitterte Kleidung an, die ich zuvor zurechtgelegt hatte. Es widerstrebte mir, mich so heruntergekommen zu präsentieren, doch es musste sein. Ich wollte, dass mein Äußeres mein inneres Durcheinander spiegelte – das Bild eines Mannes, der sich im freien Fall befand. Schließlich klingelte ich noch bei der älteren Dame, die bei uns im Haus wohnte, und ließ sie wissen, dass ich wohl in eine Klinik müsste. Ihr Gesichtsausdruck zeigte sogleich Besorgnis, doch ich wusste, dass damit auch der erste Teil unseres Plans in Gang gesetzt war. Die Nachbarschaft würde nun wissen, warum ich für unbestimmte Zeit nicht da sein würde.

Als Ursula mich abholte, war ihre Reaktion unvermittelt: „Mein Gott, du siehst ja schrecklich aus." Sie lachte, doch in ihren Augen lag Stolz – wir hatten es geschafft, ich war bereit. Sie erzählte mir, dass sie eine psychosomatische Klinik im Schwarzwald gefunden hatte, in der viele spirituelle Menschen untergebracht waren. Es schien der perfekte Ort, um unseren Plan umzusetzen.

Die nächste Hürde war die Einweisung in die Klinik. In Freiburg wartete ein Psychiater auf uns, der mit der Klinik zusammenarbeitete. Die Fahrt dorthin verlief in Schweigen – ich war in Gedanken versunken und ließ die bevorstehende Mission wie einen Film vor meinem inneren Auge ablaufen. Der Psychiater war ein älterer Mann mit scharfem Blick. In dem Gespräch schilderte ich meinen persönlichen und beruflichen Verlust – mein äußeres Erscheinungsbild tat den Rest. Als „Notfall" wurde ich in die Klinik im Schwarzwald eingewiesen.

Es war bereits später Nachmittag, als wir die Einweisung in der Hand hielten. Für die Aufnahme in die Klinik war es zu spät, also suchten wir uns ein Hotel in der Nähe. Ein Doppelzimmer – Teil der Geschichte, dass Ursula als meine Partnerin auftreten würde, um ihre Besuche in der Klinik zu erklären. Das Hotel war warm und einladend, das Zimmer in hellem Holz gehalten. Wir aßen vorzügliches vegetarisches Essen, doch ich konnte nur an den nächsten Tag denken.

Im Zimmer gingen wir noch einmal unseren Plan durch. Ich würde bereits in der Klinik sein, bevor die Frau verlegt werden würde. Niemand würde Verdacht schöpfen, dass ich ihretwegen dort war. Gleichzeitig konnte ich die Zeit nutzen, um Kraft zu tanken und mich auf die kommenden Ereignisse vorzubereiten. Ursula würde mich regelmäßig besuchen, aber im Bus nächtigen.

Am nächsten Morgen fuhren wir zur Klinik. Sie lag malerisch inmitten des Schwarzwaldes, das alte Gemäuer von Wäldern und Hügeln umgeben. Der Ort strahlte eine eigenartige Ruhe aus, doch ich konnte das unterschwellige Dröhnen der Geschichten, die sich hier abgespielt hatten, fast spüren. Ein Ort, der bereits viel gesehen und erlebt hatte. Man hatte die Gebäude modernisiert, doch der alte Charme blieb erhalten.

Wegen meiner Behinderung und der Dringlichkeit erhielt ich ein Zimmer in der Nähe der Rezeption und der Pflege. Es war ein schönes Einzelzimmer mit Blick auf die freie Natur – und ein großes, behindertengerechtes Badezimmer. Ursula begleitete mich durch den Aufnahmeprozess, dann verabschiedete sie sich.

Am Abend saß ich auf meinem Bett, blickte aus dem Fenster in die Dunkelheit des Waldes und atmete tief durch. Die erste Etappe war geschafft. Jetzt begann das Warten – und ein vorsichtiges, achtsames Vorgehen.

Der nächste Tag begann mit einem Termin bei einem der somatischen Ärzte der Klinik. Bereits beim ersten Betreten des kleinen, funktionalen Behandlungszimmers spürte ich, dass dieser Mann anders war. Er war Mitte vierzig, mit ruhigen Augen und einem warmen Lächeln, das etwas Beruhigendes ausstrahlte. Seine Bewegungen wirkten bedacht und sanft, als ob er in einem inneren Rhythmus lebte, der mir seltsam vertraut vorkam. Später würde ich erfahren, dass er in seiner Freizeit Jazzmusiker war – und das erklärte einiges.

„Wie geht es Ihnen?" begann er das Gespräch, während er sich neben dem Schreibtisch Platz nahm, doch seine Augen blieben wachsam auf mir.

Zögernd berichtete ich von einer Sache, die mich belastete: dem Speisesaal. Seit zwei Jahren hatte ich mich von größeren Menschenansammlungen ferngehalten. Doch hier, in der Klinik, spürte ich diesen Druck, sobald ich den Saal betrat. Als ob die Präsenz der anderen Menschen mich erdrücken würde, wie eine Welle, die gegen mich schlug. Ich schämte mich fast, es laut auszusprechen, selbst in einer psychosomatischen Klinik. Ich wollte nicht für verrückt erklärt werden, und doch… hier musste ich es wagen.

Der Arzt nickte nur leicht, ließ meine Worte in der Luft hängen. Es war, als würde er ihnen Raum geben, um wirklich gehört zu werden. Einen Moment lang wirkte es, als ob er in Gedanken versunken war, doch seine Augen verrieten, dass er ganz bei mir war.

„Gibt es sonst noch etwas?" fragte er schließlich. „Etwas, das Sie vielleicht bisher noch niemandem erzählt haben?"

Das Gespräch fand in einem Raum statt, der in seiner Schlichtheit fast klinisch wirkte. Eine Liege an der Wand, ein Schrank, ein kleiner Schreibtisch – nichts Ablenkendes. Doch der Arzt selbst durchbrach diese Monotonie mit seiner Präsenz. Während ich sprach, bewegte er sich langsam im Raum, räumte ein paar Akten auf, schloss einen Schrank. Aber nie ließ er mich aus den Augen.

Zögernd sprach ich das an, was ich bisher nur für mich behalten hatte: „Ich sehe Farben." Die Worte kamen stockend, als ob ich mich selbst erst davon überzeugen musste, es laut auszusprechen.

Der Arzt stoppte in seiner Bewegung und drehte sich mit einem interessierten Ausdruck zu mir um. „Orange, oder?"

Ich blinzelte überrascht. Woher wusste er das? „Ja", antwortete ich unsicher. „Besonders stark bei emotionalen Menschen. Manchmal ist es nicht nur Orange, sondern fast schon Rot. Es ist, als ob die Farben eine Intensität annehmen, die mit ihren Gefühlen zusammenhängt. Und bei ruhigen oder kühlen Menschen sehe ich oft gar keine Farben, nur klare, kühle Töne."

Er lächelte leicht, als ob er das schon geahnt hätte. „Das ist nicht ungewöhnlich", sagte er leise. „Ihr Gehirn sucht neue Wege, um die Welt zu interpretieren, jetzt, wo sich Ihr Sehvermögen verändert. Es versucht, die Informationen, die Ihre Augen nicht mehr vollständig liefern können, auf andere Weise zu verarbeiten. Das ist eine Art Schutzmechanismus." Er machte eine kurze Pause, als ob er mich nachdenklich musterte. „Sie befinden sich in einer Übergangsphase, in der Ihr Körper und Ihr Geist sich neu orientieren müssen. Sie sollten sich Zeit lassen, diese Fähigkeiten zu erkunden. Und hier, in dieser geschützten Umgebung, ist der ideale Ort dafür."

Seine Worte beruhigten mich. Es war, als ob er mir die Erlaubnis gab, mich nicht zu hetzen, sondern diese neuen Eindrücke anzunehmen. Ich hatte lange versucht, die Farben zu ignorieren, sie als bloße Anomalie abzutun. Doch nun schienen sie eine Bedeutung zu haben, die ich noch nicht ganz verstand.

Der Arzt fuhr fort: „Ich arbeite hier auch als Akupunkteur. Wenn Sie möchten, können wir gemeinsam daran arbeiten, diesen neuen Zustand besser zu integrieren und vielleicht einige Blockaden zu lösen."

Dann lächelte er leicht und fügte hinzu: „Eigentlich sehe ich bei Ihnen nur eines: Sie haben ein Energieproblem. Und daran können wir arbeiten."

Lange Zeit hatte ich das Meditieren vernachlässigt. Doch jetzt, in dieser spirituell aufgeladenen Umgebung, fand ich endlich die Ruhe und den Raum, um mich wieder meiner inneren Praxis zu widmen. Wann immer ich konnte, suchte ich einen Ort vor der Klinik auf – einen kleinen Brunnen, umgeben von einer niedrigen Mauer. Nur selten traf ich dort andere Menschen an, was mir willkommen war, denn die Energie des Wassers zog mich magisch an. Oft saß ich stundenlang auf dem breiten Rand der Mauer, das Rauschen des Wassers im Ohr, den feinen Sprühnebel auf der Haut. Die Sonne wärmte mein Gesicht, während eine sanfte Brise mich umspielte. Hier, umgeben von den Elementen, fand ich zurück zu mir selbst.

Meine innere Kraft war jedoch noch nicht ganz zurückgekehrt, als ich von einer besonders spirituellen Therapeutin hörte. Andere Patienten hatten über sie gelästert, was wohl daher rührte, dass ihre Erscheinung für manche schwer einzuordnen war. Sie war eine hochgewachsene Frau mit eher maskulinen Gesichtszügen, doch ihre Kleidung, weite, fließende Kleider, und der stets geflochtene Blumenkranz in ihrem Haar, bildeten einen deutlichen Kontrast. Dieses ungewöhnliche Erscheinungsbild war für sie selbstverständlich, und das faszinierte mich.

Es gelang mir, einige Sitzungen bei ihr zu bekommen. Besonders eindrücklich war die erste Begegnung. Ich hatte noch immer

Schwierigkeiten, meine Energie wieder voll aufzuladen, und das erzählte ich ihr. Sie hörte aufmerksam zu und schlug eine energetische Sitzung vor.

„Kannst du dich in einen meditativen Zustand versetzen, in dem du bereit bist zu empfangen?" fragte sie. Ich bejahte, fügte aber hinzu, dass es etwa eine Minute dauern könnte, bis ich mich wirklich in der Meditation befand. Zu meiner Überraschung meinte sie, eine Minute sei sogar ziemlich schnell – und so begannen wir.

Es dauerte zu meiner Überraschung keine zehn Sekunden, bis ich tief in die Meditation eintauchte, was sie sofort spürte. Ohne zu zögern, begann sie mit einer kraftvollen Stimme zu erklären, dass sie der göttlichen Energie den Weg zu mir ebnen würde, damit ich aufgeladen würde – genau auf die Weise, die mir in diesem Moment am besten dienen würde. Sofort spürte ich, wie mein Energieniveau anstieg. Es war, als würde eine verborgene Quelle in mir aktiviert, und ich wusste, dass ich nun selbst in der Lage war, diese Energie direkt anzuzapfen.

Ich wollte die Energie, die ich empfing, nicht einfach zurückgeben, sondern entschloss mich, den Raum damit zu fluten. In meiner Vorstellung verbreitete sich die übergebene Energie, erfüllte jede Ecke, bis wir beide in diesem kraftvollen Strom standen. Wir verharrten eine Weile in diesem Zustand, genossen ihn in Stille.

Als wir die Sitzung beendeten, sagte sie mit einem leichten Lachen: „Es hat mich fast rückwärts vom Stuhl geworfen!" Wir sprachen nicht weiter darüber, doch ich wusste, dass etwas in mir geschehen war. Es war ein weiterer Schritt auf dem Weg zurück zu meiner Kraft – nein, nicht zurück, sondern hin zu einer neuen Stärke, die mir noch fremd, aber aufregend vertraut zugleich war.

Endlich war es soweit. Ursula schickte mir Unterlagen auf mein Handy, die einige Informationen über die Frau enthielten, wegen der ich in der Klinik war. Sie würde am kommenden Tag eintreffen. Einerseits spürte ich, wie die Anspannung des Wartens aus mir wich, andererseits machte sich eine gewisse Aufregung breit. Ich wusste, dass ich improvisieren müsste, um an die Informationen zu gelangen, die sie besaß. Die Hintergrundinformationen von Ursula schob ich erst einmal beiseite. Ich wollte völlig unvoreingenommen auf diesen Menschen treffen. Ohne vorgefertigte Meinungen. Einfach offen sein für das, was mir in dieser Begegnung widerfahren würde. Zwei Menschen, die sich zum ersten Mal trafen.

Einzig ihr Foto hatte ich mir kurz angesehen, um sie zu erkennen. Und ihren Namen merkte ich mir: Regina. Die Königin.

Am nächsten Tag wurde Regina in die Klinik gebracht. Es war eine auffällige Ankunft. Die meisten Patienten reisten in privaten PKWs an, begleitet von engen Angehörigen. Doch bei Regina hatte es fast den Anschein, als hätte man sie geliefert – wie ein Paket. Dieser Gedanke drängte sich mir auf, denn gerade fünf Minuten zuvor war der Paketdienst vorgefahren gewesen. Ich saß auf der Veranda und beobachtete das Geschehen.

Das Haupthaus der Klinik verlief von Osten nach Westen, während der Speisesaal im rechten Winkel dazu Richtung Süden ausgerichtet war. Dadurch entstand ein nach Südosten geöffneter Innenhof. Am Ostende dieses Bereichs lag der Haupteingang, und die Veranda erstreckte sich entlang der Ostseite des Speisesaals. Von hier aus konnte man den gesamten offenen Bereich gut überblicken. Überdacht, bot die Veranda Schutz vor der Sonne oder dem Regen. Vor mir erstreckte sich ein wunderschön angelegter Garten mit saftigem Grün, farbenfrohen Blumen und zwei großen Bäumen. Der Brunnen im Zentrum sprudelte leise, während dahinter die dichten Wälder des Schwarzwaldes in sattem Grün leuchteten. Die Sonne ließ die Blätter flimmern, und ein sanfter Windhauch strich mir angenehm über das Gesicht. Der Ort war friedlich, beinahe magisch.

Ich trank eine Tasse Chai und genoss den Moment, als der Krankenwagen vorfuhr. Regina wurde in einem Rollstuhl herausgeführt, begleitet von einer Krankenschwester, einem jungen Pfleger und dem Fahrer. Zwei Pflegekräfte der Klinik kamen ihnen entgegen, und es folgte eine Art Übergabe, fast wie bei einem technischen Gerät, das man übergibt. Die Schwester reichte eine Mappe mit Papieren an die Pflegekraft der Klinik – wohl Reginas Akten. Es folgte eine kurze, angespannte Unterhaltung, als gäbe es eine Bedienungsanleitung für Regina. Die Gesichter aller Beteiligten waren angespannt. Selbst die sonst so freundlichen Pflegekräfte der Klinik hatten ihre Fröhlichkeit verloren.

Wenn ich so umlagert werden würde, dachte ich bei mir, würde ich auch nicht mit jemandem reden wollen. Ich hatte Regina wahrgenommen, aber mehr über ihre Situation nachgedacht und mich in sie hineinversetzt, als dass ich mich an Details wie ihre Kleidung oder ihre genauen Gesichtszüge erinnert hätte.

Ich trank meine Tasse Chai leer und wusste, dass ich jetzt ohnehin nicht zu ihr vordringen würde. Sie würde erst einmal im Pflegebereich der Klinik verschwinden. Aber sie war da, und das war gut. Ihre Anwesenheit lastete jedoch auf mir, und das Bedürfnis nach einer zweiten Tasse Chai überkam mich. Drinnen war es ruhig, und ich füllte meine Tasse erneut mit dem dampfenden Getränk, heiß, wie ich es mochte. Doch als ich wieder hinausging, war die Veranda nicht mehr leer. Eine kleine Gruppe von Patienten hatte sich dort niedergelassen, sie kamen gerade aus einer Gruppenanwendung und unterhielten sich angeregt. Ich setzte mich dazu, in der Hoffnung, mich abzulenken, aber ich fühlte mich wie ein Fremdkörper.

Nachdem ich meinen Chai ausgetrunken hatte, beschloss ich, einen Spaziergang zu machen. Der Wald lag nur ein paar Minuten entfernt, und ich tauchte in das Halbdunkel des Lichtenwaldes ein, wo die Sonnenstrahlen durch die Blätter tanzten und die Vögel fröhlich zwitscherten. Während ich den weichen Waldboden unter meinen Füßen spürte, kam die Antwort auf die Frage, die mich unbewusst bedrückt hatte: Warum hatte mich Reginas Ankunft so mitgenommen? Ich spürte tief in mir, dass ich bereits auf sie eingestimmt war, obwohl ich sie kaum kannte. Es war, als hätte ich sie auf einer tieferen Ebene erfasst.

Ich lächelte. Unsere erste Begegnung konnte kommen. Und gerade, als dieser Gedanke in mir aufstieg, hörte ich das leise Krächzen einer einzelnen Krähe in der Ferne.

Ein paar Tage vergingen, und die Pfleger der Klinik behielten Regina ständig im Blick, so gut sie konnten. Sie benahm sich ein wenig wie ein störrisches Kind, das ihnen immer wieder entwischte. Regina machte es zu einer Art Spiel, den Pflegern zu entkommen, und die eilten hektisch hinter ihr her. Die anderen Patienten lachten schon darüber, und es schien, als ob Regina ihre Fluchten besonders bei den Pflegern inszenierte, die ihr gegenüber eine gewisse Feindseligkeit zeigten. Die „Herzensmenschen" der Klinik, jene, die mit Liebe und Geduld auf sie zugingen, hatten keine Probleme mit ihr.

Wenn Regina nicht gerade auf der Flucht war, zog sie sich zurück, verbarg sich hinter ihrer Zimmertür, die nur einen Spalt geöffnet war, gerade so weit, dass sie hinausblicken konnte, ohne wirklich gesehen zu werden. Unfreiwillig war sie zum Gesprächsthema der Klinik geworden. Keiner hatte sie bisher wirklich aus der Nähe gesehen, außer in kurzen, flüchtigen Momenten, wenn sie an den anderen Patienten vorbeihuschte.

Dann passierte es plötzlich und völlig unverhofft.

Ich wollte gerade mit einer Tasse Tee in der Hand das Gebäude über den Haupteingang verlassen. Die Sonne schien golden und warm, und die sanfte Frühlingsluft hatte mich nach draußen gelockt. Da stand sie vor mir – Regina. Sie war direkt an der großen, altmodischen Eingangstür, die schwer und massiv in ihren Angeln lag. Das dunkle Holz wirkte wie ein Bollwerk, das sich fest gegen das Sonnenlicht stemmte. Immer wenn die Tür nur einen Spalt aufging, konnte man das Sonnenlicht von draußen erahnen, wie es sich gegen die Dunkelheit im Inneren behauptete. Regina schien in Panik. Ihr Blick war starr auf ein Schild geheftet, das an der Tür befestigt war: „Tür bitte geschlossen halten." Sie konnte nicht fassen, dass die Leute trotzdem ständig durch die Tür gingen. Es war, als ob dieser Widerspruch – das geöffnete Tor trotz des Schildes – sie völlig aus der Fassung brachte. Der Stress zeichnete sich in ihrem Gesicht ab, breitete sich in ihren Augen aus, und ich sah, wie er ihre Muskeln anspannte, als wäre sie nur noch ein Atemzug von einem völligen Zusammenbruch entfernt.

Dann sah sie mich.

„Da bist du ja! Endlich!" Ihre Stimme schnitt durch die Luft, als wäre ich ein vertrauter Freund, den sie nach langem Warten endlich gefunden hatte. Ich war so überrascht, dass ich beinahe meine Tasse Tee hätte fallen lassen. Wie konnte sie mich so ansprechen, als hätten wir uns seit Ewigkeiten gekannt?

Doch etwas Seltsames geschah. In dem Moment, als unsere Blicke sich trafen, sah ich, wie der Stress aus ihren Gliedern wich. Ihre Haltung lockerte sich, und sie atmete hörbar aus, als hätte meine bloße Anwesenheit eine Last von ihr genommen.

„Das Schild ist nicht ganz richtig", sagte ich ruhig, während ich meine Tasse balancierte. „Man darf die Tür schon öffnen, um rein- oder rauszugehen, solange man sie danach wieder schließt."

Regina ließ einen tiefen Seufzer der Erleichterung hören, als ob ich ein uraltes Rätsel gelöst hätte. „Gut!", rief sie erleichtert. „Dann sollten maximal drei Leute pro Minute durch die Tür gehen dürfen. Das ist fair!"

„Klingt nach einem vernünftigen Plan", antwortete ich mit einem schmunzelnden Nicken. „Aber wie wäre es, wenn du mit mir nach draußen kommst? Gleich um die Ecke, da stehen zwei Stühle. Wir könnten uns in die Sonne setzen."

Regina leuchtete förmlich auf. „Genau das machen wir!", rief sie mit unerwarteter Entschlossenheit.

Gemeinsam traten wir nach draußen. Die Sonne schien warm auf unser Gesicht, und das helle Licht der Außenwelt vertrieb die Dunkelheit, die hinter uns im Gebäude lauerte. Wir setzten uns in die beiden Stühle, die einladend auf einer kleinen Terrasse standen, und schwiegen eine Weile. Mehr brauchte es nicht. Der Moment war perfekt, gefüllt mit der Ruhe, die nur in der stillen Gesellschaft eines anderen entstehen kann.

Nach einer Weile kam eine der freundlichen Schwestern hinzu. Sie lächelte sanft und sagte: „Da sind Sie ja, Regina." Ohne Widerstand ließ sich Regina von ihr mitnehmen.

Ich blieb sitzen, nippte an meinem Tee und genoss die wärmende Sonne, während ich zusehen konnte, wie Regina im Inneren der Klinik verschwand.

Plötzlich hörte ich ein Krächzen. Eine einzelne Krähe erhob sich von einem Baum in der Ferne und flog in die Höhe. Sie zog ihre Kreise über dem Wald, als wäre sie ein Vorbote von etwas, das noch kommen sollte.

Es war ein angenehmer Frühlingstag, und wann immer mir Regina begegnete, rief sie mir von Weitem ein freundliches „Hallo" zu. Jedes Mal erwiderte ich es gerne. Bei aller Distanz war zwischen uns eine stille Verbindung entstanden, ein zartes Band, das sich mit jedem kurzen Aufeinandertreffen stärkte.

Nicht lange nach meiner ersten Begegnung mit Regina saß ich mit einer anderen Patientin im blauen Salon der Klinik. Dieser Raum befand sich nahe dem Speisesaal, auf der sonnigen Südseite des Gebäudes. Durch seine tieferliegende Lage konnten die warmen Strahlen der Sonne, die durch die hohen Fenster fielen, den Raum bis in die letzten Winkel mit Licht durchfluten. Die goldenen Strahlen tanzten in der Luft und verliehen dem Raum ein edles, beinahe erhabenes Ambiente. Die Einrichtung war stilvoll und gediegen, doch es waren die kleinen Nischen, die eine besondere Behaglichkeit boten. In einer Ecke, leicht abgeschirmt von der direkten Sonneneinstrahlung, standen zwei Sofas über Eck. Ein kleiner Tisch in der Mitte lud dazu ein, sich mit einem Getränk niederzulassen und die Zeit verstreichen zu lassen.

Es war am Nachmittag, und ich hatte mir eine heiße Schokolade gegönnt. Ich saß auf dem Sofa unter dem Fenster, den Rücken dem Licht zugewandt, sodass ich die Wärme der Sonne spürte, ohne direkt von ihr geblendet zu werden. Bei mir war eine andere Patientin. Eine Frau, etwa vierzig Jahre alt, mit weichen, runden Gesichtszügen und einem afrikanischen Erscheinungsbild. Sie sprach in einem tadellosen, gehobenen Deutsch und machte einen vornehmen Eindruck.

Wir unterhielten uns, wie es in solchen Situationen üblich war, über Belangloses, als ich schließlich die Frage stellte: „Was machen Sie eigentlich, wenn Sie nicht in der Klinik sind?"

„Ich vermittle Wissen", antwortete sie selbstbewusst.

„Ach, ist das so?" fragte ich neugierig nach, obwohl ich wusste, dass sie vermutlich Lehrerin war. Doch meine Reaktion löste offenbar einen Reflex in ihr aus. Vielleicht erschien ich ihr wie ein ungeduldiges Kind, das einfach nicht verstehen wollte, was man ihm erklärte. Ein regelrechter Wortschwall brach über mich herein, und ich ließ es geschehen, mit einem stillen Lächeln. Ihre Ausstrahlung war freundlich, sie meinte es nicht böse.

„Schon wieder eine Lehrerin", dachte ich. Es war auffällig, wie viele Lehrerinnen und Lehrer hier in der Klinik waren. Es musste einen Grund geben, ein Muster, dem sie alle folgten. Vielleicht war es so, dass viele von ihnen in ein Leben hineingeraten waren, das im Grunde nicht zu ihnen passte. Denn die Lehrer, die ich hier getroffen hatte, waren fast ausnahmslos Herzensmenschen.

Als ich darüber nachdachte, fiel mir auf, dass viele Lehrer einem grundlegenden Missverständnis unterlagen. Sie glaubten, sie würden Wissen vermitteln. Doch eigentlich gaben sie nur Glauben weiter.

In der Schule lernen angehende Lehrer, Glauben zu akzeptieren. Jemand steht vorne im Klassenzimmer und erzählt ihnen etwas, das als Wissen verkauft wird. Doch oft sind es Dinge, die der Vortragende selbst nie erlebt hat. Er kann sie also nicht wirklich wissen, sondern nur glauben.

Und diesen Glauben gibt er an die Schüler weiter. Die Schüler lernen zu glauben, was man ihnen sagt. Und diejenigen, die es besonders gut lernen, werden vielleicht selbst Lehrer. Sie studieren weiter und lernen, noch mehr Glauben zu akkumulieren. Ihre Prüfungen bestehen sie, indem sie Wissen reproduzieren, das sie nie hinterfragen durften. Sie schaffen es durch das System, weil sie gelernt haben, Informationen aufzunehmen, ohne deren Richtigkeit zu überprüfen.

Und dann, nach all den Jahren des Lernens, stehen sie selbst vor einer Klasse und beginnen, diesen Glauben an die nächste Generation weiterzugeben. Sie nennen es „Wissen vermitteln", doch in Wirklichkeit verbreiten sie Glauben. Sie haben nicht gelernt, wie man echtes Wissen erlangt, denn das erfordert eigene Erfahrung, eigenes Denken, eigene Wahrnehmung.

Dabei gibt es zwei Arten von Wissen: das überprüfbare Wissen und das nicht überprüfbare. Zweifler nennen das nicht überprüfbare Wissen oft „Glauben", weil sie die Ebene, auf der dieses Wissen existiert, nicht nachvollziehen können. Hier liegt das ewige Missverständnis zwischen Glauben und Wissen.

Spannenderweise lehnen sich viele Lehrer gegen Organisationen auf, die dafür bekannt sind, Glauben zu vermitteln – wie religiöse Gemeinschaften. Dabei erkennen sie nicht, dass sie selbst Teil eines Systems sind, das auf Glauben basiert. Schulen und Universitäten, die vorgeben, Wissen zu vermitteln, sind oft nichts anderes als moderne Glaubensgemeinschaften. Wer dem vorherrschenden Glauben folgt, gehört dazu. Wer es wagt, anders zu denken, wird ausgeschlossen.

So befinden sich viele Lehrer – wie auch die Patientin neben mir – in einem inneren Widerstreit. Sie sehen sich als Vermittler von Wissen, erkennen aber nicht, dass sie Glauben lehren. Vielleicht ist es gerade dieser innere Widerspruch, der so viele von ihnen in eine Krise stürzt. Sie spüren, dass etwas nicht stimmt, aber sie können es nicht benennen. Und oft glauben sie, dass sie selbst das Problem sind.

„Glauben und Wissen." Diese Worte hallten in meinem Geist nach, während die Patientin weiterredete. Sie war in ihrer Erscheinung vornehm und kontrolliert, doch immer wieder blitzte eine Emotion durch, die sie nicht vollständig unterdrücken konnte. Ihr leuchtend weißes Brillengestell wirkte wie ein stiller Protest, als hätte sie sich das Wort „Revolution" auf die Stirn tätowieren wollen. Ihre Emotionen schrien danach, losgelassen zu werden, doch sie hielt sie im Zaum, gefangen in der Rolle, die sie sich selbst auferlegt hatte.

Trotzdem war sie ein Herzensmensch. Und ich genoss ihre Gegenwart, besonders in diesem warmen, lichtdurchfluteten Raum. Es war, als würde die Sonne nicht nur den Salon, sondern auch uns beide durchdringen und einen Moment des Friedens schenken.

Schließlich saßen wir schweigend nebeneinander, jeder in seine Gedanken vertieft. Die Ruhe im blauen Salon hüllte uns ein, nur das leise Klirren meines Löffels am Tassenrand durchbrach ab und zu die Stille.

Dann hörte ich das leise Knarzen des Dielenbodens, das meine Aufmerksamkeit zur Tür lenkte. Regina stand dort, als ob sie abwarten würde, ob sie willkommen war. Ihr Blick wanderte ruhig durch den Raum, bis er auf uns ruhte. Ich spürte einen Moment des Zögerns, bevor ich sanft sagte: „Setz dich doch gern zu uns, auf das andere Sofa."

Mit einem kleinen Nicken trat Regina langsam ein. Das alte Holz knarrte unter jedem ihrer Schritte, als sie den Raum durchquerte. Schließlich ließ sie sich sanft auf das gegenüberliegende Sofa nieder, ihre Bewegungen geschmeidig, als ob sie die Schwere der Stille nicht stören wollte.

Einen Moment lang herrschte wieder Ruhe, bis Regina die Stille mit einem leichten Lächeln brach: „Ach, nennt mich doch einfach Gine. Regina klingt so formell." Ihre Augen strahlten eine Mischung aus Freundlichkeit und Nähe aus, und ich konnte spüren, wie sich die Atmosphäre veränderte.

„Gine also", wiederholte ich lächelnd, und plötzlich fühlte sich der Raum noch wärmer und vertrauter an.

Die andere Patientin widmete nun ihre gesamte Aufmerksamkeit Regina. Sie versuchte, ein Gespräch mit ihr aufzubauen, doch es wollte nicht so recht gelingen. Gine schien, als würde sie zusammenhangsloses Zeug vor sich hinreden. Die Lehrerin war bereits sichtlich verwirrt und ihre Miene verfinsterte sich, als Gine mitten in eine kurze Pause unvermittelt sagte: "Deine Tochter ist sehr intelligent!"

Der Satz zerschnitt die Luft wie ein Peitschenhieb. Er traf die andere Patientin an einer empfindlichen Stelle. Mit Tränen in den Augen sprang sie plötzlich auf und stürzte wortlos aus dem Raum.

„Was hat sie denn?" fragte Gine, ihre Stimme voller Überraschung und Verunsicherung. Es war, als wäre sie von der Wirkung ihrer eigenen

Worte erschrocken. Sie schien nicht nur verwundert, sondern auch davon ergriffen, dass sie jemanden unabsichtlich verletzt haben könnte.

„Die Menschen hier in der Klinik stecken alle in schwierigen Phasen," versuchte ich, sowohl Gine als auch mich selbst zu beruhigen. „Die Emotionen liegen oft blank. Keiner kann ahnen, wie sein Gegenüber auf scheinbar harmlose Worte reagiert."

Was mich an dieser Situation jedoch besonders irritierte, war die Tatsache, dass die Lehrerin meiner Kenntnis nach nie Besuch von ihrer Tochter bekommen hatte. Ich hatte sie nie gesehen, und es schien auch unwahrscheinlich, dass Gine irgendeinen Kontakt zu ihr gehabt hatte. Doch ich hatte keine Zeit, weiter darüber nachzudenken.

Plötzlich öffnete sich die Tür des blauen Salons mit einem Knarren, und ein Luftzug ließ das gegenüberliegende Fenster laut ins Schloss fallen. Ein großer, muskulöser Mann von etwa sechzig Jahren trat ein. Sein Auftreten war schwer und bestimmt, die breiten Schultern in einen dunklen Mantel gehüllt. Er trug schwarze Stiefel, die leise über den Boden glitten, und seine grauen Haare waren streng nach hinten gekämmt. Ohne uns eines Blickes zu würdigen, durchquerte er den Raum und verschwand durch die Tür zum Speisesaal.

Gine erschrak sichtlich. „Das ist Alex," flüsterte sie mir mit zittriger Stimme zu. „Bestimmt hat ihn mein Freund geschickt, um mich zu überwachen."

Sie schien von der Situation völlig überrumpelt, als sie schnell ihre Tasche griff und sich zur Tür begab. „Wir treffen uns um Mitternacht," hauchte sie noch, bevor sie eilig den Salon verließ.

Etwas verwirrt blieb ich allein zurück. Doch dann realisierte ich, dass ich einen wichtigen Schritt in meinem Vorhaben gemacht hatte, Kontakt zu Regina, oder besser gesagt, zu Gine aufzubauen. Zufrieden machte ich mich auf den Weg in mein Zimmer.

Ursula schickte mir eine Nachricht: „Triff mich im Wald oberhalb der Klinik. Ich hab den VW-Bus dort geparkt und genieße gerade die Abgeschiedenheit." Sie fügte hinzu, dass sie neugierig sei, meinen aktuellen Status zu erfahren. Ohne zu zögern, machte ich mich auf den Weg. Der beschriebene Waldweg war mir mittlerweile vertraut.

Die Luft war frisch und klar, und ich genoss das satte Grün der Bäume, während ich durch den Wald ging. Die Sonnenstrahlen fielen durch die Blätter und tanzten auf dem Boden, doch am Horizont türmten sich bereits dunkle Wolken auf. Ein leises Grollen kündigte den kommenden Regen an, aber noch war es trocken. Ein paar Sonnenstrahlen schienen mir wie ein letzter freundlicher Gruß des Himmels, bevor das Wetter umschlagen würde.

Als ich Ursula erreichte, fand ich sie in einer entspannten, fast sorglosen Haltung vor. Sie saß in einem Klappstuhl vor der offenen Schiebetür ihres VW-Busses. Gekleidet in einer lässigen Jeans und einem grauen Kapuzenpullover wirkte sie wie eine unbeschwerte Camperin, nicht wie die erfahrene Agentin, die ich kannte. Neben ihr auf einer Stufe lag eine offene Tüte Kartoffelchips, und in der Hand hielt sie eine dampfende Tasse Kaffee.

Sie lächelte erfreut, als sie mich sah. „Du weißt ja, wo die Stühle sind," sagte sie, während sie mir mit einem Nicken Richtung Heckklappe deutete. Ich ging zum Bus, holte einen weiteren Klappstuhl hervor und setzte mich neben sie in die Sonne.

Zunächst versicherte ich mich, dass wir hier ungestört waren. Ursula nickte. „Hier oben hört uns keiner. Das ist der perfekte Ort."

Ich erzählte ihr von meinen Erlebnissen mit Regina, wie wir uns im blauen Salon getroffen hatten und dass Regina von einem muskulösen Mann erschreckt worden war. „Er war groß, breitschultrig und bestimmt Mitte sechzig. Aber ehrlich gesagt, ich weiß nicht, ob sie sich da nur was eingebildet hat."

Ursula runzelte die Stirn. „Das sollten wir herausfinden. Ich werde Nachforschungen über diesen Mann anstellen. Wenn er wirklich eine Rolle spielt, müssen wir das wissen."

Als ich erwähnte, dass ich für die Nacht ein Gespräch mit Regina geplant hatte, atmete Ursula erleichtert auf. „Das ist gut. Es wird höchste Zeit, dass wir Ergebnisse bekommen."

Dann lehnte sie sich vor, ihre entspannte Haltung schwand und wurde von einem ernsteren Ton abgelöst. „Es gibt nämlich einen Punkt, der uns unter Druck setzt," sagte sie leise und sah mir fest in die Augen. „Die Klinikleitung hat beschlossen, ein neues Medikament an Regina auszuprobieren. Falls sie übersinnliche Fähigkeiten hat, wird dieses Mittel sie ihr nehmen. Und wenn das passiert, werden wir nichts mehr von ihr erfahren."

Die Schwere ihrer Worte lastete plötzlich wie ein Gewicht auf meinen Schultern. Der Druck wuchs. Der Himmel hatte sich inzwischen weiter verdunkelt, und die ersten dicken Regentropfen fielen auf meine Haut. Der Wind frischte auf, und es raschelte in den Bäumen. „Wir dürfen keine Zeit mehr verlieren," fügte sie hinzu.

Ich nickte nur stumm. Der Regen begann stärker zu werden, und ich spürte, wie die Nässe meine Kleidung durchdrang. Ursula stand auf, begann die Stühle zusammenzupacken und meinte: „Du solltest besser gehen, bevor du klitschnass wirst. Ich kümmere mich um den Rest."

Eilig verabschiedete ich mich und machte mich auf den Rückweg zur Klinik. Der Regen peitschte jetzt durch die Bäume, und die Luft schien plötzlich kälter geworden zu sein. Ich konnte keinen einzigen Vogel mehr hören – als hätten sie alle Schutz gesucht vor dem heraufziehenden Sturm. Der Weg war nass und schlammig, und obwohl ich mich beeilte, konnte ich dem Regen nicht ganz entkommen. Klatschnass kam ich schließlich in der Klinik an.

Ich entschied, mich erst einmal auf mein Zimmer zurückzuziehen, um eine warme Dusche zu nehmen und mich für das Abendessen umzuziehen. Während ich mich auszog, spürte ich den Druck erneut — nicht nur, weil ich trocken werden wollte, sondern weil es jetzt auf jede Minute ankam. Der Moment, in dem ich mit Regina sprechen konnte, rückte näher, und ich durfte keine Zeit verlieren.

Nach dem Abendessen zog es mich auf die Veranda. In der Hand hielt ich eine große, dampfende Tasse heißer Schokolade. Die frische Luft nach dem Regen hatte etwas Befreiendes, sie trug einen Hauch von Kühle in sich und die Klarheit der Atmosphäre schien förmlich greifbar. Ich ließ mich auf einen der bequemen Stühle sinken, während drinnen der Trubel von Gesprächen und Gesellschaftsspielen den Raum erfüllte. Aber hier draußen, allein mit der Nacht und der Stille, fand ich zu mir selbst. Die Zeit stand still, und ich konnte spüren, wie sich mein Geist sammelte, als ob die klare Luft meine Gedanken reinigte.

Nachdem ich die Schokolade ausgetrunken hatte, machte ich einen kurzen Abstecher bei der Pflege. Nicht, weil ich wirklich eine Baldrian-Tablette brauchte, sondern als absichtlicher Vorwand. Ich wusste, dass die Nachtruhe in der Klinik strikt eingehalten wurde, und falls mich später noch jemand herumlaufen sehen würde, sollte es nicht auffallen. Die Tablette war ein Signal, ein Hinweis darauf, dass die Nacht für mich schwieriger werden könnte. So würde es niemanden verwundern, wenn ich später wach und unterwegs war. Die beruhigende Wirkung des Baldrians war nur ein angenehmer Nebeneffekt.

Zurück im Zimmer stellte ich den Wecker auf 23:00 Uhr. Ich legte mich aufs Bett und schloss die Augen, die Gedanken schweiften davon. Der Schlaf kam schneller als erwartet, tief und traumlos. Als der Wecker schließlich klingelte, war es, als wäre ich aus einem stillen Ozean aufgetaucht. Der Mond goss sein silbernes Licht durch das Fenster, tauchte den Raum in ein friedliches Leuchten.

Langsam stand ich auf und machte mich auf den Weg. Die Klinik lag still und verlassen. In der Ferne hörte ich das leise Summen der Heizungsanlage und ab und zu ein gedämpftes Knarren des alten Holzfußbodens. Der Nachthimmel schien auch in den Fluren präsent zu sein, eine schlafende Ruhe lag in der Luft.

Auf dem Weg zum blauen Salon blieb ich im Speisesaal stehen. Dort in einer Schale lag Obst – ich nahm mir eine Banane, aß sie in bedächtiger Stille und ließ den Geschmack auf mich wirken. Dann bereitete ich mir mit ruhigen Bewegungen eine große Tasse heißen Masala Chai zu. Der würzige Duft erfüllte den Raum, beruhigend und zugleich belebend.

Im blauen Salon ließ ich mich auf das Sofa am Fenster nieder. Die Tasse in den Händen wärmte mich, während ich hinaus in die mondbeschienene Nacht blickte. Ich versuchte, meinen Geist zu leeren, ihn still werden zu lassen, mich auf den Moment zu konzentrieren. Was auch immer geschehen würde, ich wollte präsent sein, bereit für das, was kam.

Die Minuten verstrichen, lautlos, während ich einfach dort saß, eingehüllt in die stille Erwartung. Schließlich hörte ich leise Schritte. Gine trat in den Raum, scheu und vorsichtig, als hätte sie Angst, die Stille zu stören. Sie hielt ein kleines Kissen fest umklammert, wie einen Schutzschild vor ihrem Bauch. Ohne ein Wort ließ sie sich auf das andere Sofa sinken, ihre Bewegungen waren leise, bedacht. Für einen Moment saßen wir einfach nur da, wortlos, beide in Gedanken verloren.

Die sanfte Spannung des Moments lag über uns wie ein Schleier, doch in ihrem Schweigen spürte ich eine subtile Empathie, ein leises Band, das sich zwischen uns spann. Es war, als würden wir beide die Last der Stille spüren, doch zugleich fanden wir Trost darin. So schwiegen wir eine Weile, jeder auf seine Weise gegen die innere Unruhe ankämpfend, die den Raum durchzog.

„Was siehst du?" Mit dieser Frage durchbrach sie die Stille.

Ich kannte diese Frage gut, hatte sie schon unzählige Male gehört. Noch bevor ich antworten konnte, schob sie eine Erklärung hinterher: „Ich habe dich mit einem Blindenstock gesehen, als du in den Wald gegangen bist. Aber hier drin läufst du frei herum. Daher die Frage: Was siehst du? Wie viel siehst du?"

Ich atmete tief durch und begann, wie ich es schon oft getan hatte, die vertraute Erklärung zu geben. Es fühlte sich an wie ein gut eingeübtes Programm. „Ich habe eine Erbkrankheit", begann ich. „Es handelt sich um eine Krankheit, bei der die Zellen auf meiner Netzhaut langsam von außen nach innen absterben. Schon als Kind habe ich in der Dunkelheit schlechter gesehen als andere, aber bis vor einigen Jahren konnte ich noch Auto fahren. Dann kam noch ein grauer Star dazu, der die Sicht zusätzlich einschränkt. Und ich bin extrem kurzsichtig. Das bedeutet, dass es sehr stark von den Lichtverhältnissen abhängt, wie viel ich gerade in einem bestimmten Moment sehen kann."

Ich spürte, wie Regina mir aufmerksam zuhörte. Ihre Augen ruhten ruhig auf mir, und es war, als hätte sie jedes Wort in sich aufgesogen, nicht nur mit ihren Ohren, sondern auch mit ihrem Herzen. Es war kein flüchtiges Interesse, sondern ein tiefes, spirituelles Verständnis.

„Und der Blindenstock?" fragte sie leise.

„Er gibt mir Sicherheit, vor allem in einer Umgebung, die ich nicht kenne", fuhr ich fort. „Mein Gehirn erstellt, wenn ich länger in einem Raum bin, nach und nach ein Bild dieses Raumes. So kann ich mich scheinbar frei bewegen, fast wie ein Sehender – nur eben langsamer, vorsichtiger."

Für einen Moment schwiegen wir, und ich spürte, wie sich in mir etwas regte, etwas, das ich bisher noch niemandem offenbart hatte. „Aber es gibt noch mehr", sagte ich schließlich, leiser, als ob ich die Worte selbst abwägen müsste. „Mittlerweile blendet mein Gehirn manchmal Dinge ein, die ich gar nicht mehr mit den Augen wahrnehme. Wenn ich still in einem Raum bin, sehe ich manchmal Dinge in meinem Sichtfeld, obwohl ich eigentlich weiß, dass ich sie nicht mehr sehen kann."

Regina nickte sanft, ohne Unterbrechung, als ob dieser Gedanke für sie nicht fremd war, sondern eine tiefe, intuitive Wahrheit ansprach. „Das passiert aber nur, wenn ich mich wenig bewege und ganz in meiner Energie bin. Es kostet mich Kraft. Wenn ich zum Beispiel ohne Stock in den Speisesaal gehe und mich dann hinsetze, merke ich, dass ich nach dem Essen, wenn ich müde werde, plötzlich viel schlechter orientiert bin. Es ist, als ob mein System dann auf Sparflamme läuft.“

Ich hielt einen Moment inne und sammelte meine Gedanken. „Es hat auch mit den Menschen um mich herum zu tun. Ihre Emotionen prasseln auf mich ein, und das drückt auf meine Wahrnehmung. So als würde man an einem Regler drehen und den Empfang herunterstellen, damit es kein Übersteuern gibt.“

Ich spürte, wie ihre Aufmerksamkeit kein bisschen nachließ. Sie war präsent, bei mir, und in ihrem Blick lag ein tiefes Verständnis für das, was ich sagte. Diese Worte, die ich noch nie jemandem in dieser Tiefe anvertraut hatte, fanden bei ihr einen empfänglichen Boden.

„Es muss für Außenstehende manchmal seltsam wirken“, fügte ich hinzu. „Oft weiß ich selbst nicht, wie viel ich in der nächsten Situation sehen werde. Umso schwieriger ist es für andere, das einzuschätzen.“

Regina ließ meine Worte auf sich wirken, dann fragte sie leise: „Und was siehst du, wenn du mich ansiehst?“

Ich atmete tief durch und ließ den Blick über den Raum gleiten, dann auf sie. „Im Moment sehe ich dich in einer orangefarbenen Umgebung sitzen“, sagte ich ehrlich. „Dein Gesicht kann ich kaum erkennen. Es ist hinter einem Schleier aus kräftigem Rot verborgen.“

Ich bemerkte, wie ihre Augen einen Moment lang weicher wurden, und dann nickte sie, fast unmerklich. Die Stille, die folgte, war nicht mehr die eines bloßen Schweigens, sondern die eines geteilten Verständnisses. So offen hatte ich noch nie jemandem von meiner Sehkraft erzählt, und doch fühlte ich mich in diesem Moment sicher – sicher in ihrer Gegenwart und in dem Raum, den wir gemeinsam schufen.

„Und was siehst du?“ stellte ich die Frage zurück und schaute sie an.

Regina zögerte kurz, als müsste sie sich sammeln, bevor sie weitersprach. Ihre Augen waren fest auf einen Punkt in der Ferne gerichtet, und ich spürte, dass sie sich in eine tiefe innere Welt begab. Dann begann sie langsam zu sprechen.

„Ich sehe… ein Bild von der Erde", sagte sie leise. „Eine große, blaue und grüne Kugel, wunderschön und lebendig. Und darauf, ganz deutlich sichtbar, ist ein knallrotes Herz." Ihre Stimme wurde sanfter, fast ehrfürchtig. „Von diesem Herz gehen rote, pulsierende Adern aus, die sich über die ganze Erde ziehen. Wie ein Netzwerk von Lebensströmen."

„Liegt das Herz in der Mitte der Welt?" unterbrach ich sie neugierig.

Sie schüttelte den Kopf. „Nein, es ist oben an der Oberfläche", antwortete sie bestimmt. „Und ich habe dich gesehen… du saßt auf diesem Herz, ganz in Meditation versunken. Da waren auch andere Menschen, aber ich konnte nur dich erkennen. Das war auch der Grund, warum ich dich sofort wiedererkannt habe, als wir uns zum ersten Mal begegnet sind. Es war… klar, dass du es sein musstest."

Ihre Worte hallten in mir nach, wie ein Echo von etwas, das ich tief im Inneren bereits gespürt hatte, aber noch nicht benennen hatte können. Bevor ich etwas erwidern konnte, sprach sie weiter.

„Und dann gibt es noch etwas", sagte sie, ihre Stimme wurde fast zu einem Flüstern. „Ich höre immer wieder bestimmte Wörter, und ich wusste, dass es meine Aufgabe war, dir diese Worte mitzuteilen."

Sie hielt kurz inne, als ob sie sich vergewissern wollte, dass ich bereit war, bevor sie weitersprach. Ich nickte und hielt den Atem an.

„Die Wörter sind:

Hit him.

They fail.

So they sail

to the core

on distant shore."

Ihre Worte klangen klar und unverändert, wie eine Botschaft, die sie bereits lange mit sich trug. In meinem Kopf formte sich sofort ein Rätsel, das es zu lösen galt. Warum diese Wörter? Warum auf Englisch? Doch bevor ich weiter darüber nachdenken konnte, wurde die Stille durch das Geräusch einer sich öffnenden Tür unterbrochen.

Eine Pflegekraft trat ein, ihr Gesicht freundlich, aber bestimmt. „Es ist schon spät", sagte sie sanft. „Vielleicht sollten Sie beide versuchen, etwas Schlaf zu finden."

Regina nickte, als ob sie aus einem Traum erwachte, und die Pflegekraft trat näher an sie heran, um sie zu ihrem Zimmer zu begleiten. Ich blieb zurück im blauen Salon, allein mit meinen Gedanken, während Regina und die Pflegekraft leise den Raum verließen.

Die Worte, die sie mir mitgeteilt hatte, hallten in mir wider. Hit him. They fail. So they sail to the core on distant shore. Ich versuchte sie mir so gut es ging einzuprägen, spürte, wie wichtig sie waren, ohne dass ich ihren vollen Sinn bereits erfassen konnte.

Nachdem ich einen Moment still in der Dunkelheit gesessen hatte, stand ich auf, nahm meine Tasse und stellte sie auf das Tablett im Speisesaal, das für das schmutzige Geschirr vorgesehen war. Dann machte ich mich langsam auf den Weg in mein Zimmer. Kaum angekommen, griff ich zu meinem Handy und tippte eine kurze Nachricht an Ursula: „Habe etwas. Muss schlafen."

Erschöpft, aber aufgewühlt zugleich, legte ich mich aufs Bett. Die Ereignisse der Nacht drehten sich noch in meinem Kopf, doch schließlich überkam mich die Müdigkeit, und ich schlief ein.

Am nächsten Morgen, noch bevor ich richtig wach war, griff ich nach meinem Handy und rief Ursula an. Sie war sofort am Apparat und schon spürbar ungeduldig. „Na, was hast du mir zu erzählen? Und warum nur diese kurze Nachricht letzte Nacht?" Ihr Ärger war deutlich zu hören, aber er klang fast amüsiert, als ob sie mehr necken als ernsthaft schimpfen wollte. Ich grinste leicht. „Für mich war es schon eine große Leistung, überhaupt eine Nachricht zu schicken", entgegnete ich mit einem versöhnlichen Unterton. Ein Moment des Schweigens, dann lachten wir beide.

„Okay, okay", sagte sie schließlich. „Lass uns im Wald treffen, bei meinem Bus. Am besten noch heute Vormittag." Ich stimmte zu, froh, dass wir bald die Geschehnisse der Nacht besprechen konnten.

Nachdem das Gespräch beendet war, nahm ich mir eine ausgiebige Dusche. Ich drehte die Lautstärke meines Handys auf und ließ den Hardrock der Siebzigerjahre durch das kleine Badezimmer hallen. Die kraftvollen Gitarrenriffs mischten sich mit dem Rauschen des Wassers, und für einen kurzen Moment spürte ich, wie die Schwere der Nacht von mir abfiel. Die Musik hüllte mich ein wie ein schützender Mantel, ließ den Nebel der Gedanken für einen Augenblick klarer werden. Doch sobald ich das Wasser abstellte, kehrte die Unruhe zurück.

Ich zog mich praktisch an, bereit, jederzeit in den Wald aufzubrechen. Der Gedanke an das Treffen mit Ursula trieb mich an, aber auch die drängende Frage, wo Regina geblieben war. Beim Frühstück im Speisesaal ließ ich meinen Blick unruhig durch den Raum schweifen, immer in der Hoffnung, Regina irgendwo zu sehen. Doch sie blieb wie vom Erdboden verschluckt.

Die Gespräche am Tisch rauschten an mir vorbei, uninteressant und belanglos, bis jemand unvermittelt fragte: „Habt ihr das Erdbeben letzte Nacht gespürt?" Mein Kopf schnellte herum. „Erdbeben?", fragte ich überrascht. „Ich hab geschlafen wie ein Stein."

Der Patient, der die Frage gestellt hatte, schilderte ausführlich sein Erlebnis. Wie er wachgelegen hatte, als plötzlich die Erde unter ihm zitterte. „Ich hab sofort im Radio nachgehört, es war wirklich ein Erdbeben," fügte er hinzu.

Ein anderer Patient, der sich in die Unterhaltung einmischte, meinte, der Rheingraben sei nicht weit entfernt, und daher sei es nicht ungewöhnlich, dass es auch hier im Schwarzwald Beben geben könne. „Vielleicht war es aber auch nur eine Erschütterung der Macht", witzelte der erste Patient, was uns alle kurz zum Lachen brachte. Doch in mir blieb das mulmige Gefühl, dass diese Erschütterung vielleicht mehr mit Regina zu tun hatte, als uns allen klar war.

Nach dem Frühstück wanderte ich ziellos durch die Gänge der Klinik, immer darauf bedacht, ein Lebenszeichen von Regina zu entdecken. Doch es blieb still. Kein flüchtiger Blick, kein Schatten von ihr. Die Gedanken an unsere letzte Begegnung gingen mir nicht aus dem Kopf – das Bild der Erde, das pulsierende Herz, die rätselhaften englischen Worte. Es fühlte sich an, als wäre da ein Knoten, den ich nicht lösen konnte, ohne ihre Hilfe. Und doch schien sie verschwunden.

Schließlich sprach ich eine der Schwestern an, eher beiläufig, wie ich hoffte, als wäre es nur eine flüchtige Neugier. „Wissen Sie, was mit Regina ist?" fragte ich vorsichtig.

Die Schwester lächelte freundlich, aber ihr Blick blieb professionell. „Tut mir leid, aber ich darf dazu nichts sagen. Falls sie eine neue Behandlung bekommen hat, braucht sie jetzt wahrscheinlich viel Ruhe."

Das war alles, was ich bekam. Regina war für mich unerreichbar geworden, und es fühlte sich an, als wäre ein Kapitel auf schmerzliche Weise geschlossen worden, ohne dass ich das Rätsel lösen konnte.

Ich kehrte in mein Zimmer zurück, holte meinen Stock, zog feste Schuhe an und warf mir noch eine Regenjacke über. Dann machte ich mich auf den Weg in den Wald, zu Ursula.

Der Moment, als ich die Klinik verließ, fühlte sich an wie ein Befreiungsschlag. Die stickige Luft der Gänge, die bedrückenden Gedanken des Morgens, alles blieb hinter mir, als ich die ersten Schritte auf dem weichen Waldboden machte. Die frische Luft durchströmte meine Lungen, und doch war da diese Anspannung in mir, die sich wie ein festgezurrter Knoten in meiner Brust anfühlte. Die Gedanken an Regina und ihre rätselhaften Worte ließen mich nicht los. Mit jedem Schritt durch den Wald schien das Bild der Erde mit dem pulsierenden Herz klarer vor meinem inneren Auge aufzutauchen, doch die Bedeutung blieb nebulös. Und die englischen Worte…

Hit him. They fail. So they sail to the core on distant shore.

Je mehr ich darüber nachdachte, desto schwerer schien mir der Kopf zu werden. Die Distanz zu Ursulas Bus, die ich normalerweise leicht überwunden hätte, zog sich diesmal ins Unendliche. Jeder Schritt war begleitet von einer Welle der Ungewissheit. Doch der Weg nach vorn war unvermeidlich – Regina hatte mir etwas mitgeteilt, und nun lag es an uns, herauszufinden, was es bedeutete.

Ursula stand schon vor dem VW-Bus und wartete auf mich. Sie wirkte aufgeregt und neugierig, ein leichtes Lächeln lag auf ihren Lippen. „Ich habe gerade Kaffee gekocht," sagte sie, „möchtest du auch eine Tasse?"

„Ja, liebend gerne," antwortete ich, und sie bat mich in den Bus.

Der Innenraum war gemütlich eingerichtet. Ursula hatte das Aufstelldach nach oben gefahren, sodass man bequem aufrecht stehen konnte. Das Bett war nach oben geklappt, wodurch Platz entstand. Der

Beifahrersitz war umgedreht und der Klapptisch zwischen Sitzbank und Vordersitz aufgebaut. Der Duft von frischem Kaffee erfüllte den Bus, und ich setzte mich auf die Rückbank, während Ursula auf dem Beifahrersitz Platz nahm.

Die Schiebetür schloss sich sanft hinter uns, und eine angenehme Stille breitete sich aus. Draußen hörte man nur das leise Rascheln der Blätter im Wind und das Zwitschern der Vögel, die den sonnigen Morgen begrüßten. Es war friedlich.

Ich begann, Ursula jedes Detail von meinem Gespräch mit Regina zu erzählen. Nichts wollte ich auslassen. Jeder kleine Hinweis, jede Nuance in Reginas Stimme könnte wichtig sein. Ursula hörte mir aufmerksam zu, ihre Augen fest auf mich gerichtet. Sie sagte kein Wort, um meinen Gedankenfluss nicht zu unterbrechen. Ich konnte spüren, wie sehr sie sich auf jedes meiner Worte konzentrierte. Nur ab und zu nahm sie einen Schluck Kaffee, genau wie ich.

Erst als ich erwähnte, dass ich Regina nicht mehr hatte antreffen können, schaltete sich Ursula ein. „Ich weiß durch meine Kanäle, dass Regina heute mit einer neuen Behandlung begonnen hat. Es scheint, als wäre diese Spur fürs Erste versiegt." Sie seufzte leise. „Wir müssen das Rätsel lösen und darauf vertrauen, dass uns das Universum die nächsten Hinweise gibt."

Eine Weile saßen wir schweigend da, blickten uns an, und lauschten dem Knistern der Bäume draußen. Es war ein Moment der stillen Eintracht. Doch dann brach Ursula das Schweigen: „Wie gehen wir jetzt weiter vor? Hast du eine Idee?"

Ich dachte nach und antwortete schließlich: „Vielleicht sollten wir es wie bei alltäglichen Dingen machen. Lass uns eine Suchmaschine benutzen." Ich zog mein Handy heraus.

„Gute Idee!" Ursula grinste verschmitzt. „Aber warte, bevor du loslegst, muss ich dir etwas zeigen." Sie deutete auf mein Handy. „Geh in die Einstellungen deines Browsers und ändere die Suchmaschine."

Ich folgte ihrer Anweisung und lachte laut auf, als ich die neue Option sah. „Gockel? Das ist ja der Wahnsinn!" Auf dem Bildschirm prangte das Logo eines schwarz-rot-goldenen Hahns. Ursula lachte ebenfalls.

„Unsere Programmierer haben Humor," meinte sie. „Du kannst mit dieser Suchmaschine sprechen, als würdest du mit einem Mitarbeiter reden. Sie ist sehr intelligent."

Fasziniert von der Idee, probierte ich es aus. Doch trotz all unserer Versuche – wir gaben den gesamten Text von Regina ein, versuchten verschiedene Begriffe und Redewendungen – konnten wir kein brauchbares Ergebnis erzielen. Große Enttäuschung machte sich breit.

Inzwischen war schon einige Zeit vergangen. „Ich sollte wohl besser zurück in die Klinik," sagte ich schließlich und sah auf die Uhr. „Ich will nicht auffallen, solange wir nicht wissen, wie es weitergeht. Außerdem sollte ich zum Mittagessen und zur heutigen Therapiesitzung."

Ursula nickte verständnisvoll. „Wir könnten später am Nachmittag einen Spaziergang im Wald machen. Vielleicht hilft uns das beim Denken."

„Klingt gut," stimmte ich zu. Dann verließ ich den Bus und machte mich auf den Weg zurück in die Klinik.

Das Wetter hatte aufgefrischt, und als ich am Nachmittag wieder bei Ursula am Bus ankam, spürte ich die Kühle des Tages auf meiner Haut. Der Himmel war bedeckt, und der Wind trug den Duft von feuchtem Laub mit sich. Ursula, bereits voller Energie, war bereit loszuziehen. Sie legte ein erstaunliches Tempo vor, und ich hatte Mühe, Schritt zu halten. Nach kurzer Zeit schlug ich vor, die Technik der "Führung" wieder anzuwenden, die wir am Falkenstein erprobt hatten. Ich ergriff mit meiner linken Hand ihren rechten Ellbogen, während ich meinen Stock diesmal wegließ und versuchte, mich voll auf die Umgebung und Ursula zu konzentrieren.

Der Waldboden war weich unter meinen Füßen, und der Geruch von Moos und Kiefernnadeln füllte die Luft. Doch nach einer Weile bemerkte ich, dass der Wald dichter wurde und eine eigentümliche Stille herrschte. Die Vögel, die uns anfangs begleitet hatten, schienen verstummt. Plötzlich hielt Ursula inne, und in diesem Moment spürte auch ich die Anwesenheit. Vor uns, mitten auf dem Weg, stand eine Wildsau, die uns mit wachsamen Augen musterte. Ihr massiver Körper bebte leicht, und das Schnauben verriet, dass sie sich bedroht fühlte.

Instinktiv wollte ich mich quer zum Tier stellen, eine Haltung, die mir beigebracht wurde, um dem Tier zu zeigen, dass ich keine Gefahr darstellte. Doch bevor ich etwas sagen konnte, begann Ursula, ruhig und sanft, mit dem Tier zu sprechen.

„Hallo", sagte sie leise. „Wir sind nur hier, um spazieren zu gehen. Stören wir dich?"

Das Schwein reagierte nicht sofort, aber Ursula sprach weiter, fast wie in einem vertraulichen Gespräch. „Ach, ich verstehe, du beschützt jemanden." In der Stille hörte ich nun auch das Rascheln in einem Busch links von uns. Vermutlich war dort ein Frischling versteckt.

Langsam ließ die Spannung im Körper des Tieres nach. Es schien tatsächlich, als ob zwischen Ursula und der Wildsau ein stummes Gespräch stattfand, ein Austausch, den ich nur erahnen konnte. Schließlich gab das Schwein ein ruhiges Grunzen von sich, und nach einem Moment trat ein kleiner Frischling aus dem Gebüsch hervor. Die beiden verschwanden gemächlich im Unterholz, und die Geräusche der Tiere verblassten in der Ferne.

„Jetzt bin ich baff", sagte ich zu Ursula. „Es ist, als würdest du wirklich mit den Tieren reden!"

Ursula lächelte. „Ich rede mit den Tieren", antwortete sie schlicht. „Ich weiß nicht genau, wie es funktioniert, aber es passiert einfach."

Ich war tief beeindruckt und erinnerte mich an ein Buch, in dem der Autor alte indische Schriften zitierte. Darin hieß es, dass ab einer bestimmten Bewusstseinsstufe die Kommunikation mit Tieren möglich sei. Dies verstärkte nur noch meine Bewunderung für Ursula.

Wir gingen schweigend weiter, bis Ursula schließlich aus heiterem Himmel fragte: „Was die beiden jetzt wohl machen?"

„Welche beiden?" fragte ich verwirrt.

„Die beiden Wildschweine natürlich."

Und da traf es mich wie ein Blitz. Ich blieb abrupt stehen. „Zwei!" sagte ich laut.

Ursula drehte sich überrascht zu mir um. „Was meinst du? Klär mich auf!"

„Hit Him", wiederholte ich Reginas Worte. „Was, wenn das gar kein Satz ist, sondern ein Hinweis auf zwei Menschen? Zwei, die versuchten, etwas zu erreichen und scheiterten."

Die Spannung in mir stieg. „Hitler und Himmler!" rief ich schließlich, fast atemlos vor Aufregung.

Ursula schien zunächst skeptisch, aber langsam schlich sich ein Verständnis in ihre Züge. „Und was sollten die beiden genau gesucht haben?" fragte sie, noch vorsichtig.

„Vielleicht eine Zuflucht. Ein Ort, wo das Böse herrscht", spekulierte ich.

Langsam wich die Skepsis aus ihrem Gesicht. „Lass uns zurück zum Bus gehen und weitersuchen", schlug sie vor.

Mit neuem Enthusiasmus machten wir uns auf den Weg, diesmal in eiligen Schritten, die Aufregung wie eine unsichtbare Kraft im Rücken.

Die Dämmerung legte sich wie ein Schleier über den Wald, als wir zum Bus zurückkehrten. Meine Gedanken rasten noch immer von der Entdeckung, die ich beim Wildschweinereignis gemacht hatte. „Hit und Him, Hitler und Himmler," ging es mir unaufhörlich durch den Kopf, während ich die Stufen in Ursulas Van hinaufkletterte. Das Innere des Fahrzeugs war gemütlich und warm, doch in meinem Inneren stieg die Spannung wie eine Welle.

Ursula setzte sich mit einem knappen Nicken an den Laptop und startete die Geheimdienst-Suchmaschine, deren Datenbanken weit über das hinausgingen, was normale Menschen je zu Gesicht bekämen. Ihr Blick war ernst, die blauen Augen hafteten auf dem Bildschirm, als sie die ersten Suchbegriffe eintippte. „Hitler, Himmler, Adern," murmelte sie, während ihre Finger flink über die Tastatur flogen. Sie hielt inne, runzelte die Stirn und schüttelte den Kopf. „Nichts. Keinerlei Ergebnisse."

Frustration stieg in mir auf, doch da war noch dieser Gedanke, der mich nicht losließ. Die Botschaft war klar gewesen, auch wenn die Puzzleteile noch nicht vollständig zusammenpassten. Mein Blick wanderte gedankenverloren über die Schatten, die von der Busbeleuchtung über die Wände tanzten. Dann kam mir eine Idee. „Ursula, warte mal. Was ist, wenn wir das Wort ‚Adern' ersetzen? Versuch mal ‚Arterien'."

Sie sah mich überrascht an. „Arterien?"

„Ja," sagte ich, jetzt überzeugt. „Es klingt vielleicht ungewöhnlich, aber es könnte der Schlüssel sein."

Zögernd tippte Ursula die neuen Begriffe ein: „Hitler, Himmler, Arterien." Sekunden verstrichen, in denen nur das leise Brummen des Laptops und das Klicken der Tasten zu hören waren. Die Spannung im Raum war greifbar, wie das Knistern vor einem Gewitter.

Plötzlich hielt Ursula inne, ihre Augen weiteten sich. „Da ist was," sagte sie tonlos. „Korrespondenz… im Bayerischen Nationalmuseum… Hitler und Himmler."

Mir stockte der Atem. „Was steht da?"

„Es ist eine Liste. Eine Aufzeichnung über ihren Schriftverkehr, aber verschlüsselt. Die Nachricht erwähnt… Arterien." Ihre Stimme war kaum mehr als ein Flüstern.

Ich beugte mich vor, das Adrenalin pumpte durch meinen Körper. „Das ist der Beweis! Sie haben nach etwas mit Arterien gesucht!" Meine Hand krallte sich um die Lehne des Sitzes. Die Luft im Van schien zu vibrieren vor Anspannung. Wir waren einer großen Sache auf der Spur, und das fühlte sich plötzlich beängstigend real an.

Ursula tippte weiter, die Augen unverwandt auf den Bildschirm gerichtet. „Es gibt noch mehr. Hinweise auf ein gescheitertes Projekt. Ein… geheimer Ort." Ihr Atem wurde schneller. „Das ist nicht einfach nur ein Zufall."

Das Licht des Bildschirms spiegelte sich in ihren Augen, als sie nach einem Moment des Schweigens zu mir hinüberblickte. „Wir müssen nach München. Dort finden wir vielleicht die Antworten."

Mein Herzschlag beschleunigte sich. Der Schatten des Bösen, das diese Männer über die Welt gebracht hatten, schien plötzlich greifbar nah. Doch zugleich war da diese neue Hoffnung, ein Funke, der in uns beiden brannte. Die Wahrheit lag vor uns, verborgen in den verstaubten Archiven eines Museums. Und wir waren auf dem Weg, sie zu enthüllen.

Die nächsten Tage vergingen wie im Flug, gefüllt mit den Vorbereitungen für unsere Reise nach München. Ursula und ich verbrachten viel Zeit damit, einen Plan zu entwickeln, wie wir unbemerkt an die geheimen Unterlagen im Bayerischen Nationalmuseum gelangen könnten. Diese Aufgabe lag vollständig in Ursulas erfahrenen Händen, während ich mich darauf konzentrierte, meinen Aufenthalt in der Klinik abzuschließen. Es gab eine Menge Formalitäten zu erledigen, und auch die Abschlussgespräche mit den behandelnden Ärzten nahmen einige Zeit in Anspruch.

Diese letzten Tage gaben uns beiden die Gelegenheit, die nötigen Schritte zu planen. Ich wusste, dass Ursula in der Zwischenzeit ihre Vorbereitungen abschloss.

An meinem letzten Tag in der Klinik packte ich meine sieben Sachen in meinem Zimmer zusammen. Das leise Klopfen an der Tür unterbrach meine Gedanken, und als ich öffnete, stand Ursula bereit, um mich abzuholen. Meine Augen wanderten noch einmal durch den Raum, und für einen Moment ließ ich die vergangenen Erlebnisse Revue passieren. Die Begegnung mit Regina, die verschlüsselten Botschaften, die geheimnisvolle Reise, die vor uns lag.

„Bereit?" fragte Ursula mit einem sanften Lächeln.

Wir gingen gemeinsam ein letztes Mal durch die alten Flure, vorbei am Speisesaal und dem blauen Salon, bis wir schließlich an der Rezeption ankamen, wo ich meinen Schlüssel abgab. Als wir die Klinik durch dieselbe Tür verließen, an der ich Regina das erste Mal begegnet war, überkam mich ein Gefühl der Befreiung – und zugleich ein Kribbeln der Erwartung, was auf uns in München zukommen würde.

Ohne viele Worte stiegen wir in Ursulas Van. Der Motor brummte leise auf, und als wir vom Parkplatz rollten, fühlte es sich an, als hätten wir gerade das erste Kapitel einer neuen, noch unbekannten Geschichte aufgeschlagen.

KAPITEL 4 – DER WEG

Der dichte Nebel hing wie eine unsichtbare Last über der Klinik, als wir aufbrachen. Es war, als ob die ganze Gegend in ein Schweigen gehüllt war, ein weißer Schleier, der jede Bewegung dämpfte. Der Wald ringsum war kaum noch zu erkennen, und die Serpentinen, die uns aus dem Schwarzwald führten, tauchten plötzlich und scharf aus dem Nebel auf, nur um im nächsten Moment wieder zu verschwinden. Ursula fuhr konzentriert, ihre Hände fest am Lenkrad, die Augen zusammengekniffen, während sie die Straße vor uns musterte. Jeder Meter forderte ihre volle Aufmerksamkeit.

„Diese verdammten Lastwagen…", murmelte sie leise, als ein schwer beladener Lkw uns zum Bremsen zwang. Ihre Stimme war angespannt, ihr sonst so ruhiges Wesen schien vom Nebel verschluckt worden zu sein. Ihre Aggressivität überraschte mich, war sie doch sonst immer so souverän. Sie schimpfte weiter, mal über die langsamen Fahrer, mal über den Verkehr, der sich scheinbar endlos in die Kurven zog. Es lag etwas Unruhiges in der Luft, und ich fühlte, wie sich ihre Anspannung auf mich übertrug.

Ich schloss die Augen und tauchte in eine stille Meditation ein. In Gedanken ließ ich einen Löwen vor uns herlaufen, majestätisch und kraftvoll, der den Weg freiräumte, Hindernisse sanft aber bestimmt beiseite schob. Und plötzlich… die Fahrt wurde fließender. Der Verkehr schien sich zu lichten, und Ursula musste seltener abbremsen. Es war, als ob der Löwe seinen Job getan hatte, und die Anspannung wich langsam aus der Atmosphäre. Ursula schüttelte den Kopf, wie um ihre schlechte Laune abzulegen. „Endlich", murmelte sie, als wir auf die Autobahn einbogen.

Die Sonne begann, sich ihren Weg durch den Nebel zu bahnen. Erst zaghaft, dann entschlossener, bis sie schließlich den Himmel eroberte. Die Welt wurde klarer, die Bäume traten deutlicher hervor, und das Grau des Nebels verwandelte sich in ein helles, warmes Licht. Die Straße vor uns war nun schnurgerade, und Ursula lehnte sich etwas zurück, ihre Finger entspannten sich am Lenkrad. „Wir schaffen das", sagte sie mehr zu sich selbst als zu mir.

Der Verkehr floss, und wir fuhren Richtung Norden. Später bogen wir auf die A96 Richtung München ab. Ursula war wieder ganz die Alte, ruhig und souverän. „Warum fahren wir nicht einfach mit der U-Bahn?", fragte ich, als wir das Gespräch wieder auf unsere bevorstehende Mission lenkten.

„Vertrau mir, es ist weniger auffällig, wenn wir mit einer Limousine vorfahren", antwortete sie. „Ein guter Freund von mir hat einen Chauffeur, der uns fahren wird. Und wir haben ein Gästehaus in Grünwald zur Verfügung. Das gibt uns die nötige Diskretion."

Grünwald. Der Name klang so ruhig, so entfernt von der Hektik der Stadt, und doch waren wir im Herzen Münchens angekommen. Die Straßen des mittleren Rings waren geschäftig, voll von Autos und Menschen, die in alle Richtungen eilten. Es war ein scharfer Kontrast zu den ruhigen, nebelverhangenen Serpentinen des Schwarzwalds. Doch als wir das Anwesen ihres Freundes in Grünwald erreichten, änderte sich die Stimmung wieder. Es war, als hätten wir eine verborgene Oase gefunden. Ein großes, herrschaftliches Haus, umgeben von Bäumen, die uns vor den neugierigen Blicken der Stadt abschirmten. Es wirkte beinahe unwirklich, wie aus einem Film – die Auffahrt geschwungen, das Gästehaus eine kleinere Kopie des Hauptgebäudes.

Ein schlanker Mann, sportlich und elegant gekleidet, kam uns entgegen, als hätten sie uns erwartet. „Willkommen", sagte er freundlich und half uns mit dem Gepäck. „Fühlen Sie sich wie zu Hause." Sein Lächeln war warm, aber es lag auch etwas Wachsamkeit darin, als ob er genau wusste, wer wir waren und was wir vorhatten.

Ich sah mich um. Das Gästehaus war gemütlich, stilvoll eingerichtet, doch es fühlte sich fremd an. Ein Kontrast zu meiner kleinen Wohnung und zu der Klinik, die wir gerade verlassen hatten. Dies war eine andere Welt, eine Welt der Eleganz und des Reichtums – und doch war es der Ort, an dem wir uns auf das vorbereiten mussten, was uns bevorstand. Der Keller des Bayerischen Nationalmuseums und die Geheimnisse, die darin verborgen lagen.

Ich stand in der großzügigen, offen gestalteten Küche des Gästehauses. Es gab einen Wasserkocher, und ich hatte ein Glas biologischen Instant Dinkel Coffee entdeckt. Die App, mit der ich mir Dinge vorlesen lassen konnte, schien auf diesem Handy fast noch besser zu funktionieren, als ich es gewohnt war.

Ich hielt gerade die Tasse mit heißem, dampfendem „Coffee" in der Hand und blickte durch das gekippte Fenster nach draußen in Richtung der kleinen, parkähnlichen Gartenanlage, als ich etwas Vertrautes vernahm. Eine einzelne Krähe krächzte dreimal. Fast so, als würde sie mich hier begrüßen.

Ursula betrat den Raum, der Küche und Esszimmer zugleich war und sogar ein kleines, gemütliches Sofa in der anderen Ecke des Raumes bot. Alles war sehr stilvoll und gehoben eingerichtet.

„Du wirst für morgen geeignete Business-Kleidung im Schrank in deinem Zimmer finden", ließ sie mich wissen.

„Woher weißt du, dass mir die Kleidung passen wird?", fragte ich sie.

„Du hast dir doch zur Beerdigung bei euch im Ort gerade erst einen neuen Anzug gekauft", gab sie an. „Bei denen hast du ja ein Kundenkonto und die hatten deine Größe gespeichert."

Mehr musste ich gar nicht wissen.

„Sag mal, Ursula", fuhr ich fort, „hast du zufällig Tarot-Karten? Ich meine, diese besonderen, esoterischen Karten mit Tieren darauf. Ich glaube, du hattest einmal davon gesprochen."

Ursula entgegnete: „Tatsächlich habe ich solche Karten, aber nicht hier. Aber ich kann in meinem Handy danach suchen. Was willst du wissen?"

„Seit einiger Zeit fällt mir immer wieder das Krächzen einer einzelnen Krähe auf. Normalerweise, denke ich, rufen sich die Krähen immer gegenseitig zu. Aber ich höre immer nur eine. Und oft krächzt sie genau dreimal. Kannst du mir sagen, was eine Krähe als Krafttier bedeutet?"

Ursula tippte kurz auf ihrem Handy herum und hielt es mir hin. „Hier ist es", sagte sie, ihre Stimme etwas sanfter als zuvor. „Die Krähe als Krafttier symbolisiert die Verbindung mit dem Göttlichen. Sie erscheint oft dann, wenn du eine Botschaft des Himmels empfängst, um dich daran zu erinnern, dass du in Einklang mit dem göttlichen Plan stehst. Das dreimalige Krächzen könnte eine Form der Bestätigung sein, dass du dich auf dem richtigen Weg befindest und Vertrauen in deinen Weg haben darfst. Die Krähe fordert dich auf, offen für die Führung der höheren Mächte zu sein und dich der Weisheit des Universums hinzugeben.

Vertraue darauf, dass alles, was geschieht, zu deinem höchsten Wohl ist, selbst wenn du die Zeichen noch nicht vollständig verstehst."

Diese Worte gaben mir Kraft. Der nächste Tag konnte kommen.

Frank saß auf dem Fahrersitz der glänzenden S-Klasse, als Ursula ihn aufforderte: „Informiere bitte den Protokolldienst der Staatskanzlei, dass wir unterwegs sind!" Sie saß entspannt auf der rechten Seite, während ich auf der linken Rückbank Platz genommen hatte. Frank, unser stiller Begleiter, war derjenige, der uns gestern empfangen und später zum Abendessen eingeladen hatte. Er war von ruhiger, vornehmer Art, und während des Abendessens hatte er sich überwiegend zurückgehalten. Dennoch spürte man eine tiefe Vertrautheit zwischen ihm und Ursula – sie mussten schon öfter miteinander zu tun gehabt haben.

Unsere Limousine rollte geschmeidig durch die Straßen Münchens. Wir waren soeben am Isartor vorbeigefahren und würden gleich in die Maximilianstraße einbiegen. Ursula beugte sich leicht zu mir herüber. „Du bist als mein Partner angekündigt," sagte sie mit einem wissenden Lächeln. „Das ist eine gute Erklärung, warum ich dich bei der Hand nehmen werde."

„Genau so haben wir es besprochen," bestätigte ich.

„Kurt, der Sicherheitschef der Staatskanzlei, wird uns am VIP-Eingang in Empfang nehmen," fuhr sie fort. „Mit meinem Spezialausweis wird es auch keine Probleme bei der Sicherheitskontrolle geben."

Wenig später hielten wir tatsächlich direkt am VIP-Eingang der bayerischen Staatskanzlei. Als wir ausstiegen, wurden wir sofort von Sicherheitspersonal in Empfang genommen. Eine rundliche, ältere Dame mit Brille begrüßte Ursula mit einem strahlenden Lächeln: „Grüß Gott, Frau Bauer! Schön, Sie wiederzusehen. Wohin darf es denn gehen?"

„Zum Chef," entgegnete Ursula knapp.

Da kam auch schon Kurt, ein großer, schlanker Mann Mitte sechzig, auf uns zu. An den respektvollen Blicken des Personals erkannte ich sofort, dass er hier das Sagen hatte.

„Hallo Kurt! Schön, dass wir heute zum Gespräch kommen können!" rief Ursula mit einer Vertrautheit, die offensichtlich auch anderen ihre enge Beziehung zu ihm signalisieren sollte.

„Ich freue mich, euch zu sehen," sagte Kurt und führte uns durch den Eingang, während ich im Hintergrund hörte, wie Frank mit der Limousine davonfuhr. Jetzt waren wir in der „Höhle des Löwen".

Kurt kam sofort zum Punkt. „Wir haben nicht viel Zeit," sagte er, während er uns direkt zu einem versteckten Aufzug führte. Er drückte einen Knopf, und die Türen glitten geräuschlos auf. „Hier, das ist eure Karte," erklärte er, während er Ursula eine kleine weiße Karte übergab. „Die braucht ihr, um den Aufzug zu nutzen."

Ich erkannte das System sofort. Wie in einigen Luxushotels, in denen man nur mit einer Zimmerkarte den Aufzug in bestimmte obere Stockwerke benutzen konnte, funktionierte es hier ebenso – nur, dass wir nach unten fuhren.

Im Keller angekommen, führte uns Kurt durch einen kühlen, schwach beleuchteten Gang. Die Beleuchtung bestand aus altmodischen Glühbirnen, die schummrig flackerten. Es roch leicht feucht und modrig, und die Wände wirkten, als hätten sie seit Jahrzehnten keinen Anstrich mehr gesehen. Immer wieder hörte man leise Geräusche aus den Rohren, die über unseren Köpfen verliefen.

Plötzlich blieb Kurt vor einer alten Tür stehen, holte einen Schlüssel hervor und öffnete sie. „Helft mir mal," forderte er uns auf, und gemeinsam schoben wir einen schweren, antiken Aktenschrank beiseite, der wohl schon seit Jahrzehnten dort gestanden hatte. Dahinter kam eine weitere, uralte Tür mit einem einfachen Schloss zum Vorschein.

Kurt drückte Ursula zwei Schlüssel in die Hand. „Der eine ist für diese Tür," erklärte er, „und der andere passt bei den Türen am Ende des Gangs und bei dem Zimmer, das ihr müsst." Er sah sie streng an, fast wie ein Lehrer: „Hast du dir den Weg auf der anderen Seite eingeprägt? Weißt du, in welches Zimmer ihr müsst?"

„Natürlich," antwortete Ursula mit fester Stimme.

„Dort drüben gibt es keine Sicherheitseinrichtungen mehr. Ihr landet im bayerischen Nationalmuseum, in einem Bereich, den niemand mehr nutzt. Der Computer ist nicht ans Netz angeschlossen, und es gibt keine weiteren Sicherungen. Niemand erwartet, dass jemand durch diesen alten Gang eindringt. Ich bin wahrscheinlich der Einzige, der überhaupt noch davon weiß."

„Okay, dann los," sagte Ursula und sah mich an, mit einem leichten Zögern in ihrer Stimme. Sie nahm meine Hand fest in ihre, und gemeinsam betraten wir den dunklen Gang.

Es herrschte absolute Dunkelheit, und nur das Licht von Ursulas Handy erhellte unsere Schritte. Der Gang zog sich endlos, feucht und beklemmend, die Stille drückte schwer auf uns. Schließlich erreichten wir die Tür am Ende. Der zweite Schlüssel passte, und die Tür öffnete sich knarrend. Dahinter lag ein weiterer, alter Gang, der nur von Spinnweben durchzogen war. Die Luft war feucht, modrig, und das leise Knacken des alten Gemäuers begleitete jeden unserer Schritte.

Mit einem letzten Blick nach hinten gingen wir weiter durch den schmalen, verlassenen Gang, bis wir endlich vor einer Tür stehenblieben. Ursula holte erneut den Schlüssel hervor, schloss die Tür auf und schob sie leise auf. Vorsichtig traten wir in einen kleinen Raum ein, der nur von dem schwachen Licht unserer Handys erhellt wurde. Die Tür schloss sich hinter uns.

Endlich, in der Sicherheit des Raums, stießen wir beide einen erleichterten Seufzer aus. „Geschafft," flüsterte Ursula, und wir lehnten uns kurz an die Tür, um durchzuatmen.

Nachdem wir uns von der Tür gelöst hatten, tastete Ursula mit flinken Fingern an der Wand entlang. „Da muss irgendwo ein Lichtschalter sein," murmelte sie. Ein dumpfes Klicken verriet, dass sie ihn gefunden hatte. Ein schwaches, flackerndes Licht füllte den Raum, als eine uralte Glühbirne aufleuchtete. Die Szene vor uns erschien wie aus der Zeit gefallen.

Gegenüber an der Wand standen schwere Aktenschränke aus dunklem Holz, ihre Oberflächen von Jahrzehnten des Staubs bedeckt. In einer Ecke des Raums thronte ein antiker Computer auf einem einfachen Schreibtisch. Es war ein 386er, so alt, dass er nur noch als Kuriosität durchging. „Microsoft DOS," sagte Ursula leise, als sie sich vor den Bildschirm setzte und den Rechner hochfuhr. „Das wird dauern, aber vielleicht finden wir hier Hinweise."

Da ich aufgrund meiner Sehschwäche die Recherche am Computer nicht übernehmen konnte, bediente Ursula den Rechner und navigierte durch die altmodischen Verzeichnisse. „Hier", sagte sie schließlich und klopfte leicht auf die Tastatur. „Es gibt eine Liste von Akten. Sie enthält eine Korrespondenz zwischen Hitler und Himmler… und sie sprechen von einem Ort namens Arterien." Sie las weiter, und ihre Stimme wurde leiser. „Aber sie haben es nie gefunden. Es blieb für sie eine Legende."

Ein seltsames Gefühl der Dringlichkeit überkam uns, als ich auf meine Uhr blickte. „Wir haben nur noch wenig Zeit", sagte ich. „Können wir die Akten eingrenzen?" Ursula nickte und sprang auf. Gemeinsam durchsuchten wir die Aktenschränke. Ursula zog alte Ordner hervor, während ich meine App nutzte, die mir die Texte vorlas. Die Minuten verstrichen schnell, der Druck wuchs.

Plötzlich hielt Ursula ein vergilbtes Blatt Papier in der Hand. „Schau dir das an," flüsterte sie und hielt mir das Papier hin. Es war ein handgeschriebenes Gedicht, das sofort einen mystischen Klang hatte:

„Die große Mystikerin aus dem Süden weiß,
Wo das Herz verborgen in Stille kreist.
Doch die Mutter duldet es nicht mehr,
Und bringt das Ende, kalt und schwer.
Begib dich zum Anfang, kehre zurück zu der Wiege,
Dann findest du, was verborgen liegt in der Stiege."

Ein tiefer Schauer lief mir über den Rücken. Ursula zögerte nicht und zückte schnell ihr Handy, um das Gedicht zu fotografieren. „Das ist wichtig," flüsterte sie und steckte das Blatt behutsam zurück in den Ordner.

Wir hatten keine Zeit mehr zu verlieren. Kurt hatte uns nur eine kurze Spanne einräumen können. Wir ordneten die Akten so schnell wie möglich wieder ein, bevor wir uns aus dem Keller schlichen. Unsere Entdeckungen fühlten sich an wie der Anfang eines großen Puzzles, doch die Zeit drängte.

Der Weg zurück zur Staatskanzlei hatte nur einen kurzen Moment, in dem uns der Schrecken durch Mark und Bein fuhr. Am Ende des langen, dunklen Gangs waren wir an der anderen Seite des Ganges bei der Tür zur Staatskanzlei angekommen. Ursula versuchte, die Tür zu öffnen, doch es gelang ihr nicht sofort. Verwirrung breitete sich aus. Hatte sie etwa den falschen Schlüssel benutzt? Unser Herz schlug uns bis in den Hals, als uns plötzlich der Gedanke kam: Hatte jemand den schweren Schrank vor die Tür geschoben?

Die Anspannung wuchs sekündlich, bis uns schließlich die einfache Lösung in den Sinn kam. Wir legten beide Hände auf die Klinke, hoben die Tür leicht an – und schon ließ sie sich öffnen. Sie hatte sich bloß verklemmt. Ein erleichtertes Aufatmen durchflutete uns, und wir beruhigten uns schnell wieder.

Der Schrank, der vor der Tür gestanden hatte, musste nun wieder an seinen Platz. Doch zu zweit war das weitaus schwieriger, als wir es uns vorgestellt hatten. Schwer atmend und mit vereinten Kräften schoben wir ihn zurück. Schweißperlen standen uns auf der Stirn, aber schließlich war er in seiner alten Position.

„Ich rufe Kurt an", sagte Ursula, während sie ihr Handy zückte. Doch wir hatten einen wichtigen Faktor vergessen: Im Keller gab es keinen Empfang.

„Kein Netz", stellte sie frustriert fest. Ein kurzer Blick zwischen uns genügte. Ohne Worte beschlossen wir, den Aufzug zu nehmen und direkt nach oben zu fahren. Oben angekommen, marschierten wir gelassen und selbstsicher durch den Haupteingang, bemüht, völlig unauffällig zu wirken. Ursula verabschiedete sich sogar mit einem charmanten, witzigen Kommentar bei den Sicherheitsleuten, die uns kaum Beachtung schenkten.

Sobald wir draußen waren, atmeten wir tief durch. Die frische Luft und der Sonnenschein taten gut und halfen, unsere Aufregung zu verbergen. Ohne viel zu sagen, steuerten wir zielstrebig eine Bank im Hofgarten an und ließen uns auf das kühle Holz sinken. Ursula zog ihr Handy hervor und rief Kurt an. „Wir sind draußen", sagte sie leise. Kurts Antwort ließ sie lächeln. Er stand am Fenster und winkte uns zu. Kurz hob Ursula die Hand, eine unauffällige, lockere Bewegung, die niemandem außer Kurt auffiel.

Wir ließen die nächsten Minuten einfach vergehen. Die Ruhe, die Geräusche des Gartens und die Sonnenstrahlen wirkten beruhigend, während unsere Gedanken schon bei dem lagen, was als Nächstes kommen würde.

Am Abend zuvor hatten wir bereits vereinbart, in der Menschenmenge nicht über unsere Untersuchungen zu sprechen. Obwohl es uns unter den Nägeln brannte, hielten wir uns daran und ließen das Thema ruhen.

Während wir so auf der Bank saßen, hüpfte eine einzelne Krähe vor mir auf und ab. Sie fixierte mich, als wolle sie mich zu etwas auffordern. Das war im Hofgarten nichts Ungewöhnliches, da die Vögel gelernt hatten, von den Menschen Futter zu bekommen. Doch als Ursula die Krähe plötzlich ansprach – „Na, was willst du?" – erhob sie sich in die Luft, zog einen Kreis über den Hofgarten, krächzte dreimal und flog dann in Richtung Englischer Garten davon.

In diesem Moment kam mir ein Gedanke. „Wollen wir in den Englischen Garten gehen?", fragte ich Ursula. „Wenn wir schon mal hier sind."

„Gerne", antwortete sie.

Wir machten uns auf den Weg, gingen durch die Unterführung hinüber zum Englischen Garten. Als wir aus dem Dunkel ins helle Licht traten, merkte ich, wie natürlich es sich anfühlte, Hand in Hand mit Ursula zu laufen. Jede anfängliche Unsicherheit war verschwunden. Es fühlte sich leicht und locker an, und manchmal ging ich sogar einen halben Schritt vor Ursula – fast so, als würde ich sie führen und nicht umgekehrt.

Am Eisbach angekommen, überkam mich eine alte Erinnerung. „Kennst du die Surfer am Eisbach?", fragte ich.

Ursula schüttelte den Kopf. „Surfer? Hier in der Stadt?"

„Ja, gleich hier." Ich deutete nach rechts, wo die berühmte Welle tobte. Junge Männer, meist auf ihren Surfbrettern, kämpften darum, jede Sekunde auf der Welle auszukosten. Ursula war fasziniert von dem Anblick, und besonders beeindruckte sie, wie die Surfer sich ohne Worte abwechselten, als wären sie perfekt aufeinander eingespielt.

Als wir genug vom Spektakel gesehen hatten, gingen wir weiter. Ein Stück entfernt hörte ich plötzlich das rhythmische Trommeln. „Ich muss zu den Trommeln!", sagte ich zu Ursula. Sie schaute mich neugierig an. „Jetzt hast du mich aber neugierig gemacht!"

Ich erzählte ihr, wie mich schon während meines Studiums die kleine Gruppe afrikanischer Trommler fasziniert hatte, die sich regelmäßig im Englischen Garten einfand, um gemeinsam zu musizieren. Und wie ich immer den Drang verspürt hatte, mitzuspielen.

Unter einer großen Linde, nicht weit vom Eisbach, entdeckten wir sie. Wir gingen direkt auf die Gruppe zu, und ich sprach sie an. „Darf ich mitmachen?", fragte ich. Mit herzlicher Offenheit wurde ich in die Runde aufgenommen. Einer der Männer reichte mir seine Trommel, und wir begannen zu spielen. Ich hielt mich an einen einfachen Rhythmus, während die Afrikaner in beeindruckender Virtuosität loslegten. Die Freude der Musik durchströmte mich, und es war, als würde die Welt um uns herum für einen Moment stillstehen.

Nach einiger Zeit standen Ursula und ich auf und verabschiedeten uns. Ein unbeschreibliches Glücksgefühl durchflutete mich, und ich ließ die Trommler wissen, wie dankbar ich war. Da trat einer der Männer vor mich, legte seine Hand fest auf meine Schulter und sah mir tief in die Augen. „Du musst nach Afrika gehen!", sagte er.

Verwirrt und ergriffen verabschiedeten wir uns schließlich und ließen die Trommeln hinter uns. Die Worte hallten in mir nach.

„Jetzt brauche ich etwas zu essen und zu trinken", platzte es aus mir heraus. „Lass uns zum Biergarten am Chinesischen Turm gehen."

Gesagt, getan. Wir aßen und tranken etwas Leichtes und ließen die Eindrücke des Tages auf uns wirken. Unsere Gespräche beschränkten sich auf Bemerkungen über kleine, auffällige Details – ein Schmetterling, der über unseren Tisch flatterte, oder das Rauschen der Bäume im Wind.

Schließlich machten wir uns auf den Rückweg nach Grünwald. Ursula telefonierte kurz mit Frank und vereinbarte einen Treffpunkt. Wir schlenderten noch ein gutes Stück durch den Park und verließen den Englischen Garten Richtung Westen. Am Ausgang angekommen, wartete Frank bereits mit der Limousine auf uns.

„Und?", fragte er kurz.

„Alles gut", antwortete Ursula ruhig.

Wir stiegen ein und fuhren durch den dichten Verkehr Münchens zurück nach Grünwald. Der Kontrast zwischen der Ruhe des Gartens und dem hektischen Treiben der Stadt war erdrückend.

Am Gästehaus angekommen, stürzten wir fast aus der Limousine und eilten so schnell wie möglich hinein. Die Spannung in mir war kaum noch zu ertragen, und ich hastete als Erster in den großen Raum, der als Küche und Esszimmer zugleich diente. Ich ließ mich auf einen der Stühle fallen, als würde ich gleich explodieren vor Freude.

„Yes, yes, yes!", rief ich und machte jubelnde Gesten, als hätte ich gerade das entscheidende Tor in einem Meisterschaftsspiel geschossen.

Ursula und Frank kamen hinter mir her und starrten mich ungläubig an. Ursula runzelte die Stirn. „Bist du jetzt völlig verrückt geworden?"

Ich hielt inne, antwortete ihr aber nicht. Stattdessen fiel mein Blick auf Frank. Ursula folgte meinem Blick und drehte sich zu ihm um.

Frank reagierte sofort. „Ich werde mich zurückziehen", sagte er ruhig. „Im Kühlschrank ist Essen vorbereitet, ihr müsst es nur noch aufwärmen. Heute ist mein freier Abend."

Er verabschiedete sich, und Ursula rief ihm noch hinterher: „Nimm es bitte nicht persönlich, Frank! Es ist besser so."

„Keine Sorge, ich weiß", hörte man seine gedämpfte Stimme aus dem Gang, bevor er verschwand.

Ursula wandte sich wieder mir zu und boxte mir scherzhaft in die Schulter. „Jetzt sag schon, was ist los mit dir?"

Ich konnte nicht mehr an mich halten und platzte los. Die Worte strömten wie ein unaufhaltsamer Fluss aus mir heraus. „Ich habe während der ganzen Fahrt und schon im Englischen Garten über dieses Rätsel nachgedacht. Und weißt du, was ich herausgefunden habe? Es gibt nur eine Person, die uns jetzt weiterhelfen kann: Teresa von Ávila!"

Ursula sah mich skeptisch an, noch nicht ganz überzeugt. Ich spürte, dass sie meine Aufregung noch nicht teilte, also holte ich tief Luft und erklärte weiter. „Teresa von Ávila, auch Theresa die Große genannt, war die bedeutendste Mystikerin des Südens! Und weißt du, was das bedeutet? Der ‚große Mystiker aus dem Süden – ‘das ist sie! Es muss sie sein!"

Ursula hob die Augenbrauen skeptisch. „Aber warum sollte uns eine Heilige zu etwas Bösem führen?"

Ich zuckte mit den Schultern. „Das wird sich noch klären. Aber das Rätsel spricht doch von einer Mutter, die etwas dagegen hat. Das kann doch nur die heilige Mutter Kirche sein."

„Und wie kommst du ausgerechnet auf Ávila?" fragte Ursula.

„Weißt du noch? Als ich mich für die Ansprache bei der Beerdigung vorbereitet habe, habe ich mich mit dem Leben von Teresa beschäftigt. Sie hat damals eine völlig neue Sicht auf die Beziehung zwischen Gott und den Menschen gehabt. Sie war ihrer Zeit weit voraus, und natürlich gab es viele, die sie dafür abgelehnt haben."

Ich hielt kurz inne, um meine Gedanken zu ordnen. „Teresa war eine Rebellin, im spirituellen Sinne. Sie hat sich gegen die Konventionen gestellt, und genau das wurde ihr zum Verhängnis. Kurz vor ihrem Tod hat sie den Auftrag bekommen, bei einer Geburt zu helfen, und auf der Reise wurde sie plötzlich krank. Es ging alles viel zu schnell. Es hat mich schon damals an andere mysteriöse Todesfälle erinnert. Aber das ist für uns jetzt nicht wichtig."

„Also glaubst du wirklich, wir sollten nach Ávila fahren?" Ursula sah mich eindringlich an. Sie zögerte, dann warf sie einen Blick auf ihr Handy. „Wäre es nicht sinnvoll, vorher eine Suchmaschine zu benutzen?"

Ich spürte jedoch, wie mich etwas von tief innen zurückhielt. Ein Gefühl, stark und drängend, das ich nicht ignorieren konnte. „Nein," antwortete ich entschlossen. „Das hier ist anders. Ich kann es nicht erklären, Ursula – ich weiß einfach, dass wir nach Ávila müssen."

Wir standen uns einen Moment lang regungslos gegenüber, während sich die Spannung im Raum aufbaute. Dann nickte Ursula langsam. „Das machen wir."

Ursula und ich machten uns nun getrennt an unsere Vorbereitungen für die Reise. Es lag eine ruhige Entschlossenheit in der Luft, ein Gefühl, als ob wir uns in den letzten friedlichen Momenten vor einer langen Reise befanden.

Ich gönnte mir erst einmal eine ausgedehnte, heiße Dusche, die nicht nur den Staub des Tages, sondern auch die Anspannung der letzten Stunden fortspülte. Das warme Wasser strömte über mich, während auf meinem Handy sanfter Smooth-Jazz lief – ein beruhigender Kontrast zu den intensiven Gedanken, die in mir kreisten. Die Melodien schienen mich zu tragen, mich in eine sanfte Welle der Entspannung zu hüllen. Als ich fertig war, fühlte ich mich wie neu geboren. Ich zog mir etwas Bequemes an, ein lockeres Hemd und eine Hose, die mich auf der bevorstehenden Reise begleiten sollten.

Dank Frank war unsere Schmutzwäsche längst gewaschen, gebügelt und ordentlich zusammengelegt – eine dieser kleinen, aber bedeutsamen Erleichterungen, die so viel ausmachen. Sorgfältig packte ich meinen Koffer, legte alles zusammen, was ich brauchen würde. Nur die Dinge, die ich am nächsten Morgen noch benötigte, ließ ich griffbereit.

Es blieb noch etwas Zeit bis zum Abendessen, also setzte ich mich auf das Bett und schloss die Augen. Eine kurze Meditation sollte mir helfen, mich auf die kommenden Tage einzustellen. Der Atem ging ruhig, und allmählich breitete sich eine tiefe Stille in mir aus, die mich mit neuer Kraft erfüllte.

Später, als wir gemeinsam zu Abend aßen, genossen wir das köstliche indische Gericht, das Frank vorbereitet hatte. Der Duft von Gewürzen und die Wärme des Essens schienen uns zusätzlich zu erden. Es war, als ob wir mit jedem Bissen nicht nur unseren Körper, sondern auch unseren Geist nährten.

Dann widmeten wir uns den letzten Details unserer Reise. Ursula wollte die Strecke in zwei Tagen zurücklegen, doch ich war der Meinung, dass es besser wäre, unsere Kräfte zu schonen. Niemand konnte voraussehen, wie lang unsere Reise wirklich werden würde oder wohin sie uns noch führen könnte. Daher schlug ich vor, die Fahrt in drei Etappen aufzuteilen, um genügend Raum für Erholung und Flexibilität zu lassen. Ursula dachte einen Moment nach und nickte schließlich. Sie verstand, dass es nicht nur um das Ziel, sondern auch um den Weg dorthin ging.

Nachdem wir das Wesentliche geklärt hatten, nahmen wir uns eine kleine Auszeit. Jeder von uns mit einer Tasse dampfenden Tees in der Hand, setzten wir uns auf die Terrasse des Gästehauses. Die Nacht war still, nur ein leichter Wind bewegte die Blätter der Bäume. Die Oase um uns herum war erfüllt von einer tiefen, beruhigenden Energie. Wir saßen dort für etwa eine halbe Stunde, sagten nichts, sondern ließen einfach die Ruhe auf uns wirken. Es war, als ob die Natur uns ein letztes Mal Kraft schenken wollte, bevor wir uns auf den Weg machten.

Schließlich standen wir auf und gingen früh zu Bett, bereit für das, was uns morgen erwarten würde.

Damals hatte ich noch nicht im Entferntesten ahnen können, wie weit uns unser Weg führen würde. Heute habe ich verstanden, wie wichtig jeder einzelne Schritt der Reise gewesen war, damit wir das Ziel erreichen konnten. Daher werde ich alle notwendigen Details schildern.

Am nächsten Morgen fuhren wir früh los. Hinaus, weg von der Ruhe des Anwesens, hinein in das hektische Treiben Münchens und den Verkehr auf den Straßen und Autobahnen. Wir hatten noch ausgiebig zusammen mit Frank gefrühstückt. Er half uns nicht nur, den Bus zu beladen, sondern versorgte uns auch mit allerlei Vorräten. Wir hatten ihm erzählt, dass wir in den Süden fahren würden, ohne das genaue Ziel zu nennen. Und Frank hatte nicht gefragt.

Schnell hatten wir die Stadt hinter uns gelassen. Die A96 führte uns nach Westen. Als der Verkehr ruhiger wurde, äußerte ich mein Bedauern, dass wir den Hausherren gar nicht getroffen hätten.
„Doch," sagte Ursula, „du hast ihn getroffen."
„Frank?" fragte ich überrascht.
„Ja!" bestätigte Ursula.
Dann erklärte sie mir, dass Frank mit einem Internetunternehmen zu Geld gekommen war und heute nicht mehr arbeiten müsse. Es sei für Frank aber ein Gräuel, so ein schönes Anwesen nur für eine einzige Person zu nutzen. Daher stellte er Freunden, Bekannten und jedem, der gerade Bedarf hatte, sein Haus zur Verfügung. Und er hatte eine wahre Freude daran, den Butler oder Chauffeur zu spielen. Sie erklärte weiter, dass Frank die Auffassung vertrete, dass jeder auf seine Art einen Beitrag leisten müsse, wenn die Welt eine bessere werden solle. Und das sei nun mal Franks Art.
Ich drückte meine Überraschung, meine Bewunderung und auch meine Dankbarkeit darüber aus.
„Nur Dauergäste möchte er keine haben," ergänzte Ursula.
„Was ich sehr gut verstehen kann," fügte ich hinzu.

Wir beschlossen, auf dem Weg in Memmingen unsere Vorräte noch weiter aufzustocken. Wir fuhren einen Bioladen an, und was wir dort nicht bekamen, holten wir in einem der Supermärkte. „Chips brauche ich!" war Ursula wichtig.

Dann fuhren wir weiter Richtung Bodensee. Aufgrund eines größeren Staus vor uns holte uns das Navi von der Autobahn und dirigierte uns nach Meersburg. Von dort setzten wir mit der Fähre nach Konstanz über. Wir genossen die herrliche Überfahrt bei strahlendem Sonnenschein.

Die Überfahrt war ein willkommener Moment der Ruhe. Wir standen nebeneinander an der Reling, der frische Wind wehte uns entgegen, und die Wellen des Bodensees schimmerten in einem tiefen Blau unter dem strahlenden Sonnenschein. Die sanften Hügel der Umgebung zogen sich im Hintergrund wie ein Gemälde dahin.

„Schau dir das an," sagte Ursula leise und wies auf das Ufer, wo kleine Dörfer idyllisch in die Landschaft eingebettet lagen. Die Obstbäume und Weinreben, die sich über die Hügel erstreckten, standen in sattem Grün. Über uns zogen Möwen kreischend ihre Kreise, und die Sonne reflektierte auf dem glitzernden Wasser, als ob jemand Diamanten verstreut hätte.

„Es ist wunderschön," stimmte ich zu, den Blick auf den Horizont gerichtet. Die klare Luft und das ruhige Schaukeln der Fähre schienen die Distanz zwischen uns für einen Moment zu überbrücken, ohne dass wir viel sagen mussten. Wir standen einfach da, zwei Menschen, die die Schönheit dieses Moments teilten, jeder in seinen eigenen Gedanken versunken, aber doch irgendwie verbunden.

„Ich war schon lange nicht mehr hier," sagte Ursula nach einer Weile und schob sich eine Haarsträhne hinters Ohr, die der Wind ihr ins Gesicht geweht hatte.

„Ich auch nicht," erwiderte ich, während ich die sanften Wellen beobachtete, die sich an der Seite der Fähre brachen. „Vielleicht sollten wir öfter mal solche Umwege machen."

Sie lächelte und nickte. „Vielleicht."

Die Fähre glitt gemächlich über das Wasser, und die Landschaft um uns herum schien wie ein Gemälde da zu liegen. Es war ein Augenblick der Ruhe, als ob die Natur uns eine kurze Atempause schenkte, bevor die Reise weiterging.

Viel zu früh erreichten wir Konstanz. Doch dieser Umweg, diese Fahrt über den Bodensee, hatte uns beiden eine Art stilles Einverständnis geschenkt – wir konnten einfach zusammen die Schönheit der Welt um uns herum genießen, ohne große Worte machen zu müssen.

Nachdem wir die Fähre in Konstanz verlassen hatten, rollten wir wieder sanft auf die Landstraßen der Schweiz. Die Landschaft öffnete sich vor uns mit weiten Feldern und sanften Hügeln, durchzogen von kleinen, malerischen Dörfern. Im Hintergrund erhoben sich die Alpen, ihre schneebedeckten Gipfel schimmerten unter dem klaren Himmel, gerade noch sichtbar am Horizont.

„Schau mal," sagte ich, als die ersten Weinberge auftauchten, deren Reben sich ordentlich an den Hängen entlangzogen. Ursula nickte nur und lächelte. Die Weite und Schönheit der Natur sprachen für sich, und wir ließen den Anblick auf uns wirken, während das Sonnenlicht durch die Bäume am Straßenrand flackerte.

Nach einer Weile durchbrach ich die Stille, als mir plötzlich die Gestalten der Geschichte in den Sinn kamen. „Irgendwie denke ich gerade an Hitler und Himmler," sagte ich nachdenklich. „Soweit ich weiß, war vor allem Himmler besessen von der Idee, die Ursprünge der Arier zu finden. Er hat sich sogar auf die Suche nach Atlantis begeben. Die Nazis wollten wohl damit beweisen, dass die Germanen allen anderen Völkern überlegen waren – zumindest habe ich die Geschichte so gehört. Da wundert es mich eigentlich nicht, dass sie all diesen geheimnisvollen Dingen nachjagten." Ich sah aus dem Fenster und suchte weiter nach einer Erklärung. „Aber wie das Herz, das sie vermutlich gesucht haben, mit Teresa von Ávila zusammenhängen soll, verstehe ich noch nicht."

Ursula blickte kurz zu mir, ein ruhiges, festes Lächeln auf den Lippen. „Wir werden es herausfinden," erwiderte sie knapp und mit Zuversicht. Ich sah ihr Gesicht im Profil und spürte ihre Entschlossenheit, die sich wie eine unsichtbare Kraft auf mich übertrug. Für den Moment ließen wir es dabei, jeder von uns in Gedanken versunken.

Bald ließen wir die Schweiz hinter uns, und die Landschaft änderte sich, als wir die französische Grenze überquerten. Grüne Wiesen machten weitläufigen Feldern Platz, durchbrochen von kleinen Höfen und alten Steinhäusern, deren Fassaden von der Sonne gewärmt wurden. Die Dörfer, an denen wir vorbeifuhren, schienen wie aus einer anderen Zeit, in der die Hektik des modernen Lebens noch nicht Fuß gefasst hatte.

„Es ist so still hier," sagte Ursula irgendwann. „Fast, als würde die Zeit langsamer laufen."

Ich nickte und sah aus dem Fenster auf die Felder, die sich sanft in die Ferne erstreckten. Es war eine tiefe Ruhe, die man nicht erklären, sondern nur fühlen konnte.

Als wir weiter nach Westen fuhren, tauchte in der Ferne die Festung von Besançon auf, hoch über der Stadt thronend. Auch ohne anzuhalten, war der Anblick beeindruckend. Die alten Mauern, einst errichtet, um Feinde abzuwehren, wirkten heute wie stumme Zeugen vergangener Zeiten.

Unser Weg führte durch dichte Wälder und offene Felder, entlang von klaren Bächen, die glitzernd durch das Unterholz sprudelten. Immer wieder blitzte das Sonnenlicht durch das Blätterdach, und die Luft war erfüllt vom frischen Duft der Natur. Es war Spätfrühling, und die Farben der blühenden Pflanzen waren kräftig und satt. An den Rändern der Felder standen wilde Blumen in allen möglichen Schattierungen. Ein Reh und ein Hase kreuzten kurz hintereinander unseren Weg, bevor sie beide flink im Unterholz verschwanden.

Je näher wir Dijon kamen, desto lebhafter wurde der Verkehr, doch die idyllische Landschaft blieb weiterhin unser stiller Begleiter. Gegen Abend senkte sich die Sonne hinter den Hügeln und tauchte die Welt in ein warmes Licht. Die Felder leuchteten noch einmal auf, bevor der Tag sich allmählich verabschiedete.

Schließlich erreichten wir den Campingplatz Lac Kir, der ruhig an einem See lag, umgeben von hohen Bäumen. Der Platz strahlte eine friedliche Atmosphäre aus, und die klare Luft, die vom Wasser herüberwehte, war erfrischend nach der langen Fahrt. Wir parkten den Bus und stiegen aus. Eine sanfte Brise bewegte die Blätter der Bäume, und das leise Plätschern des Sees verlieh dem Ort eine beruhigende Stille.

„Das ist wirklich perfekt," sagte Ursula, während sie den Campingplatz musterte. Ich konnte nur zustimmen. Dieser Ort bot genau die Erholung, die wir nach der Fahrt brauchten.

Der Abend verging ruhig. Wir bereiteten ein einfaches Abendessen zu und setzten uns später ans Ufer des Sees, um die allerletzten Sonnenschimmer zu genießen. Die Wasseroberfläche war glatt und spiegelte das sanfte Licht des Abends wider. Es war ein Moment der Stille, in dem die Eindrücke des Tages langsam verblassten und wir uns ganz auf die Natur um uns konzentrieren konnten.

Ohne viele Worte ließen wir den Tag ausklingen, bevor wir uns schließlich zurückzogen und uns auf die Weiterreise am nächsten Morgen vorbereiteten.

"Du hast wohl schlecht geschlafen?" fragte mich Ursula, als wir am Morgen die Luft aus der Matratze ließen, auf der wir gerade noch gelegen hatten. Das war nötig, um später das Dachzelt wieder zusammenklappen zu können. Ursula war, wie immer, gut vorbereitet. Mit einem kleinen Kompressor, den wir über den Zigarettenanzünder betrieben hatten, hatten wir gestern Abend die Luftmatratze gefüllt. Sie hatte zwei Verschlüsse, wie ich sie ähnlich vom Stand-Up-Paddeln kannte. Jetzt konnten wir die Luft ganz einfach wieder aus der Matratze saugen.

"Ja," antwortete ich ihrer Frage, "das Rätsel ging mir noch eine Weile durch den Kopf."

Das war allerdings nur die halbe Wahrheit. Der Camper bot zwar ausreichend Platz für zwei Personen unter dem Dach, doch es wäre auch möglich gewesen, dass einer von uns oben und der andere unten schlief. Dafür hätten wir allerdings den Innenraum des Busses umständlich umbauen müssen. Also hatten wir beschlossen, gemeinsam oben zu schlafen. Es war ein merkwürdiges Gefühl für mich, nach dem Verlust meiner Partnerin so nah neben einer anderen Frau zu liegen. Zwar hatten wir schon einmal ein Doppelzimmer im Schwarzwald geteilt, aber das Bett war viel breiter gewesen. Außerdem lag damals der bevorstehende Klinikbesuch wie ein Schatten über uns, und meine Gedanken waren fixiert auf das, was uns dort erwarten würde. Hier, in der entspannenden Ruhe der Natur und der engen räumlichen Situation, war es anders. Doch all das behielt ich für mich.

Stattdessen erzählte ich Ursula, bei der obligatorischen Tasse Kaffee, von meinen Gedanken über das Wort "Arterien".

"Da wir ja hier in Frankreich sind," sagte ich, "habe ich noch einmal ganz anders über das Wort nachgedacht. Im Deutschen sagen wir Ar-te-ri-en. Aber das Wort könnte sich auch aus den französischen

Wörtern Art für Kunst und rien für nichts zusammensetzen. Mit etwas Fantasie könnte man es als 'die Kunst des Nichts' interpretieren."

"Das würde dann zu einem verschwundenen Ort oder Land passen," meinte Ursula nachdenklich. "Lass uns nicht zu lange darüber grübeln," fügte sie hinzu, "es wird uns schon das Richtige begegnen."

Im weiteren Verlauf des Frühstücks versuchten wir, uns mit Gesprächen über die schöne Landschaft und Frankreich im Allgemeinen abzulenken. Die weite Natur um uns herum, die sanften Hügel und die tiefen Wälder boten reichlich Gesprächsstoff.

Anschließend suchten wir den Bereich der Sanitäranlagen auf, duschten und machten uns selbst sowie unser Geschirr für den Tag bereit.

Mit den frühen Sonnenstrahlen, die den Himmel in sanftes Licht tauchten, starteten wir vom Campingplatz und fuhren in die friedliche Landschaft Frankreichs hinaus. Über uns ein klarer Himmel, und die Straße führte uns vorbei an Dörfern, deren alte Steinhäuser Geschichten einer langsameren, vergangenen Zeit zu erzählen schienen. Eine ruhige Stille lag über allem, nur unterbrochen vom gleichmäßigen Brummen des Motors.

Die Landschaft wurde allmählich offener, und sanfte Hügel formten sich am Horizont. Ab und zu sahen wir in der Ferne Weingüter, deren Reben sich wie Adern durch die Hügel zogen. Es war ein ruhiger, beschaulicher Morgen, ideal, um Gedanken nachzuhängen.

Während Ursula konzentriert fuhr, konnte ich es nicht lassen, weiter über „Arterien" nachzudenken. Wenn das Wort wirklich französischen Ursprungs war, was bedeutete das? Könnte dieses geheimnisvolle Land irgendwo in Frankreich liegen? Vielleicht im Zentralmassiv? Doch es gab ja auch andere Orte auf der Welt, in denen Französisch gesprochen wurde – in der Schweiz, in Kanada, in Belgien…

Meine Gedanken drehten sich im Kreis, bis ich schließlich aufgab und mich wieder der vorbeiziehenden Landschaft widmete. Es war sinnlos, sich jetzt zu sehr auf diese Überlegungen zu versteifen. Die Antwort würde kommen, wenn die Zeit reif war.

Nach mehreren Stunden Fahrt, in denen wir tiefer in die Hügellandschaft des Bordeaux-Gebiets vordrangen, meinte Ursula schließlich, dass es Zeit für eine Pause sei. „Ich kenne da ein Restaurant", sagte sie und lächelte zufrieden. „Es bietet großartige vegetarische Gerichte und sogar alkoholfreien Wein. Das könnte genau das Richtige für uns sein."

Meine Neugier war geweckt, und kurze Zeit später erreichten wir das kleine, charmante Lokal, das etwas abseits der Hauptstraße lag, umgeben von weiten Feldern und alten Bäumen. Die Atmosphäre war ruhig und einladend, und wir entschieden uns, auf der Terrasse Platz zu nehmen, von der aus man einen weiten Blick auf die Felder und die langsam sinkende Sonne hatte.

Der Kellner brachte uns die Speisekarte, und wie Ursula angekündigt hatte, gab es eine hervorragende Auswahl an vegetarischen Gerichten. Besonders interessant war der alkoholfreie Weißwein, der in der Region als besondere Spezialität galt. Wir bestellten beide ein Glas und lehnten uns entspannt zurück.

Das Abendessen begann mit einem frischen, knackigen Salat aus regionalen Zutaten – Zucchini, Auberginen und reifen Tomaten, die mit Kräutern verfeinert waren. Dazu wurde knuspriges Baguette gereicht, das perfekt zum Essen passte. Als Hauptgang entschieden wir uns für ein cremiges Risotto mit Pilzen, das so geschmackvoll war, dass es keine Wünsche offen ließ. Der alkoholfreie Weißwein überraschte uns mit seiner fruchtigen Leichtigkeit und harmonierte perfekt mit den Speisen.

Während die Sonne allmählich noch tiefer sank und den Himmel in weiche Farben hüllte, saßen wir entspannt beisammen. Ursula blickte mich an und lächelte. „Schön, nicht wahr?"

Ich erwiderte ihren Blick und nickte. „Ja, es ist wirklich wunderbar hier."

Der Himmel färbte sich allmählich in sanften Rosatönen, die langsam in ein tiefes Blau übergingen, während wir unser Dessert – eine zarte Crème Brûlée – genossen. Es war ein Abend voller Ruhe und Zufriedenheit, und als wir schließlich zurück zu unserem Camper gingen, hatte ich das Gefühl, dass der Tag uns nicht nur durch die Landschaft, sondern auch näher an die Geheimnisse, die uns umgaben, geführt hatte.

Die zweite Nacht im Bus schlief ich besser. Es war da immer noch diese eigenartige Distanz zwischen uns, die wir beide respektierten, doch zugleich fühlte sich unser Umgang vertraut genug an, um eine gewisse Gewohnheit einkehren zu lassen. Die Distanz zeigte sich besonders, wenn einer von uns beiden die mobile Toilette benutzte. Wir zogen dann nicht nur die Jalousien an den Fenstern herunter, sondern der eine verließ den Bulli, um dem anderen die nötige Privatsphäre zu geben.

Diesmal war es Ursula, die während der Fahrt einen wichtigen Punkt äußerte. Mir war schon länger aufgefallen, dass sie immer wieder suchend in die Rückspiegel blickte, so als würden wir verfolgt werden. „Komisch,“ sagte sie irgendwann leise.

„Was ist komisch?“ fragte ich nach.

„Dass wir gar nicht verfolgt werden,“ meinte sie.

„Na, da bin ich ja froh drum,“ platzte es aus mir heraus. „Aber wieso denkst du überhaupt, dass wir verfolgt werden könnten?“

„Wahrscheinlich ist das nur so eine Angewohnheit von uns Agenten,“ versuchte sie das Thema abzuschließen, ohne wirklich überzeugt zu wirken.

„Wahrscheinlich sind wir einfach noch nicht relevant genug,“ dachte ich laut nach.

Es folgte eine Minute Schweigen. Dann verfiel unser Gespräch in allgemeineres Geplauder. Ursula klärte mich darüber auf, dass wir und der Bus eigentlich nicht verfolgbar seien. Weder das Fahrzeug noch unsere Handys hätten ein Tracking-System. „Eine Verfolgung durch Satelliten mit hochauflösenden Kameras würde zumindest eine sehr hohe Sicherheitsstufe des Auftraggebers erfordern,“ erklärte sie. „Dieser Bulli ist sogar in einer Art Blacklist als nicht zu verfolgendes Objekt eingetragen. Und ich habe extra Mautstationen gemieden, um den Kamerabildern auszuweichen. Obwohl der Polarisationsfilter der Frontscheibe eine gewisse Sicherheit bietet.“

Ich wies nochmals darauf hin, dass bisher nichts passiert war.

Wir entschlossen uns, für eine kurze Pause an einer malerischen Stelle an einem Fluss zu halten, wo hohe Pappeln und wilde Blumen die Landschaft prägten. Das Licht der frühen Nachmittagssonne warf lange Schatten, und das sanfte Plätschern des Wassers beruhigte unsere angespannten Nerven.

Nach diesem Stopp gewannen wir unseren Blick für die Landschaft zurück und setzten die Fahrt fort. Die karge Schönheit Nordspaniens mit ihren weiten Feldern und den schroffen Berghängen bot einen faszinierenden Kontrast zu den üppigen Landschaften Frankreichs, die wir hinter uns gelassen hatten. Avila rückte immer näher, und die Spannung stieg. Jede Kurve brachte uns dem Ziel ein Stück näher. Es war, als wäre die Stadt ein mystischer Ort, der uns mit jedem Kilometer mehr in seinen Bann zog.

Schließlich erreichten wir unser Ziel am späten Nachmittag. Avila erhob sich vor uns, umgeben von ihren imposanten Mauern, die im goldenen Licht der untergehenden Sonne leuchteten. Es war, als hätten wir einen heiligen Ort erreicht – ein Schrein, der nur darauf wartete, seine Geheimnisse zu enthüllen. Bevor wir jedoch zum Campingplatz fuhren, drehten wir noch eine Runde mit dem VW-Bus durch die Stadt, um uns einen Überblick zu verschaffen. Wir wollten ein Gefühl für diesen geschichtsträchtigen Ort bekommen, der uns mit seiner alten Magie und Historie förmlich zu umarmen schien.

Nach unserer kleinen Stadtrundfahrt, bei der wir mit dem VW-Bus einen guten Überblick über Ávila gewonnen hatten, fuhren wir schließlich zum Camper Park Ávila. Der Platz lag in angenehmer Entfernung zur Altstadt, gerade weit genug, um eine gewisse Ruhe zu genießen, aber nah genug, dass die beeindruckenden Stadtmauern mit ihren abendlich beleuchteten Türmen wie ein stiller Wächter über uns thronten.

Ursula parkte den Wagen gekonnt rückwärts ein und prüfte, ob alles sicher stand, bevor sie den Motor ausschaltete. In der Stille, die nun einkehrte, konnte man die sanfte Brise und das entfernte Murmeln der Stadt vernehmen. Während Ursula den Innenraum ordnete, stellte ich das kleine, faltbare Tischchen nach draußen, um uns einen gemütlichen Platz für den Abend zu schaffen.

Die Atmosphäre war ruhig, umgeben von ein paar Bäumen, die uns eine behagliche Privatsphäre boten. Die frische Abendluft war angenehm, und die milden Farben des Sonnenuntergangs tauchten das Gelände in ein sanftes Licht. Als Ursula den Wagen ausräumte und die Schlafplätze vorbereitete, genossen wir die friedliche Umgebung.

Schließlich setzten wir uns mit einer Kleinigkeit zu essen nach draußen, und die Hektik des Tages wich einem tiefen Gefühl von Ruhe. Der Campingplatz bot uns genau das, was wir brauchten – einen Moment des Ankommens. Die klare Luft und die weite Sicht auf die Stadt verliehen dem Abend etwas Magisches. Während wir stillschweigend aßen, war es, als hätte die Natur selbst uns eingeladen, innezuhalten und den Augenblick zu genießen.

Als wir am Convento de Santa Teresa de Jesús ankamen, betrachteten wir zunächst das Gebäudeensemble. Es war ein typisch spanisches Konvent, das von einer schlichten Mauer umgeben war, die sich um den Hauptbau und mehrere Nebengebäude zog. Die Fassade war einfach gehalten, aus hellem Stein mit nur wenigen Verzierungen. Neben dem Haupteingang lag ein kleiner Gartenbereich, der mit Buchsbäumen und Lavendel bepflanzt war, inmitten der typischen Trockenheit des kastilischen Hochlandes. Die Luft war kühl und still, fast steril.

„Es wirkt unscheinbar", meinte Ursula trocken, während wir den Haupteingang ansteuerten, der über einen schmalen, gepflasterten Weg zu erreichen war.

Der Haupteingang führte in einen großen Innenhof, der Patio, der in der Mitte einen Brunnen hatte. Hier befanden sich verschiedene Zugänge zu den anderen Gebäuden, darunter eine Kapelle, die dem Geburtsort der heiligen Teresa gewidmet war, sowie die Wohnräume der Nonnen und eine kleine Ausstellung über das Leben der Heiligen.

„Es gibt wohl mehrere Räume, die wir besichtigen können," sagte ich und deutete auf ein Schild, das die wichtigsten Orte auflistete: El Museo Teresiano, die Kapelle, und den Raum, in dem Teresa geboren wurde, La Capilla del Nacimiento.

Wir betraten den ersten Ausstellungsraum. Er enthielt eine Sammlung von Reliquien, Gebetsbüchern und handgeschriebenen Dokumenten, die Teresa zugeschrieben wurden. Die Tafeln gaben sachliche Informationen über ihr Leben preis: Geboren 1515 in Ávila, war sie eine zentrale Figur der katholischen Reformbewegung. Ihre mystischen Begegnungen mit Jesus und ihre kontemplative Spiritualität wurden dort detailliert beschrieben.

„Hier steht, dass sie Jesus oft als ihren ‚Freund'bezeichnete und sich durch tiefe, innere Gebete und Meditation mit ihm verbunden fühlte," las Ursula laut von einer der Tafeln.

Ich nickte. „Das passt zu dem Hinweis, den wir bekommen haben. Sie kehrte immer zum Anfang zurück, zu dieser Form der spirituellen Verbindung."

Wir setzten unseren Rundgang fort und gelangten in den Raum, in dem Teresa geboren wurde. Es war ein schlichter, kleiner Raum, ohne besondere Verzierungen. Lediglich ein Kruzifix hing an der Wand. Hier verweilten wir für einen Moment, während Ursula die Informationen auf den Hinweistafeln überflog.

„In diesem Raum hat alles begonnen," murmelte ich.

„Und hier steht, dass ihre spirituelle Reise von tiefen Visionen geprägt war. Sie schrieb ausführlich über ihre Begegnungen mit Jesus. Es muss unglaublich intensiv gewesen sein, vor allem in einer Zeit, in der solche Erfahrungen sehr streng geprüft wurden," fügte Ursula hinzu.

Wir gingen weiter und kamen an einer Tafel vorbei, die Johannes vom Kreuz erwähnte, einen engen Freund von Teresa. „Er hatte ebenfalls visionäre Erfahrungen," sagte Ursula. „Hier steht, dass er den Einfluss der mystischen Tradition im Islam kannte und dass sich seine Lehren stellenweise mit der islamischen Mystik, dem Sufismus, überschneiden."

„Interessant," meinte ich und betrachtete die nächsten Ausstellungsstücke. „Man könnte sich wohl ein besseres Bild davon machen, wenn man die Gemälde von El Greco ansieht. Seine Darstellungen von Teresa und Johannes sollen ziemlich eindrücklich sein."

„Das hätte ich nicht erwartet," sagte Ursula überrascht, während sie einen weiteren Hinweis entdeckte. „El Greco hat also tatsächlich einen Teil dieser Mystik in seinen Gemälden festgehalten."

Wir setzten unseren Rundgang fort, besuchten die Kapelle und betrachteten einige weitere Reliquien und Schautafeln. Es war ein eindrucksvolles, aber sachliches Erlebnis, durch die Räume zu gehen, und uns wurde klar, dass wir viele historische Details über Teresa erfahren hatten – über ihre Reformen, ihre Schriften und ihre mystischen Visionen. Doch was auch immer wir gehofft hatten, im Hinblick auf unsere Suche nach Arterien zu entdecken, blieb aus.

„Kein Hinweis auf unsere Suche," sagte ich, als wir am Ende des Rundgangs angelangt waren.

„Nein," stimmte Ursula zu. „Wir haben interessante Dinge über Teresa erfahren, aber nichts, was uns weiterbringen würde."

Wir verließen das Konvent, als die Öffnungszeiten sich dem Ende neigten, und gingen Richtung Stadtzentrum. „Lass uns ein Restaurant suchen," schlug ich vor, als wir durch die stillen Straßen von Ávila liefen.

Wir fanden in der Altstadt von Ávila ein kleines Restaurant, das vegetarische Gerichte anbot. Die Atmosphäre war typisch spanisch: hektisch, laut und belebt. Wir setzten uns an einen Tisch nahe am Fenster, wo wir das Treiben auf der Straße beobachten konnten. Der Kellner eilte an uns vorbei, während drinnen eine Gruppe Einheimischer lautstark miteinander diskutierte.

„Hier geht es lebhaft zu," stellte ich fest, ohne dabei eine wirkliche Verbindung zu meiner Umgebung zu spüren.

Ursula sah sich um und wirkte genauso distanziert wie ich. „Das ist wohl typisch für diese Gegend," antwortete sie sachlich.

Das Restaurant war schlicht, mit hölzernen Tischen und Stühlen, die eng nebeneinander standen. Die Dekoration bestand aus alten Fotografien der Stadt und ein paar traditionellen Keramiken an den Wänden. Es war sauber, aber nichts, was irgendwie besonders auffiel. Wir bestellten eine einfache, vegetarische Paella und dazu stilles Wasser. Das Essen war gut gewürzt, aber selbst die kräftigen Aromen konnten uns nicht aus unserer Frustration reißen.

„Was hältst du von dem Konvent?" fragte ich, während ich einen Bissen der Paella nahm.

Ursula seufzte leise. „Es war enttäuschend. Ich hatte die Hoffnung, dass wir dort etwas Bedeutendes finden würden, etwas… Entscheidendes. Aber es war alles so… gewöhnlich. Es hat nichts ausgelöst."

Ich nickte. „Ja, ich habe auch keine wirkliche Verbindung gespürt. Alles war historisch und informativ, aber nichts davon hat uns auf unserer Suche weitergebracht."

Während wir weiter aßen, nahm die Unruhe im Restaurant zu. Ein paar Tische weiter hatte sich eine Diskussion zwischen zwei Einheimischen hochgeschaukelt. Sie gestikulierten wild, ihre Stimmen wurden lauter, und die Anspannung war förmlich spürbar. Ursula beobachtete die Szene, ihre Kiefermuskeln waren angespannt.

„Diese Hektik…" Sie schüttelte den Kopf, während sie die lebhafte Diskussion betrachtete. „Es spiegelt meine innere Frustration wider."

Die Worte wirkten kühl, aber ihre Stimme verriet einen aufkommenden Ärger. Sie nahm einen tiefen Atemzug und sah auf den leeren Teller vor ihr. Ich spürte, dass etwas in ihr arbeitete.

Wir zahlten und standen auf, um das Restaurant zu verlassen. Ursula schob ihren Stuhl etwas zu abrupt zurück, was die Tischbeine laut über den Boden kratzen ließ. Als wir uns der Tür näherten, hielt sie inne und drehte sich plötzlich zu mir um.

„Es muss sich etwas ändern!" sagte sie entschlossen und fast schon energisch. „Ich habe eine Idee."

Überrascht hielt ich inne und sah sie an. „Was meinst du?"

Sie trat einen Schritt näher, ihre Augen fest auf meine gerichtet. „Vertraust du mir?"

Es war ein direkter, intensiver Moment, der uns beide für einen Augenblick aus der vorherigen Lethargie riss. Ich zögerte nicht. „Ja."

„Dann komm mit." Sie packte mich leicht am Arm und führte mich nach draußen, als hätte sie plötzlich einen klaren Plan.

Wir verließen das Restaurant mit einem neuen, entschlossenen Ziel vor Augen, auch wenn ich es noch nicht kannte. Die Frustration und das Gefühl des Stillstands ließen wir hinter uns.

77

Zurück am Campingplatz sah ich, wie Ursula zielstrebig die Frau ansteuerte, die die Kasse betreute. Ich konnte nur die ersten paar Worte verstehen, bevor die beiden leiser miteinander sprachen. Es schien eine kurze, aber freundliche Unterhaltung zu sein, deren Inhalt mir verborgen blieb. Ursula nickte schließlich und kam zurück zu mir. „Alles geregelt," sagte sie knapp, ohne weiter ins Detail zu gehen.

Wir stiegen in den VW-Bus, und Ursula startete den Motor, während ich mich auf den Beifahrersitz setzte. Sie hatte erwähnt, dass sie einen besonderen Platz kannte – ein Ort, der ihr von einem früheren Auftrag vertraut war. Mehr hatte sie nicht verraten, und ich spürte eine Mischung aus Neugierde und Vorfreude. Wohin würde uns diese Fahrt führen? Was für einen Ort hatte Ursula im Sinn?

Auf dem Weg hielten wir bei einem kleinen Supermarkt in der Nähe von Las Navas del Marqués. Wir deckten uns mit Wasserflaschen, Chips und ein paar anderen Kleinigkeiten ein. Ursula schien alles genau zu planen, und ich ließ mich einfach mitziehen.

Die Straßen führten uns durch die hügelige Landschaft rund um den Embalse del Burguillo. Die schmalen Wege schlängelten sich durch

Pinienwälder, gelegentlich durchbrochen von weiten Ausblicken auf das Tal und den in der Ferne glitzernden Stausee. Die Nachmittagssonne ließ das Wasser in der Ferne wie Silber schimmern. Während wir tiefer in die Natur fuhren, entfernten wir uns mehr und mehr von den belebteren Wegen, bis Ursula schließlich auf einen schmalen, fast versteckten Pfad einbog. Hier parkten wir den VW-Bus auf einer abgelegenen Lichtung, umgeben von hohen Bäumen, die uns vollständig abschirmten. Der Ort war einsam und ruhig – genau das, wonach wir gesucht hatten.

„Von hier aus müssen wir ein Stück zu Fuß gehen," sagte Ursula, als sie ausstieg. Ich folgte ihr, und wir nahmen unsere Rucksäcke. Der Pfad führte uns leicht abwärts, durch dichten Wald, wo das Rascheln der Blätter unter unseren Füßen das einzige Geräusch war. Nach etwa 15 Minuten öffnete sich der Wald und gab den Blick auf eine wunderschöne, abgeschiedene Bucht am Ufer des Stausees frei.

Das Wasser war klar und ruhig, die Ufer von Felsen umrahmt, die Schutz und Abgeschiedenheit boten. Es war ein fast unwirklicher Anblick – die perfekte Ruhe, das sanfte Glucksen des Wassers und die tiefen Farben der untergehenden Sonne. „Das ist es also," sagte Ursula leise, fast ehrfürchtig. Ich nickte nur, zu überwältigt von der Schönheit des Ortes, um sofort etwas zu sagen.

Wir legten unsere Sachen auf einen flachen Felsen und stiegen langsam ins Wasser. Das kühle, erfrischende Gefühl des klaren Sees schien uns von allem zu lösen – vom Stress der letzten Tage, von den Gedanken, die wir mit uns trugen. Es war, als würden wir in das Herz der Natur eintauchen, völlig eins mit dem Wasser und der Landschaft um uns herum. Wir schwammen eine Weile, genossen die Stille und das Gefühl, frei zu sein, während die letzten Sonnenstrahlen den Himmel in ein tiefes Orange und Purpur tauchten.

Als wir später aus dem Wasser kamen, setzten wir uns auf die warmen Steine und ließen den Blick über den See schweifen. Ursula öffnete eine der Wasserflaschen, und wir tranken in aller Ruhe, während wir in die Stille des Abends eintauchten. Die Chips knisterten leise, als wir sie aßen, und die Stimmung zwischen uns war so friedlich wie die Natur um uns herum. Es war, als hätten wir alles hinter uns gelassen und wären nur noch hier – in diesem Moment, an diesem Ort.

Der Abend dämmerte, die Sterne begannen aufzuleuchten, und eine sanfte, wohlige Müdigkeit stellte sich ein. Ursula und ich waren völlig bei uns selbst und zugleich miteinander verbunden, ohne dass es Worte brauchte. Wir waren einfach hier, in der stillen Zweisamkeit dieses Ortes, erfüllt von der Erfahrung des Tages. Der klare Himmel über uns und die friedliche Natur hatten etwas Magisches an sich, das wir beide tief spürten, auch wenn wir es nicht aussprachen. Es war, als hätte uns dieser Abend etwas näher gebracht, auf eine Weise, die nicht erklärt werden musste.

Der Tag und der Abend waren warm gewesen, doch in den frühen Morgenstunden kroch die Kälte langsam in unseren Camper. Draußen war die Sonne noch nicht aufgegangen, aber ich hörte bereits die ersten Vögel, die das kommende Licht ankündigten. Ich lag halb auf der Seite, halb auf dem Bauch, das Gesicht zur Außenseite gewandt, als ich spürte, wie sich Ursula sanft von hinten an mich schmiegte. Sie legte den einen Arm um mich und schob den anderen unter mein Kopfkissen. „Hallo", hauchte sie schläfrig.

Ich lächelte in mich hinein und gab ein leises, zartes „Mhm" von mir – mehr brauchte es nicht. In dieser einfachen Nähe, in der Wärme, die wir uns gegenseitig spendeten, schliefen wir noch bis zum Sonnenaufgang.

Als die ersten goldenen Strahlen durch die Baumkronen schimmerten, war es Zeit für das Frühstück. Hier, in der freien Natur, fühlte es sich fast wie ein Ritual an. Wir hatten noch frische Paprika und Tomaten, etwas Käse und verschiedene Aufstriche. Mit dem Gaskocher bereitete Ursula uns Kaffee zu – der Duft, wie er nur hier so intensiv sein konnte, erfüllte den Camper. Ich versuchte sogar, das Weißbrot über der Flamme leicht zu rösten. Es war einfach, aber perfekt.

Während wir aßen, war die Stimmung friedlich und dennoch von einer gewissen Tiefe durchzogen. Die Eindrücke des vergangenen Abends hatten uns noch immer fest im Griff. Das Schwimmen im See, das Gefühl der völligen Freiheit und Verbundenheit – es war, als hätten wir etwas Essenzielles eingefangen, etwas, das uns nun weitertrug.

„Wir müssen genau in dieser Energie bleiben," sagte ich und brach das Schweigen. „Ich glaube, das ist der Schlüssel. Wenn wir so an die weiteren Nachforschungen herangehen, geben wir dem Universum die Chance, uns zu führen."

Ursula nickte nachdenklich, während sie eine Scheibe Tomate auf ihr Brot legte. „Das sehe ich auch so,“ sagte sie. „Gestern haben wir etwas in uns gespürt, eine Art Klarheit. Es war, als wären wir wirklich im Fluss, verbunden mit allem um uns herum.“

Ich blickte in die Ferne, während die Sonne langsam den Himmel mit ihrem Licht erfüllte. „Das bedeutet, wir dürfen nicht mehr rein intellektuell an die Sache herangehen,“ fuhr ich fort. „Es geht nicht nur darum, die richtigen Orte zu besuchen oder Fakten zu sammeln. Wir müssen diese Verbindung spüren, in uns tragen.“

Ursula trank einen Schluck Kaffee und stellte die Tasse leise ab. „Vielleicht haben wir bisher auch den falschen Ort gesucht.“ Sie schaute mich ernst an. „Ich hatte gehofft, wir würden im Geburtszimmer Teresas etwas Bedeutendes erfahren, aber das war es nicht. Ihr spiritueller Weg begann nicht dort. Es war das Kloster der Inkarnation, wo sie ihre geistige Reise begann.“

Ich hielt inne, als mir plötzlich alles klar wurde. „Du hast recht. Wir dachten, die Wiege sei der Ursprung, aber der wahre Anfang war das Kloster. Dort müssen wir hin.“

Ursula lächelte leicht. „Genau. Wenn wir den nächsten Schritt unserer Reise gehen wollen, müssen wir dorthin, wo Teresa ihren Weg begann.“

Ich nickte. „Und wir müssen uns weiterhin öffnen, so wie wir es gestern getan haben. Nur so wird sich unser Pfad nach Arterien vor uns entfalten.“

Nach dem Frühstück beschlossen wir, noch einmal zum See hinabzugehen. Das klare Wasser lag ruhig da, und der frische Morgenduft erfüllte die Luft. Wir nutzten die Gelegenheit, uns für den Tag frisch zu machen, aber viel wichtiger war, die zauberhafte und fast atemberaubende Kulisse noch einmal in uns aufzunehmen. Jeder Felsen, jede Welle schien uns anzusehen, als wollte die Landschaft uns ein Stück ihrer Weisheit mit auf den Weg geben. Die Stille und die Natur prägten sich tief in unsere Herzen ein, als ob sie uns sagen wollten: „Vergesst diesen Moment nicht.“

Langsam kehrten wir zurück zum Van, die Kühle des Morgens noch auf unserer Haut spürend. Nachdem wir unsere Sachen verstaut hatten, stiegen wir ein. Ursula drehte sich um und rief mit einem leichten Lächeln: „Auf

Wiedersehen!" Dann schloss sie die Tür. „Es war schön, hier zu sein," murmelte sie fast zu sich selbst.

Die Fahrt begann gemächlich, als wir die einsamen Wege entlang der Landschaft verließen. Anfangs rollten wir noch über die unbefestigte Straße, die uns vom See wegführte, und es dauerte nicht lange, bis wir auf eine breite Landstraße stießen. Die Sonne stand nun hoch am Himmel und tauchte die Umgebung in ein sanftes, klares Licht, das die Konturen der Landschaft schärfer und lebendiger erscheinen ließ. Die weiten Felder und sanften Hügel, die uns umgaben, schimmerten leicht, als ob das Land sich mit dem beginnenden Tag in einer Art neuer Kraft entfaltete.

„Also, auf ins Kloster," sagte Ursula mit einem entschlossenen Nicken. Sie hatte den Ort nicht mehr aus dem Kopf bekommen, seit wir darüber gesprochen hatten. „Hier hat Teresa wirklich begonnen."

Wir fuhren durch kleine Dörfer, deren Sandsteinhäuser die Geschichte vergangener Jahrhunderte atmeten. Die Straßen waren schmal, gesäumt von vereinzelten alten Bäumen und Hügeln, die sich teils sanft und teils schroff vor uns auftaten. Die Landschaft war karg und dennoch voller Leben, mit steinigen Hängen und niedrigen, trockenheitsresistenten Sträuchern, die wie vereinzelte grüne Tupfer in der rauen Umgebung wirkten. Der Weg führte uns durch eine weite, raue Ebene, deren Hügel allmählich an Höhe gewannen, bis die Kurven der Straße unsere volle Konzentration forderten.

„Es fühlt sich an, als würden wir uns einem bedeutenden Ort nähern," sagte ich und ließ meinen Blick über die Hügel schweifen, die sich in der Ferne erstreckten. Es war, als ob das Land selbst uns auf etwas vorbereiten wollte.

„Ja," stimmte Ursula zu. „Man spürt förmlich, wie sich etwas zusammenbraut. Der Ort hat Macht, ich kann es fühlen."

Die Straße wurde kurviger, und die Vegetation blieb spärlich, nur vereinzelt unterbrochen von den kleinen Olivenbäumen und Sträuchern, die hier im kargen Boden überleben konnten. Plötzlich erhob sich das Kloster am Horizont, als wäre es aus dem Felsen selbst gewachsen. Es wirkte wie ein Monument der Vergangenheit, aber auch wie ein Vorbote zukünftiger Ereignisse, die uns bevorstanden. Die Mauern des Klosters ragten mächtig in den Himmel, und es schien, als ob sie alle Geheimnisse der Welt in sich trugen.

„Da ist es," sagte Ursula leise, fast ehrfürchtig.

Wir fuhren noch eine Weile, bis wir einen geeigneten Parkplatz fanden. Er war versteckt hinter einer kleinen Baumreihe, von wo aus wir einen guten Blick auf das Kloster hatten, das nun direkt vor uns lag. Der Parkplatz war abgeschieden und ruhig, ein letzter Ort der Einkehr, bevor wir uns dem mächtigen Bauwerk näherten.

„Bereit?" fragte Ursula, ihre Augen funkelten.

Ich nickte. „Bereit."

Als wir auf das schwere hölzerne Tor des Klosters zugingen, saß eine Krähe auf dem Bogen darüber. Mit einem lauten Krächzen erhob sie sich in die Luft, als wir näher kamen, und flog in gemächlichen Kreisen gen Süden davon. Ursula und ich blieben kurz stehen, unsere Blicke trafen sich, als ob wir die gleiche leise Bedeutung des Augenblicks spürten. Dann schritten wir durch das Tor, das uns in den ruhigen Innenhof führte.

Mich zog es direkt in die Kapelle, als wäre es ein inneres Bedürfnis, und Ursula wollte mir zunächst folgen. Doch an der Schwelle legte sie sanft ihre Hand auf meinen Arm und sagte: „Ich glaube, ich bleibe noch ein bisschen draußen. Die Energie hier ist so stark." Ihr Blick wanderte über den Innenhof, die alten Steinmauern, die mit Moos bewachsen waren, und die schlichte, aber majestätische Stille, die den Ort umgab.

„Ich verstehe," sagte ich leise und lächelte sie an. „Nimm dir die Zeit, die du brauchst."

Alleine trat ich in die Kirche ein. Es war kühl und still, das Licht fiel gedämpft durch die bunten Fenster. Fast augenblicklich fühlte ich mich von einer Statue der Gottesmutter Maria angezogen, die auf einem steinernen Podest thronte. Ihre Augen wirkten sanft und gütig, als ob sie alle Lasten und Sorgen der Welt ertragen hätte, aber dennoch bereit war, Trost zu spenden. Ich setzte mich auf eine der dunklen Holzbänke in ihrer Nähe und ließ den Frieden des Raumes auf mich wirken. Mein Atem wurde tiefer, meine Gedanken verstummten allmählich, und ich begann zu meditieren.

Draußen im Innenhof ging Ursula langsam über die Kieswege, ihr Schritt war bedächtig, fast ehrfürchtig. Sie fühlte die Energie des Ortes auf eine tief verbundene Weise. Der Wind, der sanft durch die Äste der Bäume strich, und das ferne Plätschern eines Brunnens erfüllten sie mit einer Art natürlicher Stille. In dieser Umgebung fand sie ihren inneren Zugang zur göttlichen Welt, nicht durch Worte oder Rituale, sondern durch das Einssein mit der Natur und der Schöpfung. Sie hob die Hand und ließ den feinen Windhauch durch ihre Finger gleiten, als ob er ein stiller Gruß aus einer höheren Sphäre wäre.

Nach einer Weile kam sie nach. Ohne ein Wort setzte sie sich neben mich auf die Bank. Sie nahm vorsichtig meine Hand, als Zeichen der Verbindung, die nicht durch Sprache, sondern durch die geteilte Erfahrung und das tiefere Wissen entstand. Ich öffnete die Augen und blickte sie an, ein stilles Verständnis in unseren Blicken.

Genau in diesem Moment sprach uns eine leise Stimme an. „Guten Tag. Kann ich Ihnen helfen?" Eine Nonne, in schlichtem Schwarz und mit einem milden, freundlichen Gesichtsausdruck, stand in respektvoller Distanz zu uns. Ihre Augen strahlten Ruhe und Güte aus, wie man sie nur bei Menschen sieht, die ein tiefes inneres Gleichgewicht gefunden haben.

Überrascht, aber freundlich, erwiderten wir ihren Gruß.

„Ja, vielleicht können Sie uns tatsächlich helfen," sagte ich, als ich mich etwas zu ihr drehte. „Ich spüre eine tiefe Verbindung zu Theresa von Ávila. Ihre Art des inneren Gebets scheint meiner Meditation sehr ähnlich zu sein, und wir würden gerne mehr über sie erfahren."

Ursula fügte mit sanfter Stimme hinzu: „Vielleicht können Sie uns etwas erzählen, das uns bisher verborgen geblieben ist?"

Die Nonne lächelte sanft und setzte sich auf die Bank vor uns, ihre Hände gefaltet im Schoß. „Normalerweise spreche ich nicht oft mit Besuchern," begann sie ruhig, „aber heute Morgen im Gebet sagte mir die heilige Maria: ‚Hilf ihm, wenn er zu mir kommt. 'Deshalb bin ich hier."

Ihre Worte erfüllten den Raum mit einer tiefen Ruhe. Nichts daran wirkte aufgesetzt oder dramatisch, vielmehr war es, als ob sich ein natürlicher Fluss zwischen uns dreien entwickelte. Wir sprachen über Theresa, ihre Gebete, ihre Visionen. Ursula hörte aufmerksam zu, ihre Augen funkelten leicht im dämmrigen Licht der Kapelle. Sie verstand die Verbindung, die hier in diesem Moment wuchs, auch wenn sie sich durch ihre ganz eigene spirituelle Erfahrung draußen im Innenhof geerdet hatte.

Als die Nonne sprach, fühlte ich mich ermutigt, mein Herz weiter zu öffnen. „Meine verstorbene Partnerin verbrachte ihre letzten Tage in einem Hospiz, in einem Zimmer, das Theresa gewidmet war. Ihre Liebe zu Gott und zur Meditation hat sie bis zum Schluss begleitet, und ich sehe viele Parallelen zwischen ihr und Theresa. Beide verbanden ihre Liebe zu Gott mit der Liebe zu allem Schönen in dieser Welt."

Die Nonne nickte verstehend. „Theresa lehrte uns, dass Schönheit und Göttlichkeit untrennbar sind. Sie sah Gott in allem – in den einfachsten Dingen, den Blumen, dem Licht. Ihre Liebe zu Gott war die Liebe zu allem Lebendigen."

Es entstand eine tiefe, ruhige Verbundenheit zwischen uns. In dieser Kapelle, vor der stillen Statue der Mutter Maria, fühlten wir die Gegenwart von etwas Größerem. Nichts musste ausgesprochen werden. Die Spiritualität war spürbar, aber nicht überwältigend – sie war wie ein sanfter Strom, der uns alle miteinander verband.

Während unseres Gesprächs mit der Nonne kam mir plötzlich eine Frage: „Hat Teresa auch Gedichte geschrieben?"

Die Nonne lächelte, sichtlich erfreut über das Thema. „Ja, das hat sie. Tatsächlich sind Teresas Gedichte eine besondere Leidenschaft von mir. Ich habe eine persönliche Sammlung, die ich Ihnen gerne zeigen würde." Sie führte uns in einen Raum, der normalerweise für Besucher nicht zugänglich war. Ein schlichtes Arbeitszimmer, beherrscht von einem alten, sorgfältig gepflegten Sekretär. Die Nonne zog behutsam eine Schublade auf und holte einen ledergebundenen Ordner hervor. In der Art, wie sie den Ordner behandelte, konnte man die tiefe Wertschätzung spüren, die sie für die Gedichte Teresas empfand.

Als Ursula neben mir stand, fragte sie: „Gibt es vielleicht ein geheimnisvolles Gedicht, das von einem Herz oder vielleicht von der Liebe handelt?"

Die Nonne blätterte nachdenklich durch die Seiten und nickte dann. „Teresas Gedichte sind meistens von der Liebe zu Gott erfüllt. Aber es gibt da eines… ich bin nie ganz schlau daraus geworden." Sie öffnete den Ordner und reichte ihn uns.

Ursula nahm das Gedicht behutsam entgegen und begann es vorzulesen:

"The Venus knows

Where Phoenis rose
Out of ashes.
The sea clashes
Against the rock.
The first step
Is hidden in her lap.
The entrance unlock
The two friends
On both ends.
Marco Polo
And Colombo.“

„Das Gedicht ist besonders“, fügte die Nonne hinzu, „weil es das einzige ist, das in englischer Sprache geschrieben wurde.“

„Dürfen wir ein Foto davon machen?“ fragte ich.

Die Nonne nickte freundlich, und Ursula machte ein Bild von dem Gedicht.

Im Anschluss las uns die Nonne noch weitere Gedichte vor, die ihr selbst besonders am Herzen lagen. Doch keines zog unsere Aufmerksamkeit so stark auf sich wie das englische Gedicht.

Bevor wir uns verabschiedeten, lud die Nonne uns ein, noch zum Essen zu bleiben. Wir nahmen die Einladung dankend an und folgten ihr in einen kleinen, schlichten Raum, der nur aus einem Tisch mit vier Stühlen, einem Kruzifix, Heiligenfiguren und einem Gemälde bestand, das offensichtlich Teresa von Ávila zeigte. „Das ist eine besondere Darstellung“, erklärte die Nonne. „El Greco hat sie hier in einer besonders würdevollen Umgebung und Pose gemalt.“

Als die Nonne kurz den Raum verließ, um das Essen zu holen, machte Ursula ein Foto von dem Bild.

Das Essen war einfach, typisch spanisch, und schmeckte hervorragend, so als wären die Zutaten frisch aus dem Klostergarten gekommen. Während wir speisten, sprach die Nonne zunächst über Teresa von Ávila, doch das Gespräch weitete sich bald auf allgemeinere Themen aus.

Nach dem Essen verabschiedeten wir uns herzlich. Die Nonne begleitete uns noch bis zum schweren Holztor und wir machten uns, tief beeindruckt von diesem Besuch, auf den Weg zurück zum Auto.

Wir kamen mit dem Gefühl, etwas Besonderes erlebt zu haben, zu unserem VW-Bus zurück. Die ruhige Atmosphäre und die Freundlichkeit der Nonne wirkten noch nach. Doch nun war es Zeit, weiterzufahren. Der Campingplatz in Ávila wartete auf uns – und, so fühlten wir beide, noch mehr Fragen, die dringend nach Antworten verlangten.

Der Weg führte uns zurück auf genau denselben Stellplatz, den wir zuvor verlassen hatten. Das war es, was Ursula mit der Frau an der Kasse vereinbart hatte. Es war ein vertrauter Ort, der uns wie ein sicherer Hafen erschien. Nachdem wir uns eingerichtet hatten, beschlossen Ursula und ich, einen kleinen Rundgang durch Ávila zu machen, um die aufgestaute Energie der letzten Stunden loszulassen. Die alten Mauern und verwinkelten Gassen wirkten wie ein Spiegel unserer Gedanken: voller Geheimnisse, voller Geschichten.

Als die Abenddämmerung über der Stadt hereinbrach, entschieden wir uns, zum Bus zurückzukehren. Ein einfaches Abendessen am Camper schien genau das Richtige. Wir packten Brot, Käse und etwas Gemüse aus, das wir unterwegs gekauft hatten, und genossen die Stille. Die Luft war mild, und es war ein wohltuender Kontrast zu den intensiven Momenten im Kloster.

Nachdem wir gegessen hatten, zogen wir uns in den VW-Bus zurück. Es gab viel zu besprechen, und wir wollten sicherstellen, dass uns niemand zufällig belauschen konnte. Die Fenster wurden geschlossen, die Türen verriegelt, und die Welt draußen schien für einen Moment weit entfernt. Drinnen, in der Enge des Busses, war die Atmosphäre aufgeladen mit gespannter Neugier.

„Also, fangen wir mal mit der Venus an", begann Ursula und schob sich in die Ecke der Bank, wo sie ihre Notizen auf dem Smartphone hatte. „Was könnte damit gemeint sein? Die Göttin Venus aus der römischen Mythologie steht für Liebe und Schönheit."

„Und nicht zu vergessen", warf ich ein, „Venus ist auch ein Planet. Vielleicht geht es um etwas, das verborgen ist, im Schoß der Venus… irgendetwas, das tief in ihrer Symbolik vergraben liegt."

Ursula nickte nachdenklich. „Venus war die Göttin der Liebe, und der Schoß steht oft für Geburt oder einen verborgenen Schatz. Vielleicht ist da noch etwas, das verborgen liegt und erst entdeckt werden muss."

„Und Phoenis", fuhr ich fort, „das klingt verdächtig nach Phoenix. Etwas, das aus der Asche wieder aufersteht."

„Genau", bestätigte Ursula. „Es muss sich um etwas handeln, das schon einmal zerstört wurde und nun wiedergeboren ist." Sie machte eine kurze Pause und scrollte weiter durch ihre Notizen. „Und dann der Felsen, gegen den das Meer schlägt. Das könnte für etwas Starkes und Unerschütterliches stehen. Vielleicht eine geografische Region an der Küste?"

Ich erinnerte mich plötzlich. „Regina, in der Klinik, hatte von einer fernen Küste gesprochen. Und sie sprach auch in Englisch. Vielleicht hat das etwas mit England zu tun?"

„Das ist ein guter Punkt", stimmte Ursula zu. „Vielleicht führt uns das Gedicht in diese Richtung. Aber die Lage von Arterien können wir noch nicht daraus ableiten."

Wir ließen diesen Gedanken erst einmal stehen, während sich die Spannung im Bus weiter aufbaute. Dann kam das Gespräch auf Marco Polo und Columbus.

„Beide Italiener", sagte Ursula, während sie auf ihrem Smartphone recherchierte. „Marco Polo wurde 1254 in Venedig geboren und war der berühmte Entdecker, der nach Osten reiste. Columbus hingegen, geboren 1451 in Genua, segelte nach Westen und entdeckte Amerika."

„Also haben wir hier einen Ost- und einen Westreisenden", sagte ich und sah Ursula fragend an. „Aber welchen Hinweis sollen wir daraus ziehen?"

Ursula zuckte mit den Schultern. „Es scheint verwirrend. Aber vielleicht hat es etwas mit den Himmelsrichtungen zu tun – oder mit den verschiedenen Wegen, wie man an das Geheimnis von Arterien herangehen kann." Sie scrollte weiter. „Ich suche mal etwas über die Venus und den Schoß der Venus."

Kurze Zeit später begann sie zu referieren: „In der griechischen Mythologie war Aphrodite, die Venus entspricht, aus dem Meeresschaum geboren. Ihr Schoß könnte also symbolisch für die Ursprünge von Leben und Schönheit stehen, oder für etwas, das aus dem Wasser kommt."

Ich dachte kurz nach und dann fiel mir etwas ein. „Die Mona Lisa… und das Bild von Teresa von Ávila im Kloster. Könnte es da eine Verbindung geben? Vielleicht gibt es eine Venus von Ávila, wie es die Mona Lisa von Da Vinci gibt."

Ursula hob die Augenbrauen und begann sofort, ihre Suchmaschine zu bemühen. „Da ist tatsächlich etwas", sagte sie schließlich. „Es gibt ein Gemälde, das als Venus von Ávila bekannt ist. Es hängt in einer Kapelle im Alhambra-Museum in Granada. Es gibt keine Abbildung davon hier, aber es wird vermutet, dass es von einem Schüler El Grecos gemalt wurde."

Eine elektrische Spannung durchzog den Bus. „Das könnte unser nächster Hinweis sein", sagte ich leise, während Ursula das Smartphone sinken ließ. „Wir müssen nach Granada."

Wir verließen den Campingplatz in Ávila. Der Himmel über uns war wolkenlos, und die Sonne warf ein sanftes, goldenes Licht über die malerische Landschaft. Wir hatten beschlossen, die Strecke bis zu dem nächsten Campingplatz in einem Rutsch hinter uns zu bringen. Den Rest des Tages wollten wir in der friedlichen Umgebung des Sees in der Nähe von Granada verbringen, und das erschien uns nach den intensiven Stunden voller Diskussionen und der langen Fahrt genau das Richtige.

„Das Bild ‚Venus von Ávila‘ muss wohl in einem abgeschlossenen Bereich des Alhambra Museums sein", meinte ich, als wir die Stadt verließen und uns der weiten, hügeligen Landschaft Castillas näherten. „Es gibt nicht ein einziges Foto davon."

Ursula nickte. „Das habe ich mir auch gedacht. Nichts zu finden. Das heißt, dass wir jemanden brauchen, der uns Zugang verschafft." Sie ließ den Satz einen Moment in der Luft hängen und sah kurz nachdenklich aus dem Fenster, bevor sie ihr Handy hervorholte. „Zum Glück kenne ich da jemanden, der mir noch einen Gefallen schuldet." Ein kleines Grinsen schlich sich auf ihr Gesicht, als sie die Nummer wählte. „Alejandro de Morales," sagte sie mehr zu sich selbst, „der Mann ist ein Genie, wenn es darum geht, durch verschlossene Türen zu kommen."

Plötzlich meldete sich eine charmante Stimme mit einem Hauch spanischem Macho am anderen Ende der Leitung. Es war offensichtlich, dass Ursula diese Stimme gut kannte. „¡Hola, Ursula! ¿Cómo estás, mi amiga?"

„Hola, Alejandro", antwortete Ursula lächelnd, „gut, und du?"

„Bien, bien. Was kann ich für dich tun?" fragte er mit spürbarer Neugierde in der Stimme.

„Ich brauche deine Hilfe", sagte Ursula und legte einen ernsteren Ton an. „Wir sind auf einer privaten Entdeckungsreise – und brauchen Zugang zu einem bestimmten Bild im Alhambra Museum."

Es folgte ein kurzes Schweigen, dann lachte Alejandro laut auf. „Ja ja, privat, das habe ich mir gedacht! Du und privat – das gibt es gar nicht!" Er machte eine kurze Pause und fügte auf Deutsch hinzu: „Aber ich muss es nicht wissen." Seine Stimme war immer noch amüsiert, aber auch neugierig. „Welches Bild ist es?"

„Die Venus von Ávila", antwortete Ursula ruhig. „Es hängt wohl in einem Bereich, der nicht öffentlich zugänglich ist."

„Ah, la Venus," wiederholte Alejandro gedehnt und fügte nachdenklich hinzu: „Ich verstehe. Ich werde sehen, was ich tun kann, aber… das dauert ein paar Tage, amiga. Kannst du so lange warten?"

„Das ist kein Problem", sagte Ursula. „Wir sind geduldig."

„Muy bien," sagte Alejandro zufrieden. „Ich melde mich, sobald ich etwas habe. Aber pass auf dich auf, Ursula. Man weiß nie, wer in Granada alles seine Augen auf einen hat."

„Danke, Alejandro. Wir sehen uns." Ursula legte auf und warf mir einen kurzen Blick zu. „Er wird uns helfen, aber es wird ein paar Tage dauern."

„Das gibt uns die Möglichkeit, am See zu entspannen," sagte ich und spürte, wie die Vorfreude auf die Ruhe des bevorstehenden Abends in mir aufstieg.

Die Landschaft war inzwischen geprägt von den sanften Hügeln Andalusiens, die sich in weiter Ferne wie Wellen am Horizont erstreckten. Zypressen und Pinien säumten die Straße, und hier und da tauchte ein kleines weiß getünchtes Dorf auf, das im Schatten der Sierra Nevada geduckt lag. Die schneebedeckten Gipfel leuchteten im Sonnenschein, während die Olivenhaine in sattem Grün zwischen den Hügeln schimmerten. Die Szenerie hatte etwas Beruhigendes, wie eine leise Melodie, die unsere Gedanken in geordnete Bahnen lenkte.

Als wir schließlich den Campingplatz in der Nähe des Sees erreichten, begrüßte uns eine ruhige, fast magische Atmosphäre. Das Wasser schimmerte in einem tiefen Blau, das im Abendlicht fast unwirklich erschien. Der Platz war einfach, aber genau das machte seinen Charme aus. „Ich wusste, dass du es vorziehst, am See zu übernachten", sagte ich lächelnd zu Ursula.

„Natürlich", antwortete sie mit einem zufriedenen Lächeln. „Es gibt nichts Besseres, als die Ruhe eines Sees nach einem langen Tag."

Ursula parkte den VW-Bus rückwärts ein, das vertraute Knirschen der Reifen auf dem Kies war deutlich zu hören, während sie das Steuer fest im Griff hatte. "Perfekt," murmelte sie, als der Bulli zum Stillstand kam. Wir stiegen aus und schauten uns zufrieden um. Der Stellplatz lag direkt am Ufer des Embalse de Cubillas, nur ein paar Schritte trennten uns vom See. "Schau dir das an," sagte ich lächelnd, "das ist genau der richtige Platz, um den Tag ausklingen zu lassen."

Kaum hatten wir uns eingerichtet, liefen wir zum Wasser und sprangen hinein, das kühle, erfrischende Gefühl auf der Haut nach der langen Fahrt. Ursula tauchte lachend ab und ich folgte ihr, das glasklare Wasser schimmerte im Abendlicht. Nach dem Bad setzten wir uns zum Abendessen an den Bulli, umgeben von den sanften Klängen der Natur und dem leichten Rauschen der Bäume. Die Sonne sank langsam hinter den Horizont, und ihre letzten Strahlen spiegelten sich golden auf der Wasseroberfläche.

Während wir aßen, schlug Ursula vor: "Morgen könnten wir eine Wanderung in die Sierra Nevada machen. Das Gebirge soll atemberaubend sein."

Ich nickte und dachte nach. "Der Vereda de la Estrella wäre perfekt. Der Weg ist nicht zu schwierig, etwa drei bis vier Stunden, und wir hätten einen großartigen Blick auf die Gipfel des Mulhacén und der Alcazaba. Außerdem führt der Pfad entlang eines Flusses – das würde sicherlich eine schöne Abwechslung zur Hitze bringen."

"Das klingt großartig," stimmte Ursula zu und nahm einen weiteren Bissen von ihrem Sandwich. "Wenn wir früh aufbrechen, haben wir den größten Teil hinter uns, bevor die Sonne zu stark wird. Ich mag es, wenn es ruhig und nicht überlaufen ist. Das wird sicher eine schöne Wanderung."

Die Ruhe der Abenddämmerung legte sich über den Campingplatz, und die ersten Sterne erschienen am Himmel. Nachdem wir das Essen beendet hatten, setzte ich Wasser für einen Kaffee auf. Der Duft stieg auf, heiß und dampfend, genau so, wie ich es mochte. Ursula lehnte sich zurück, öffnete eine Tüte Kartoffelchips und griff hinein, während wir beide den friedlichen Abend genossen. Die leichte Brise brachte eine angenehme Frische mit sich, während das leise Knistern der Chips und das entfernte Plätschern des Sees die einzige Geräuschkulisse bildeten.

Wir saßen dort, Seite an Seite, die Welt um uns herum ruhig und friedlich. Es war einer dieser Abende, die so ruhig sind, dass die Zeit für einen Moment stillzustehen scheint.

Früh am Morgen brachen wir auf, die Sonne noch tief am Horizont, als Ursula den VW-Bus startete. Der See lag ruhig da, die Wasseroberfläche glatt wie ein Spiegel, und die kühle Morgenluft fühlte sich frisch und belebend an. Die Straße führte uns in Richtung der Berge, die langsam größer und imposanter vor uns aufragten. Die sanften Hügel, die den Weg säumten, waren mit goldenen Wiesen bedeckt, über denen sich der Morgendunst hob. Hin und wieder sahen wir vereinzelte Bauernhöfe, und die ersten Sonnenstrahlen tauchten die Landschaft in ein warmes Licht.

Als wir höher in die Berge fuhren, änderte sich die Szenerie. Der Boden wurde felsiger, die Vegetation dichter und wilder. Pinienwälder zogen sich die Berghänge hinauf, und die würzige Luft war erfüllt vom Duft der Nadelbäume. Ein Bach schlängelte sich neben der Straße entlang, sein Plätschern begleitete uns, während wir tiefer in das Gebirge vordrangen.

Am Ausgangspunkt der Wanderung angekommen, schnürten wir unsere Wanderschuhe fester, holten tief Luft und machten uns auf den Weg. Der Pfad war schmal, schlängelte sich an einem steilen Hang entlang, von wo aus wir einen atemberaubenden Blick auf die umliegenden Gipfel hatten. Das Licht der Morgensonne warf lange Schatten über die Berge, und es war fast still, abgesehen von dem leisen Rauschen des Windes in den Bäumen und dem beständigen Murmeln des Baches, der uns immer wieder auf unserem Weg begleitete.

Während wir so dahinschritten, kam mir plötzlich ein Gedanke. Ich zögerte kurz, dann fragte ich Ursula: „Musst du nicht eigentlich deinem Chef oder einem deiner Kollegen Bericht erstatten?" Mein Blick ruhte prüfend auf ihrem Gesicht. „Oder hast du das bereits gemacht und ich habe es gar nicht mitbekommen?"

Ursula wurde nachdenklich, ihr Blick schweifte über die schmale, ansteigende Strecke vor uns, bevor sie antwortete: „Bereits vor München hat mir mein Chef zu verstehen gegeben, dass er volles Vertrauen in mich hat. Er müsse nicht wissen, was ich so alles treibe."

Mehr musste sie nicht erklären. Ich nickte langsam, nachdenklich. „Ich verstehe."

Auch ich hatte im Berufsleben bereits ähnliche Situationen erlebt. Einmal kam mein Chef zur Tür herein, direkt in mein Büro, und meinte, das sei jetzt gerade eine Situation, bei der man am liebsten aus dem Fenster springen würde. Das solle ich aber nicht tun. Ich hätte freie Hand, und er würde jetzt in den Urlaub gehen, um sich selbst aus dem Schussfeld zu nehmen. Im Unterschied zu Ursula hatte ich damals meine ganze Abteilung hinter mir. Es war uns gelungen, viele Arbeitsplätze zu retten, und der Erfolg hatte uns weiter zusammengeschweißt. Aber Ursula war jetzt allein. Nein – sie hatte mich an ihrer Seite, einen einzelnen Behinderten, der völlig unerfahren in Angelegenheiten war, die eine Geheimagentin meistern musste. Ich atmete tief durch. Meine Wertschätzung für Ursula und das Vertrauen, das sie mir entgegenbrachte, wuchs mit jedem weiteren Schritt.

Wir wanderten weiter durch die Wälder, die sich plötzlich öffneten und weite Ausblicke auf die tiefer liegenden Täler freigaben. Die Luft war kühl und klar, und jeder Schritt auf dem weichen Waldboden fühlte sich angenehm an. Hin und wieder hörten wir das ferne Rufen von Vögeln, die in den Baumkronen kreisten, und dann wieder das Knirschen der Kiesel unter unseren Füßen. Der Weg führte uns schließlich an einen Punkt, von dem aus wir eine herrliche Sicht auf zwei majestätische Gipfel hatten. Ihre schneebedeckten Spitzen leuchteten in der Sonne, und es war, als stünden wir am Rande einer anderen Welt.

„Das war die richtige Entscheidung", sagte Ursula leise, während sie den Blick auf die Berge genoss. Wir verweilten noch eine Weile, bevor wir uns langsam auf den Rückweg machten. Die Hitze des Tages begann bereits anzusteigen, aber der Weg durch die Wälder brachte angenehmen Schatten.

Auf dem Rückweg zum Campingplatz klingelte plötzlich Ursulas Handy. Sie zückte es und drückte grinsend auf den Lautsprecher. „¡Hola, Ursula! ¿Cómo estás?" Alejandros vertraute Stimme schallte durch den Wagen. „Ich habe gute Nachrichten für euch, aber… ich werde sie nur bei una buena cena erzählen."

„Oh, Alejandro, das klingt gut", lachte Ursula. „Was auch immer es ist, es scheint wichtig zu sein."

„¡Sí, muy importante! Ich hole euch später ab, ¿vale? Entonces… hasta luego," sagte er und legte auf, bevor wir mehr fragen konnten.

„Das klingt vielversprechend", sagte ich, und Ursula grinste. „Wir werden sehen, was er für uns hat."

Der Rest der Fahrt zurück zum Campingplatz verlief ruhig. Die Sonne stand nun hoch am Himmel und tauchte die Landschaft in ein intensives, warmes Licht. Die Berge lagen hinter uns, und der See erschien wieder vor uns, ruhig und einladend. Kaum waren wir zurück am Platz, ruhten wir uns zunächst aus und machten uns dann bereit für den Abend.

Alejandro fuhr in einem eleganten, weißen Lincoln Navigator vor, einem großen, typisch amerikanischen Luxus-SUV. Die Ledersitze glänzten im Abendlicht, als er lächelnd ausstieg und uns beide herzlich umarmte. „¡Mis amigos! Qué alegría verlos," sagte er mit einem breiten Grinsen. „Es freut mich, dass wir uns endlich persönlich kennenlernen!"

„Es ist immer gut, dich zu sehen, Alejandro," erwiderte Ursula warm, und ich nickte leicht unsicher, da es für mich das erste Mal war, ihn persönlich zu treffen. Trotzdem fühlte sich seine Begrüßung sofort vertraut an, als hätte ich ihn schon lange gekannt.

Wir stiegen in den luxuriösen Wagen ein. Die Sitze fühlten sich angenehm weich an, und der dezente Duft von Leder und frischer Luft erfüllte den Innenraum. Alejandro fuhr ruhig los, und der Wagen glitt förmlich über die Straße. Während wir den Campingplatz verließen und in Richtung des Restaurants fuhren, leuchteten die fernen Berge der Sierra

Nevada im warmen Abendlicht auf, während die letzten Sonnenstrahlen sanft über die goldenen Wiesen glitten.

„Mañana," begann Alejandro, „um mediodía, also um zwölf Uhr, wird euch ein alter Freund der Familie treffen. Er heißt Paolo de Souza, ein experto für die Kunst des 16. und 17. Jahrhunderts. Ihr werdet ihn im Garten der Alhambra treffen. Paolo arbeitet schon seit Jahren im Museum und hat Zugang zu besonderen Bereichen. Er wird euch persönlich zum Bild der Venus von Ávila bringen."

„Das klingt großartig", sagte Ursula und lächelte ihm zu. „Wir freuen uns auf das Treffen. Paolo de Souza – ich bin gespannt auf ihn."

„Und wie seid ihr auf das Bild gekommen?" fragte Alejandro neugierig, ein leichtes Funkeln in seinen Augen.

„Es ist eine lange Geschichte," sagte ich ausweichend, und Alejandro schmunzelte, offenbar bereit, nicht weiter nachzubohren.

Nach einer kurzen, aber angenehmen Fahrt erreichten wir das Restaurante Ruta del Veleta. Die Terrasse des Restaurants lag ruhig und abgelegen, mit einem atemberaubenden Blick auf die umliegenden Berge. Alejandro führte uns zu einem abgeschiedenen Tisch in der Ecke, von dem aus wir den Blick auf die weite Landschaft genießen konnten.

Das Essen war üppig und herrlich. Gegrilltes Gemüse mit duftenden Kräutern, ein cremiges Kartoffelgericht mit scharfen Chilis und saftige Oliven in reichhaltigem Olivenöl, begleitet von einem frischen, grünen Salat mit Ziegenkäse. Die Speisen waren perfekt zubereitet und harmonierten wunderbar mit der friedlichen Atmosphäre des Abends.

Alejandro schob seinen Teller leicht zur Seite und sah uns lächelnd an. „Und?", begann er leicht neckend, „¿Sois pareja? Seid ihr ein Paar?" Er zwinkerte und lehnte sich entspannt zurück.

Ursula lachte leise und schüttelte den Kopf. „Nein, Alejandro. Wir arbeiten nur zusammen. Aber ich verstehe, warum du fragst." Ihr Ton war freundlich, aber auch bestimmt, und Alejandro hob die Hände, als wolle er signalisieren, dass er die Grenzen respektierte.

„Entschuldige, amiga, das war zu neugierig von mir," sagte er mit einem charmanten Lächeln. „Aber ich freue mich einfach, euch beide so gut zusammenzusehen."

Das Gespräch nahm bald wieder eine leichtere Richtung. Wir plauderten über alte Zeiten, über die Schönheit Granadas und die morgige

Besichtigung der Alhambra. Die ruhige und freundliche Atmosphäre machte den Abend zu einem wahren Genuss. Der Sternenhimmel funkelte über den Bergen, und die Luft war angenehm kühl, während wir unser Essen ausklingen ließen.

Nach dem Essen machten wir uns langsam wieder auf den Rückweg. Die Straßen waren ruhig, und im Scheinwerferlicht des Wagens schienen die Landschaften fast surreal. Die weiten Wiesen und die schattenhaften Berge der Sierra Nevada begleiteten uns zurück zum Campingplatz. Es herrschte eine entspannte Stille im Auto, unterbrochen nur vom gelegentlichen Rauschen des Windes und dem leisen Summen des Motors.

Als wir am Eingang des Campingplatzes ankamen, hielten wir noch einen Moment inne, bevor wir ausstiegen. Wir warfen uns sprechende Blicke zu, die ausdrückten, wie sehr wir den Abend genossen hatten. Alejandro verabschiedete sich dann mit einer erneuten Umarmung, seine Stimme weich und warm. „Hasta mañana, amigos. Es wird ein guter Tag," sagte er mit einem Lächeln, das die Verheißung des bevorstehenden Tages in sich trug.

„Gracias, Alejandro," sagte ich, während Ursula ebenfalls nickte. „Wir freuen uns schon."

Mit diesen Worten stieg er wieder in seinen Wagen und fuhr davon, während wir den Abend in der frischen Nachtluft ausklingen ließen. Die Vorfreude auf das morgige Treffen in der Alhambra lag in der Luft.

Der Tag begann früh, bevor die Sonne den Horizont vollständig erklommen hatte. Ursula und ich schlüpften aus dem VW-Bus, die Luft war frisch, erfüllt vom sanften Duft des Sees. Das Wasser schimmerte im zarten Morgenlicht, und wir beschlossen, den Tag mit einem kurzen Bad zu beginnen. Barfuß liefen wir zum Ufer, der Kies knirschte unter unseren Füßen, und als wir ins kühle, klare Wasser eintauchten, war es, als würden wir von der Natur selbst geweckt. Das Wasser umhüllte uns, kühlend und belebend. Jeder Zug fühlte sich an, als würde er die Müdigkeit des Schlafs fortspülen und die Sinne schärfen.

Als wir aus dem Wasser stiegen, das Licht nun wärmer auf unserer Haut, verspürten wir eine tiefe Verbindung zur Natur rings um uns. Die

Berge und die ruhigen Hügel, die den See umgaben, standen wie stille Wächter da und verliehen dem Ort eine besondere Atmosphäre.

Nach einem schnellen Frühstück, das wir draußen am Bus genossen, packten wir zügig zusammen. Die Fahrt nach Granada lag vor uns, zum Alhambra Museum, und wir waren gespannt darauf, die Gärten und Gebäude zu erkunden, bevor wir Paolo de Souza treffen würden. Der Himmel war nun makellos blau, als wir den schmalen Weg vom See zurück auf die Hauptstraße nahmen. Die Berge der Sierra Nevada erhoben sich in der Ferne, majestätisch und geheimnisvoll, während die Felder und Olivenhaine, die die Straße säumten, im besonderen Glanz der Sonne leuchteten.

Je näher wir Granada kamen, desto mehr änderte sich die Landschaft. Die sanften Hügel wichen dichter besiedelten Straßen, und bald konnten wir die Silhouette der Alhambra sehen, die stolz über der Stadt thronte. Ihr rostrotes Mauerwerk schimmerte unter dem klaren Morgenhimmel. Die Straße führte uns weiter durch enge Gassen hinauf zur Alhambra, vorbei an den weiß getünchten Häusern des Albaicín-Viertels, deren blumengeschmückte Balkone eine besondere Ruhe ausstrahlten.

Schließlich erreichten wir den Eingang des Museo de la Alhambra, das sich im Inneren des Palacio de Carlos V befindet. Der Palast war eine imposante Erscheinung, ein massiver Renaissancebau mit einem runden Innenhof, der uns sofort in eine andere Zeit versetzte. Am Eingang entdeckten wir einen großen Plan des Museums, der die verschiedenen Ausstellungsräume, Höfe und Gärten zeigte. Ursula und ich beugten uns über die Karte, um einen Überblick zu gewinnen. „Da drüben ist der Patio de los Leones, und dort die Sala de los Reyes," sagte Ursula und tippte auf den Plan. „Wir sollten erst durch die Gärten gehen, um den Ort auf uns wirken zu lassen, bevor wir Paolo treffen."

„Das klingt gut," erwiderte ich. „Ich denke, der Jardines del Partal wäre perfekt, um in die Atmosphäre der Alhambra einzutauchen."

Wir betraten das Museum und wurden von der kühlen Stille der Räume empfangen. Der Innenhof des Palastes öffnete sich vor uns, und ich fühlte, wie die Geschichte des Ortes förmlich in der Luft lag. Die schweren Steinwände schienen Flüstern vergangener Zeiten zu bewahren, und wir ließen den Moment in aller Ruhe auf uns wirken. Es war, als wären wir auf einer Reise durch Zeit und Raum, und jeder Schritt, den wir taten, brachte uns näher an das Herz der Alhambra heran.

Die nächsten Stunden würden uns nicht nur durch die Geschichte der Alhambra führen, sondern auch durch ein tiefes inneres Erleben, das in Verbindung mit diesem magischen Ort entstehen sollte.

Ursula und ich beschlossen, uns zunächst in den stillen Gärten der Alhambra mit dem Ort zu verbinden. Die Luft war frisch, die Sonne tauchte die alten Mauern und den üppigen Pflanzenwuchs in warmes Licht. Wir spazierten durch die gepflegten Wege, vorbei an plätschernden Brunnen und den sanften Schatten der Zypressen, die uns vor der aufkommenden Frühsommerhitze schützten. Die Gärten boten die perfekte Ruhe, die wir suchten, um mit dem Ort eins zu werden. Über uns rauschte das Laub leise im Wind, und der Duft der mediterranen Pflanzen umgab uns, während wir in Stille umhergingen.

Doch als wir uns tiefer in die Anlage begaben, bemerkte Ursula ihn zuerst – einen hageren Mann in einem schäbigen, schlecht sitzenden Anzug. Seine kurz rasierten Haare und die tiefen Schatten um seine Augen, die hinter einer Sonnenbrille verborgen waren, verliehen ihm ein unheimliches Aussehen. Er schien uns zu beobachten, und es war nicht das diskrete Verhalten eines zufälligen Besuchers. Stattdessen bewegte er sich mit einem auffälligen Ungeschick, das uns beiden sofort ins Auge sprang.

„Der Typ folgt uns", sagte Ursula leise, während wir uns zwischen den Beeten hindurchbewegten. Ich schaute kurz über die Schulter und sah ihn wieder, wie er in der Ferne stehenblieb, so als wolle er unauffällig erscheinen, doch seine Tollpatschigkeit machte ihn nur noch offensichtlicher. Er war zu hastig, zu unsicher in seinen Bewegungen.

Wir beschlossen, die Situation zu klären, setzten uns auf eine Bank an einer gut einsehbaren Stelle. Die Geräusche des Gartens – das leise Rauschen der Blätter, das entfernte Plätschern von Wasser – wirkten beruhigend, doch die Präsenz des Mannes hing über uns wie eine störende Wolke. Er blieb noch einen Moment in unserer Nähe, zögerte, und dann ging er weiter, als hätte er aufgegeben.

Ursula atmete erleichtert auf. „Ein Profi wäre subtiler gewesen. Das hier war zu offensichtlich, fast schon amateurhaft."

„Aber warum er?" fragte ich.

„Vielleicht ist es Zufall, vielleicht auch nicht. Aber ich mache mir keine Sorgen." Sie lächelte, doch in ihren Augen lag ein wachsam glimmender Funke.

Nach einer Weile spürten wir, wie die Anspannung nachließ. Die friedliche Atmosphäre des Gartens nahm uns wieder auf, und die Geräusche der Natur wirkten wie Balsam auf unsere Nerven. Gerade als wir uns wieder entspannten, trat eine vertrauen erweckende Stimme an unser Ohr.

„¡Ah! Buenos días, amigos. Alejandro hat euch genau beschrieben."

Wir blickten auf und sahen Paolo de Souza, der mit einem breiten Lächeln auf uns zukam. Sein herzlicher Gruß und seine freundliche Ausstrahlung zogen uns augenblicklich aus der Unruhe, in der wir zuvor gefangen waren. Paolo strahlte das warme Selbstbewusstsein eines Menschen aus, der seine Umgebung und seine Gäste gut kennt, und seine Worte lösten die letzten Spuren von Anspannung in uns.

Paolo führte uns durch die weiten, von Geschichte durchtränkten Gänge des Alhambra Museums, und während wir tiefer in das Gebäude vordrangen, erzählte er uns mit Begeisterung von der Architektur und den Sammlungen, die hier beherbergt wurden. „Dieser Teil des Museums," begann er, während wir durch einen kunstvoll gestalteten Innenhof gingen, „wurde erst im letzten Jahrhundert wiederhergestellt. Ursprünglich waren diese Räume königlichen Beratern vorbehalten. Hier wurden wichtige politische und religiöse Entscheidungen getroffen, die bis heute ihre Spuren hinterlassen haben."

Die Luft in den Gängen war kühl, und die hohen Decken verstärkten das Echo unserer Schritte. Paolo wies auf eine Reihe von Gemälden, die an den Wänden hingen. „Diese Werke stammen überwiegend aus dem 16. und 17. Jahrhundert, genau der Epoche, in der auch die Venus von Ávila entstand. Es wird vermutet, dass viele dieser Künstler in engem Kontakt standen, auch wenn die Zuordnung bei einigen Bildern schwierig ist."

Wir erreichten einen Abschnitt des Museums, der im Vergleich zu den offenen Höfen und Sälen vorher fast intim wirkte. Hier schien die Zeit langsamer zu vergehen. Paolo blieb vor einem schmalen Eingang stehen und sah uns mit einem geheimnisvollen Lächeln an. „Wir sind fast da. Der Raum, den wir gleich betreten, ist einer der abgeschiedensten im gesamten Museum."

„Wieso wurde das Bild gerade hierhergebracht?" fragte ich, während wir weitergingen.

„Das ist eine gute Frage," antwortete Paolo und sein Blick glitt über die alten Steinmauern. „Die Venus von Ávila hing einst in einer der königlichen Kapellen, ein Ort von großer Bedeutung. Aber vor einigen Jahrzehnten wurde es plötzlich umgesiedelt, hierher in diesen Raum. Warum? Das weiß niemand genau. Manche sagen, es hatte mit einer besonderen Aura des Bildes zu tun, andere vermuten politische Gründe. Jedenfalls wirkt der Ort seltsam passend, wie ihr gleich sehen werdet."

Ursula und ich tauschten einen Blick. Die Spannung stieg merklich, während Paolo uns weiterführte. „Das Bild," fuhr er fort, „wird einem Schüler von El Greco zugeschrieben. Es gibt viele Hinweise auf diese Verbindung, aber eine endgültige Bestätigung blieb aus. Doch seine kühnen Pinselstriche und die lebendige Farbgebung erinnern stark an den Meister. Ihr werdet sehen, wie die Figur der Venus eine Tiefe und eine Aura hat, die an El Grecos Werke erinnert."

Wir näherten uns einem weiteren Bogen, der in einen kleinen, halb im Schatten liegenden Raum führte. Die Atmosphäre veränderte sich spürbar – es war, als würde man eine andere Welt betreten. Paolo schritt voran und öffnete die schwere Tür, die uns zu dem Ziel unserer Reise führte.

„Hier ist es!", sagte er mit einem Anflug von Stolz in seiner Stimme.

Als wir den Raum betraten, wurden unsere Blicke sofort von der Venus von Ávila angezogen. Das Bild thronte förmlich über einem opulenten Sofa an der Wand gegenüber dem Eingang. Der Raum selbst war eine Oase der Muse und Kontemplation. Weiches Licht strömte durch die großen Fenster von der Seite herein und tauchte alles in einen warmen Glanz. Der Raum öffnete sich zu einem kleinen, einladenden mediterranen Garten, der durch die Pflanzen und das sanfte Plätschern eines Brunnens eine Atmosphäre der Ruhe verbreitete.

"Por favor, nehmt euch Zeit," sagte Paolo mit einem sanften Lächeln, als er uns einlud, uns ausgiebig mit der Venus auseinanderzusetzen. "Ihr könnt gerne auch Fotos machen."

"Lass uns den ganzen Raum festhalten," schlug ich Ursula vor. Der Raum, das Bild, die Atmosphäre – alles schien wie aus einem Guss und zog uns in seinen Bann.

Das Gemälde der Venus beeindruckte sofort. Sie wirkte erhaben und feminin zugleich, eine Verkörperung von Eleganz und natürlicher Schönheit. Es brauchte eine Weile, bis ich die vielen kleinen Details vollständig erfasst hatte. Die Venus war in überlebensgroßer Größe gemalt worden, sodass sie den Raum mit ihrer Präsenz ausfüllte. Ihre Haltung, die natürliche Anmut, war beeindruckend. Der Künstler hatte sie auf einem Felsen dargestellt, aufrecht sitzend, mit einem Ausdruck unantastbarer Würde. Sie schien förmlich die Natur um sich herum zu beherrschen, und gleichzeitig strahlte sie eine tiefe Verbindung zu dieser aus.

Die Natur, die sie umgab, bildete einen Rahmen: Rechts ragte ein majestätischer Olivenbaum empor, seine Zweige umrahmten das Bild nach oben und zur rechten Seite hin. Links unten rankte eine Weinrebe, deren grüne Blätter und Früchte sich mit Efeu verflochten, der sich um den Baumstamm schlang. Das Efeu kroch wie ein natürlicher Rahmen um das Gemälde, als würde man durch ein grünes Fenster auf die Venus blicken. Diese Symbiose aus Frau und Natur verstärkte den Eindruck einer tiefen Spiritualität.

Die Venus selbst war nur locker mit einem Seidentuch umhüllt, das sich sanft um ihre Hüften schmiegte. Der roséfarbene Stoff harmonierte perfekt mit dem zarten Ton ihrer Haut. Eine noble Blässe umgab sie, und obwohl sie keinen Heiligenschein trug, war der Bereich um ihr Haupt heller gehalten, was ihr einen beinahe überirdischen Glanz verlieh. Der Hintergrund des Bildes bestand aus erdigen Tönen, und in der Ferne, auf der linken Seite, konnte man die Silhouette einer Stadt erkennen.

Ihre Pose war faszinierend: Mit ihrem linken Arm lehnte sie sich halb an den Baum, ihre Finger spielten lässig mit den Efeuranken, während der rechte Arm ausgestreckt war und eine Weinrebe hielt, als wäre sie in ein gedankenverlorenes Spiel vertieft. Die Venus schien den Betrachter in einer Mischung aus Stolz und Gelassenheit anzusehen, als sei sie sich ihrer übermächtigen Schönheit und ihrer spirituellen Aura vollkommen bewusst. Paolo trat einen Schritt näher und sprach mit leiser Stimme, fast ehrfürchtig: "Sie hat eine Kraft, die den Raum erfüllt, findet ihr nicht? Manchmal frage ich mich, wie es ist, in der Gegenwart einer solchen Göttin zu sein."

Wir standen alle schweigend da, während das Bild weiter auf uns wirkte. Ich konnte die Verbindung spüren, die dieses Kunstwerk zwischen Natur und Göttlichem herstellte. Es war, als würde die Venus, dieses Sinnbild für Weiblichkeit und spirituelle Stärke, uns auf eine tiefere Ebene des Verständnisses einladen.

Nach einer Weile brach Paolo das Schweigen. "Es tut mir leid, dass ich euch enttäuschen muss, aber leider ist dies nicht das Original."

Ursula reagierte als Erste: "Wie bitte? Es ist nicht das Original?"

Paolo nickte bedauernd. "Als ich hier im Museum anfing, wollten wir herausfinden, ob El Greco selbst oder einer seiner Schüler das Bild gemalt hat. Es gibt keine Signatur auf dem Gemälde, was ungewöhnlich ist. Doch als wir die Farben datierten, stellte sich heraus, dass sie aus dem 20. Jahrhundert stammen."

"Aus dem 20. Jahrhundert?", wiederholte ich, noch immer erstaunt.

"Sí," antwortete Paolo ernst. "Ich vermute, das Gemälde wurde ausgetauscht, als es in diesen Raum gebracht wurde."

Mir stockte der Atem. Die Erkenntnis, dass wir vor einer Kopie standen, war niederschmetternd. Paolo bemerkte mein Entsetzen und versuchte, mich zu beruhigen. "Es ist trotzdem ein wunderbares Werk, oder? La magia sigue ahí – der Zauber ist immer noch da."

Ursula nickte langsam, während sie das Bild weiterhin betrachtete. "Es ist wirklich ein außergewöhnliches Gemälde, egal ob Original oder Kopie."

Sie stellte dann eine Frage, die auch mir auf der Zunge lag: "Weißt du, wo sich das Original befindet?"

Paolo zuckte die Schultern. "Leider nicht. Als ich hier anfing, waren bereits alle Archivfotos des Originals verschwunden. Ich habe keine Ahnung, wohin es gekommen sein könnte."

Er sah auf seine Uhr und seufzte. "Lo siento, ich muss jetzt zurück zur Arbeit."

Wir machten noch ein paar letzte Fotos – von uns beiden vor dem Bild und auch mit Paolo. Dann begleitete er uns zurück in den Garten, wo wir uns zum Abschied herzlich umarmten. Trotz der Enttäuschung, nicht das Original gesehen zu haben, überwog die Bewunderung für das, was wir erlebt hatten.

"Grüßt mir Alejandro," rief Paolo uns noch nach, bevor er sich umdrehte und eilig davonlief.

Nachdem uns Paolo verlassen hatte, saßen Ursula und ich schweigend auf derselben Bank im Garten, auf der wir auch vor unserem Besuch bei der Venus Platz genommen hatten. Die Erschöpfung und die überwältigenden Eindrücke des Gemäldes lasteten noch immer schwer auf uns. Ursula rührte sich zuerst, fuhr sich durch das Haar und sagte leise, als ob sie sich selbst Mut zusprechen wollte: „Ich brauche Bewegung. Lass uns ein wenig herumschlendern und die Enttäuschung aus den Knochen laufen."

Ich nickte nur, spürte auch die Schwere, die uns beide wie eine unsichtbare Last umgab. Langsam erhoben wir uns, fast mechanisch, und setzten uns in Bewegung. Die Sonne stand hoch am Himmel, die Luft war warm, und das Zirpen der Zikaden begleitete unseren Gang durch den idyllischen Garten des Museums.

Als wir um eine Ecke bogen, stockte uns der Atem. Plötzlich, wie aus dem Nichts, stand er da. Der Mann, den wir zuvor gesehen hatten, der uns heimlich beobachtet hatte. Er kam jetzt direkt auf uns zu, seine Bewegungen hastig, als würde er einem inneren Drang folgen. Wir waren beide wie im Erdboden verwurzelt, unfähig, uns zu rühren.

Er kam nun noch näher, sprach uns direkt an: „Carlos… Dos Santos," sagte er mit einem schweren, spanischen Akzent, seine Augen fixierten uns intensiv. Seine Stimme war nervös, fast flüsternd. Dann zog er eine Visitenkarte aus seiner Jacke und reichte sie Ursula, die sie vorsichtig, aber entschlossen entgegennahm.

„Teléfono… Llama!" Er sprach schnell, fast atemlos, während er Ursula die Karte übergab. Die Worte hingen in der Luft, und bevor wir reagieren konnten, hatte er sich schon umgedreht. „Anrufen…" sagte er jetzt in gebrochenem Deutsch, und seine Stimme klang zittrig, als würde er sich selbst mehr erschrecken als uns.

Ohne ein weiteres Wort verschwand er in Richtung des Ausgangs, seine Schritte eilten, als würde er fliehen. Er war so schnell weg, dass uns keine Zeit blieb, irgendetwas zu tun. Wir standen sprachlos und völlig überwältigt da.

„Hier steht eine Telefonnummer," murmelte Ursula und drehte die Karte hin und her, während sie die Schrift las. „Darunter nur ein Wort… Venus." Ihre Augen weiteten sich, als sie auf die Rückseite blickte. „Und hier… Ein Name und eine Adresse. Viktor de la Roche. Marokko."

Die Worte hingen in der Luft, und für einen Moment schien die Welt stillzustehen. Es war, als hätten wir uns in einer fremden Realität wiedergefunden, in der alles, was gerade geschehen war, keinen Sinn ergab. Mein Verstand kämpfte, die Informationen zu verarbeiten, aber alles fühlte sich so unwirklich an.

„Er ist weg…" sagte Ursula halblaut, mehr zu sich selbst als zu mir, und sah ihm nach. In der Menge der Touristen, die das Museum verließen, war er längst verschwunden. Es gab kein Zeichen mehr von ihm, als wäre er ein Geist gewesen, der uns nur für einen kurzen Moment in diese seltsame Situation gezogen hatte.

„Ich bin gerade völlig überfahren…" sagte ich leise und spürte, wie die Anspannung in meinen Schultern wuchs. Ursula nickte zustimmend, auch sie wirkte erschöpft. „Ich auch. Ich muss hier erst mal raus. Lass uns gehen."

Wir drehten uns wortlos um und gingen schnellen Schrittes zu unserem Bulli, der uns jetzt wie ein sicherer Hafen vorkam, ein Schutzraum vor der verwirrenden Welt draußen. Erst als wir die Türen hinter uns schlossen und die vertraute Atmosphäre des Fahrzeugs uns umgab, atmeten wir tief durch. Es war, als könnten wir erst jetzt langsam begreifen, was geschehen war.

Nachdem wir uns von den Ereignissen im Museum und der Begegnung mit Carlos einigermaßen erholt hatten, beschlossen wir, uns von dem Trubel der Stadt ablenken zu lassen. "Ablenkung!", schien gleichzeitig aus uns beiden herauszusprudeln, als hätten wir unbewusst den gleichen

Gedanken gehabt. Da wir nun einmal hier waren, wollten wir Granada in seiner ganzen Pracht erleben.

Wir schlenderten durch die engen, verwinkelten Gassen der Altstadt, vorbei an den weiß getünchten Fassaden und den bunten Kacheln, die die Häuser zierten. Die Geräusche des Alltags umgaben uns: das Klappern von Tellern aus kleinen Tapas-Bars, das rhythmische Murmeln von Unterhaltungen, und immer wieder das Rufen von Straßenverkäufern, die ihre Waren lautstark anboten. Über uns thronte die Alhambra wie eine steinerne Wächterin, deren Silhouette sich majestätisch gegen den Abendhimmel abzeichnete. Der Duft von frisch gebackenem Brot und gegrilltem Gemüse wehte durch die Gassen, vermischt mit dem süßlich-schweren Aroma von Jasmin, das aus den kleinen Höfen zu uns drang.

Als wir schließlich an einem kleinen Restaurant vorbeikamen, das sich in einer Seitengasse versteckte, fiel uns die Ruhe des Ortes auf. Es wirkte wie ein Rückzugsort aus dem Trubel der Stadt. Die Tische waren liebevoll mit bunten Tüchern gedeckt, und das Schild „Vegetarische Spezialitäten" leuchtete einladend über dem Eingang. Ein warmer Wind strich durch die Straße und wirkte wie eine sanfte Umarmung.

Wir setzten uns und ließen die Eindrücke der Stadt auf uns wirken, während die Kellnerin uns mit einem freundlichen Lächeln frisches Brot und Oliven brachte. Es war beruhigend, einfach hier zu sitzen, die Aromen der Gewürze zu riechen und dem leisen Klingen der Gläser aus dem Restaurant zuzuhören. Die Sonne sank langsam, und ihr weiches Licht schimmerte durch die Gassen, ließ die alten Steine warm und lebendig erscheinen.

Nach dem frühen Abendessen, das uns wunderbar ablenkte und satt machte, beschlossen wir, zurück zum Campingplatz zu fahren. Dort angekommen, schien alles ruhig und friedlich. Die Sonne stand tief und tauchte die Landschaft in ein warmes, rotgoldenes Licht. Wir entschieden uns für einen Spaziergang am See entlang, den Embalse de Cubillas, um den Abend ausklingen zu lassen.

Die Wasseroberfläche glitzerte wie unzählige kleine Sterne, die im sanften Wind tanzten. Vögel zwitscherten in den Bäumen, und das gelegentliche Plätschern der Wellen beruhigte unsere angespannten Gemüter. Es war, als würde die Natur selbst uns zur Ruhe rufen. Die

Geräusche des Alltags verblassten, und mit jedem Schritt schien die Anspannung des Tages von uns abzufallen.

Schließlich ließen wir uns am Ufer nieder, auf unseren vertrauten Klappstühlen, die neben dem Bully standen. Der See lag ruhig vor uns, und die untergehende Sonne malte den Himmel in sanften Orange- und Violetttönen. Die Stille war wohltuend, nur unterbrochen von dem leisen Rascheln der Blätter und dem entfernten Rufen eines Vogels.

„Jetzt bin ich wieder heruntergefahren", bemerkte Ursula, als sie sich neben mich setzte und tief durchatmete. Es klang fast erleichtert, wie ein Seufzen, das all die Anspannung entließ. Sie streckte die Beine aus, schloss für einen Moment die Augen und lächelte zufrieden. „Wo sind meine Chips?"

Ich lachte leise. Es war gut, hier zu sein, weg vom Trubel der Stadt, von den Rätseln und den bedrückenden Begegnungen des Tages. In diesem Moment fühlte sich alles friedlich an, als wäre die Welt für einen Augenblick in Balance.

05

Schon früh am Morgen, bevor wir überhaupt am Frühstückstisch saßen, meldete sich Alejandro. Mein Handy vibrierte auf dem kleinen Tisch vor dem Bully, und ich nahm es auf, um den Anruf entgegenzunehmen. Beim Abendessen vor zwei Tagen hatte Alejandro meine Telefonnummer haben wollen, falls er uns noch nützliche Hinweise zur Alhambra geben könnte. „Buenos días, mis amigos," ertönte seine fröhliche Stimme. „¿Cómo fue vuestra visita a la Alhambra?"

Ursula, die gerade mit dampfendem Kaffee in der Hand zu mir trat, deutete, dass sie das Gespräch übernehmen wollte. „Alejandro, es war unglaublich," begann sie mit einem Lächeln und setzte sich neben mich. „Paolo war der perfekte Führer. Wir hatten ein wirklich beeindruckendes Erlebnis, besonders bei dem Gemälde, von dem wir dir erzählt haben."

Alejandro lachte herzhaft. „¡Qué alegría! Sabía que os encantaría," sagte er voller Stolz. Ursula zögerte für einen Moment. Ihre Hand spielte nervös mit der Kaffeetasse, und sie schien darüber nachzudenken, ob sie nachfragen sollte. Hatte Alejandro vielleicht doch noch jemand anderem von uns und der Venus erzählt? Doch gerade als sie den Mund öffnen wollte, um es anzusprechen, hielt sie inne. Ihre Finger umschlossen fest die Tasse, und sie entschied sich dagegen. Vielleicht war es besser, ihn nicht unnötig zu beunruhigen.

„Wir sind dir wirklich dankbar," fuhr Ursula fort und ihre Stimme klang jetzt wieder etwas fester. „Ohne deine Hilfe hätten wir dieses Erlebnis nicht gehabt."

„De nada, Ursula," antwortete Alejandro warmherzig. „Es un placer ayudaros. ¿Qué planes tenéis ahora?" Seine Stimme klang neugierig, als wolle er wirklich wissen, wie unsere Reise weitergehen sollte.

„Das ist noch nicht ganz klar," meinte Ursula nachdenklich. „Wir überlegen noch, wie wir weiter vorgehen. Es ist gerade alles etwas… ungewiss." Sie zögerte wieder, aber dieses Mal konnte Alejandro das Schweigen nicht einfach so übergehen.

„Bueno, ya sabéis que estoy aquí si necesitáis algo más," sagte Alejandro schließlich, diesmal etwas ernster, aber immer noch mit seiner freundlichen Art. „Espero que sigáis disfrutando de España." Beide verabschiedeten sich freundlich voneinander, und nachdem das Gespräch beendet war, lehnte sich Ursula zurück, um einen tiefen Atemzug zu nehmen.

„War das jetzt richtig?" fragte sie, mehr zu sich selbst als zu mir. Sie hatte nichts von dem fremden Mann mit der Visitenkarte erwähnt. War es wirklich klug gewesen, so vieles für sich zu behalten? Ihre Unsicherheit lag spürbar in der Luft, aber sie zwang sich, es loszulassen. Wir mussten jetzt einfach auf unser Bauchgefühl vertrauen.

„Lass uns erst mal das Frühstück genießen," schlug ich vor, als ich ihr den Teller mit frischem Brot und Früchten reichte. Wir saßen eine Weile schweigend da, nur das leise Rascheln des Windes in den Bäumen und der ferne Gesang eines Vogels begleiteten uns. Die Ruhe des Morgens half uns, wieder etwas klarer zu denken.

Als wir schließlich die letzten Bissen genommen hatten, stellten wir unsere Tassen ab und sahen einander an. „Wir müssen besonnen handeln," sagte Ursula schließlich. Ihre Stimme hatte jetzt wieder diesen entschlossenen Ton, den ich so oft bei ihr bewundert hatte. „Das nächste, was wir tun, sollte gut überlegt sein."

Ich nickte. Es war Zeit, unsere Schritte sorgfältig zu planen.

„Ich habe Leute beim Stand-Up-Paddeln gesehen", sagte ich zu Ursula und deutete hinaus aufs Wasser. „Denkst du, wir könnten hier zwei Boards ausleihen? Wir könnten damit an einen ruhigeren Platz am See paddeln und dort alles in Ruhe besprechen."

„Ein kleiner Ortswechsel wäre sicherlich gut", stimmte Ursula zu. „Und ich habe gleich da vorne jemanden gesehen, der einen Verleih hat."

„Dann lass uns das machen!", forderte ich uns beide gleichermaßen auf.

Wir packten unsere Sachen zusammen und machten uns auf den Weg zum Verleih. Dort mieteten wir zwei Boards samt Paddel, und der freundliche Spanier reichte uns noch zwei wasserdichte Taschen. „Für eure Wertsachen", erklärte er uns halb auf Spanisch, halb auf Deutsch.

Kaum hatten wir die Boards in den Händen, fiel uns auf, dass wir nicht alles dabei hatten, was wir für den Ausflug mitnehmen wollten. „Warte mal", sagte Ursula, „ich glaube, wir sollten noch mal zurückgehen." Ich nickte zustimmend. Es war zum Glück nicht weit, also trugen wir die Boards zum Bulli.

Dort angekommen, fotografierte Ursula noch schnell die Visitenkarte, die uns der Unbekannte gegeben hatte, während ich Essen und Getränke in die wasserdichten Taschen packte. Alles passte gerade so hinein. In Badekleidung und leichten T-Shirts machten wir uns erneut auf den Weg zum Wasser. „Jetzt aber wirklich", grinste Ursula, als wir die Boards ins Wasser ließen und die Taschen mit den Expandern befestigten.

Die Sonne stand schon hoch am Himmel, und es war gegen Mittag, als wir endlich lospaddelten. Das Wasser war ruhig, und es fühlte sich an, als würden wir über einen endlosen Spiegel gleiten. Ursula paddelte voraus, ihre Bewegungen waren gleichmäßig und kraftvoll. Ich folgte ihr mit etwas Abstand, das leise Plätschern des Wassers unter meinem Board und die friedliche Umgebung ließen uns beide in Stille verharren.

Die Weite des Sees wirkte beruhigend. Ich konzentrierte mich auf den Rhythmus meiner Paddelschläge, genoss das Gleiten und die Freiheit auf dem Wasser. Vor lauter Schwelgen in dieser Ruhe wäre ich einmal fast ins Wasser gefallen, konnte mich aber gerade noch abfangen. Ursula warf mir einen kurzen, belustigten Blick zu und paddelte weiter, als wüsste sie genau, wohin sie wollte.

Nach einer Weile steuerte sie schließlich einen abgelegenen Platz am Ufer an. Kurz vor dem Ufer ließ sie sich übermütig ins Wasser fallen, und ich folgte ihrem Beispiel. Es war herrlich erfrischend, und das Wasser war gerade tief genug, um uns sicher hineinfallen zu lassen. Schwimmend zogen wir die Boards ans Ufer und legten sie am Strand ab.

Der Platz war perfekt. Eine kleine, verborgene Bucht, umgeben von Felsen und Pinien, die Schatten spendeten. Der Sand war weich und angenehm unter unseren Füßen, und vor uns breitete sich die glitzernde Wasseroberfläche des Sees aus. Das Sonnenlicht tanzte auf den sanften Wellen, während eine leichte Brise den Duft von Pinien und warmem Fels herüberwehte. Der Blick schweifte über den ruhigen See, der friedlich und still lag, weit entfernt von der Hektik des Alltags.

„Jetzt haben wir die Isomatte vergessen", bemerkte Ursula und ließ sich trotzdem mit einem zufriedenen Lächeln auf einen großen Felsen nieder.

„Kein Problem", entgegnete ich und zog mein kleines Handtuch aus der wasserdichten Tasche. „Immerhin hab ich daran gedacht."

Ursula schüttelte lachend den Kopf und richtete sich auf dem Felsen ein.

Wir genossen die Stille und die Schönheit der Natur, während die Mittagswärme sich um uns legte. Der See, die Bucht, der Himmel – alles strahlte eine tiefe Ruhe aus. Wir hatten hier endlich einen Ort gefunden, um in Frieden und Abgeschiedenheit unsere Gedanken zu ordnen.

„Ich sehne mich danach, wieder mehr zu meditieren," sagte ich leise, während mein Blick über die sanften Wellen des Sees wanderte, die im Sonnenlicht glitzerten. Der friedliche Ort, die Ruhe, die wir hier gefunden hatten, drückten auf eine verborgene Saite in mir. „Ich werde mir wieder mehr Raum dafür nehmen," beschloss ich fest und spürte, wie der Gedanke sich tief in mir verankerte.

„Das verstehe ich gut," antwortete Ursula sanft, ihre Augen ebenfalls auf den See gerichtet. „Manchmal braucht man einfach Zeit, um wieder zu sich selbst zu finden."

Eine Weile saßen wir schweigend da, während das Plätschern des Wassers und das leise Rauschen des Windes durch die Pinien uns umgab. Schließlich griff ich nach der Tasche und holte eine Flasche Wasser heraus. „Wir sollten etwas trinken," sagte ich und reichte Ursula die Flasche. „Und ich habe auch deine Chips eingepackt," fügte ich grinsend hinzu.

„Her damit!" Ursula lachte und nahm sich eine Handvoll. Doch kaum hatten wir uns ein wenig entspannt, spürte ich, dass etwas in der Luft lag, ein unausgesprochener Gedanke, der nicht länger warten konnte.

„Bevor wir richtig planen können," begann ich zögernd, „müssen wir eigentlich diesen de la Roche anrufen." Die Sonne schien inzwischen hoch amHimmel, und die leichte Brise war eine angenehme Erleichterung von der Wärme. Trotzdem fühlte ich eine gewisse Schwere, als ich diese Worte aussprach.

Ursula schüttelte leicht den Kopf und sah mich mit ernster Miene an. „Wollen wir das wirklich machen?" fragte sie. „Wir spielen damit sein Spiel."

Ich überlegte kurz, den Blick immer noch auf die ruhigen Wellen gerichtet. „Wir könnten auch erst Informationen über ihn einholen," sagte ich, „aber wie wahrscheinlich ist es, dass wir dabei die wirklich geheimen Dinge erfahren, die wir von ihm wissen wollen?" Ich erinnerte mich an unsere erfolglose Suche nach Hinweisen auf die Venus von Ávila und fügte hinzu: „Wir hatten ja bisher zum Beispiel nichts über die Venus herausfinden können."

Ursula nickte nachdenklich. „Eine Recherche kann ich immer noch machen, ganz in Ruhe," stimmte sie zu, ihre Stimme klang jedoch nicht ganz überzeugt.

Ein kleiner Vogel flog über das Wasser und landete am Ufer, während ich tief Luft holte. „Er hat eine Tür aufgemacht," fuhr ich fort, „und wir sollten hindurchgehen, bevor sie sich wieder schließt. Einfach im Vertrauen, dass es schon richtig sein wird. Oder sehe ich das zu positiv?"

Ursula schwieg kurz, dann blickte sie mich an und lächelte leicht. „Nein," sagte sie, „ich sehe es im Grunde auch so. Mir gefällt es nur nicht, das Ruder aus der Hand zu geben." Ihre Stirn legte sich leicht in Falten, als sie sprach. Es war klar, dass sie den Gedanken, die Kontrolle abzugeben, nicht mochte.

„Hat nicht irgendwie immer das Universum das Ruder in der Hand?" fragte ich und ließ meinen Blick wieder über die Landschaft schweifen. „War das im Kloster nicht auch so?"

Ursula nickte langsam. „Irgendwie schon," gab sie zu, „aber es war dort nicht so offensichtlich. Es fühlte sich anders an." Sie sah mich an und fügte hinzu: „Langsam wird es dramatischer."

Ich lachte leise und nickte. „Dann ist es beschlossen?" fragte ich. „Wir rufen als Erstes diesen Viktor an?"

Ursula nahm einen tiefen Atemzug, bevor sie antwortete. „Es ist das einzig Sinnvolle," sagte sie schließlich und lächelte leicht, während sie den Blick fest auf den See richtete. „Also ja, wir rufen ihn an."

Ursula wählte die Nummer von der Rückseite der Visitenkarte. Es klingelte eine Weile, dann nahm jemand ab.

"Viktor de la Roche, wie kann ich Ihnen helfen?" Die Stimme am anderen Ende sprach zu unserer Überraschung perfektes Deutsch, allerdings mit einem unverkennbaren österreichischen Akzent.

Wir zögerten einen Moment, überrascht, bis die Stimme nachschob: "Hallo?"

Ursula reagierte, wie immer, als Erste: "Guten Tag! Sie haben uns Ihre Karte geben lassen. Es geht um die Venus."

"Ja, genau. Die Venus von Ávila. Was genau interessiert Sie an dem Gemälde?"

Jetzt ergriff ich das Wort. Eine innere Stimme schien mich zu leiten: "Ich bin Anhänger des Sant Mat, dem Pfad der Meister. Ich fühle eine starke Verbindung zu Teresa von Ávila und ihrer Art des Inneren Gebets. Ich glaube, dass ihre Begegnungen mit Jesus meiner Art zu meditieren sehr ähnlich waren. Und ich möchte besser verstehen, woher die Tiefe ihrer Spiritualität kam."

"Das ist alles?" fragte Viktor in einem sachlichen Ton.

Ich atmete tief durch und fuhr fort, ohne wirklich zu wissen, woher meine Worte kamen: "Wir haben das Gefühl, dass die Venus etwas mit dem Sieg des Guten zu tun hat. Wir glauben, dass nur das Original des Gemäldes uns auf unserem Weg weiterhelfen kann."

Viktor schwieg kurz, bevor er fragte: "Der Pfad der Meister also. Von wem wurdest du initiiert?"

"Von Sant Baljit Singh," antwortete ich offen.

"Sant Kirpal Singh," erwiderte Viktor nachdenklich.

Es folgte ein Moment des Schweigens, unterbrochen nur vom leisen Knistern der Leitung. Dann sagte er: "Ihr müsst mich in meinem Haus in Marokko besuchen. Vielleicht kann ich euch weiterhelfen."

Er erklärte uns, dass er geschäftlich noch in Europa unterwegs sei und erst in wenigen Tagen nach Marokko zurückkehren würde. Doch sobald er wieder da sei, könnten wir in seinem Gästehaus willkommen sein. "Vielleicht kann ich euch sogar wirklich weiterhelfen," fügte er hinzu, bevor er sich entschuldigte: "Nun muss ich mich wieder meinen Geschäften widmen."

Wir verabschiedeten uns, und er legte auf. Ursula und ich sahen uns an, ihre Augen spiegelten meine Überraschung.

"Jetzt bin ich verblüfft," sagte Ursula mit einem leichten Schmunzeln.

Ich nickte und fasste es zusammen: "Wir haben eine Einladung."

11

Nun galt es, Nägel mit Köpfen zu machen. Es waren noch ein paar Tage bis zu unserem Treffen in Marokko, aber auch eine ganze Strecke zurückzulegen. Wir schauten uns den Plan an, und es wurde schnell klar, dass wir auch diese Reise mit unserem Bully antreten würden.

Neugierig erkundeten wir die Lage von Viktors Haus. Die Bilder, die wir online fanden, verrieten uns, dass er wirklich viel Geld haben musste. Mit jedem neuen Detail wuchs unsere Vorfreude, und wir hielten die Entfernungen und möglichen Routen im Kopf fest, während wir entdeckten, dass wir noch Raum für einen Zwischenstopp hatten.

Mir fiel ein, dass eine Freundin von mir ein Haus in der Nähe von Nerja hatte. Dieses Haus musste idyllisch gelegen sein und eine tolle Aussicht bieten. Kurz entschlossen rief ich sie an. Es entwickelte sich ein längeres Gespräch, bei dem sie neugierig alle möglichen Fragen stellte. Es hatte sich herumgesprochen, dass ich im Schwarzwald in einer Klinik war, und sie wollte wissen, wie es mir ging. Ich gab mein Bestes, um Auskunft zu erteilen, ohne dabei allzu viele Details zu verraten.

Ich erklärte ihr, dass ich einfach mal raus musste und nun mit einer Bekannten in Spanien unterwegs sei. Fast erfreut über meine Situation bot sie mir ihr Haus an, noch bevor ich danach fragen konnte. Sie erzählte mir, wie wir an die Schlüssel kommen würden, und teilte allerlei Wissenswertes über die Umgebung mit. Als wir zum Schluss unserer

Unterhaltung kamen, wünschte sie mir eine gute Zeit und, dass ich mich gut erholen solle. Ich bedankte mich ausführlich, bevor wir uns verabschiedeten.

Damit war die Zwischenstation geklärt, und wir passten unseren gesamten Plan darauf an. Als wir über die Details sprachen, wann wir wie fahren wollten, sagte Ursula mit einem spielerischen Lächeln: "So, jetzt reicht's! Lass uns noch die tolle Umgebung genießen!"

Und das taten wir noch eine ganze Weile.

Wir hatten unsere Zeit auf dem See so lange ausgekostet, dass der alte Mann beim Verleih gerade dabei war, die Tore zu schließen, als wir dort ankamen. Wir tauschten noch ein paar freundliche Worte mit ihm, bevor wir zum Bus zurückgingen.

Das Abendessen genossen wir im Schein der untergehenden Sonne. Die letzten Strahlen des Tages färbten den Himmel in ein warmes Orange, während die Geräusche des Wassers sanft gegen das Ufer plätscherten. Der Duft von frischem Wasser und wildem Thymian lag in der Luft und umhüllte uns wie eine sanfte Umarmung. Während wir schmunzelnd anstießen und uns über unsere Erlebnisse austauschten, setzte sich eine Krähe in der Nähe auf einen Baum. Ihr Krächzen schien unsere Zufriedenheit und unseren Frieden noch zu verstärken. Immer wenn ich auf meinem Weg bin, taucht sie auf und erinnert mich daran, dass ich richtig bin, wo ich bin.

Am nächsten Tag machten wir uns früh auf den Weg nach Nerja. Die Sonne schien bereits warm vom Himmel, und die Straße führte uns durch malerische Dörfer mit weißen Häusern, die in der Ferne wie Tupfer in die sanften Hügel eingelassen schienen. Immer wieder öffneten sich zwischen den Bäumen Blicke auf das funkelnde Mittelmeer, dessen ruhige Wellen uns wie ein stilles Versprechen begleiteten.

Je näher wir dem Aussichtspunkt kamen, desto beeindruckender wurde die Landschaft. Die Berge der Sierra de Almijara ragten im Hintergrund empor, und kleine Olivenhaine zogen sich wie grüne Streifen über die Hänge. Ursula hatte den Ort zuvor als den "Balkon Europas" beschrieben, und tatsächlich traf dieser Ausdruck perfekt zu. Von hier oben konnte man die gesamte Küstenlinie überschauen, von Málaga bis hinunter nach Almuñécar. Die Weite des Meeres lag in tiefem Blau vor uns, und das

Spiel der Wolken warf leichte Schatten auf das Wasser. Es war ein Moment der vollkommenen Ruhe.

Wir hielten inne, lehnten uns an das Geländer und ließen die Aussicht auf uns wirken. Es war kein Wort nötig – die Schönheit der Szenerie sprach für sich. Die Luft roch frisch und salzig, und eine sanfte Brise wehte vom Meer herüber, während vereinzelte Möwen über unseren Köpfen kreisten. In der Ferne sahen wir die Strände von Playa de Burriana, das glitzernde Wasser, und die Fischerboote, die wie winzige Punkte auf dem Ozean schwammen.

Nach einer Weile fuhren wir weiter in Richtung des Hauses meiner Freundin. Die Straßen wurden enger und kurviger, und wir passierten kleine Ortschaften wie Maro und Frigiliana, wo die Zeit stehen geblieben zu sein schien. Alte Steinmauern und Zitrusbäume säumten die Wege, und die schmale Straße führte uns immer weiter ins Landesinnere. Die Stille um uns herum war greifbar, und nur das leise Brummen des Motors durchbrach die unaufdringliche Idylle.

13

Als wir das Haus meiner Freundin erreichten, lag es friedlich zwischen den Hügeln, mit einem weiten Blick über das Tal und das ein kleines Stück entfernte Meer. Es war genau so idyllisch, wie ich es mir vorgestellt hatte, und der Gedanke, hier die Nacht zu verbringen, fühlte sich wie ein Geschenk an.

Wir hatten unterwegs eine Kleinigkeit gegessen, sodass es für uns völlig ausreichte, das Abendessen aus unserem Proviant zu bestreiten. Daher beschlossen wir, nicht mehr nach einem Restaurant zu suchen, sondern direkt unsere Sachen ins Haus zu bringen und den Abend auf der Terrasse ausklingen zu lassen.

„Die Aussicht ist so herrlich hier", sagte Ursula, während sie sich umblickte, „da wäre es schade um die Zeit, in der wir nach einem Restaurant suchen."

Ich nickte zustimmend und wir packten unsere Taschen aus dem Bulli. Das Haus meiner Freundin lag idyllisch zwischen Hügeln und Palmen, die warmen Farben des Himmels spiegelten sich sanft im Meer. Die Stille der Dämmerung hüllte uns ein, nur gelegentlich unterbrochen vom leisen Rascheln der Blätter im Wind.

Als wir das Haus betraten, entdeckten wir, dass es zwei Schlafzimmer gab. Doch nur eines der beiden Zimmer hatte diesen atemberaubenden Blick aufs Meer. Für einen Moment standen wir im Gang, beide mit unseren Taschen in den Händen. Unsere Blicke trafen sich, tief und vertraut, als ob wir uns wortlos verstanden. Es war ein kurzer Augenblick, in dem alles gesagt wurde, ohne dass jemand ein Wort aussprach. Wir hatten so viele Nächte zusammen auf engstem Raum im VW-Bus verbracht, dass es fast seltsam gewesen wäre, getrennt zu schlafen.

Ich ging mit meiner Tasche ins Zimmer mit dem Meerblick. Ursula folgte mir ohne Zögern. Es fühlte sich völlig natürlich an, als ob dieser Schritt der nächste in unserer Reise war. Kein Zögern, keine Fragen. Wir waren längst vertraut mit der Nähe des anderen, und das Meer, das leise gegen die Küste rauschte, schien unseren Entschluss zu bekräftigen.

„Der Ausblick wird uns bestimmt schöne Träume schenken," sagte ich leise, während wir unsere Sachen auspackten.

Ursula lächelte und nickte. „Ja, es fühlt sich richtig an." Sie warf noch einen letzten Blick aus dem Fenster, bevor sie sich mir zuwandte. „Ich würde gerne den Abend draußen ausklingenlassen."

Wir gingen hinaus, setzten uns auf die kühle Terrasse und ließen die Ruhe des Ortes auf uns wirken. Der Himmel verfärbte sich allmählich in ein tiefes Blau, und in der Ferne hörte man das Krächzen einer Krähe, die über den Bäumen kreiste – als ob sie uns noch einmal bestätigen wollte, dass wir auf dem richtigen Weg waren.

Die Sonne war gerade über dem Horizont aufgegangen und tauchte die Terrasse in ein sanftes, orangefarbenes Licht. Der Blick auf das türkisfarbene Meer weit unter uns und die sanft rollenden Hügel im Hintergrund ließ uns in eine tiefe Ruhe versinken. Der Wind war leicht, und das Rauschen der Palmenblätter begleitete die Stille des Morgens. Auf dem Tisch standen frisch geschnittene Früchte, knuspriges Brot und Käse – ein einfaches, aber herrliches Frühstück.

„Wir sollten den Tag heute ruhig angehen lassen," sagte ich und ließ den Blick über das Panorama schweifen.

Ursula nickte. „Ja, das denke ich auch. Wir haben morgen noch genug vor uns."

Ich lehnte mich etwas nach vorne. „Weißt du, meine Freundin hat mir schon öfter von einem abgelegenen Strand erzählt. Es muss ziemlich ruhig dort sein. Meinst du, du findest ihn?"

Ursula lächelte selbstsicher. „Bestimmt. Ich muss sowieso noch die Fähre buchen, da kann ich auch gleich nach diesem Strand suchen." Sie griff nach ihrem Smartphone und scrollte durch die Karten. „Es scheint, als wäre er etwas abseits, aber das kriegen wir hin."

„Perfekt," sagte ich und trank einen Schluck von meinem Kaffee. „Und wir müssen unbedingt noch unseren Proviant auffüllen. Wer weiß, wie lange wir unterwegs sind."

Ursula nickte und zog die Stirn in nachdenkliche Falten. „Vor allem sollten wir viel Wasser mitnehmen. Das wird bei der Hitze wichtig."

Wir einigten uns darauf, uns am nächsten Tag wieder der Venus und unserer Suche zu widmen. Heute wollten wir uns jedoch voll und ganz darauf konzentrieren, unsere Batterien aufzuladen – der verborgene Strand schien genau der richtige Ort dafür zu sein.

15

Nachdem wir uns für den Tag vorbereitet hatten, machten wir uns mit dem VW-Bus auf den Weg. Die Straßen führten uns durch karge, aber wunderschöne Landschaften, vorbei an kleinen weißen Dörfern, die wie Perlen in der Ferne funkelten. Immer wieder konnte man das Meer zwischen den Hügeln erblicken, während der Bus gemächlich durch die kurvigen Straßen rollte. Der Duft von Pinien und wilden Kräutern lag in der Luft, vermischt mit der salzigen Brise des Meeres.

Nach einer Weile verließen wir die Hauptstraße und nahmen einen kaum befahrenen Weg, der uns durch eine schmale Schlucht führte. Die Vegetation wurde dichter, und das Rauschen des Meeres kam näher. Am Ende erreichten wir den abgelegenen Strand – ein kleines Paradies, umgeben von Felsen und Pinienbäumen, und das Wasser glitzerte in der Sonne, ruhig und einladend.

Ursula und ich schwiegen eine Weile, als wir den Bus parkten und uns umsahen. „Das ist perfekt," sagte sie schließlich leise, und ich konnte nur zustimmen.

Wir verbrachten den Tag in völliger Ruhe. Die Wellen rollten sanft an den Strand, und der feine Sand knirschte unter unseren Füßen. Wir schwammen im klaren, erfrischenden Wasser und ließen uns dann einfach in die Sonne fallen, während der Wind durch die Blätter der Pinien flüsterte. Es gab nichts, was uns hetzte – nur die Natur, das Meer und wir.

Als die Sonne begann, tiefer zu sinken, packten wir zusammen und fuhren in Richtung Nerja zurück. Bevor wir jedoch zum Haus gingen, machten wir einen Stopp im Supermarkt. Der VW-Bus wurde vollgepackt mit frischem Obst, Brot, Käse, Oliven und – wie Ursula angemerkt hatte – reichlich Wasser. Es fühlte sich gut an, für die kommenden Tage versorgt zu sein.

Der Abend führte uns anschließend zu einem kleinen Restaurant in den Hügeln. Von hier aus hatten wir eine majestätische Aussicht über die Küstenlinie, die im letzten Licht des Tages glühte. Die Terrassen des Restaurants waren fast leer, und wir wählten einen Platz am Rand, wo wir die Stille und die großartige Kulisse genießen konnten.

  Das Essen war einfach und köstlich – eine Auswahl an frischem Gemüse, gegrilltem Käse und mediterranen Gerichten. Dazu tranken wir erfrischenden Saft. Ursula und ich unterhielten uns nur leise, während wir den Anblick genossen und den Tag in unseren Gedanken nachklingen ließen. Es war ein Moment des puren Friedens, der uns beide umgab.

Schließlich machten wir uns auf den Rückweg. Die Luft war nun kühl und klar, und als wir zurück zum Haus meiner Freundin kamen, setzten wir uns noch einmal auf die Terrasse. Die Sterne funkelten über uns, und das Rauschen des Meeres war in der Ferne zu hören.

  Ursula lehnte sich zurück und atmete tief ein. „Es war ein guter Tag," sagte sie zufrieden.

  Ich lächelte, ohne viel zu sagen, und ließ die letzten Augenblicke des Abends einfach wirken.

Nach dem Frühstück, das wir in aller Ruhe auf der Terrasse eingenommen hatten, beschlossen Ursula und ich, den Tag entspannt im Haus zu verbringen und uns unseren Gedanken und Notizen zu widmen. Die Aussicht auf das Meer war an diesem Morgen besonders klar, und die Sonne legte einen sanften Glanz über die Hügel und die Küstenlinie. Ein leichter Wind wehte durch die Palmen, und die Atmosphäre war so friedlich, dass es schwerfiel, sich von der Schönheit der Umgebung zu lösen. Doch wir wussten, dass wir uns konzentrieren mussten. Es gab viel zu analysieren.

  Ursula holte ihr Handy hervor, und wir begannen damit, uns die Fotos anzusehen, die wir in der Alhambra vom Gemälde der Venus von

Ávila gemacht hatten. Die warmen Farben und die detaillierten Pinselstriche des Bildes lagen nun vor uns auf dem Display. Wir hatten uns damals ganz bewusst auf die Eindrücke im Raum eingelassen und die Atmosphäre in uns aufgenommen. Doch heute war unser Ansatz anders. Heute wollten wir die Bilder möglichst sachlich betrachten, um jeden Hinweis zu erfassen.

„Schau mal," sagte ich und zeigte auf die Darstellung der Venus. „Sie sitzt auf einem Felsen, umgeben von einem Olivenbaum und einer Weinrebe. Ich frage mich, was das zu bedeuten hat."

Ursula nickte, öffnete eine Suchmaschine und begann nach den symbolischen Bedeutungen der Pflanzen zu suchen. „Der Olivenbaum steht oft für Frieden und Beständigkeit," las sie vor, „während die Weinrebe Fruchtbarkeit und Leben symbolisiert."

„Interessant," bemerkte ich, „aber das mit dem Felsen… das erscheint mir wichtiger." Ich deutete auf den soliden Stein, auf dem die Venus thronte. „Erinnert dich das nicht an das Gedicht von Teresa von Ávila, in dem sie von einem Felsen spricht?"

Ursula runzelte die Stirn und dachte einen Moment nach. Dann nickte sie langsam. „Ja, da war etwas. Sie schrieb davon, dass ein Felsen eine zentrale Rolle spielt."

„Das bestätigt doch, dass wir auf dem richtigen Weg sind!" sagte ich überzeugt und fühlte, wie ein Funke der Klarheit in mir aufleuchtete. „Das Gemälde und das Gedicht müssen uns Hinweise auf Arterien geben."

Ein Moment des Schweigens trat ein, während wir beide die Bedeutung dieser Erkenntnis verarbeiteten. Dann nahm ich das Bild erneut unter die Lupe. „Sieh dir die Weinrebe hier links unten an," sagte ich nachdenklich. „Es ist fast so, als würde hier etwas fehlen… Ich glaube, in der Kopie wurde etwas ausgelassen. Ein Hinweis, der im Original noch da sein muss."

Ursula lehnte sich zurück und betrachtete das Bild gründlich. „Ja," murmelte sie, „das könnte tatsächlich sein. Wir sollten uns genau diese Ecke ansehen, falls wir das Original jemals zu Gesicht bekommen."

Wir richteten unsere Aufmerksamkeit auf die Stadt im Hintergrund des Gemäldes. „Das muss Ávila sein," sagte ich und schaute Ursula fragend an.

„Das könnte durchaus sein," bestätigte sie. „Die Stadtmauern und die Anordnung der Gebäude passen."

„Kannst du bestimmen, aus welcher Richtung Ávila auf dem Gemälde dargestellt ist?" fragte ich.

Ursula zog ihr Smartphone hervor und studierte die Karten. „Moment… ja, ich denke, das hier ist die Südseite der Stadt. Ávila wird von Süden her gezeigt."

„Gut," sagte ich, während eine Idee in mir Gestalt annahm. „Dann lass mich mal eine Hypothese aufstellen. Wenn das Bild tatsächlich eine Lage beschreibt, und wir Ávila von Süden her betrachten, dann liegt der Felsen südlich der Stadt. Und wenn Wellen gegen diesen Felsen schlagen, dann muss er sich an einem Gewässer befinden – vielleicht ein Fluss, ein See oder sogar das Meer."

Ursula schien skeptisch, aber sie hörte aufmerksam zu. „Das ist schon möglich," sagte sie, „aber ich bin noch nicht überzeugt."

Ich konnte spüren, dass noch mehr in mir war, das ausgesprochen werden wollte. „Schau dir die Haltung ihres Kopfes an," sagte ich und deutete auf die Venus. „Sie blickt uns an, aber ihr Kopf ist leicht nach rechts gedreht. Was, wenn die Kopfhaltung uns einen weiteren Hinweis geben soll?"

Ursula dachte über meine Worte nach. „Du meinst, Arterien könnte südöstlich von Ávila liegen?" fragte sie schließlich.

„Genau das denke ich," sagte ich leise, während ich in die Ferne schaute. „Es ergibt Sinn. Die Hinweise führen uns vielleicht genau dorthin."

Ursula schüttelte leicht den Kopf. „Das kann immer noch überall sein. Wir müssen das Original sehen, bevor wir irgendwelche endgültigen Schlüsse ziehen können."

Ich nickte. „Das stimmt. Wir brauchen mehr Informationen. Und der nächste Schritt ist klar – wir müssen nach Marokko zu Viktor de la Roche. Dort wird das Original sein, und nur dann können wir sicher sein."

Ein Moment des stillen Einverständnisses legte sich über uns. Es war, als hätten wir einen bedeutenden Schritt in unserer Suche gemacht. Auch wenn noch viele Fragen offen waren, wussten wir jetzt, wo wir weitermachen mussten. Mit dieser Klarheit im Kopf beschlossen wir, den restlichen Tag in Ruhe zu verbringen und unsere Kräfte für das Kommende zu sammeln.

Am Morgen der Abreise saßen wir auf der Terrasse und frühstückten schweigend. Die Unruhe, die wir beide spürten, war deutlich. Es war der Tag, an dem wir unsere Reise nach Marokko antreten würden, um Viktor de la Roche zu treffen. Je näher die Abfahrt rückte, desto gespannter wurden wir.

Die Strecke führte uns zunächst aus der hügeligen Region bei Nerja heraus, vorbei an den letzten weißen Häusern des Ortes und durch die engen Kurven der Bergstraßen hinunter zur Küste. Bald erreichten wir die N-340, die uns entlang der Küste in Richtung Málaga führte. Schon nach wenigen Kilometern zog sich der Himmel zu, dunkle Wolken ballten sich am Horizont zusammen, als wollten sie uns vor dem, was uns bevorstand, warnen.

„Sieht nicht gut aus", meinte Ursula und warf einen besorgten Blick zum Himmel, während wir am Meer entlangfuhren. Der Wind hatte zugenommen, und das Wasser war aufgewühlt, die Wellen schlugen heftig gegen die Klippen. Ich nickte und konzentrierte mich auf die Straße, doch in meinem Inneren fühlte ich eine ähnliche Unruhe. Wir wussten nicht genau, was uns in Marokko erwarten würde, aber eines war sicher: Unsere Suche nach der Venus von Ávila und nach weiteren Hinweisen auf Arterien führte uns in unbekanntes Terrain.

Als wir schließlich den Hafen von Algeciras erreichten, hatten die dunklen Wolken den Himmel vollständig bedeckt, und es begann stark zu regnen. Der heftige Regen prasselte gegen die Windschutzscheibe des VW-Busses, während wir in der langen Schlange zur Fähre warteten. Der Regen ließ die Sicht verschwimmen, und selbst der Hafen wirkte düster und bedrohlich. Es war eine Erleichterung, als wir endlich an Bord der ersten Fähre des Morgens rollten.

Die Überfahrt nach Marokko verlief ruhig, trotz der unruhigen See. Kurz vor der Ankunft in Tanger-Med begann der Himmel aufzuklaren. Zunächst zaghaft, dann immer kräftiger brachen Sonnenstrahlen durch die Wolkendecke, und als wir die afrikanische Küste erreichten, erstrahlte der Himmel in einem klaren Blau. Die felsigen Ufer und Hügel Marokkos lagen im gleißenden Licht vor uns, und es war, als hätte das Land selbst uns willkommen geheißen.

Die Einreise verlief erstaunlich reibungslos. Unsere Papiere wurden ohne Probleme geprüft, und nach einem kurzen Blick auf unseren vollgepackten Bus ließ uns der Zollbeamte mit einem freundlichen Nicken durch. Die Straßen in Richtung des Inneren des Landes wirkten ruhig, fast friedlich, und es dauerte nicht lange, bis wir die erste Etappe unserer Reise hinter uns hatten.

Unsere weitere Route führte uns durch das Rif-Gebirge, vorbei an den malerischen Dörfern wie Chefchaouen, dessen blaue Fassaden in der Sonne leuchteten. Wir fuhren tiefer ins Landesinnere, vorbei an weiten Olivenhainen, schmalen Flüssen und sanften Hügeln, die mit den rötlich-braunen Felsen des Landes kontrastierten. Jeder Kilometer, den wir hinter uns brachten, schien uns näher an unser Ziel und doch tiefer in ein fremdes, geheimnisvolles Land zu bringen.

Als wir schließlich die Straße erreichten, die zu Viktors Anwesen führte, wussten wir, dass es nicht mehr weit sein konnte. Die Straße schlängelte sich durch eine enge Schlucht, flankiert von steilen Felsen, die das Licht der Sonne reflektierten. Es fühlte sich an, als würden wir in eine verborgene Welt eintreten. Und dann, nach einer letzten Biegung, tauchte es vor uns auf – ein prachtvolles Anwesen, das auf einer Anhöhe thronte, mit einer magischen Aussicht auf das Tal und das tiefblaue Meer in der Ferne. Die weißen Mauern des Haupthauses leuchteten im Sonnenlicht, und neben dem Hauptgebäude entdeckten wir das kleinere Gästehaus, in dem Viktor uns vermutlich unterbringen würde. Der Weg dorthin führte durch einen weitläufigen Garten mit Olivenbäumen und Palmen, und auch das Gästehaus bot sicherlich einen atemberaubenden Blick auf das Meer.

„Es ist atemberaubend", flüsterte Ursula, während wir auf den letzten Metern dem Tor entgegenrollten. Die Spannung der vergangenen Stunden fiel von uns ab, ersetzt durch eine stille Ehrfurcht vor dem, was uns hier erwarten würde.

Als wir uns vorsichtig dem Haupthaus näherten, erschienen zwei Männer in der Einfahrt, die uns entgegenkamen. Sie waren offensichtlich Bedienstete, doch ihre Kleidung unterschied sich stark voneinander. Der eine, vornehm gekleidet in einem eleganten, dunklen Anzug mit feinen Details – ein Zeichen seiner internationalen Ausstrahlung – trat einen Schritt vor. Sein poliertes Auftreten und sein gehobenes Äußeres zeigten eine Selbstsicherheit, die auf Erfahrung im Umgang mit Gästen von Rang schließen ließ. Der andere Mann, dezent im Hintergrund, trug eine traditionelle marokkanische Djellaba in einem warmen Sandton und leuchtenden Stickereien und wirkte dabei zurückhaltend und respektvoll.

Der vornehm gekleidete Mann sprach mit einem leichten Lächeln in makellosem Französisch auf uns ein und wechselte dann geschickt in eine Mischung aus Französisch und Deutsch, die bewies, dass er bestens auf internationale Gäste vorbereitet war. Mit einer Geste forderte er uns auf, weiterzufahren: „Fahren Sie bitte bis zum Gästehaus. Monsieur de la Roche lässt ausrichten, dass Sie dort bleiben werden."

Wir folgten seiner Anweisung und steuerten den Wagen durch die üppigen Gärten des Anwesens. Das Gästehaus lag etwas abseits, eingebettet in eine Mischung aus duftenden Zitronenbäumen und Olivenhainen. Die Architektur des Hauses war eine faszinierende Mischung aus gehobenem europäischen Stil, der klare Linien und große Fenster umfasste, und französischem Kolonialstil, der sich in den eleganten Verzierungen und den Säulengängen zeigte. Doch die marokkanischen Einflüsse blieben unverkennbar – farbige Mosaiken, geschwungene Bögen und kunstvoll gearbeitete Holzdecken brachten eine exotische Wärme in die kühle Eleganz des Hauses.

Als wir anhielten, folgten uns die beiden Männer zu Fuß. Der Zurückhaltendere hielt sich diskret im Hintergrund, während der vornehm gekleidete Mann uns höflich Platz ließ, um in Ruhe auszusteigen. Mit präziser Gestik und einem unverkennbar höflichen Tonfall erklärte er uns, dass Monsieur de la Roche erst in der Nacht eintreffen würde. „Es gab eine Verzögerung bei seinem Flug, doch Monsieur erwartet Sie spätestens morgen zum Frühstück," fügte er in fließendem Französisch hinzu.

Dann wandte er sich dem Organisatorischen zu. „Ich habe sowohl ein als auch zwei Zimmer vorbereitet, da ich nicht sicher war, was Sie bevorzugen würden," sagte er mit einem freundlichen Lächeln. Ursula und ich reagierten gleichzeitig, fast wie aus einem Mund: „Ein Zimmer." Unsere Blicke trafen sich, und wir schmunzelten über die Synchronität unserer Antwort.

Wir holten unsere Taschen aus dem Auto, als der zurückhaltende Bedienstete mit einem Nicken die Koffer annahm. Seine Geste war so zurückhaltend und respektvoll, dass es beinahe wie ein stiller Akt der Ehre wirkte, uns das Gepäck abzunehmen. Er führte uns mit sicherem Schritt zum Eingang des Gästehauses, während der vornehme Mann uns den Weg erklärte und darauf hinwies, welche Annehmlichkeiten uns zur Verfügung standen.

Im Schlafzimmer angekommen, einem großzügigen Raum mit einem herrlichen Blick auf das tiefblaue Meer, das im Licht der untergehenden Sonne schimmerte, erklärte der vornehme Bedienstete: „Das gesamte Gästehaus steht Ihnen zur Verfügung. Fühlen Sie sich frei, sich frisch zu machen. Wenn Sie möchten, können wir später das Abendessen auf der Terrasse servieren." Seine Stimme war freundlich, doch mit einem Hauch von Distanz – er vermittelte Professionalität und Diskretion.

Nachdem er uns den großen Essbereich und die Terrasse mit den kunstvoll gefliesten Böden gezeigt hatte, verabschiedeten sich die beiden höflich. „Falls Sie etwas benötigen, drücken Sie einfach den Knopf im Flur," fügte er hinzu, bevor sie sich zurückzogen und uns das Gästehaus in all seiner stillen Eleganz überließen.

Ich kann mich gar nicht satt sehen!", rief Ursula von draußen. Von der Dusche zurückgekehrt, trat ich barfuß ans Fenster, von wo ich sie auf der Terrasse stehen sah, vertieft in den Anblick des Meeres. Die warme Abendluft strich durch den Raum, als ich mich ihr anschloss, hinaus auf die Terrasse. Ursula, die den Blick immer noch in die Ferne gerichtet hielt, fragte unvermittelt: „Was siehst du eigentlich? Ich weiß, ich habe dich das schon einmal gefragt, aber magst du mir jetzt und hier erzählen, wie es für dich aussieht?"

Ich überlegte kurz. Es sollte nicht die gleiche Antwort sein, die ich so oft gegeben hatte. Sie verdiente mehr. „Es ist alles sehr verschwommen und unklar", begann ich nachdenklich. „Im Grunde ist es ein Bild aus Farbverläufen, die ineinander übergehen. Die Farben sind nicht mehr so klar, wie ich sie früher gesehen habe. Man hat mir irgendwann erklärt, dass es einmal so sein würde, dass ich von außen nach innen weniger sehe und nur noch in der Mitte des Sichtfeldes etwas wahrnehme. Aber so ist es nicht. Auch dort, wo ich eigentlich schon nichts mehr sehen kann, blendet mein Gehirn mir Informationen ein. Ungefähr dort, wo der Himmel sein müsste, zeigt mir mein Verstand immer noch etwas Himmelblau. Aber nur ungefähr. Ich kann mich nicht mehr darauf verlassen, dass das, was ich sehe, auch wirklich da ist."

Ursula lauschte still, während ich fortfuhr: „Da draußen sehe ich also jede Menge Farbverläufe. Und dann kommt noch meine Erinnerung dazu. Ich weiß, wie ein Sonnenuntergang früher ausgesehen hat. Manchmal bin ich mir nicht sicher, wie viel von dem Bild in meinem Kopf echt ist und wie viel nur Fiktion." Ich hielt kurz inne und fügte dann hinzu: „In letzter Zeit überlagern sanfte Pastelltöne mein Bild. Diese warmen Steine zum Beispiel... in meinem Kopf sind sie in ein kräftiges Orange getaucht."

Ursula nickte leicht. „Danke," sagte sie leise, und für einen Moment herrschte nur das sanfte Rauschen der Wellen, das sich mit dem Wind vermischte. Das Meer klang näher als man es optisch betrachtet vermutet hätte.

Nach einer kurzen Stille atmete ich tief durch und fuhr fort: „Fast wichtiger als das, was ich sehe, ist für mich mittlerweile geworden, was ich spüre."

23

„Und was spürst du?", fragte Ursula neugierig und drehte sich zu mir.

„Da vorne", ich deutete in die Richtung des freien Blickes, „spüre ich eine große Leichtigkeit. Es ist, als würde mich der Raum dort einladen, als gäbe es einen Sog, der mich sanft hineinzieht. Aber hier links von uns..." Ich hielt kurz inne und drehte meinen Kopf zur Seite. „...da fühle ich etwas Schweres, fast wie eine Last. Irgendetwas drückt dort."

Ursula folgte meinem Blick, schaute eine Weile in dieselbe Richtung und dann platzte es aus ihr heraus: „Kein Wunder! Da vorne steht ein Funkmast."

Ich lachte leise. „Manchmal ist das alles ziemlich verwirrend", sagte ich noch. „In den letzten Monaten hat sich mein Sehen so schnell verändert, und ich lerne noch, wie ich damit umgehen soll."

„Ist es Ihnen angenehm, wenn wir nun das Abendessen servieren?" durchbrach der vornehme Mann nach einer Weile sanft die Stille. Seine Stimme war höflich, fast vorsichtig, als er unsere Aufmerksamkeit auf sich zog.

Ursula und ich wandten uns ihm zu. „Natürlich, sehr gerne," antwortete ich, während mir im selben Moment ein Gedanke kam. Ich hatte ganz vergessen zu erwähnen, dass wir kein Fleisch essen. Doch bevor ich etwas sagen konnte, lächelte der vornehme Mann leicht und sprach weiter: „Kein Problem, Monsieur de la Roche hat mir mitgeteilt, dass auch Sie Schüler des Sant Mat sind. Vegetarisch und ohne Ei, versteht sich."

Erneut nickte ich, diesmal erleichtert. Es schien, als wäre hier alles schon im Vorfeld bedacht worden.

Ursula blickte den Mann neugierig an. „Und wie dürfen wir Sie nennen?" fragte sie, ihr Interesse deutlich erkennbar. Der vornehme Mann hielt einen Moment inne und beugte dann leicht den Kopf. „Nennen Sie mich Antoine." Ursula schenkte ihm ein warmes Lächeln, und er erwiderte es mit einem diskreten, höflichen Nicken.

Nachdem Antoine sich zurückgezogen hatte, um das Essen vorbereiten zu lassen, setzte langsam die friedliche Atmosphäre des Abends ein. Die Terrasse, auf der wir speisen sollten, bot einen offenen Blick auf die Weite des Meeres, das sich am Horizont in leichten Wellen bewegte. Der Duft von Jasmin und salziger Meeresluft mischte sich mit den aufkommenden Gewürznoten, die aus der Küche herüberwehten. Die Grillen zirpten in der warmen Abendluft, und ein leichter Wind raschelte durch die Blätter der Palmen, die die Terrasse umsäumten.

Als das Essen schließlich serviert wurde, offenbarte sich ein elegantes, gehobenes Menü mit marokkanischen Einflüssen. Es begann mit einer leichten Vorspeise aus fein gewürzten, marinierten Karotten mit einem Hauch von Zitronensaft und Olivenöl, begleitet von frischem Minztee, der warm und beruhigend duftete. Dazu gab es knuspriges Fladenbrot, das direkt aus dem Ofen zu kommen schien.

Der Hauptgang war ebenso exquisit: eine Tajine aus saisonalem Gemüse, das zart und voller Geschmack war. Sanft karamellisierte Zwiebeln, Kürbis, Zucchini und Kichererbsen verschmolzen zu einer harmonischen Komposition, gewürzt mit Safran, Kurkuma und einer Spur Zimt. Dazu gab es feinen Couscous, der leicht und fluffig war, verfeinert mit Rosinen und Mandeln. Alles war vegetarisch, ohne Ei, genau nach den Regeln des Sant Mat, und mit großer Sorgfalt zubereitet.

Das Dessert, eine samtige Mandelmilch-Creme mit einem Hauch von Orangenblütenwasser, rundete das Essen perfekt ab, während der Klang der zirpenden Grillen den Abend begleitete.

„Das ist wirklich zauberhaft,“ sagte Ursula leise, als sie einen weiteren Bissen nahm. Ich konnte nicht anders, als ihr zuzustimmen. Die Atmosphäre, das Essen, die freundliche, aber vornehme Art des Empfangs – alles ließ uns spüren, dass wir hier nicht nur willkommen, sondern auch bestens umsorgt waren.

Nachdem das Abendessen serviert worden war und Antoine uns freundlich verabschiedet hatte, setzte sich Ursula auf die gemütliche Couch auf der Terrasse und schaute gedankenverloren in den Garten. Die warmen Farben der untergehenden Sonne tauchten die Umgebung in ein sanftes Licht, aber ihre Miene war nachdenklich.

„Du bist so still“, bemerkte ich, als ich mich neben sie setzte. „Was geht dir durch den Kopf?“

„Es ist mein Beruf“, antwortete Ursula schließlich. „Er holt mich gerade ein. Ich kann nicht aufhören, darüber nachzudenken, wie schnell man sich in einer solchen Situation in Gefahr begeben kann.“

25 Sie griff nach ihrem Smartphone und öffnete eine App, die ich bisher nicht gekannt hatte. Mit einem diskreten Blick um sich hielt sie den Zeigefinger an die Lippen und gab mir mit einer Geste lautlos zu verstehen, nichts mehr zu sagen.

Ich beobachtete, wie sie das Handy in der Nähe der Wände und Möbelstücke entlangführte, um nach möglichen Abhörgeräten zu suchen. Immer wieder bewegte sie sich zwischen dem gemütlichen Raum drinnen und der offenen Terrasse, um alle Stellen gründlich zu kontrollieren. Plötzlich blieb sie abrupt stehen. „Da ist etwas“, flüsterte sie und beugte sich näher. „Sieh mal dort.“ Mit einer Hand deutete sie auf einen kleinen Punkt, der unauffällig zwischen den Zimmereinrichtungen platziert war. „Eine Wanze. Und sie scheint inaktiv zu sein.“

Ein Knoten bildete sich in meinem Magen. „Was heißt das?“

„Das heißt, jemand könnte uns ausspionieren, aber sie hören uns jetzt nicht. Trotzdem…“, sie zögerte und nahm einen tiefen Atemzug. „Ich werde eine Funktion aktivieren, die das Mikrofon stören sollte.“

Ich sah, wie sie auf dem Bildschirm ihres Handys tippte, und der Raum schien sich plötzlich mit einer angespannten Stille zu füllen. „Wir sollten wichtige Dinge nur noch besprechen, wenn Musik im Hintergrund läuft, um sicherzugehen, dass wir nicht belauscht werden. Ich weiß, es klingt paranoid, aber man kann nie vorsichtig genug sein."

„Das klingt sinnvoll", stimmte ich zu, obwohl ich die Zweifel nicht abschütteln konnte, die sich in mir regten. War die Freundlichkeit, die uns von Antoine und den anderen Bediensteten entgegengebracht wurde, wirklich nur Fassade?

„Lass uns einfach vorsichtig sein", flüsterte Ursula, als sie ihre Augen über den Garten gleiten ließ, als würde sie nach weiteren Hinweisen suchen. „In dieser Welt ist nichts so, wie es scheint."

Nachdem sie das Haus gründlich überprüft hatte, berichtete sie mir: „Ich habe auch die anderen Räume kontrolliert. Alle enthielten Wanzen, aber keine war aktiv."

Die Nacht war alles andere als erholsam gewesen. Ich hatte mich im Bett hin und her gewälzt, und die Gedanken an das, was der Tag bringen würde, ließen mich nicht zur Ruhe kommen. Immer wieder schloss ich die Augen, nur um mich erneut im Bett zu drehen, während sich diffuse Szenarien in meinem Kopf abspielten. Ab und zu hörte ich von der Terrasse her das leise Geräusch von Schritten – Ursula war ebenfalls unruhig, das konnte ich spüren.

Als ich schließlich aufstand und nach draußen trat, sah ich sie schon da sitzen. Sie hatte sich fertig gemacht, ihre blonden Haare fielen perfekt über ihre Schultern, doch ihre Augen blickten wachsam in die Ferne. Vor ihr stand ein Glas Orangensaft, aus dem sie langsam, fast mechanisch, kleine Schlucke nahm. Ihre Finger umklammerten das Glas fester, als es nötig gewesen wäre.

„Na, genießt du schon die Sonne?" fragte ich, während ich mich neben sie setzte und versuchte, eine entspannte Haltung einzunehmen. Doch meine Hände fühlten sich schwer an, und obwohl ich mich bequem hinsetzte, konnte ich die Anspannung in meinem Rücken nicht ablegen.

„Und wie!" entgegnete sie mit einem kleinen Lächeln, doch es erreichte nicht ganz ihre Augen, die weiterhin wachsam in die Ferne gerichtet blieben.

Antoine erschien kurz darauf auf der Terrasse, wie immer mit einer sanften, höflichen Miene. „Monsieur de la Roche würde Sie gerne um zehn

Uhr zu einem Brunch empfangen," teilte er uns mit und hielt dabei den Blick höflich gesenkt. „Dürfen wir Ihnen vorher vielleicht etwas Kleines anbieten, um die Zeit zu überbrücken?"

Wir verneinten beide, als es um das Essen ging, doch Ursula bat um marokkanischen Kaffee. Ich hingegen bestellte mir einen Americano. Antoine nickte und verschwand geräuschlos, wie er gekommen war.

Ursula nahm wieder einen Schluck von ihrem Orangensaft und blickte dann auf ihr Handy, doch sie wirkte abwesend, als würde sie in Gedanken bereits Szenarien durchspielen. Mir erging es ähnlich. Wir saßen nebeneinander, beide still, beide tief in unsere Gedanken vertieft. Die übliche Leichtigkeit, die man vielleicht bei einem morgendlichen Plausch erwarten würde, fehlte. Die Luft zwischen uns schien schwer von unausgesprochenen Fragen, die wir jedoch beide nicht laut werden lassen wollten.

27 Kurz vor zehn Uhr machten wir uns auf den Weg zum Haupthaus. Wir schlenderten, doch es war ein langsames, bedachtes Gehen, das keinen Raum für Oberflächliches ließ. Die Umgebung, die uns gestern noch so bezaubert hatte, war heute nur der stumme Rahmen für die Fragen, die uns beschäftigten.

Als wir ankamen, wurden wir sofort von einem Bediensteten empfangen und in einen großzügigen Raum geführt, der fast zu prunkvoll war, um ihn als Esszimmer zu bezeichnen. Die Wände waren mit opulenten Mustern verziert, und die schweren Vorhänge ließen nur gedämpftes Licht durch, was eine fast geheimnisvolle Atmosphäre schuf. Wir blieben stehen, unsicher, ob wir Platz nehmen sollten oder ob es angemessen war, im Stehen zu warten. Keiner von uns sprach, aber ich bemerkte, wie Ursula ihre Schultern leicht straffte, als sie sich unauffällig umsah. Auch meine freie Hand fand unbewusst den Weg in die Tasche meiner Hose, als könnte ich so die innere Anspannung verbergen, die sich langsam in mir aufbaute.

Schließlich öffnete sich eine Tür, und das leise Geräusch von Schritten kündigte die Ankunft von Monsieur de la Roche an.

"Herzlich willkommen!" Mit diesen Worten eröffnete der Hausherr die Begrüßung. "Ich freue mich sehr, dass ihr den Weg zu mir gefunden habt. Nennt mich Viktor."

Viktor, schlank und drahtig, wirkte für sein Alter bemerkenswert agil. Ich schätzte ihn auf etwa 75 bis 80 Jahre, seine Bewegungen waren jedoch die eines viel jüngeren Mannes. Mit seiner aufrechten Haltung und einem Lächeln, das eine Spur von Schalk verriet, schüttelte er uns die Hand. Seine Stimme trug einen deutlichen österreichischen Akzent, den er nicht zu verbergen suchte – vielmehr schien er ihn mit Stolz zu tragen.

"Ich bin auf einem Gut in der Steiermark aufgewachsen," würde er uns später erzählen, doch schon jetzt spürte ich den Hauch der Alpen, der in seinem leicht singenden Tonfall mitschwang.

Nachdem wir uns vorgestellt hatten, bat er uns, am großen Tisch Platz zu nehmen. "Macht es euch gemütlich," fügte er hinzu, während er uns einladend zu den eleganten Stühlen winkte. Der Tisch war reich gedeckt mit einer Vielzahl von Speisen, die typisch marokkanisch und doch mit einer europäischen Note verfeinert waren. Frische Oliven, Couscous, aromatisch gewürzte Gemüse-Tajines, eingelegte Früchte und feines Gebäck. Der Duft von Gewürzen und Kräutern erfüllte den Raum.

Das Gespräch begann mit einem üblichen Austausch von Höflichkeiten. Viktor erkundigte sich aufmerksam nach unserer Anreise, ob wir gut untergebracht seien und uns im Gästehaus wohlfühlten. Seine Fragen waren höflich, aber sein Blick prüfte uns zugleich, als wolle er hinter unseren Antworten mehr erfahren.

"Wie schön, dass es euch hier gefällt," sagte er, während er behutsam einen Schluck Tee nahm. Ursula und ich bestätigten, wie sehr wir seine Gastfreundschaft schätzten, doch ein unterschwelliges Gefühl von Erwartung schwebte im Raum. Jeder Bissen, den wir nahmen, jedes Glas, das wir an die Lippen führten, schien den Moment hinauszuzögern, in dem die eigentliche Frage auf den Tisch kommen würde.

Und dann brachte Viktor es mit der ihm eigenen Direktheit auf den Punkt: "Wegen der Venus seid ihr also gekommen?" Seine Augen verengten sich leicht, als er uns ansah. "Wie seid ihr darauf gekommen?"

Ich erzählte ihm von meiner persönlichen Verbindung zu Teresa von Ávila, ähnlich wie ich es bereits der Nonne im Kloster berichtet hatte. Viktor nickte interessiert, während er sich in seinen Stuhl zurücklehnte. "Ah, Teresa," murmelte er leise, fast wie zu sich selbst. Ich fuhr fort und erklärte, wie wir auf ein Bild von El Greco gestoßen waren, das Teresa zeigte, und dass dies uns auf die Spur der Venus von Ávila gebracht hatte.

Viktor nahm sich einen Moment, um einen weiteren Bissen von seinem Teller zu probieren, bevor er erneut sprach: "Und wie habt ihr es geschafft, das Gemälde in der Alhambra zu sehen? Soweit ich weiß, ist die Venus dort nicht öffentlich ausgestellt." Er hob eine Augenbraue, seine Neugierde jetzt offen zur Schau gestellt.

"Es war ein großer Zufall," antwortete ich und wählte meine Worte vorsichtig. "Wir kennen jemanden, der jemanden kennt, und diese Gelegenheit wollten wir uns nicht entgehen lassen." Ich hielt einen Moment inne, nahm einen Schluck von meinem Kaffee und sah Viktor direkt an. "Kennst du das, wenn das Leben dich auf einen Weg führt, ohne dass du genau weißt, wohin? Aber du gehst ihn trotzdem, im Vertrauen darauf, dass alles seine Richtigkeit hat. Und dann reiht sich ein Zufall an den anderen, bis alles in die richtigen Bahnen gelenkt wird?"

Viktor wurde nachdenklich. Seine Hand ruhte auf dem Rand seines Glases, während er den Blick kurz abwandte. "Ja," sagte er schließlich, "ja, ich kenne das. Leider durfte ich es schon lange nicht mehr erleben."

Ursula, die bis dahin still zugehört hatte, hob nun den Kopf. "Und wie hast du von unserem Besuch bei der Venus erfahren?" fragte sie mit ruhiger Stimme.

Viktor lehnte sich in seinem Stuhl zurück und lächelte, fast als hätte er die Frage erwartet. "Informationen sind mein Geschäft," erwiderte er, sein Lächeln nun geheimnisvoller, aber nicht ohne eine Spur von Stolz. "Vielleicht erzähle ich euch später mehr," fügte er hinzu, seine Stimme sanft, doch eindringlich. Dann wechselte er das Thema abrupt. "Vorher möchte ich jedoch die Gelegenheit nutzen, um mit euch zusammen zu meditieren. Habt ihr Lust dazu? Es passiert nicht oft, dass ich Satsangis hier bei mir zu Besuch habe."

Ich spürte, wie Ursula mich fragend ansah. In ihrem Blick lag ein Zögern, vielleicht auch eine leise Skepsis. Dennoch schwieg sie, ließ mich die Entscheidung treffen. Ich erwiderte ihren Blick und wandte mich dann wieder an Viktor. "Gerne," sagte ich, "es wäre uns eine Freude."

"Sehr gut," sagte Viktor, sein Lächeln nun wieder voll und offen. "Dann schlage ich vor, wir treffen uns hier im Haupthaus um 15:00 Uhr und meditieren eine Stunde zusammen. Danach sehen wir weiter."

Mit dieser Aussicht auf die Meditation schien sich die Spannung im Raum leicht zu lösen, doch sie blieb unterschwellig bestehen, wie der Geschmack von Kardamom, der sich auf der Zunge hält, lange nachdem der letzte Schluck getrunken ist. Das Gespräch driftete zu leichteren Themen ab – über das Anwesen, die wunderschöne Lage, über Marokko im Allgemeinen. Eine höfliche Plauderei, die dennoch von einem unausgesprochenen Wissen getragen wurde, dass mehr auf dem Spiel stand, als das freundliche Lächeln verriet.

Schließlich verabschiedeten wir uns höflich und zogen uns ins Gästehaus zurück. Die bevorstehende Meditation lag wie ein Schatten über uns, denn ich hatte das Gefühl, dass sie wie eine Art Test war – ein Test, der darüber entscheiden würde, wie unser weiteres Vorgehen aussehen würde.

„Ich zieh mir was Bequemeres an!", rief ich Ursula zu, als wir am Haus ankamen, und verschwand ins Schlafzimmer.

„Gute Idee", stimmte sie mir zu und folgte mir gleich. „Und danach muss ich raus. Ich brauche Bewegung."

„Ich komme mit", erwiderte ich.

Ich schlüpfte in eine weit geschnittene, moderne Haremshose aus Leinen und ein bequemes, schlichtes T-Shirt. Ursula tat es mir gleich, und wenig später standen wir beide in unseren Flip-Flops bereit.

„Lass uns einfach ein bisschen ums Anwesen laufen", schlug Ursula vor, die Unruhe in ihrer Stimme spürbar. „Einfach ein Stück hinter die Olivenbäume."

„Klingt gut", antwortete ich und präzisierte: „Vielleicht gehen wir einfach ein bisschen die Hügel hinauf."

So erkundeten wir das Anwesen und entfernten uns dabei bewusst von den Gebäuden. Der Duft von Pinien und der leichte Wind machten die Hitze erträglich, und es fühlte sich fast erholsam an – zumindest für den Moment. Doch als wir weit genug weg waren, brach Ursula plötzlich los.

„So ein Mist!", schimpfte sie, ihre Stimme scharf und ungehalten. „Was sollte das denn bitte sein?" Sie fuchtelte mit den Armen in der Luft, bevor sie fortfuhr: „Warum hast du ihn nicht einfach direkt gefragt, wo die Venus ist? Foto gemacht, fertig, raus da! Warum so viel Gerede?"

Ihre Ungeduld war kaum zu übersehen.

„Wir haben doch die Wanzen gefunden“, versuchte ich ruhig zu entgegnen, „und wir wissen immer noch nicht, wem wir wirklich vertrauen können. Dieses erste Gespräch diente dazu, ihn besser kennenzulernen, und…“

„Ja, ja, reden, reden“, unterbrach sie mich, „während er uns in seiner Villa vielleicht schon längst durchschaut hat.“

Unser Gespräch ging eine Weile so hin und her, bis sich die Spannung langsam legte. Schließlich seufzte Ursula, gab aber nicht ohne ein letztes Wort nach: „Mir bleibt ja sowieso nichts anderes übrig, als bei diesem Spiel mitzumachen. Wir werden schon sehen, was noch kommt.“

Eine Weile schwiegen wir, während wir weiter liefen, doch dann kam das nächste Thema auf.

31

„Und was soll das jetzt mit der Meditation?“ fragte Ursula unvermittelt und schaute mich mit gerunzelter Stirn an. „Ich dachte, ihr Satsangis wollt beim Meditieren immer unter euch sein, ohne Außenstehende. Was soll ich da jetzt?“

„Das ist nur in den Zentren so“, erklärte ich ihr. „Da geht es nur um die Ruhe und Konzentration, die durch Besucher gestört werden könnte. Hier ist es anders.“

„Aber du meditierst doch auch“, fügte ich hinzu.

„Ja, aber das sind geführte Meditationen“, wehrte sie ab. „Da habe ich Kopfhörer auf und folge einer Stimme.“

„Aber du beherrschst doch Atemtechniken, um in die Stille zu kommen“, meinte ich sanft. „Und ich weiß, dass du deine ganz eigene Verbindung zum Göttlichen hast. Ist das nicht so?“

Ursula blickte zu Boden und zuckte mit den Schultern. „Vielleicht… Ich weiß nicht.“

„Probier es einfach“, schlug ich vor. „Lass dich überraschen.“

Nach kurzem Zögern nickte sie. „Versuchen kann ich es ja mal“, sagte sie schließlich.

Ich spürte, dass sich die Atmosphäre etwas entspannte. „Ich habe das Gefühl“, begann ich, „dass Viktor uns auf seine eigene Weise auf die Probe stellt.“

„Ja“, stimmte sie nachdenklich zu.

„Wir müssen einfach im Vertrauen bleiben, dass das Universum uns hierher geführt hat", ergänzte ich. „Und dass alles so richtig ist, wie es jetzt ist."

Ursula nickte erneut, diesmal etwas entschlossener.

Auf dem Rückweg zum Gästehaus kehrte langsam eine gewisse Ruhe ein. Wir setzten uns auf die Terrasse, wo Antoine uns mit starkem Tee und Kaffee versorgte. Endlich konnten wir die atemberaubende Aussicht richtig genießen. Die Sonne stand hoch am Himmel, aber der sanfte Wind und die Hügel ringsum machten die Hitze erträglich.

Ich spürte, wie ich allmählich wieder zu meiner inneren Stärke fand, die ich für die bevorstehende Meditation brauchen würde. Denn auch, wenn man denken könnte, dass man ja bei einer Meditation gar nichts tue, so benötigt es doch ein gewisses Maß an Konzentration, wenn man wie ich immer nochein Lernender war.

„Du brauchst Socken!" rief ich Ursula zu.

„Warum das denn? Bei den Temperaturen?" erwiderte sie erstaunt.

„Ja," bestätigte ich, „ich weiß nicht genau, wie die Gepflogenheiten bei Viktor sind. Aber manche meditieren zum Beispiel vor einem Bild ihres Meisters. Und in Indien gilt es als unhöflich, dem Meister die nackten Füße entgegenzustrecken. Deshalb die Socken."

„Das verstehe ich," sagte Ursula nachdenklich.

Wir machten uns auf den Weg zum Haupthaus und wurden direkt von Viktor empfangen. Er führte uns in einen Raum auf der Nordseite des Gebäudes. Große Fenster ließen sanftes Tageslicht herein, das den Raum in ein gedämpftes, harmonisches Schimmern tauchte – ein angenehmer Kontrast zum grellen Sonnenlicht draußen. Den Fenstern gegenüber hing ein schwerer Vorhang, der die gesamte Wand bedeckte, von der Decke bis zum Boden.

An einer Seitenwand hingen Bilder der drei Meister: Sant Kirpal Singh, Sant Thakar Singh und Sant Baljit Singh. Unter dem ersten, Sant Kirpal Singh, war Viktor initiiert worden, der zweite, Sant Thakar Singh, hatte meine verstorbene Partnerin initiiert, und der letzte, Sant Baljit Singh, war mein eigener Meister.

Der Raum war schlicht, aber mit Bedacht eingerichtet. Auf dem Boden lagen verschiedene Sitzkissen, einige aus Stoff, andere aus Leder.

In einer Ecke lagen ordentlich zusammengelegte Decken. In einer anderen Ecke stand ein Lehnstuhl, und auf einem kleinen Tischchen an der Wand befanden sich Räucherstäbchen und eine große, weiße Kerze, die Viktor nun entzündete. Der Duft von Sandelholz breitete sich langsam im Raum aus und verstärkte die ruhige Atmosphäre.

„Bitte, macht es euch so bequem wie möglich," sagte Viktor und bot Ursula den Lehnstuhl an. „Falls du nicht frei sitzen möchtest."

Doch Ursula schüttelte den Kopf. „Ich möchte es gerne so probieren."

Nachdem wir uns hingesetzt hatten und Viktor sicherstellte, dass wir alle komfortabel waren, schlug er sanft eine Klangschale an, die neben ihm auf dem Boden stand. Der zarte Ton erfüllte den Raum und ließ die Luft sanft vibrieren, als würde sie in Wellen die Stille durchdringen.

Ich ließ mich in die Meditation fallen. Schon bald spürte ich, wie ich tiefer sank, weit weg von der äußeren Welt. Es war, als würde mein Körper sich auflösen und zurückbleiben, während ich selbst in einen grenzenlosen Raum von Stille und Licht eintauchte. Diese Stille war nicht einfach nur die Abwesenheit von Geräuschen – es war ein Zustand purer Glückseligkeit, der jedes Gefühl von Zeit und Raum überstieg. Es war, als wäre ich dem irdischen Dasein völlig entflohen, in einem friedlichen Ozean von Glück versunken, jenseits aller Worte.

Plötzlich erklang eine zweite Klangschale – diesmal an der Tür. Langsam kehrte ich aus der Tiefe meiner Meditation zurück. Antoine war in den Raum gekommen und stand nun diskret an der Wand, die Hände hinter dem Rücken gefaltet.

„Die Stunde ist schon um?" fragte Viktor überrascht. „Das ging ja erstaunlich schnell!"

Der Raum lag in tiefer Stille, als die Meditation endete. Jeder von uns dreien blieb noch eine Weile ruhig sitzen, versunken in das Gefühl der inneren Weite und Glückseligkeit, die uns umhüllt hatte. Es war Viktor, der schließlich als Erster die Stille brach.

„Das war… intensiv", sagte er leise und sah uns beide nachdenklich an. Seine Augen funkelten, als hätten sie etwas Uraltes berührt. „Ich kann mich nicht erinnern, wann ich das letzte Mal eine Meditation so tief empfunden habe."

33

Ich nickte, immer noch leicht in meiner inneren Welt verhaftet. „Ja, es war… außergewöhnlich. Ich habe das Gefühl, wir haben eine Verbindung, die über dieses Treffen hinausgeht."

Ursula rieb sich die Augen, als würde sie wieder ganz in die Realität zurückfinden. „Das war anders als die geführten Meditationen, die ich kenne. Es war… als wäre ich an einem anderen Ort gewesen."

Viktor stimmte mit einem Lächeln zu. „Ich glaube, es ist kein Zufall, dass wir uns hier zusammengefunden haben. Es muss einen tieferen Grund geben."

Er sah mich dann direkt an, und in seinem Blick lag eine Aufforderung. „Aber warum seid ihr wirklich hier?"

Ich holte tief Luft, wusste, dass dieser Moment kommen würde, doch die Antwort war nicht leicht. „Die Wahrheit ist, dass ich den eigentlichen Grund selbst noch nicht ganz verstehe", begann ich, während ich versuchte, die richtigen Worte zu finden. „Aber es geht um Spiritualität, um die Verbindung zu etwas Größerem. Teresa von Ávila – sie hat in ihrem ‚inneren Gebet' ähnliche Erfahrungen gemacht wie wir in unserer Meditation. Sie sagte, sie habe Jesus im Gebet getroffen."

Viktor nickte. „Das erinnert mich an etwas, das Sant Kirpal Singh in einem seiner Bücher beschrieben hat. Er sagte, dass wir Schüler uns im Inneren konzentrieren, um auf unseren Meister zu warten, der uns in eine andere Welt führen wird."

Ich fühlte mich ermutigt und fügte hinzu: „Es ist faszinierend, dass Teresa von Ávila im 16. Jahrhundert, ganz allein in Spanien, diese Art der Meditation entwickelt hat. Ich habe eine Theorie: Vielleicht hat sie dieses Wissen von woanders, vielleicht sogar von einem geheimen spirituellen Land."

Viktor hob eine Augenbraue. „Und dieses Land sucht ihr?"

„Ja", antwortete ich fest. „Wir hoffen, im Original der Venus von Ávila Hinweise darauf zu finden."

Viktor sah mich mit einem Ausdruck des Verständnisses an, und dann nickte er langsam. „Das ergibt Sinn." Er warf einen Blick zu Antoine, der immer noch respektvoll im Hintergrund an der Tür stand. Ohne ein Wort machte Viktor eine knappe Handbewegung, und Antoine reagierte sofort, indem er auf den schweren Vorhang zuging, der die Südwand des Raumes verdeckte.

Mit einer eleganten Bewegung zog Antoine den Vorhang zur Seite, und das Gemälde der Venus von Ávila trat ins Licht. Es war, als würde die Bühne eines Theaters enthüllt werden. Das Bild strahlte in einer solchen Intensität, dass es uns für einen Moment den Atem raubte.

„Das ist das Original", erklärte Viktor sanft. „Ich habe es oft betrachtet, aber bisher keine versteckte Botschaft darin gefunden. Vielleicht seht ihr etwas, was mir entgangen ist."

Ursula zog ihr Smartphone hervor und begann sofort, Fotos zu machen. Währenddessen betrachtete ich das Gemälde genauer. Die Farben waren tiefer, die Komposition beeindruckender als in der Kopie im Alhambra-Museum. Doch es waren die Gesichtszüge der Venus, die mir sofort ins Auge fielen.

„Seht ihr das?" fragte ich, während ich Viktor ansah. „Im Original sieht die Venus tatsächlich aus wie Teresa von Ávila. In der Kopie gibt es nur oberflächliche Ähnlichkeiten, aber hier… sie sieht genau so aus, wie ich sie mir vorgestellt habe."

Viktor trat näher und betrachtete das Bild mit gerunzelter Stirn. „Ich habe die Kopie nie gesehen," gestand er. „Ich wäre neugierig, ob ich die Ähnlichkeiten erkennen würde."

Ursula gab mir ein Nicken, dass sie genug Fotos gemacht hatte. Wir standen eine Weile still vor dem Bild, ließen es auf uns wirken, als würde es uns seine Geheimnisse zuflüstern, wenn wir nur lange genug hinsahen.

Schließlich brach Viktor die Stille erneut. „Wenn wir weiter darüber sprechen wollen, sollten wir in einen anderen Raum wechseln. Ich möchte diesen Ort nicht mit zu viel Gespräch belasten. Hier sollte Stille herrschen."

Wir stimmten zu und machten uns bereit, den Raum zu verlassen, als wäre er ein heiliger Ort, den man nur mit tiefem Respekt betreten und verlassen sollte.

Nachdem wir den Meditationsraum verlassen hatten, führte Viktor uns durch einen langen Korridor, der sanft in das gedämpfte Licht der Nachmittagssonne gehüllt war. Die Schatten an den Wänden lagen still, als ob sie in der besonderen Atmosphäre des Hauses verweilen wollten. Jeder Schritt wurde von einer fast feierlichen Ruhe begleitet, die sich in der gedämpften Stimmung des Ortes widerspiegelte. Schließlich erreichten wir die Tür zu einem angrenzenden Raum, der eine ganz andere Atmosphäre verströmte. Hier herrschte ein warmer, einladender Charme, der sofort ein Gefühl von Geborgenheit und Entspannung versprach.

Der Raum war großzügig und doch behaglich, mit tiefen Sesseln aus samtigem Stoff in gedeckten Farben, die rund um einen niedrigen Tisch gruppiert waren. Die Fenster an der Südseite führten direkt auf eine weitläufige Terrasse, durch deren gläserne Türen man die Umgebung erkennen konnte – Palmen, sanfte Hügel in der Ferne und ein leichtes Rascheln der Blätter im Wind. Die Türen standen einen Spalt weit offen, sodass eine sanfte Brise hereinkam, die den Duft des Gartens mit sich brachte. Es war, als ob die Natur selbst ein Teil des Raumes war, ohne dabei aufdringlich zu wirken.

Viktor führte uns zum Sitzbereich. „Macht es euch bequem," sagte er freundlich und deutete auf die Anordnung der Plätze. Er selbst nahm in einem großen, bequemen Ledersessel in einer Ecke Platz, von wo aus er sowohl den Raum als auch die Terrasse überblicken konnte. Vor ihm auf einem kleinen Tischchen stand eine Zigarrenschachtel, dazu ein silbernes Feuerzeug und eine Schere für den präzisen Schnitt der Zigarrenspitze.

Ich setzte mich in einen der Sessel, der in angemessenem Abstand zu Viktor stand. Der Stoff fühlte sich angenehm an, und die Sitzfläche bot gerade genug Halt, um bequem zu verweilen. Ursula, leicht seitlich von mir, nahm ebenfalls in einem Polstersessel Platz, der sich etwas näher zu meinem befand. Unsere Sitzplätze bildeten eine Dreierkonstellation, wobei die Positionen von Ursula und mir eine stille Verbundenheit ausdrückten, die zwischen uns während der Meditation entstanden war. Es war, als wären wir durch eine unsichtbare Linie verbunden, die das Erlebnis im Meditationsraum noch nachklingen ließ.

Antoine betrat kurz darauf den Raum, stellte eine Platte mit frischen Früchten sowie Kaffee und Tee auf den niedrigen Tisch. Viktor bedankte sich höflich und winkte ihn dann zurückhaltend fort. „Danke, Antoine. Wir sind gut versorgt. Du kannst uns nun alleine lassen." Antoine verneigte sich leicht und zog sich lautlos zurück.

Viktor wandte sich seinem kleinen Tischchen zu, öffnete die Zigarrenschachtel und nahm bedächtig eine der Zigarren heraus. Mit einem leisen Klick schnitt er die Spitze ab und entzündete sie mit dem Feuerzeug. Das Glühen der Zigarre verbreitete einen sanften Rauch, der sich wie ein zarter Schleier durch den Raum zog, begleitet von dem charakteristischen Aroma. Viktor lehnte sich zufrieden zurück und blies einen dünnen Rauchfaden in die Luft. „Verzeiht," sagte er mit einem schiefen Lächeln, „aber das ist eines der Laster, die mir geblieben sind. Bei besonderen Gelegenheiten gönne ich mir das."

Er ließ sich tiefer in den Sessel sinken, den Blick entspannt auf die Terrasse gerichtet. Es war, als hätte er diesen Moment lange erwartet – ein Moment, der uns erlaubte, die Ruhe nach der intensiven Meditation nachklingen zu lassen, ohne sie sofort mit Worten zu füllen.

Wir saßen eine Weile in wohltuender Stille, die Stimmung gelöst, aber nicht zu leicht. Die Verbindung zwischen uns allen war noch spürbar, und dennoch ließ Viktor uns in unseren eigenen Gedanken verweilen. Die Wärme des Raumes, das leise Knistern der Zigarre und der Duft des frischen Tees verschmolzen mit dem Gefühl, dass dieser Moment ein Beginn war – der Beginn einer tieferen Erkenntnis.

37 „Nun," begann Viktor schließlich, „ich denke, wir sollten fortfahren."

Ursula und ich hatten uns fest vorgenommen, in diesem Gespräch äußerst zurückhaltend zu bleiben. Ich war mir der Bedeutung dieser Vereinbarung bewusst und hatte mir diesen einen Punkt in Gedanken immer wieder zurechtgelegt. Jetzt war der Moment gekommen, und ich musste meine Rolle perfekt spielen.

„Es ist wirklich erstaunlich," begann ich, bemüht um einen leichten Tonfall, „wie viel beeindruckender das Original im Vergleich zur Kopie in der Alhambra ist. Die Farben, die Farbübergänge… Selbst für meine Augen ist der Unterschied deutlich erkennbar."

Ursula nickte zustimmend und ergänzte, fast nahtlos: „Und auch die Details. Der Pinselstrich wirkt im Original viel energischer, als hätte der Maler mit weit größerer Hingabe gearbeitet. Man spürt förmlich, wie viel mehr Leidenschaft darin steckt." Ihre Worte waren ruhig und bedächtig, doch ich spürte den versteckten Nervenkitzel hinter jedem ihrer Sätze.

Ich nahm den Faden wieder auf, ließ meine Stimme bewusst entspannt klingen, obwohl mein Inneres angespannt war. „Aber leider, bis auf die Ähnlichkeit zu Teresa von Ávila auf den ersten Blick, kann ich sonst keinen Unterschied feststellen." Die Worte kamen so leicht über meine Lippen, obwohl ich längst einen entscheidenden Unterschied entdeckt hatte. Doch die Unsicherheit über Viktors wahre Rolle ließ mich an meiner Absprache mit Ursula festhalten. Ich konnte nicht riskieren, zu viel preiszugeben.

Um meine Aussage zu festigen und vielleicht Viktor von weiteren Nachfragen abzulenken, fuhr ich schnell fort: „Vielleicht ist das ja genau der Punkt. Vielleicht wollte jemand verhindern, dass das Antlitz einer Heiligen weiterhin mit der Darstellung der Venus verknüpft bleibt."

Ursula griff die Gelegenheit auf, die Spannung zu vertiefen. „Schließlich," sagte sie leise, „ist die Venus auf dem Bild ja nur rund um die Hüfte mit einem Seidentuch bedeckt. Es könnte durchaus jemanden gestört haben." Sie hielt ihren Blick aufmerksam auf Viktor gerichtet, während sie sprach, als wolle sie seine Reaktion genau beobachten.

„Und wir haben auch gehört," setzte ich vorsichtig nach, „dass das Original früher in einer der Kapellen des Königshauses ausgestellt gewesen sein soll. Vielleicht steckt da eine Verwicklung dahinter, die wir noch nicht verstehen."

Während ich sprach, hörte ich plötzlich ein lautes Paffen aus Viktors Richtung. Er saß noch immer in seinem Sessel in der Ecke, seine Zigarre glimmte, und er zog genüsslich daran. Es wirkte, als hätte er sich bewusst zurückgehalten, uns reden zu lassen, doch nun versuchte er, seine Spannung mit jedem tiefen Zug auf die Zigarre aus sich herauszublasen. Der Rauch stieg in dichten Spiralen auf, während er die Luft mit einem langen Ausatmen wieder freigab. Es war, als wolle er die Last seiner Gedanken in die Luft entlassen, sie mit dem Rauchkringel in die Welt hinausschicken.

Dann, nach einer kurzen Pause, sprach er endlich. „Ich denke," begann er leise, seine Stimme noch von dem tiefen Zug an der Zigarre rau, „ich muss euch eine Geschichte erzählen."

Seine Worte hingen schwer im Raum, die Ankündigung trug das Gewicht eines Geheimnisses, das gleich enthüllt werden würde. Die Stille, die darauf folgte, ließ den Moment fast wie einen Cliffhanger wirken. Ursula und ich tauschten einen kurzen, bedeutungsvollen Blick – die Spannung, die über dem Raum lag, war fast greifbar.

Viktor nahm noch einen tiefen Zug von seiner Zigarre und lehnte sich dann in seinem Sessel zurück, bereit, die Stille zu brechen und uns mit seiner Erzählung in den nächsten Akt zu führen.

Viktor lehnte sich leicht nach vorne, als wolle er sich an einem unsichtbaren Faden in der Luft orientieren. „Wo fange ich an?" murmelte er, mehr zu sich selbst als zu uns, seine Augen glitten suchend umher. „Nehmen wir mal Kreta. Ja, ich glaube, da sollte ich anfangen."

Er zog an seiner Zigarre, ließ den Rauch langsam entweichen und sammelte seine Gedanken. „Als sehr junger Mann war ich einmal auf Kreta im Urlaub. Damals hörte ich zum ersten Mal von dem Maler El Greco und sah Fotos seiner Gemälde. Es hieß dort," Viktor hielt kurz inne, „dass der Maler in Spanien berühmt geworden sei, aber ursprünglich ein Kind Kretas war."

Wieder legte sich eine Pause über das Gespräch. Viktor zog erneut an seiner Zigarre, der Rauch stieg in dichten Spiralen auf. Es war, als würde er sich in seinen Erinnerungen verlieren, bevor er weitersprach.

„Einige Jahre später," fuhr er mit rauer Stimme fort, „sollte ich eine Art Wohnungsauflösung bei Verwandten in Südfrankreich übernehmen. Eine kinderlose Frau war gestorben, und man hatte mich gebeten, mich um ihren Nachlass zu kümmern. Meine Familie ist weit verzweigt in Europa, müsst ihr wissen." Er seufzte tief, als trage er die Last seiner Ahnen auf seinen Schultern.

„Beim Sichten der Gegenstände entdeckte ich eine kleine Geschichte über einen meiner Vorfahren: Jean-Pierre de la Roche. Er war eine Art schwarzes Schaf in unserer Familie. Ihr müsst verstehen, wir sind alle sehr materiell orientiert," fügte Viktor mit einem Anflug von Bitterkeit hinzu. Hier hielt er inne, und ein nachdenkliches Lächeln huschte über seine Lippen.

„Jean-Pierre jedoch," fuhr er schließlich fort, „war anders. Er war ein künstlerischer Mensch, ein Liebhaber alles Schönen, und er hatte auch eine starke spirituelle Seite. Irgendwie fühlte ich sofort eine Verbindung zu ihm. Ich meine, ich fühle mich selbst wie das schwarze Schaf der Familie. Von mir wurde immer erwartet, den Reichtum unserer Familie zu mehren, und das habe ich getan, weil ich nichts anderes gelernt hatte. Aber tief in meinem Herzen hat es sich immer falsch angefühlt." Er sah uns kurz an, als suche er Verständnis, bevor er seinen Blick wieder ins Leere richtete. „Es gab immer eine Zerrissenheit in mir, wegen dieser Diskrepanz."

Viktor machte erneut eine Pause, der Rauch seiner Zigarre schwebte wie eine Wolke zwischen uns. „Wie dem auch sei," er räusperte sich und setzte neu an, „so lernte ich die Geschichte von Jean-Pierre kennen. Und bald hatte ich sie auch schon wieder vergessen."

Er lehnte sich zurück und ließ den Moment wirken, als wolle er uns mit der Spannung allein lassen, bevor er weitersprach. „Ich sagte ja bereits, dass Informationen mein Geschäft sind. Gute Kontakte zu pflegen, ist das A und O in meiner Welt." Seine Augen funkelten kurz auf, bevor er weitersprach. „So hörte ich eines Tages von einem etwas dubiosen Angebot. Ein Gemälde war unter der Hand bei einem Auktionshaus aufgetaucht. Es wurde behauptet, dass es von einem Schüler El Grecos stammte. Und da tauchte plötzlich der Name Jean-Pierre de la Roche auf."

Seine Stimme wurde ernster, fast eindringlich. „Ich wurde hellhörig." Er betonte die Worte, als wolle er die Wichtigkeit dieses Moments unterstreichen. „Und so erwarb ich schließlich die Venus."

Er nahm einen weiteren tiefen Zug an seiner Zigarre, die Glut flackerte in seinem Gesicht. „Inzwischen hatte ich Erkundigungen eingeholt," fuhr er ruhig fort, „und herausgefunden, dass das Original durch eine Kopie ersetzt wurde und diese dann in einen Raum verlegt wurde, der für das normale Publikum unzugänglich war. Alle Fotos des Originals wurden beseitigt. Im Grunde," sagte er und fixierte uns mit einem durchdringenden Blick, „seid ihr beide die Ersten seit Jahrzehnten, die ein Bild des Originals besitzen. Und ihr seid auch die Ersten, die Zutritt zu meinem Meditationsraum bekommen haben, um einen Blick auf die Venus zu werfen."

Viktor ließ seinen Blick auf uns ruhen, seine Augen suchten nach einer Reaktion. „Versteht ihr jetzt," fragte er leise, „warum ich euch erst bei der Meditation kennenlernen wollte, bevor ich euch das Bild zeige?"

Seine Worte hallten in der Stille nach. Ursula und ich saßen regungslos da, gebannt von seiner Erzählung, die Luft um uns schien plötzlich schwerer zu werden. Wir wussten beide, dass er gerade etwas von uns verlangt hatte, das weit über ein gewöhnliches Gespräch hinausging. Wortlos, fast synchron, nickten wir beide zustimmend.

Viktor nahm noch einen tiefen Zug von seiner Zigarre und ließ sich dann entspannt in seinen Sessel sinken, als hätte er nun einen entscheidenden Schritt in seiner Erzählung gemacht, der uns tiefer in seine Welt führte.

Ich traute mich, eine Frage zu stellen: „Und wie ist nun die Verbindung zum Felsen?" Ich sah Viktor dabei direkt an. „Schließlich steckt das Wort in eurem Namen, und die Venus sitzt in dem Gemälde auch auf einem Felsen. Ich frage mich," fuhr ich fort, „ob das nicht eine tiefere Bedeutung hat."

Viktor lehnte sich leicht nach vorne, seine Augen schienen in die Ferne zu blicken, als er begann: „Auch dazu gibt es eine alte Geschichte in meiner Familie." Er hielt kurz inne, um an seiner Zigarre zu ziehen. „Ich habe das alles immer in den Bereich der Fabeln und Legenden eingeordnet, aber die Erzählungen halten sich hartnäckig."

Wieder machte Viktor eine Pause, der Rauch seiner Zigarre schwebte langsam durch den Raum. „Es soll eine Art Felsen geben, von dem wir alle abstammen. Keiner weiß so genau, wo das sein soll, aber alle sind sich sicher, dass es das Land war, in dem Milch und Honig fließen."

Ursula ließ sich diese Andeutung nicht entgehen und fragte sofort nach: „Gibt es gar keinen Hinweis auf diesen Ursprung?"

Viktor seufzte bedächtig. „Zumindest kenne ich keinen," bedauerte er. „Aber die Legende geht noch weiter: Einige der reichsten Familien auf dieser Welt sollen ebenfalls ihren Ursprung an diesem Ort gehabt haben. Und manche tragen angeblich, ähnlich wie meine Familie, Hinweise auf diesen Ursprung in ihrem Familiennamen."

„Das ist ja spannend!" platzte es aus mir heraus, während ich mich unwillkürlich ein Stück nach vorne beugte. „Kannst du mir Namen nennen?" fragte ich Viktor direkt.

Er schüttelte den Kopf, als wolle er die Frage abwehren, doch dann hielt er inne und schien einen Moment zu überlegen. Mit gedämpfter Stimme fuhr er schließlich fort: „Damals, als die Geschichte mit der Venus war, tuschelte man hinter vorgehaltener Hand über den Namen Rockefeller. Einer der Erben, so dachte ich damals, sei auch an dem Gemälde interessiert gewesen. Aber jetzt, wo wir so darüber reden, bin ich mir über seine Rolle nicht mehr so im Klaren." Er hielt inne, als ob er seinen eigenen Gedanken nachhing. „Aber das wäre alles reine Spekulation," fügte er leise hinzu.

Es herrschte eine spürbare Stille im Raum. Die Spannung schien für einen Moment greifbar zu sein, und jeder von uns verarbeitete die Informationen, die Viktor gerade preisgegeben hatte. Schließlich durchbrach Viktor die Stille erneut, seine Stimme war nun ruhiger, fast versöhnlich: „Ich denke, ich bin euch noch eine weitere Erklärung schuldig." Er drückte seine Zigarre aus, bevor er fortfuhr.

„Wegen der dubiosen Umstände war ich in Sorge, dass jemand mit zweifelhaften Absichten an diesem Bild interessiert sein könnte." Viktor hielt kurz inne, als ob er nach den richtigen Worten suchte. „Daher habe ich Leute im Umfeld der Alhambra beauftragt, mir Bescheid zu geben, falls jemand Erkundigungen über die Venus einholen würde. Ihr müsst verstehen – das war eine Vorsichtsmaßnahme. Durch die Visitenkarte wollte ich sicherstellen, dass ich selbst Kontrolle über mögliche Kontakte behalte. Wenn jemand ein ernsthaftes Interesse hegte, wollte ich, dass man sich direkt an mich wendet."

Seine Lippen verzogen sich zu einem nachdenklichen Lächeln. „Und so hat Carlos euch schließlich meine Visitenkarte gegeben."

„Jetzt verstehe ich das alles viel besser," staunte Ursula, während sie laut ausatmete und sich zurücklehnte.

Antoine trat leise durch die Tür, die den Raum mit der angrenzenden Terrasse verband. Er verbeugte sich leicht und wartete einen Moment, bis er die Aufmerksamkeit von Viktor erlangte. "Monsieur, dürfte ich das Abendessen servieren?" fragte er höflich und mit einem Hauch von Vorfreude in der Stimme, als würde auch er die besondere Stimmung dieses Abends spüren.

Viktor, der sich entspannt zurücklehnte, nickte ihm lächelnd zu. "Sehr gerne, Antoine," sagte er. "Wir haben großen Appetit."

Noch ehe Antoine den Raum verlassen konnte, meldete sich Ursula fast euphorisch zu Wort. "Dürfen wir auf der Terrasse essen?" Ihre blauen Augen leuchteten. "Die Aussicht ist einfach zu schön, um sie ungenutzt zu lassen!"

Viktor grinste sanft und warf einen Blick zur offenen Tür, durch die bereits ein sanfter Hauch Abendluft strömte. "Natürlich," stimmte er zu. "Was könnte passender sein?"

Antoine neigte leicht den Kopf, als hätte er insgeheim gehofft, diese Frage würde kommen. "Sehr gerne, Madame," sagte er, bevor er sich elegant umdrehte und den Raum verließ, um alles vorzubereiten.

Innerhalb weniger Minuten begann der Umzug nach draußen. Antoine öffnete die Flügeltüren vollständig, und der Duft von Jasmin und blühenden Orangenbäumen umhüllte uns, als wir uns auf die Terrasse begaben. Die Abendsonne tauchte den Himmel in sanfte Gold- und

Rottöne, während ein leises Rascheln durch die Palmen ging. Die sanft geschwungenen Hügel in der Ferne schienen in das goldene Licht des späten Nachmittags getaucht zu sein, während sich vereinzelte Schatten langsam über die Landschaft legten.

Der massive Holztisch auf der Terrasse, mit kunstvollen Schnitzereien versehen, wartete bereits auf uns. Antoine und ein weiterer Diener deckten ihn sorgfältig ein, während leise das Klirren von Besteck und Gläsern in der Abendluft erklang. Der Duft frisch gebackenen Brots stieg auf, als Antoine eine Schüssel warmen Fladenbrots auf den Tisch stellte, gefolgt von Schalen mit marokkanischen Oliven, cremigen Dips und einem Salat, der nach frischem Koriander und Zitrone duftete. Die Atmosphäre war fast magisch, die Spannung aus dem Gespräch zuvor schien allmählich zu weichen, und doch hallten die Enthüllungen noch in unseren Köpfen nach.

Viktor setzte sich an den Kopf des Tisches und lehnte sich zufrieden zurück. "Ein Festmahl in dieser Umgebung," murmelte er, "ist das nicht genau das, was man sich wünscht?"

Das Knistern der Feuerschalen, die Antoine entlang der Terrasse entzündet hatte, mischte sich mit dem leisen Zirpen der Grillen. Der Duft von gegrilltem Gemüse, Couscous mit Kichererbsen und einer aromatischen Tajine aus Auberginen und Tomaten stieg bald in die Luft, und wir ließen uns in die weichen Stühle sinken. Während wir aßen, das leise Klappern von Gabeln und Messern und das sanfte Klirren der Gläser begleitete das Mahl, driftete das Gespräch in ruhigere, allgemeinere Bahnen.

Die zuvor ausgesprochenen Geheimnisse und Andeutungen schwebten noch über uns, doch keiner von uns sprach es aus. Stattdessen führten wir leichtere Unterhaltungen über Reisen, interessante Bücher und Erinnerungen an frühere Sommerabende, während die Sterne allmählich am Himmel aufleuchteten.

Es war, als würde die Landschaft selbst uns in eine friedliche, fast meditative Stille wiegen, und die drückende Spannung der Enthüllungen wich einer wohltuenden Gelassenheit.

Ich begann, von einem Buch zu erzählen. Ein Professor berichtet darin von seinen Erkenntnissen, die er gewonnen hatte, indem er uralte vedische

Schriften aus dem Original übersetzte. Er verglich darin Gott mit einer Art Supercomputer. Dieser, so führte er aus, biete, wie ein normaler PC, eine Schnittstelle für uns Menschen. Man müsse sich das Ganze nur als eine Art Person vorstellen, mit der man reden könne. Ich zog daraus meine eigenen Schlüsse: „Vermutlich", sagte ich nachdenklich, „liegt hier die Verbindung zu Teresa von Ávila und ihrem inneren Gebet mit Jesus. Oder auch zu denen, die bei der Meditation in Kontakt mit ihrem Meister treten."

Viktor hörte aufmerksam zu, bevor er die Diskussion aufgriff: „Es gibt Hinweise, dass eine Meditation auf das innere Licht, die wir pflegen, schon im alten Ägypten bekannt war." Ich überlegte kurz und meinte, dass dies vielleicht eine Beziehung zum Sonnengott haben könnte, der ja im alten Ägypten eine zentrale Rolle spielte. Viktor nickte zustimmend. „Das war in vielen Kulturen der Fall", fügte er hinzu. „Der Sonnengott steht oft im Zentrum von spirituellen Praktiken."

Unser Gespräch glitt sanft zur nächsten Form der Meditation, die Konzentration auf den inneren Ton. „Interessant ist", warf ich ein, „dass die Bibel mit den Worten 'Im Anfang war das Wort 'beginnt. Vielleicht", spekulierte ich, „war hiermit gar nicht nur das gesprochene Wort gemeint, sondern der Ton – der innere Klang. Wer weiß, ob die Schreiber der Bibel nicht auch diese Meditation kannten."

Während Viktor und ich weiter philosophierten, bemerkte ich aus dem Augenwinkel, wie Ursula leise aufstand. Sie schien von unserer Diskussion gelangweilt und bewegte sich mit einem Glas Saft in der Hand auf das Ende der Terrasse zu. Dort blieb sie stehen, den Blick in die Ferne gerichtet, wo das Meer im letzten Licht des Tages glitzerte. Sie wirkte nachdenklich, als hätte die Weite des Ozeans sie in andere Welten entführt.

Die Gespräche zwischen Viktor und mir ebbten langsam ab, und die Stille nahm wieder Raum ein. Ursula kehrte schließlich zum Tisch zurück, und Viktor ergriff die Gelegenheit, uns neugierig zu fragen: „Und? Wie geht es jetzt weiter?"

„Keine Ahnung", seufzte Ursula leise. Ich nahm den Faden auf: „Wir haben zwar viel Neues erfahren, aber eigentlich keinen wirklichen Hinweis auf das mysteriöse Land erhalten." Ursula stimmte zu: „Wahrscheinlich bleibt es immer im Reich der Märchen und Mythen verborgen."

Viktor lehnte sich zurück und sagte lächelnd: „Aber ist es nicht schon heilsam genug, von einem solchen Land zu träumen?" Wir nickten alle zustimmend. Der Gedanke an ein geheimnisvolles, verborgenes Land schien etwas in uns zu bewegen.

„Wir werden wohl erst überlegen müssen, wie es jetzt weitergehen soll", fuhr ich fort.

„Ganz einfach", meinte Viktor mit einem großzügigen Lächeln. „Ihr bleibt so lange meine Gäste, wie ihr möchtet. Fühlt euch hier wie zu Hause. So könnt ihr in Ruhe überlegen, was ihr als Nächstes tun wollt."

Ursula warf mir einen kurzen Blick zu, um sicherzustellen, dass ich einverstanden war. Ich nickte leicht und sie antwortete: „Gerne nehmen wir das Angebot an."

Viktor hob sein Glas mit Wasser und lächelte. „Dann lasst uns den schönen Abend in aller Ruhe genießen."

Die letzten Strahlen der Sonne verschwanden hinter den sanften Hügeln in der Ferne, während wir den Moment des Friedens still genossen.

45

Überwältigt von den Erlebnissen des Tages und wohl auch deswegen, weil wir die Nacht zuvor kaum zur Ruhe gekommen waren, waren wir am Abend todmüde ins Bett gefallen und schnell eingeschlafen. Beim Frühstück herrschte zwischen Ursula und mir schnell Einigkeit: Wir mussten eine Art Pow-Wow machen und unseren Status Quo analysieren.

„Ich habe da oben am Rande des Anwesens einen kleinen Pavillon entdeckt", merkte Ursula an. „Lass uns dorthin gehen. Da sind wir etwas abseits und können in Ruhe reden."

„Die Idee gefällt mir sehr gut", willigte ich ein. Keine Zeit verlierend, standen wir vom Frühstückstisch auf und machten uns auf den Weg.

Wir traten durch die große Verandatür des Hauses hinaus in die sanfte, klare Morgensonne. Ein leichter Wind strich durch die Palmenblätter, deren leises Rascheln eine subtile, beruhigende Melodie spielte. Die Luft roch frisch, durchzogen vom Duft der Olivenbäume, die mit ihren knorrigen Ästen in der morgendlichen Brise schwankten. In der Ferne lag das Meer, ein glitzerndes Band am Horizont, das durch den leichten Nebel gerade noch zu erkennen war. Wir folgten einem schmalen, gepflasterten

Weg, der sich durch das weitläufige Anwesen von Viktor schlängelte. Links und rechts von uns standen verstreut einige niedrige Mauern, die Teile des Gartens umrahmten. Vereinzelt blühten dort mediterrane Pflanzen, ihre Farben in sattem Kontrast zu dem silbernen Schimmer der Olivenbäume.

„Ich fühle, als ob dieser Ort selbst uns Hinweise geben könnte", sagte ich, während wir weitergingen. Ursula nickte nachdenklich, doch wir sprachen nicht weiter. Die Anspannung zwischen uns war fast greifbar, jeder von uns gefangen in den Gedanken darüber, wie der Tag uns der Lösung näherbringen könnte.

Je weiter wir nach oben kamen, desto stiller wurde es. Das entfernte Rauschen des Meeres klang in der Ferne kaum mehr wahrnehmbar, und nur der Wind und das vereinzelte Zirpen von Zikaden begleiteten uns. Schließlich erreichten wir den Pavillon.

Er lag am höchsten Punkt des Anwesens, umgeben von einer Gruppe hoher Zypressen, die wie stumme Zeugen über den Ort wachten. Von hier oben hatte man eine grandiose Aussicht. Das Anwesen breitete sich unter uns aus, ein Mosaik aus Olivenhainen, niedrigen Mauern und den sanft geschwungenen Hügeln in der Ferne. Das Meer wirkte nun näher und weiter zugleich, als ob es mit dem Himmel verschmolz.

Der Pavillon selbst war aus dunklem Holz gebaut, schattig und kühl. Über uns rankten Efeu und Jasmin, deren Blätter im Wind raschelten und die Ruhe des Ortes ergänzten. Innen standen zwei bequeme Rattan-Sessel mit dicken, cremefarbenen Polstern, die uns einluden, Platz zu nehmen. Ein niedriger Tisch aus Glas in der Mitte vervollständigte das Bild. Es war ein Ort der Ruhe, abseits vom Rest des Anwesens, und dennoch durch die Erhabenheit des Standorts ein Platz für Klarheit.

Ursula ließ sich in einen der Sessel sinken, und ich tat es ihr gleich. Doch obwohl wir in dieser wunderschönen Umgebung saßen, die uns eigentlich zur Entspannung hätte einladen können, waren unsere Gedanken weit davon entfernt. Unsere Blicke schweiften nur kurz über die sanften Hügel, das entfernte Meer und das Anwesen unter uns. Wir waren zu fokussiert auf die Analyse, zu gespannt darauf, einen Schritt näher an die Lösung zu kommen. Jegliche Leichtigkeit wich der konzentrierten Stille, die sich zwischen uns ausbreitete.

Die Kühle des Pavillons und die friedliche Umgebung hätten uns vielleicht in einem anderen Moment zur Ruhe gebracht, doch jetzt lagen all unsere Gedanken auf dem, was vor uns lag. Es war, als ob die Schönheit der Natur uns entglitt, während wir versuchten, Klarheit in die verworrenen Fäden der letzten Tage zu bringen.

„Dann legen wir mit Viktor los," begann ich, die Stille des Pavillons zu durchbrechen. Doch bevor ich weitersprechen konnte, hob Ursula abrupt die Hand.

„Stopp!" Ihre Stimme war leise, aber bestimmt. Sie stand auf, zog ihr Smartphone aus der Tasche und aktivierte die App für die Wanze. Langsam umrundete sie den Pavillon, beugte sich hinunter, um die Ritzen des Holzbodens zu inspizieren, und schielte sogar in die Ecken des Dachs. Jede ihrer Bewegungen war kontrolliert und präzise, als würde sie einem unsichtbaren Feind gegenüberstehen. Ich beobachtete sie schweigend, meine Gedanken noch immer bei Viktor, als sie schließlich wieder auf ihren Platz zurückkehrte und das Smartphone ausschaltete.

„Nichts," sagte sie und ließ sich in den Sessel sinken. „Wir können in Ruhe reden."

„Viktor also," begann ich erneut und lehnte mich etwas vor. „War es richtig, ihm nicht alles zu sagen? Ich bin da völlig zerrissen."

Ursula schüttelte den Kopf, ihre Miene entschlossen. „Wir wissen immer noch nicht genug von ihm. Er hat selbst gesagt, dass Informationen sein Geschäft sind und dass er sein ganzes Leben den materiellen Dingen gedient hat. Wenn etwas so tief verwurzelt ist, kann ein Mensch es nicht so leicht ablegen."

Ich seufzte und sah nachdenklich auf den hölzernen Boden des Pavillons. „Danke," murmelte ich schließlich, „du hast recht, wenn man es so betrachtet."

Ursula hielt meinem Blick stand, ihre Augen funkelten mit dieser Klarheit, die sie immer dann an den Tag legte, wenn sie völlig überzeugt war. „Je weniger Leute von unserer Reise wissen, umso besser. Solange wir unter dem Radar fliegen, kommen wir weiter."

Ich spürte die Wahrheit in ihren Worten, doch ein Teil von mir war noch nicht völlig überzeugt. Ich wollte glauben, dass Viktor auf unserer Seite war. Doch konnte ich mir das wirklich leisten?

„Wir haben bisher eine gute Zeit hier verbracht," sagte ich laut und versuchte, die Situation abzuwägen. „Er hat uns freundlich aufgenommen, gute Gespräche – es fühlt sich sicher an."

„Bisher," erwiderte Ursula scharf und hielt inne, als wolle sie die Bedeutung dieses einen Wortes betonen. „Und deshalb müssen wir Viktor aus der Sache raushalten, selbst wenn er es gut meinen sollte. Wir können es uns nicht leisten, jemanden so tief einzuweihen, der sich nicht von seiner Vergangenheit gelöst hat."

Ihre Worte ließen keinen Raum für Zweifel. Es war egal, wie sympathisch Viktor aufgetreten war, egal wie offen er uns sein Haus und sein Wissen angeboten hatte. Ursula hatte recht – das Risiko war zu groß.

„Dann lass uns erst mal sehen, was wir haben," sagte ich schließlich, als sich die Erkenntnis in mir festsetzte. „Und wie wir weitermachen. Danach können wir immer noch überlegen, was wir Viktor erzählen."

Ursula lehnte sich wieder zurück, ihr Blick war wachsam, doch ihre Lippen umspielte ein schwaches Lächeln. „Einverstanden," sagte sie leise.

Die Spannung, die bis eben noch zwischen uns geherrscht hatte, schien sich langsam zu lösen. Doch die Frage, wie weit Viktor wirklich zu trauen war, blieb im Hintergrund. Egal, was wir in den kommenden Stunden herausfinden würden – die wichtigste Lektion war bereits klar: Vertrauen musste verdient sein, und bis dahin mussten wir den Kreis der Eingeweihten so klein wie möglich halten.

Eine Brise wehte in den Pavillon, spielte leicht mit den Blättern der Ranken, die an den Balken emporwuchsen. Der Geruch von Salz lag überraschend stark in der Luft, während der Himmel in einem sanften, tiefen Blau über uns hing.

„Und welche Rolle spielt eigentlich Jean-Pierre de la Roche?" fragte ich, den Blick in die Ferne gerichtet, dorthin, wo sich Meer und Himmel scheinbar trafen. Die Frage lag schon lange in der Luft, wie eine unausgesprochene Wahrheit, die endlich ans Licht wollte.

Ursula schwieg einen Moment, ihr Blick wanderte in die Weite. „Er war zweifellos fasziniert von Teresa von Ávila," sagte sie dann nachdenklich. „Aber eine Liebesbeziehung? Das erscheint mir unwahrscheinlich. Teresa hat immer nur von ihrer Liebe zu Gott gesprochen, nicht zu Menschen."

„Stimmt," antwortete ich. „Aber seine Bewunderung für sie war deutlich. Man sieht es in der Art, wie er sie dargestellt hat. In der Venus von Ávila – er hat sie mit einer Hingabe gemalt, die mehr als nur künstlerische Wertschätzung war."

„Ja, dieses Gemälde ist unglaublich intensiv," erwiderte Ursula und strich sich eine Haarsträhne aus dem Gesicht. „Vielleicht war es keine erwiderte Liebe, sondern eher einseitige Verehrung. Er könnte in ihr etwas gesehen haben, das über die menschliche Ebene hinausgeht."

Ich nickte. „Aber da ist noch mehr. Es ist, als hätte er ein tieferes Wissen gehabt – nicht nur über sie, sondern über Dinge, die wir noch nicht ganz verstehen."

„Du meinst die Geheimnisse, die uns bisher verborgen geblieben sind?" fragte Ursula leise, ihre Augen ernst.

„Genau," sagte ich, während ich über das weite Meer blickte, das in der Ferne glitzerte. „Jean-Pierre und Teresa waren beide tief spirituelle Menschen. Ihre Verbindung ging über die Kunst hinaus, sie teilten eine mystische Suche."

„Und vielleicht wussten sie beide mehr über diesen Felsen, den Viktor erwähnt hat," sagte Ursula nachdenklich. „Vielleicht war das Wissen damals noch lebendiger, klarer. Viktor deutet ja an, dass ihm nur Bruchstücke geblieben sind."

„Es könnte sein," antwortete ich. „Und vielleicht war die Familie de la Roche schon damals in Europa gut vernetzt, mit Wissen, das über Generationen weitergegeben wurde."

Ursula sah mich an, ihre Gedanken arbeiteten weiter. „Aber was uns wirklich nicht loslässt, ist das Gemälde. Die Venus von Ávila – wir wussten schon, dass es mehr als nur ein Bild ist. Nachdem wir jetzt das Original gesehen haben, bin ich sicher, dass Jean-Pierre eine Botschaft darin versteckt hat."

„Wir haben es damals schon vermutet, als wir nur die Kopie hatten," sagte ich. „Aber jetzt, nach allem, was wir herausgefunden haben, scheint es klar: Jean-Pierre hat das Geheimnis in seinem Werk verborgen."

„Ja," sagte Ursula leise, „vielleicht liegt die Antwort tatsächlich in den Details. In etwas, das wir bisher übersehen haben."

„Dann sollten wir es uns noch einmal genau ansehen," meinte ich. „Es muss dort etwas geben, das uns bisher entgangen ist."

Ursula nickte, ihre Augen funkelten im Licht, das durch die Blätter fiel. „Wir sind dem Geheimnis jetzt näher als jemals zuvor."

„Ist dir die weiße Taube aufgefallen?" fragte ich Ursula.

„Ja, links unten", bestätigte sie sofort. „Ich habe extra noch ein paar Fotos davon gemacht." Sie griff nach ihrem Handy. „Und übrigens habe ich dir alle Bilder auch auf dein Handy geschickt", fügte sie mit einem Lächeln hinzu.

„Sehr gut, danke", antwortete ich.

„Die weiße Taube sitzt genau dort, bei der Weinrebe, wo wir schon bei der Kopie dieses komische Gefühl hatten. Irgendwie fehlte da etwas, weißt du noch?"

Wir blickten uns an, und ich spürte, dass wir beide dasselbe dachten.

„Lass uns die Fotos ansehen", schlug Ursula vor.

Wir betrachteten die Fotos auf unseren Handys. Die Taube war aus einer Perspektive gemalt, als sähe man einen fliegenden Vogel von unten. Ihr Körper, die Krallen und die weit ausgebreiteten Flügel waren deutlich erkennbar. Besonders faszinierend war ihr Blick: Sie schien den Betrachter direkt anzusehen, als ob sie eine geheime Botschaft vermitteln wollte. Ihr Körper folgte einer unsichtbaren Diagonale durch das Bild. Der rechte Flügel der Taube war entlang des vertikalen Rahmens des Bildes gemalt, während der linke Flügel entlang des unteren Rahmens der Venus von Avila vom linken unteren Eck nach rechts verlaufend dargestellt wurde. Dadurch sah es so aus, als würde die Taube ihre Flügel etwas nach vorne strecken. Die Flügel ergaben ein V in einem rechten Winkel.

„Das Tier ist bei den Christen ein Symbol für den Heiligen Geist", dachte ich laut. „Ziemlich passend für ein spirituelles Bild, das die Venus zeigt, aber auch eine Verbindung zu Teresa von Ávila herstellen will."

„Ja, das stimmt", gab Ursula zu, „aber warum wurde das bei der Kopie weggelassen?"

Wir warfen uns einen nachdenklichen Blick zu. Irgendetwas stimmte hier nicht. „Es muss ein wichtiges Zeichen sein", überlegte ich laut, „aber ich kann mir keinen Reim darauf machen."

Dann fragte Ursula plötzlich: „Ist dir aufgefallen, dass die Venus im Original genau entlang der Linie der Taube plötzlich eine Art Bauchnabelpiercing hat?"

Überrascht sah ich sie an. „Nein, bisher nicht", gab ich zu. Sie hielt mir ihr Smartphone hin: „Schau mal genauer hin!"

Ich zoomte in das Bild hinein – und tatsächlich, dort, wo bei der Kopie nur der Bauchnabel gewesen war, prangte jetzt ein Medaillon. „Das ist aber ein interessantes Piercing", rief ich erstaunt aus.

„Ich wusste gar nicht", fügte Ursula hinzu, „dass es so etwas damals schon gab."

„Ich auch nicht." Wir starrten beide auf das Bild. Das Medaillon sah aus wie ein kleiner weißer Stein, auf dem ein rotes Kreuz prangte, eingefasst in eine filigrane Rosette, umgeben von reichen Verzierungen.

„Das sieht ja fast aus, als wäre es ein Hinweis auf die Tempelritter", vermutete ich. „Die haben auch das rote Kreuz auf weißem Hintergrund verwendet."

„Oder", überlegte Ursula mit einem Schmunzeln, „es soll einfach bedeuten: ‚Das hier ist der Nabel der Welt! ‘"Sie lachte laut auf.

Wir diskutierten weiter über das Medaillon und hofften, dass es vielleicht ein bekanntes Schmuckstück sein könnte, das uns weitere Hinweise geben würde. Wir gaben das Bild sogar in eine Suchmaschine ein – aber nichts. Keine Spur.

Enttäuscht lehnten wir uns zurück, seufzten gleichzeitig und zuckten mit den Schultern. „Das ergibt einfach keinen Sinn", murmelte ich frustriert.

51 Ursula versuchte, die Stimmung aufzulockern. „Gib's zu, du hattest gehofft, dass die Venus im Original nicht mal mehr ein Seidentuch tragen würde. Ihr Kerle seid doch alle gleich!"

Wir lachten, obwohl wir wussten, dass wir in einer Sackgasse steckten.

Wir betrachteten das Bild noch einmal, aber weitere Zeichen konnten wir nicht entdecken. Irgendwie schien es, als ob uns das Wesentliche entging.

Nach einer Weile gab Ursula auf. „Ich brauche jetzt einen Kaffee", verkündete sie. „Vielleicht fällt uns später noch etwas ein."

Wir gingen direkt zurück zum Gästehaus und machten es uns auf der Terrasse gemütlich. Wir läuteten nach Antoine, der uns kurz darauf mit einer dampfenden Tasse Kaffee überraschte. Das volle Aroma frisch gebrühten Kaffees stieg auf und erfüllte die Luft, ein einladender Duft, der uns nach den letzten Eindrücken wohltuend umhüllte.

Ursula, die ihren Blick nicht vom glitzernden Meer abwenden konnte, wandte sich an Antoine: „Ist es eigentlich weit von hier zum Meer?"

„Nein", gab Antoine zur Antwort und lächelte. „Es ist sogar näher, als es scheint. Der nahegelegene Strand ist von hier aus nicht sichtbar. Wollen Sie an den Strand?"

„Gerne!" äußerte Ursula mit unüberhörbarer Erleichterung in der Stimme. Sie wandte sich mir zu und fügte hinzu: „Da hätte ich jetzt auch wirklich Lust drauf!"

„Es ist nur eine kurze Strecke mit dem Auto", erklärte Antoine. „Soll ich einen Chauffeur rufen oder möchten Sie selbst fahren?"

„Ich fahre selbst", bestätigte Ursula entschlossen, ihre Augen funkelten vor Vorfreude.

Antoine erklärte ihr ausführlich den Weg, und währenddessen fühlte ich, wie die bedrückende Stimmung von gerade eben von der Aussicht auf das Meer und der Wärme des Kaffees weggespült wurde. Es schien, als würde mit jedem Schluck neue Energie zurückkehren.

Bereits kurz darauf saßen wir im Bully. „Das wird eine willkommene Abwechslung", lachte Ursula, während sie den Motor startete. „Ich kann es kaum erwarten!"

Und so fuhren wir los, mit der Vorfreude auf das sanfte Rauschen der Wellen und den salzigen Wind, der uns am Strand erwarten würde.

Wir querten das Anwesen und verließen es auf der Straße, auf der wir gekommen waren. Bereits kurz darauf bog Ursula in einen kleinen Weg ein. Dieser führte in sanften Serpentinen an die Küste hinab. Nachdem wir eine Weile gefahren waren, sahen wir uns links und rechts von majestätischen Felsen eingerahmt.

Als wir gerade in einer Linkskurve um einen hohen Felsen herumfuhren, stoppte Ursula abrupt. Der Weg endete hier. Vor uns erstreckte sich ein Strand, der so einladend war, dass er gut und gerne die Hauptrolle in einer Fernsehwerbung hätte spielen können.

Links und rechts von uns wirkten die Felsen wie ein Tor in eine andere Welt, bewacht von der rauen Schönheit der Natur. Vor uns lag reinster, weißer Sand, der sich hier am Ende des Weges über die Breite eines halben Fußballfeldes ausbreitete. Zum Meer hin öffnete sich diese kleine Bucht und bot etwas mehr Platz als ein ganzes Fußballfeld.

„Jetzt pass mal auf!" warnte mich Ursula.

Sofort rief sie eine Seite im Multimedia-Center in der Mittelkonsole auf, die ich noch nie zuvor gesehen hatte. Dort waren verschiedene Regler abgebildet, und Ursula begann, darauf herumzudrücken. Plötzlich hob sich das Fahrzeug um mindestens fünf Zentimeter an, ganz weich und sanft, wie ein Luftballon, der in die Höhe schwebt.

„Ich hatte ja gesagt", lachte Ursula, „dass dieses Fahrzeug ein paar Überraschungen bietet."

Mit einem beherzten Tritt aufs Gaspedal setzte sie den Bully in Bewegung. Er fuhr direkt auf den Strand zu, und der Sand wirbelte auf. Ursula drehte einen Donut und stellte dann den Bus aus dem Drift heraus parallel zum Wasser ab, immer noch bestimmt 50 Meter von den Wellen entfernt.

Ein lautes „Yehaa!" begleitete ihr Einparken, und sie sprang voller Energie als Erste aus dem Auto, hüpfte barfuß auf dem weichen Sand hin und her. Angesteckt von ihrer Euphorie tat ich es ihr gleich.

So standen wir uns dann einen kurzen Moment vor der Schnauze unseres Campers gegenüber und blickten uns tief in die Augen. Dann nickten wir uns beide zu, und Ursula rief ganz laut: „Wer ist als Erster im Wasser?" Sie lief los, und ich hinterher.

Wir trudelten mitten in einem Balanceakt auf das Wasser zu, während wir ein Kleidungsstück nach dem anderen wegwarfen. Der feine, warme Sand kitzelte unsere Füße, und die salzige Brise, die vom Meer herüberwehte, erfrischte unsere Gesichter.

Als wir am Wasser ankamen, stürzten wir uns in die Wogen und plantschten wie zwei aufgeregte Kinder im Wasser herum. Der Klang der Wellen, die gegen den Strand schlugen, mischte sich mit unserem Lachen und hallte in der Luft wider. Das Wasser war kühl und angenehm, ein willkommener Kontrast zur Hitze der Sonne, die unbarmherzig auf uns herabstrahlte.

Die Sonne brannte hell am Himmel und malte goldene Reflexionen auf die Wellen. Wir hatten kurz gesagt einen Heidenspaß, während wir uns in der erfrischenden Gischt drehten und tollten.

In diesem Moment, umgeben von den Elementen—dem Wasser, das lebendig und spritzig war, der Erde, die uns einen weichen, warmen Halt gab, der Luft, die frisch und salzig schmeckte, und dem Feuer der Sonne, das uns mit seiner Wärme umhüllte—erlebten wir ein Gefühl der

Freiheit, das den stillen Moment im Pavillon weit hinter sich ließ. Hier, am Meer, lebten wir, lachten und genossen das Leben in vollen Zügen.

Wir hatten uns eine Zeit lang im Wasser vergnügt, waren gesprungen und hatten geplanscht, bis wir beschlossen, eine Runde zu schwimmen. Mit kräftigen Zügen kraulten wir hinaus, ließen uns von den Wellen tragen und wieder sanft an den Strand zurückrollen. Es war ein Spiel mit den Elementen, das wir mehrmals wiederholten, bis wir schließlich am Strand zur Ruhe kamen. Dort, wo die Wellen zärtlich den Sand küssten, legten wir uns hin. Die sanften Ausläufer des Wassers umspülten unsere beiden Körper, während die Sonne uns von oben wärmte. Ein Moment, der sich wie die Ewigkeit anfühlte.

Doch dann überkam mich ein Durst. "Ich brauche etwas zu trinken," sagte ich und wandte mich zu Ursula, die noch entspannt im Sand lag. "Möchtest du auch etwas?"

"Nein, noch nicht," antwortete sie, den Kopf schüttelnd. "Ich will noch eine Runde schwimmen. Ich muss zu mir kommen."

"Okay," erwiderte ich, "dann gehe ich schon mal zum Bulli und baue die Markise auf. Ich will hier nie wieder weg."

Ein wohliges Gefühl durchströmte mich, als ich mich auf den Weg zum Camper machte. Ich fühlte mich umhüllt von den Eindrücken des Tages — das Rauschen der Wellen, die salzige Luft und der warme Sand unter meinen Füßen. Auf dem Weg sammelte ich unsere verstreuten Kleidungsstücke auf, ließ sie spielerisch im Wind flattern, bevor ich sie ordentlich ausschüttelte, um den Sand draußen zu lassen. Am Bulli angekommen, öffnete ich die Heckklappe und legte die Kleidung hinein. Dann kurbelte ich die Markise nach draußen und unterstützte sie mit zwei Stangen, um Schatten zu schaffen. Als Nächstes holte ich die Klappstühle hervor und platzierte sie gemütlich unter der Markise. Endlich gönnte ich mir einen großen, erfrischenden Schluck Wasser.

Während ich beschäftigt war, sah ich Ursula, wie sie zunächst noch am Strand liegen geblieben war. Nach einer Weile stand sie auf und ging zurück ins Meer. Ich beobachtete, wie sie durch die anrollenden Wogen tauchte und sich langsam vom Ufer entfernte. Ihr gleichmäßiges Schwimmen, die sanften Bewegungen im Wasser, fesselten meinen Blick. Es schien, als wäre sie eins mit den Elementen.

Ich machte es mir in einem der Stühle bequem und ließ meinen Blick weiter auf Ursula ruhen, die mittlerweile eine Weile im Wasser verbracht hatte. Schließlich kehrte sie ans Ufer zurück, das Wasser perlte von ihrer Haut, und sie lief direkt auf mich zu. Ich beobachtete sie genau, jede Bewegung fest im Blick. In diesem Moment fühlte ich eine tiefe Freude, genau hier und jetzt zu sein – und gleichzeitig das leise Bedauern, dass meine Augen mir nicht mehr von dieser Schönheit zeigen konnten.

Aber was ich sah, war genug. Mehr als genug. In ihrer ganzen Schönheit.

Ursula kam Schritt für Schritt aus dem Wasser, das Gegenlicht der tiefstehenden Sonne ließ ihre Silhouette leuchten. Der Wind spielte mit ihren blonden Haaren, und die Sonnenstrahlen umrahmten sie mit einem goldenen Schimmer. Mein Gehirn füllte die Lücken, die meine Augen nicht sehen konnten, und erinnerte mich an all die kleinen Momente, in denen ich Ursula bisher wahrgenommen hatte. Ein Blitzlichtgewitter von Erinnerungen durchflutete mich: das Bild ihrer Schulter, als sie einmal unbewusst ihr Top richtete, der klare Blick ihrer Augen, ihr Nacken, wenn sie die Haare hochgesteckt hatte. All diese Fragmente fügte mein Verstand nun zu einem vollständigen Bild zusammen.

In ihrer ganzen Schönheit.

Es war, als hätte mich ein Blitz getroffen. Ich sprang auf, griff nach meinem Smartphone und begann zu tippen.

"Nein!" rief Ursula von weitem. "Du machst jetzt kein Foto!"

"Ich mache kein Foto!" rief ich zurück, während mein Herz vor Aufregung pochte. "Aber mir ist etwas eingefallen!"

"Was denn?" fragte sie, während sie näherkam.

"Die Bilder," murmelte ich, während ich hektisch auf dem Bildschirm tippte. "Ich muss mir die Bilder vom Original und der Kopie nochmal ansehen… Ja, das ist es… das muss es sein!"

Eine Erleuchtung durchströmte mich. Aber ich hielt noch inne. Nicht, weil ich die Informationen zurückhalten wollte, sondern weil ich mir einfach ganz, ganz sicher sein wollte, dass dieser Moment – dieses Gefühl – wirklich die Lösung war.

„Schau dir mal die Achsel an," forderte ich Ursula auf. „Was siehst du?"

Ich hielt ihr das Bild der Venus auf meinem Smartphone entgegen. Auf dem Ausschnitt war nur der linke Arm zu sehen, mit dem sie sich am Olivenbaum festhält. Der Arm war erhoben.

„Ursula, was siehst du?" fragte ich erneut.

Sie zuckte mit den Schultern und antwortete: „Eine ganz normale Achsel, wie ich sie von einer Göttin erwarten würde."

Wir setzten uns nebeneinander auf die Klappstühle.

„Gut," sagte ich, „das ist ein Foto vom Original, wie es bei Viktor hängt. Und jetzt schau dir die Kopie aus der Alhambra an."

Ursula wechselte zu dem entsprechenden Foto und stieß einen überraschten Laut aus. „Das ist ja eigenartig! Und das hast du gesehen?"

„Für mich ist da eben einmal ein dunkler Fleck, und einmal ist da keiner," erklärte ich ruhig.

„Die Venus hat also in der Kopie Achselhaare?" wunderte sich Ursula laut. „Was soll das bedeuten?" Sie sah mich erstaunt und forschend an.

„Kannst du dich erinnern, dass es in dem englischen Gedicht von Teresa von Ávila hieß, das Geheimnis sei im Schoß der Venus zu finden?"

„Ja, genau!" Ursula nickte. „Das hatte ich ganz vergessen."

„Nun," fuhr ich fort, „der Künstler, der die Kopie anfertigte, hat sich die Mühe gemacht, die Venus unrasiert zu zeigen." Ich hob die Augenbrauen und blickte Ursula aufgeregt an, in der Hoffnung, dass es bei ihr klick machen würde.

„Ich weiß immer noch nicht, worauf du hinauswillst," sagte sie und zuckte erneut mit den Schultern.

„Der Schoß der Venus ist mit einem Seidentuch verdeckt," erklärte ich geduldig. „Wir sehen ihn also nicht, wir müssen ihn uns vorstellen."

„Ach so!" Jetzt dämmerte es Ursula. „Wenn die Venus im Original unter den Achseln rasiert ist, wird sie wohl auch im Schritt rasiert sein. Und was heißt das jetzt?" Sie boxte mich spielerisch leicht gegen die Schulter.

„Also, wenn die Frau unrasiert ist," begann ich zu erklären, „dann sehe ich vor meinem geistigen Auge hinter dem Seidentuch die Schamlippen."

„Na, du wieder!" Ursula lachte. „War ja klar."

„Warte mal," forderte ich sie auf. „So wie die Venus auf dem Felsen sitzt, bilden sie eine Linie mit dem Bauchnabel."

„Aber das machen sie doch immer," entgegnete Ursula.

„Ja, schon," sagte ich, „aber sieh dir doch an, wie aufrecht die Venus hier sitzt. Fast schon unnatürlich. Und wir haben auch gesehen, dass der Körper der weißen Taube ebenfalls auf den Bauchnabel hindeutet. Das hast du selbst entdeckt."

„Stimmt!" bestätigte Ursula. „Und da ist ja auch das Medaillon."

„Genau," bekräftigte ich. „Und weißt du noch, dass es hieß, wir sollten zum Anfang zurückkehren? Ich hatte das damals auf Teresa bezogen, vielleicht ist aber damit der Ursprung gemeint, oder mathematisch einfach null."

„Wie null?" fragte Ursula.

„Der Null-Meridian," antwortete ich mit einem verschmitzten Lächeln.

„So ein Quatsch!", pustete Ursula los. Sie hatte gerade ebenfalls einen Schluck Wasser nehmen wollen und hätte sich dabei fast verschluckt. Hustend setzte sie das Glas ab und schüttelte den Kopf.

Als sie sich wieder gefangen hatte, fuhr sie fort: „Den Nullmeridian gab es doch zu Teresas Zeit noch gar nicht, oder?"

„Da hast du recht", antwortete ich lächelnd, „und doch auch wieder nicht. Den Nullmeridian, wie wir ihn heute kennen, gibt es tatsächlich erst seit dem späten 19. Jahrhundert. Aber schon davor hatte jede Nation, die Karten erstellte, ihren eigenen Nullmeridian. Meines Wissens nach legten die Franzosen ihn mitten durch die Sternwarte in Paris."

„Woher weißt du das alles?" Ursula sah mich mit einem forschenden Blick an.

„Schon in der Schule habe ich mich gefragt, warum sie gerade diesen kleinen Ort, Greenwich, als Bezugspunkt für die Längengrade genommen haben", erklärte ich. „Man sagt, die wollten damals die Zeitzonen weltweit vereinheitlichen. Natürlich verstand ich irgendwann, dass man sich auf die Sternwarte in England geeinigt hatte, die eben in Greenwich liegt. Aber es gab noch etwas anderes Merkwürdiges daran."

„Erzähl schon!", drängte Ursula neugierig und beugte sich leicht nach vorne.

„Sie haben damals wohl irgendeine Metallplatte im Boden versenkt, die den Nullmeridian markieren sollte", fuhr ich fort. „Aber angeblich liegt diese Markierung nicht ganz genau an der richtigen Stelle, man habe sich wohl vermessen. Und dann gibt es die Erklärung, dass man heute den Nullmeridian am Magnetfeld der Erde ausrichtet. Genau das verstehe ich aber nicht."

„Warum nicht?" Ursula zog ihre Augenbrauen hoch und sah mich forschend an.

„Na ja", antwortete ich, „ich dachte immer, das Magnetfeld der Erde verändert sich ständig ein bisschen. Ich habe mich damals gefragt, wie so ein Nullpunkt stabil bleiben kann. Jetzt denke ich, dass sie vielleicht eine andere, geheime Markierung haben und dass Greenwich nur zufällig in der Nähe des eigentlichen Nullmeridians liegt."

„Und du denkst also", fragte Ursula, noch immer skeptisch, „dass der Nullmeridian genau durch Arterien verläuft?"

„Ja, das glaube ich. Behaupte ich sogar fest." Ich lächelte sie verschmitzt an.

„Erinnerst du dich, dass ich vor ein paar Tagen überlegt habe, ob man aus dem Bild schließen könnte, dass Arterien südöstlich von Ávila liegen müsste?"

„Ja, das hast du", bestätigte Ursula. „Damals war mir schon ein Rätsel, wie du auf so eine Idee kommst." Sie schüttelte leicht den Kopf, schmunzelnd.

„Magst du mir mal mit dem Handy die Koordinaten von Ávila suchen?", fragte ich und nickte auffordernd in Richtung ihres Smartphones.

Etwas widerwillig griff sie nach ihrem Handy und begann, die Längen- und Breitengrade nachzuschlagen. Schließlich sah sie auf und las die Koordinaten ab: „Hier steht: westliche Länge 4,7°."

„Ávila liegt also in westlicher Richtung", stellte ich zufrieden fest. „Dann müsste, wenn meine Theorie stimmt, Arterien tatsächlich östlich davon sein. Und das Bild des Felsens deutete ja schon darauf hin, dass Arterien südlich davon liegt. Das passt doch alles zusammen!"

Ursula verschränkte die Arme und sah mich skeptisch an. „Mir ist das immer noch suspekt." Fast trotzig wandte sie sich ab, und einen Moment lang schwiegen wir, beide mit dem Blick auf das weite, ruhige Meer.

Draußen auf dem Meer bot sich ein außergewöhnliches Schauspiel. Ein Stück vor uns, dort, wo das Wasser dunkler und unruhiger wirkte, musste ein gewaltiger Fischschwarm sein. Hoch oben kreiste eine unzählige Menge Vögel über dem Bereich, ihre dunklen Flügel zeichneten sich scharf gegen den blendend blauen Himmel ab. Plötzlich schossen einige herab, stürzten sich wie Pfeile ins Wasser und tauchten mit kräftigen Flügelschlägen wieder empor – oft mit einem zappelnden Fisch im Schnabel. Das Kreischen der Vögel übertönte sogar das donnernde Rauschen der Wellen, und ihr Flügelschlag erfüllte die Luft mit einem seltsam rhythmischen Takt, der bis zu uns ans Ufer reichte.

In mir keimte ein Gedanke, flüchtig und schwer zu greifen, bis er wie ein Blitz durch meinen Geist schoss. „Jetzt bin ich in einem Land, in dem man Französisch spricht," murmelte ich in Gedanken und runzelte die Stirn, „und mir will nicht einmal das Wort für Vogel einfallen…" Ein Funke sprang über und verband sich mit dem Bild vor mir, als plötzlich eine Eingebung kam.

„Ursula," wandte ich mich an sie, „du bist schneller als ich. Magst du mir bitte das französische Wort für Taube heraussuchen?"

Ursula blickte mich leicht verwundert an, nahm dann aber ihr Smartphone in die Hand. „Sicher," sagte sie und tippte ein. „Aber wozu brauchst du das Wort?"

Während sie suchte, begann ich meine Gedanken zu ordnen. „Teresa war zwar Spanierin, aber Jean-Pierre war Franzose. Und schließlich hat er das Bild gemalt."

„Colombe," las Ursula schließlich vor. „Das französische Wort für Taube heißt colombe."

„Wirklich?" Ein fettes Grinsen breitete sich in meinem Gesicht aus, als sich das Puzzlestück in meinem Kopf fügte. „Das passt perfekt!"

Ursula sah mich fragend an, während ich den nächsten Gedanken laut aussprach. „In diesem Gedicht von Teresa, erinnerst du dich? Da sind Marco Polo und Colombo erwähnt. Schon damals habe ich mich über diese Schreibweise von Columbus gewundert. Ich dachte, es sei nur eine poetische Abwandlung, damit das Wort besser ins Gedicht passt. Aber jetzt glaube ich, dass es ein Hinweis ist… auf die Taube."

„Und was soll uns die Taube dann sagen?" Ursula schüttelte leicht den Kopf und lachte. „Irgendwie verwirrst du mich mit deinem Rätselraten."

„Vielleicht führt uns das Wort später einmal zu etwas Bedeutendem," meinte ich. „Aber das brauche ich jetzt noch nicht zu verstehen – es ist nur so ein Gefühl."

Ursula zog die Augenbrauen hoch, konnte sich ein Lächeln aber nicht verkneifen. Dann sah sie wieder auf die Vögel, die sich noch immer kreischend und flatternd auf die Fische stürzten.

„Wie auch immer," sagte ich sanft, „lass uns eine kleine Pause von diesen Rätseln machen." Ich spürte das Rauschen des Meeres, das langsam näher an unseren Standplatz herankroch und die Füße in den feinen Sand umspülte. Der salzige Geruch der See mischte sich mit der Kühle des Wassers, und für einen Moment vergaßen wir die Rätsel. Wir standen einfach nur da, während die Wellen sanft heranrollten und das Meer sich vor uns in all seinen Farben ausbreitete – tiefblau, gischtend weiß und schillernd in den letzten Strahlen der Sonne.

Wir kosteten den Tag am Meer voll und ganz aus, so lange wir konnten. Die Brandung kam schon näher und leckte beinahe an den Reifen unseres Bullys. Schließlich packten wir zusammen und streiften die Kleidung über, in der noch der feine Sand des Strandes haftete. Ursula setzte sich ans Steuer und fuhr den Bus behutsam vom Strand weg, den schmalen, felsigen Pfad entlang, bis die Küstenstraße sich öffnete. Langsam kletterten wir die Serpentinen hinauf und hatten einen atemberaubenden Blick über das weite, glitzernde Meer, das nun in ein sanftes Abendlicht getaucht war.

Oben angekommen, lenkte Ursula den Bully auf die befestigte Straße zurück in Richtung des Anwesens. Als wir am Haupthaus vorbeifuhren, stand Viktor bereits vor der Tür und winkte uns zu, anzuhalten. „Kommt ihr noch auf ein spätes Abendessen vorbei?" fragte er lächelnd.

„Gerne!" riefen wir durchs offene Fenster. „Wir machen uns nur kurz frisch," fügte ich hinzu.

Wir fuhren weiter zum Gästehaus, parkten den Bully und gingen hinein. Während ich als Erster duschte und den Sand von unserer Zeit am Meer abspülte, stand Ursula noch auf der Terrasse und genoss die Abendstimmung. Von dort aus konnte man weit aufs Meer blicken, das in der Dämmerung ruhig und endlos erschien. Die warme Brise brachte den Duft des Wassers mit sich, und das Zirpen der Grillen verlieh der Szenerie einen friedvollen Klang. „Es ist unglaublich schön hier," rief Ursula nach drinnen.

Als ich fertig war, tauschten wir die Rollen, und schließlich machten wir uns auf den Weg zurück zum Haupthaus. Viktor hatte das Abendessen auf der Terrasse vorbereiten lassen, von der aus man in die sanft geschwungenen Hügel und das Meer von Palmen blicken konnte, die sich wie schützende Riesen in die Szenerie fügten. Die Tafel war mit einer Vielzahl vegetarischer Speisen gedeckt – knackiges Gemüse, frische Kräuter und warme Teigtaschen, die mit duftendem Koriander und Minze gefüllt waren. Die hausgemachte Limonade mit frischen Zitronen und Minzblättern rundete das Essen perfekt ab.

Das Essen war ebenso köstlich wie am Tag zuvor, und unsere Unterhaltung drehte sich um unser Leben, unsere Vergangenheit und die Erfahrungen, die uns geprägt hatten. Viktor erzählte von seiner Jugend auf dem Gut seiner Familie in der Steiermark. Seine Erlebnisse dort erinnerten mich an die Sommer meiner Kindheit in meinem kleinen bayerischen Dorf. Ursula lachte und berichtete von ihrem Leben in Hamburg und wie die Weite des Meeres immer eine besondere Anziehungskraft auf sie ausgeübt hatte.

61

Als sich der Abend langsam dem Ende zuneigte, fragte ich Viktor, ob wir seine Gastfreundschaft noch ein paar Tage länger in Anspruch nehmen könnten. „Wir müssen uns erst orientieren und überlegen, wie wir weiter verfahren," erklärte ich. Viktor nickte großzügig und lächelte. „Ich habe es euch doch angeboten – bleibt so lange, wie ihr wollt."

„Das ist sehr freundlich von dir," bedankte sich Ursula herzlich.

In diesem Moment flatterte eine einzelne Krähe vom Ende des Daches auf und flog, dreimal krächzend, in Richtung Osten davon. Viktor runzelte die Stirn und folgte ihrem Flug mit nachdenklichem Blick. „Eigenartig," murmelte er. „Eine einzelne Krähe ist selten."

Ursula und ich tauschten ein verschmitztes Lächeln, beide die Besonderheit des Moments stillschweigend teilend. Schließlich, als die Nacht immer dunkler wurde und die Grillen ihr Lied lauter stimmten, verabschiedeten wir uns höflich und gingen zurück zum Gästehaus. Die sanfte, warme Nacht hüllte uns in Ruhe, während wir den Weg dorthin langsam zurücklegten, unsere Gedanken noch gefangen von den Eindrücken des Tages und dem besonderen Erlebnis am Meer."

Es war bereits spät in der Nacht, und wir lagen beide schweigend in unseren Betten, jeder in Gedanken versunken. Die Dunkelheit um uns war dicht und beruhigend, während ich mich zunächst auf die sanften Geräusche der Nacht konzentrierte. Vom Horizont her war das leise Grollen eines entfernten Gewitters zu hören, dessen Donner wie ein sanfter Herzschlag in die Stille pulsierte. Die Luft war erfüllt von einer fast meditativen Ruhe, durchzogen von dem gelegentlichen Zucken fernen Blitzlichts, das den Raum für einen Augenblick schwach aufleuchten ließ.

Nach und nach zog ich meine Sinne zurück und richtete meine Aufmerksamkeit nach innen. Ich ließ mich tiefer in die Meditation sinken, suchte den Frieden und die Klarheit, die ich während des Tages in unseren Diskussionen nur gestreift hatte.

Da spürte ich plötzlich eine sanfte Berührung – Ursula hatte leise meine Hand umfasst. Im Halbdunkel des Wetterleuchtens hörte ich ihr Flüstern, kaum mehr als ein Hauch: „Ich glaube, du hast recht."

Mehr sagte sie nicht. Die Worte waren wie ein stilles Einverständnis, eine Zustimmung, die sich über die vielen Worte des Tages legte. Mit einem sanften Druck erwiderte ich ihren Griff, hielt ihre Hand für einen Moment fester, um ihr zu zeigen, dass ich verstanden hatte.

In dieser stillen Geste fand unsere Diskussion ihren Abschluss, und die Müdigkeit des Tages ließ uns beide langsam in den Schlaf sinken, während draußen das Gewitter leise weiterzog.

Meditationsmusik erfüllte den Raum, als ich sehr früh am Morgen erwachte. Die Dämmerung hatte gerade erst begonnen, die ersten zarten Lichter des Tages schimmerten am Horizont. Die Musik vereinte sanfte Klänge mit leisen Naturgeräuschen, die beruhigend und zugleich lebendig wirkten.

Langsam setzte ich mich auf und zog die bequeme Pumphose an, die ich in diesen Tagen besonders schätzen gelernt hatte. Neugierig wollte ich herausfinden, woher die Musik kam, die mein Erwachen so sanft begleitet hatte. Ich hörte genauer hin und stellte fest, dass die Klänge aus dem angrenzenden Zimmer drangen, das auch einen direkten Zugang zur Terrasse hatte.

Dort saß Ursula bereits vor ihrem aufgeklappten Laptop.

„Guten Morgen", begrüßte ich sie leise, vorsichtig, um ihre Ruhe nicht zu stören.

„Guten Morgen", antwortete sie sanft und nickte mir kurz zu, jedoch ohne den Blick vom Laptop zu nehmen. Eine feine Anspannung lag in ihrer Haltung.

„Ich habe schon mal Hintergrundmusik angemacht", erklärte sie dann, „zum einen, weil ich sie gerade genieße, und zum anderen, damit wir hier ungestört reden können."

„Ich verstehe", sagte ich bestätigend und trat näher. „Aber was machst du denn schon so früh?" fügte ich neugierig hinzu.

„Im Moment schaue ich mir Satellitenbilder an", erwiderte sie, ohne den Blick vom Bildschirm zu lösen.

„Satellitenbilder? Wovon denn?" fragte ich.

„Na, ich durchforste den Südosten von Ávila entlang des Nullmeridians, um dieses verflixte Arterien zu finden", antwortete sie mit einem leicht genervten Ton, als wäre die Antwort auf meine Frage selbsterklärend. „Aber ich habe keine Ahnung, wo genau das sein soll."

„Das müssen wir strategisch angehen", beschloss ich und setzte mich neben sie. Eine Weile überlegte ich schweigend und ließ meinen Blick durch den Raum schweifen, bis mir ein Gedanke kam.

„Erinnerst du dich noch an den Text aus München?" begann ich nachdenklich. „Ich meine die Stelle, an der es hieß: ‚Geh zum Anfang, kehre zurück zur Wiege'?"

„Ja", erwiderte Ursula, während sie weiter konzentriert in ihre Recherche vertieft war. „Genau das hatten wir gestern schon besprochen."

„Ja, aber", fuhr ich fort, „über den ‚Anfang' bin ich auf den Nullmeridian gekommen. Aber da ist noch dieser Teil mit der ‚Wiege'."

„Welche Wiege soll das denn sein?" hakte Ursula nach.

„Vielleicht die Wiege der Menschheit", überlegte ich laut. „Es sind zwei Dinge, die mich darauf bringen." Ich hielt kurz inne und sortierte meine Gedanken, bevor ich weitersprach. „Damals in der Klinik, als von Hitler und Himmler die Rede war, hieß es, sie seien an eine fremde Küste gesegelt. Poetisch gemeint, sicher, aber vielleicht ist diese Küste tatsächlich nicht in Europa."

Ich blickte Ursula kurz an, um sicherzustellen, dass sie mir noch folgte. „Und dann ist da noch etwas anderes. Der Trommler im Englischen Garten – erinnerst du dich? Er sagte: ‚Du musst nach Afrika.'"

Ursula nickte leicht, eine Spur von Erinnern in ihren Augen.

„Damals", fuhr ich fort, „klang dieser Satz seltsam. Doch jetzt denke ich, dass er vielleicht eine Art Botschaft des Universums für uns war."

„Und was liest du aus dieser Botschaft?" fragte Ursula, neugierig geworden.

„Dass wir", antwortete ich entschlossen, „vom Nullmeridian aus nach Süden gehen müssen, über das Mittelmeer hinweg – bis wir auf die afrikanische Küste treffen."

„Hm", murmelte Ursula leise und wandte sich wieder dem Laptop zu. Nach einigen Augenblicken sagte sie: „Das wäre dann Algerien."

„Na, das passt doch", witzelte ich und lächelte. „Hört sich doch schon fast wie Arterien an."

Doch Ursula wirkte enttäuscht. „Aber da ist nichts", murmelte sie und runzelte die Stirn. „Ich weiß auch gar nicht so recht, was ich eigentlich erwarte."

„Lass mich mal überlegen", entgegnete ich, stand auf und begann im Raum auf und ab zu gehen, während ich meine Gedanken ordnete.

„Wir wissen," dachte ich laut, „dass der Felsen am Meer liegen muss. Und," fuhr ich fort, „Viktor hat gesagt, dass einige Familien von dort stammen. Das bedeutet, es ist nicht einfach nur ein kleiner Felsen. Es muss eine Art Insel oder etwas Ähnliches geben – groß genug, dass dort mehrere Familien leben konnten."

Ursula horchte auf. „Sehr gut! Mach weiter!" forderte sie mich auf, mit einem aufmerksamen, fast durchdringenden Blick. „Was fällt dir noch ein?"

„‚Kehre zurück zur Wiege‘," wiederholte ich die Worte aus der rätselhaften Botschaft, „dann wirst du finden, was verborgen ist hinter der ‚Stiege‘…" Ich schüttelte den Kopf, überlegte laut: „Was ist eigentlich eine ‚Stiege‘?"

Ursula blickte verwirrt. „In meinem Vokabular gibt es das Wort nicht," sagte sie und lachte leise. „Was meinst du damit?"

„Gute Frage," murmelte ich, suchte nach den richtigen Worten. „Eine Treppe hat solide Stufen, gleichmäßig fest und robust. Eine Stiege hingegen besteht oft nur aus schmalen Brettern, die links und rechts an Holmen befestigt sind – fast wie eine Leiter, nur mit flacheren Tritten. Sie wird dort gebaut, wo eine echte Treppe zu aufwendig wäre oder zu viel Platz bräuchte."

Ich ließ das Bild kurz auf uns wirken, dann fügte ich nachdenklich hinzu: „Es könnte aber auch eine Steige oder ein Anstieg gemeint sein, etwas, das bergauf führt." Ich runzelte die Stirn. „Also entweder führt es hinunter zu einer verborgenen Höhle – oder es geht irgendwo hinauf. Und wenn es hinauf geht, dann müssten Berge in der Nähe sein." Ich sah Ursula direkt an. „Ist der Atlas nicht in dieser Region?"

Sie öffnete eine neue Karte auf ihrem Laptop und nickte. „Ja, der Atlas liegt dort schon – aber vielleicht fünfzig Kilometer entfernt von der Küste."

Ich überlegte. „Fünfzig Kilometer… das ist vermutlich zu weit weg," schätzte ich nachdenklich.

Nach einer Pause meinte ich: „Selbst wenn auf dieser Insel heute niemand mehr leben sollte, dann müsste man vom All aus doch zumindest Überreste von Bauten sehen können. Und selbst wenn die Insel verschwunden wäre, sollten Spuren davon übrig geblieben sein."

Ursula sah mich interessiert an, und ich wandte mich zu ihr. „Kannst du mir genau beschreiben, was du auf dem Satellitenbild siehst?"

Ursula schob sich das Laptop näher heran und betrachtete das Bild mit gerunzelter Stirn. „Hmm… Die Auflösung ist nicht besonders gut," sagte sie leise. „Man erkennt nur unscharfe Umrisse und eher grobe Details." Sie zog das Bild etwas heran, als könnte sie so mehr herauslesen. „Es gibt eine Art kleines Gehöft, vielleicht ein Bauernhof, etwas weiter landeinwärts… schwer zu sagen, aber es sieht aus wie ein längliches Gebäude mit einer Art flachen Ziegeldach, vermutlich von einer Mauer umgeben. Daneben erkenne ich so etwas wie kleine Felder, vielleicht Getreide oder Oliven."

Ich nickte, konnte mir das Bild im Geiste vorstellen. „Und direkt am Küstenstreifen? Irgendwas, das auf unsere ‚Stiege' oder eine Insel hinweist?"

Sie schüttelte den Kopf. „Der Bereich um die Küste ist felsig und karg. Keine Anzeichen von größeren Strukturen, eher schroffe Steine und kleinere Klippen, die ins Meer abfallen. Es sieht aus, als wäre das Gelände teilweise verwittert. Hier und da, in den seichteren Abschnitten, erkenne ich eine Art Pfad oder vielleicht nur alte Erosionslinien." Sie zögerte, dann sah sie mich an. „Ich denke, wenn es dort Überreste einer Siedlung gibt, brauche ich eine bessere Auflösung, um mehr Details zu erkennen. Sonst ist alles nur Spekulation."

„Der nächste Ort, den es hier gibt, liegt etwa zehn Kilometer entfernt", erklärte Ursula.

„Was für ein Ort ist das?", fragte ich neugierig.

„Es handelt sich um Stidia, einen eher unbedeutenden Küstenort", antwortete sie und blickte auf ihren Bildschirm. „Die Bewohner leben größtenteils von der Landwirtschaft, und es gibt während des Sommers einige Touristen, die die Strände besuchen. Aber es gibt dort nicht einmal ein Hotel."

Sie wurde ernst und sah mir in die Augen. „Das ist eine schwierige Gegend. Nicht weit von hier war ich einmal im Einsatz. Wegen des Konflikts zwischen Marokko und Algerien haben beide Länder die Grenzen dicht gemacht. Der Ort liegt direkt an der Grenze, fast wie ein Relikt aus vergangenen Zeiten."

„Ich kenne mich mit der Geschichte dieser Region nicht besonders gut aus. Ich weiß nur, dass die Beziehungen zwischen Algerien und Frankreich nicht einfach waren, besonders in der Zeit, als die Franzosen Algerien als Teil von Frankreich betrachteten – aber für die Einheimischen war das wohl eine andere Geschichte."

„Vielleicht können wir den Namen des Ortes nutzen, um mehr herauszufinden", schlug ich vor.

Ursula nickte und gab den Namen „Stidia" in die Suchmaschine ein. „Die Herkunft des Namens ist umstritten. Einige glauben, dass er vom lateinischen ‚stadium ‘stammt, was ‚Stadion ‘bedeutet, während andere eine arabische Ableitung vermuten, die auf einen Wall oder Damm hindeutet. Letztlich gibt es keine eindeutige Erklärung dafür."

„Das könnte auch ein Hinweis auf eine Erhebung sein", überlegte ich. „Aber wenn man bedenkt, dass die große Mystikerin aus dem Süden das Herz erwähnt hat, das kreist, könnte das tatsächlich auf etwas Rundes hindeuten."

Ursula schüttelte den Kopf. „Ich bin mir nicht sicher, ob ein Stadion tatsächlich immer rund war."

Wir sahen uns an, unsicher, und schließlich entschied ich: „Lass uns mit den Satellitenbildern weitermachen."

„Welche Bilder hast du dir angesehen?" wollte ich wissen und ergänzte: „Ich meine, welches Programm verwendest du?"

„Ich habe einfach nur das Navigationsprogramm genutzt," antwortete Ursula trocken.

„Du hast doch bestimmt Zugriff auf hochauflösende Bilder, oder?" hakte ich nach.

Ursula zuckte mit den Schultern. „Eigentlich schon, aber… ein Gefühl sagt mir, dass wir besser unauffällig bleiben sollten. Wenn ich diese Bilder abrufe, könnte das die falschen Leute alarmieren."

„Aber gibt es nicht schon online Bilder von Eutelsat, die ganz passabel sind?" fragte ich, und noch bevor Ursula antworten konnte, fügte ich hinzu: „Ich meine, bei uns in Bayern kann jeder Landwirt kostenlos ein hochauflösendes Bild seines Grundstücks pro Tag anfordern. Vielleicht könnte dieser Bauer, den du auf dem Bild gesehen hast, eins anfordern?" Ich grinste bei der Idee.

Ursula schüttelte leicht den Kopf und sagte schließlich: „Lass uns erst einmal die normalen Bilder von Eutelsat nehmen und dann weitersehen."

Sie drehte den Laptop ein Stück und murmelte mehr zu sich selbst als zu mir: „Ich mache das über eine spezielle VPN."

Es dauerte eine Weile. Dann sah ich, wie Ursula ihre Augen zusammenkniff, als das Bild endlich geladen war.

„Ich hab das Bild aus der Region vor mir," sagte sie schließlich.

„Und?" fragte ich neugierig. „Was siehst du?"

Ursula blieb stumm und starrte konzentriert auf den Bildschirm. Nach einem Moment murmelte sie leise: „Das gibt's doch nicht… Ich traue meinen Augen nicht."

„Spann mich nicht so auf die Folter!" forderte ich ungeduldig.

„Die Küste," begann sie langsam, „sieht auf diesem Bild ein klein wenig anders aus als auf den anderen Bildern. Und das Verrückteste ist: Der Bauernhof liegt an einer anderen Stelle und sieht auch… anders aus."

Völlig baff blickten wir uns an.

Noch immer völlig sprachlos griff ich zu einer Wasserflasche, die auf dem Tisch stand, nahm einen kleinen Schluck und ließ meinen Blick aus dem Fenster schweifen. Die Morgendämmerung war mittlerweile weit vorangeschritten, und das erste, sanfte Licht des neuen Tages hüllte die Welt in eine gedämpfte Helligkeit. Ich hatte kaum bemerkt, wie sich die Szenerie draußen verändert hatte, doch jetzt fielen mir selbst die kleinen Details auf: das leise Erwachen der Vögel und am Himmel ein einzelner, markanter Kondensstreifen, der sich wie eine leuchtende Linie über den Horizont zog. In den ersten Strahlen der aufgehenden Sonne schillerte er in einem geheimnisvollen Regenbogen – ein fast mystisches Bild, das den Moment in eine Hauch von Magie tauchte.

Langsam drehte ich mich wieder zu Ursula. „Ich habe einen Freund," begann ich leise und bedacht, „der mithilfe einer einfachen App Flugbewegungen am Himmel verfolgen kann. Vielleicht… kannst du irgendwie die Flugrouten über unserem Zielgebiet in Algerien abrufen? Ohne aufzufallen, versteht sich."

Ursula lächelte leicht, fast so, als wüsste sie längst, worauf ich hinauswollte. „Das gehört zu den Standardvorgängen," antwortete sie ruhig, dabei ihre Augen wachsam auf den Bildschirm gerichtet. „Das kann ich machen. Aber – was genau erhoffst du dir davon?"

„Ich bin mir selbst nicht ganz sicher," murmelte ich. „Aber ich habe… einen Verdacht."

Wenige Minuten später riss Ursula mich aus meinen Gedanken. „Das wird ja immer verrückter!" rief sie und richtete ihren Blick erstaunt auf mich. „Alle privaten und mir bekannten militärischen Standardrouten halten sich von diesem Gebiet fern. Selbst die Flugzeuge, die Algier anfliegen, machen einen extra weiten Bogen um diesen Punkt."

„Also doch!" Ich konnte meine aufsteigende Vorfreude nicht verbergen und schlug mit meiner rechten Faust leicht in die linke Hand.

Dann, wie von einem plötzlichen Gedanken ergriffen, hob Ursula den Kopf, und ihre Augen funkelten entschlossen. „Das sieht ja fast aus wie eine BLA," sagte sie leise.

Einen Moment lang herrschte Stille. Ich sah zu ihr, und in ihrem Blick spiegelte sich dasselbe Gefühl wider, das auch mich durchzog – eine Mischung aus Anspannung, Vorfreude und einem stillen, ungesagten Verstehen. Es fühlte sich an, als hätten wir etwas Unerhörtes entdeckt, etwas, das so bedeutend war, dass es für einen Moment unmöglich erschien, es laut auszusprechen.

„Was ist eine BLA?" wollte ich wissen, leicht verwirrt. „Ich kann mit diesen englischen Abkürzungen einfach nichts anfangen."

„Eine Blacklisted Area," erklärte Ursula. Doch anstatt genau zu erläutern, was das bedeutete, stellte sie mir eine Gegenfrage: „Sag mal, was weißt du über GPS und wer es ursprünglich erfunden hat?"

Ich dachte kurz nach. „Für mich ist das im Ursprung eine militärische Erfindung. Deshalb hatten Privatleute auch lange keinen Zugang zum hochpräzisen GPS."

„Genau," nahm sie das Gespräch wieder auf. „GPS war ursprünglich dafür gedacht, im Feindgebiet die Position von Fahrzeugen,

Flugzeugen und anderen militärischen Einheiten genau zu steuern. Im Kalten Krieg diente es aber vor allem dazu, die exakte Position wichtiger Ziele im feindlichen Land festzustellen. Dafür wurde das System entwickelt. Und," sie hielt kurz inne, bevor sie fortfuhr, „von Anfang an war geplant, bestimmte Gebiete einfach ausschließen zu können. Sollte eine Waffe in die falschen Hände geraten, wollte man das GPS über einem strategischen Ziel einfach abschalten können – wie zum Beispiel über dem Weißen Haus."

Da fiel mir eine Geschichte ein, die ich ihr schmunzelnd erzählte: „Ein italienischer Geschäftspartner berichtete mir einmal von seiner Urlaubsreise. Er war in Süditalien unterwegs, um eine Sehenswürdigkeit zu finden und fuhr nach Navi. Doch plötzlich verlor das Gerät das Signal, und er musste einen alten Mann nach dem Weg fragen. Mein Bekannter erzählte ihm auch, dass das Navi auf einmal nicht mehr funktionierte. Der alte Mann fragte daraufhin nur, ob er nicht wisse, wer hier in der Nähe wohne." Ich lachte leise. „Da wurde mir klar, dass es möglich sein muss, in bestimmten Gebieten das GPS einfach abzuschalten, wenn man nur einflussreich genug ist."

Ursula nickte bestätigend.

„Genau," fuhr sie fort, „einen solchen Bereich nennt man eben Blacklisted Area. Das habe ich oft machen müssen, als ich noch beim Personenschutz des Bundespräsidenten war."

Für einen Moment schien sie in Gedanken verloren, ihre Augen wanderten ins Leere. Schließlich teilte sie ihre Überlegungen mit mir: „Jetzt würde ich gerne auf Earth Agency AI zugreifen. Aber wenn ich das mache, wird dieses Gerät automatisch zu einem HiFo-Device."

„Sei bitte gnädig mit mir und erklär mir dieses Kauderwelsch!" bat ich sie inständig.

„Ach ja," meinte sie mit einem leichten Zögern. „Earth Agency AI – das Ding sammelt Bilddaten nicht nur von Satelliten, sondern auch von euren Handykameras, die GPS-Daten in ihren Bildern haben und auf die es zugreifen kann."

Ich glaubte zu verstehen, worauf sie hinauswollte, und ließ die Details erst einmal ungedacht stehen. Um zu zeigen, dass ich ihr folgen konnte, sagte ich beiläufig: „Ja, mein Smartphone hat sicher auch eine KI.

Es erkennt Landschaften, Objekte und Gesichter. Ich bin mir bewusst, dass diese Datenmasse ungeheuer wertvoll ist."

Ursula nickte und fuhr fort: „Earth Agency AI entscheidet basierend auf Benutzeranfragen und anderen Infos, welche Gebiete sogenannte Focus Areas werden. Die KI kann nicht alle Daten weltweit gleichzeitig verarbeiten, also beschränkt sie sich auf besonders wichtige Bereiche. Wenn ich jetzt eine Anfrage stelle, dann wird dieses Gebiet automatisch als relevant markiert – und mein Gerät ebenfalls erfasst und von der KI überwacht. Das wäre das Ende für dieses Laptop."

„Das heißt dann wohl," stellte ich halb fest, halb fragend, „dass wir keine hochauflösenden Bilder bekommen, solange wir nicht auffallen wollen."

„Aber," sagte Ursula und schnippte plötzlich mit den Fingern, „einen Trick gibt es noch. Ich erklär's dir kurz. Vor einiger Zeit habe ich Earth Agency AI über einen anderen Rechner benutzt. Wie viele Programme hinterlässt auch dieses seinen Müll. Da müsste noch eine Datei namens BLA.INI gespeichert sein. In dieser Datei sind alle Blacklisted Areas aufgelistet. Wir haben sie immer verwendet, um zu prüfen, ob unsere Eingaben im System angekommen sind. Genau diese Datei könnte uns jetzt helfen, denn ich kann darauf zugreifen, ohne Earth AI direkt zu starten. Das wird allerdings einen Moment dauern."

Ursula begann, wild auf ihrem Laptop zu tippen, ihre Augen funkelten voller Entschlossenheit.

Nach einer Weile rief sie erfreut aus: „Ich hab sie! Jetzt muss ich nur noch die Daten nach Längengraden sortieren."

Ich spürte die Spannung wie eine aufgeladene Energie im Raum und konnte kaum ruhig bleiben.

„Hier ist es!" jubelte sie. Doch dann stoppte sie abrupt. „Warte… lass mich das noch einmal überprüfen."

Ein paar Augenblicke herrschte atemlose Stille, bevor sie schließlich den Kopf hob und entschlossen verkündete: „Jetzt bin ich sicher! Es gibt dort draußen, mitten im Nirgendwo an der algerischen Küste, eine Blacklisted Area!"

Mit einem Jubelschrei sprang sie auf, und wir packten uns gegenseitig an den Schultern, tanzten voller Freude im Kreis.

„Das muss Arterien sein!" schoss es aus mir heraus, überwältigt von der Entdeckung.

Als ich mich schließlich wieder aus meinem Taumel der Freude fing und tief Luft holte, rief ich aus: „Wir müssen da hin!" Doch mitten im Satz stockte mir der Atem. Ein Gedanke, den ich nicht wegschieben konnte, drängte sich auf, und ich sprach ihn vorsichtig aus: „Willst du mich überhaupt dabeihaben? Es könnte gefährlich werden, und mit meiner Behinderung bin ich ein zusätzliches Risiko."

Das Entsetzen über diese Erkenntnis zeichnete sich in meinem Gesicht ab, während ich Ursula tief in die Augen blickte. Doch sie erwiderte fest und ohne zu zögern: „Ohne dich geht es gar nicht." Ihre Worte waren wie ein warmer Strom, der mir Ruhe gab. „Ich brauche dein Wissen." Sie machte eine kurze Pause, nahm meine Hand und fuhr leise, fast beschwörend fort: „Ich werde deine Augen sein."

„Gut," sagte ich schließlich, entschlossen und mit einem neuen Feuer in der Stimme. „Dann lass uns gemeinsam Arterien suchen."

Ein kleines Lächeln spielte auf ihren Lippen, als sie nickte, und ich fühlte, wie sich eine starke Verbundenheit zwischen uns festigte, ein Bündnis, das uns gemeinsam in dieses Abenteuer führte.

71

Ich schmunzelte leicht und sagte dann: „Aber bevor wir aufbrechen, brauche ich erst einmal ein ordentliches Frühstück."

Nach den Aufregungen des frühen Morgens war es höchste Zeit für eine Erfrischung. Ursula entschied, dass sie zuerst duschen wollte, während ich nach Antoine klingelte, um das Frühstück zu organisieren. Es dauerte einen Moment, bis Antoine vom Haupthaus zum Gästehaus herüberkam. Das Plätschern des Wassers aus dem Badezimmer vermischte sich mit den sanften Klängen der Natur, die durch das offene Fenster drangen. Vögel stimmten ein fröhliches Konzert an, und ich nahm den warmen Duft der blühenden Bougainvillea und das frische Aroma der Zypressen wahr, die den Garten umgaben.

Nachdem Ursula fertig war, betrat ich das Badezimmer und ließ das angenehm warme Wasser über meine Haut fließen. Die letzten Gedanken an die vergangenen Stunden wichen, und ich spürte, wie die Müdigkeit und die Belastung aus meinem Körper strömten, während das Wasser über mich rieselte. Die Dusche bot einen Moment der Ruhe und Erneuerung – ein Gefühl von Klarheit und Stärke, das ich nach all den Überlegungen dringend brauchte.

Als ich schließlich die Dusche verließ und Ursula auf dem Weg zur Terrasse traf, nahm ich den erfrischenden Zitrusduft ihres Duschgels wahr, der das Erwachen des Morgens unterstrich. Es lag etwas Befreiendes in der Luft, und ich spürte, wie sich die Anspannung der letzten Stunden allmählich löste.

Wir traten auf die Terrasse des Gästehauses, die einen atemberaubenden Blick auf die marokkanische Mittelmeerküste bot. In der Ferne leuchtete das tiefblaue Meer, und sofort umhüllte uns die strahlende Morgensonne, die das Wasser in ein glitzerndes Blau verwandelte. Das Licht spielte auf den grünen Blättern der Palmen, die sich sanft im Wind wiegten. Der Garten war ein farbenfrohes Paradies: leuchtende Blumen in Rot, Gelb und Blau blühten überall, und die frische Brise brachte den betörenden Duft von Jasmin und Rosmarin mit sich.

„Wow, schau dir das an", flüsterte Ursula und deutete auf einen Schmetterling, der gerade über die Blumen tanzte. „Es ist, als ob die Natur uns willkommen heißt."

„Ja, es ist wirklich magisch hier", stimmte ich zu und entdeckte immer wieder neue, schöne Details – kleine, verborgene Schätze, die sich mir plötzlich offenbarten. So als hätte sich mit unserer Entdeckung auch meine Wahrnehmung verändert.

Antoine kam mit einem Korb frischer Brötchen und einer bunten Platte voller Obst und Kräuter. „Madame et monsieur, hier ist Ihr Frühstück. Tout est prêt pour un repas délicieux."

„Merci, Antoine! Das sieht fantastisch aus", rief Ursula und strahlte ihn an.

Wir setzten uns an den Tisch, umgeben von der Schönheit der Natur, während der Duft frisch gebackener Brötchen und süßer Früchte uns umhüllte. Das sanfte Rauschen des Blätterdachs erfüllte die Stille zwischen unseren Gesprächen.

Das Frühstück auf der Terrasse war nicht nur eine Mahlzeit; es war eine kleine Zeremonie des Lebens, ein Moment des Innehaltens und des Genusses, der die Anspannung hinter uns ließ und Raum für neue Hoffnung und Entdeckungen schuf.

Trotz aller Schönheit des Moments blieb die gemachte Entdeckung im Hintergrund stets präsent. Wenn jemand die Mühe aufgebracht hatte, GPS-

und Satellitenbilder zu manipulieren, musste dort etwas von großer Bedeutung verborgen sein. Und es mussten Menschen mit Einfluss sein, die über solche Möglichkeiten verfügten. Das machte mir Angst. Doch die Neugier überwog. Das Unbekannte besaß einen starken Reiz.

Hätte ich nicht diese kindliche Herangehensweise gewählt und hätte ich noch darüber nachgedacht, was uns noch erwarten könnte, hätte ich in diesem Moment vermutlich beschlossen, nach Hause zu fahren. Aber dann wäre mir verborgen geblieben, was ich noch erleben sollte.

In diesem Augenblick auf der Terrasse wollte ich einfach nur das Leben mit allem, was es zu bieten hatte, genießen. So schob ich all diese Gedanken für einen Moment so gut es ging beiseite.

Nach dem Frühstück schlenderten wir gemächlich hinauf zum Pavillon, die Sonne im Rücken und die frische Morgenluft um uns. Ursula und ich genossen den Moment der Bewegung, während wir die Aussicht auf die Küste bewunderten. Die Ruhe hier, abseits des Gästehauses, bot uns die Gelegenheit, ungestört unsere nächsten Schritte zu planen.

73

„Wir sollten uns wie ganz normale Touristen verhalten“, begann Ursula und ließ ihren Blick in die Ferne schweifen. „Einfach ganz entspannt auf dem Landweg nach Algerien fahren.“

„Das macht Sinn,“ bestätigte ich, während ich in Gedanken bereits die Straßen und Wege vor mir sah, die sich von hier bis Algerien erstreckten.

„Wenn wir die Fähre nehmen oder gar das Flugzeug, dann machen wir es möglichen Verfolgern leicht“, meinte Ursula weiter. „Und das Flugzeug hat auch noch den Nachteil,“ fiel mir ein, „dass wir dann in Algerien nicht so beweglich sind. Mit dem Bulli sind wir vor Ort viel flexibler. Du hast ja gesagt,“ fuhr ich fort, „dass es im Zielgebiet nicht einmal ein Hotel gibt.“

Ursula nickte, nachdenklich. „Dann lass uns erst nach Süden fahren, in Richtung Marrakesch,“ schlug sie vor, „und wenn wir sicher sind, dass keiner uns beachtet, dann biegen wir nach Osten in Richtung Algerien ab.“

„Das klingt nach einem guten Plan,“ sagte ich, „so gehen wir auf Nummer sicher.“

„Dann sind wir jetzt also Touristen in Marokko,“ beschloss ich laut.

„Dann lass uns heute damit anfangen“, fuhr Ursula fort, ihre Augen funkelten vor Tatendrang. „Wir könnten passende Kleidung besorgen, vielleicht ein paar Dinge, die wir für die Fahrt brauchen. Ein Marktbesuch wäre perfekt. Was hältst du davon?“ Sie blickte mich mit einem leichten Lächeln an, das ihre Begeisterung verriet.

„Da habe ich richtig Lust drauf“, antwortete ich, ebenso angesteckt von der Idee. „Wenn wir am Nachmittag hingehen, ist es bestimmt etwas ruhiger. Wir könnten auch Viktor fragen, ob er uns einen guten Markt empfehlen kann.“

„Gute Idee,“ sagte Ursula, nickend, während sie kurz innezuhalten schien. „Dann lass uns auf dem Rückweg beim Haupthaus vorbeischauen und Viktor einen kleinen Besuch abstatten.“ Sie schmunzelte, während sie weitersprach. „Die genaue Route können wir uns später überlegen. Ich mag jetzt einfach auf den Markt!“

Ich konnte mir ein Lächeln nicht verkneifen. Es lag eine fröhliche Leichtigkeit in der Luft, die all die Anspannung der vergangenen Stunden in den Hintergrund treten ließ.

Als wir auf das Haupthaus zugingen, sahen wir Viktor bereits von weitem auf der Terrasse sitzen. Er winkte uns gut gelaunt herüber und erhob seine Tasse Kaffee, die wohl nicht seine erste an diesem Morgen war. Genüsslich nahm er einen Schluck, während wir uns zu ihm gesellten.

„Kommt, setzt euch doch!“, lud er uns ein und deutete auf die Stühle neben sich. „Habt ihr schon Pläne geschmiedet?“ Seine typische Neugier war kaum zu übersehen.

Ursula antwortete als Erste: „Ja, wir haben beschlossen, uns einfach ein wenig treiben zu lassen und Marokko noch besser kennenzulernen.“

Ich nickte und ergänzte: „Weißt du, mein Arbeitgeber will mich ohnehin nicht mehr. Also ist es an der Zeit für eine Neuorientierung.“

Viktor lachte leise und nahm einen weiteren Schluck Kaffee. „Das klingt gescheit“, sagte er in seinem markanten Dialekt und zwinkerte uns zu.

„Könntest du uns vielleicht einen Markt empfehlen, auf dem wir ein paar Kleinigkeiten besorgen können?", fragte ich und sah Viktor erwartungsvoll an. „Wir wollen unsere Ausrüstung etwas ergänzen."

Ursula schaltete sich rasch ein und lächelte: „Und ich will vor allem auch was Schönes sehen!"

„Da ist Tétouan genau das Richtige!" Viktors Augen leuchteten begeistert auf. „Die Medina dort wurde sogar ins UNESCO-Weltkulturerbe aufgenommen. Ihr könntet euch stundenlang darin verlieren – so viel gibt es zu sehen." Er hielt kurz inne und fügte dann hinzu: „Falls ihr wollt, kann ich euch meinen Hummer samt Fahrer zur Verfügung stellen. Der kennt sich in Tétouan aus und weiß, wo man gut einkaufen kann."

„Ein sehr großzügiges Angebot," entgegnete ich, „aber ist das nicht etwas viel des Guten?"

Viktor lächelte verschmitzt. „Ganz und gar nicht. Im Gegenteil – mit meinem Wagen und Fahrer werden die Leute wissen, dass sie euch anständig behandeln sollen. Ansonsten, naja… die Händler verlangen schnell mal das Doppelte oder Dreifache." Er zwinkerte uns zu.

Ich musste schmunzeln und nickte. „Das hat natürlich seinen Reiz, obwohl ich ja auch gerne mal selbst handle."

„Keine Sorge, dafür bleibt genug Raum!" Viktor lachte leise und nahm einen weiteren Schluck Kaffee. „Mein Fahrer wird euch auch zu einem exzellenten Restaurant bringen, falls ihr unterwegs essen wollt. Der Inhaber ist ein alter Freund von mir. Ihr müsst euch um nichts kümmern – heute seid ihr meine Gäste."

Ein Gefühl der Dankbarkeit machte sich in mir breit, und ich erwiderte fast ein wenig beschämt: „Wir wissen wirklich gar nicht, wie wir dir danken können, Viktor."

Er sah mich kurz an, sein Blick wurde sanfter, und dann sagte er: „Weißt du, das ist für mich Sewa."

Das Wort hallte in mir nach, und ich spürte, wie Ursula und ich einen kurzen Moment innehalten. Sewa – das war nicht nur ein Wort, sondern eine Haltung. Unser Meister hatte uns dieses Prinzip des selbstlosen Dienens ans Herz gelegt. Es war ein Weg, das eigene Ego zu überwinden und sich in Hingabe und Demut zu üben. Für Viktor war dies ein natürlicher Ausdruck seines Wesens, und seine Worte erinnerten uns daran, dass es dabei keinen Dank und keine Erwartung geben musste.

Ursula sprang entschlossen auf und rief: „Na dann, machen wir uns fertig! Auf geht's!"

Mit neu gewonnener Energie standen wir auf und folgten Viktor, bereit, in das Abenteuer der lebhaften Straßen Tétouans einzutauchen.

Die Sonne stand hoch am Himmel, als wir im Hummer auf die Silhouette von Tétouan zurollten. Das massive Fahrzeug schnurrte über die Straße, und die Hitze flimmerte über dem Asphalt. Ursula saß neben mir, die Augen funkelnd vor Vorfreude. Es war schwer, sich nicht von ihrer Begeisterung anstecken zu lassen – sie strahlte regelrecht.

Unser Chauffeur, ein mittelgroßer, breitschultriger Mann namens Youssef, warf uns über den Rückspiegel ein freundliches Lächeln zu. Er sprach nur wenig Deutsch, aber dafür flüssig Arabisch und Französisch, und erklärte uns in gebrochenem Deutsch: „Dieses Auto – sehr stark. Ist ähnlich wie ein Militärfahrzeug." Ich nickte und erwiderte lächelnd: „Ja, eine Art Zivilversion davon."

Als wir in die Stadt einfuhren, wich das eintönige Grau des staubigen Straßenrands einem lebendigen Durcheinander aus Farben und Bewegungen. Der Hummer wirkte im engen Gewirr der Straßen wie ein sanfter Riese, umgeben von kleineren Autos, hupenden Motorrädern und dem unablässigen Treiben der Händler und Passanten.

Youssef lotste uns sicher zur Medina und parkte an einer schattigen Stelle am Rand des Basars. Sobald wir ausgestiegen waren, umfing uns das Stimmengewirr der Händler und das Rascheln der Menschenmengen wie eine Welle. Ursula schob mir lächelnd ihren Arm hin, und ich nahm ihn dankbar an – sie war hier mein Leuchtturm in einem Meer von Geräuschen und Düften. „Na dann, auf ins Getümmel," rief sie, während wir uns vorsichtig entlang einer alten Steinmauer vorantasteten und so tiefer in das Herz der Medina eintauchten.

Die Medina von Tétouan ist ein Labyrinth aus engen Gassen und lichtdurchfluteten Plätzen, in denen die Zeit stillzustehen scheint. Hier reihte sich Stand an Stand: Meterlange Tücher in kräftigem Blau, sanftem Sandgelb und lebhaftem Rot bauschten im warmen Wind, während die Händler uns ihre Ware entgegenhielten. Überall um uns herum waren

Farben, die leuchteten, als hätten sie sich mit dem Glanz der Sonne verbunden.

Ursula zog mich zu einem kleinen Stand, an dem Stoffe und Kleidung verkauft wurden. „Das hier ist perfekt für uns," meinte sie und hielt ein leichtes, fließendes Tuch in einem satten Wüstengelb hoch. Die Händlerin, eine ältere Frau mit Lachfalten und freundlichem Blick, nickte zustimmend und murmelte etwas auf Arabisch. Youssef übersetzte: „Sehr gut für die Sonne, schützt den Kopf." Er fügte etwas auf Arabisch hinzu, was die Frau dazu veranlasste, uns ein breites Lächeln zu schenken und die Tücher in der Luft schwingen zu lassen, als wollte sie uns ihre Leichtigkeit zeigen.

Ursula zog mir ein Tuch locker über die Schulter und band sich selbst eines als Kopftuch um, lachte dabei und fragte: „Wie sehe ich aus?" Ihr Lächeln war ansteckend. Doch ich konnte es mir nicht nehmen lassen, einen kleinen Handel zu starten – die Händlerin warf ihre Hände in die Luft, spielte entrüstet, bis wir uns einig wurden, was uns beiden zusagte. Ursula und ich konnten kaum die Freude verbergen, als wir unsere neu erworbenen Kopfbedeckungen aufsetzten.

„Komm, lass uns weitersehen," sagte Ursula. Youssef folgte uns mit ein paar Schritten Abstand, hielt sich dabei zurück, wie ein stiller, freundlicher Schatten. Bald fanden wir einen Stand mit handgefertigten Sandalen, die in satten Erdtönen leuchteten. Der Ledergeruch war unverkennbar, warm und beruhigend. Ursula konnte sich kaum entscheiden, probierte ein Paar nach dem anderen an, bis sie schließlich die perfekten Sandalen fand. „Schau nur, die passen perfekt," meinte sie begeistert und drehte sich einmal um sich selbst.

Youssef übernahm das Verhandeln für uns, und ich musste schmunzeln, als ich sah, wie geschickt er die Preise herunterdrückte, indem er mit den Händlern in ihrem schnellen, fließenden Arabisch sprach. Manchmal wechselten sie für mich ins Französische, auch der Umgang zwischen Ursula und den Händlern war faszinierend zu beobachten.

Weiter schlenderten wir durch die Gassen, vorbei an einem Stand mit Messinglampen, deren feine Ornamente das Sonnenlicht in kleinen Mustern auf die Wände warfen. Es roch nach Minze, Zitrone und einem Hauch Zimt, als wir an einem Tee-Stand vorbeikamen. Ursula hielt plötzlich inne und zog mich mit einem schwärmerischen Blick näher.

„Möchtest du auch einen Minztee?" Ich nickte, und wir bestellten eine kleine, dampfende Tasse. Der Tee war süß und erfrischend, ein bisschen wie die Medina selbst – intensiv, lebendig, und voll neuer Eindrücke.

„Ich glaube, wir brauchen noch etwas Kleines für die Reise," sagte ich zu Ursula, als wir weiter durch die Stände schlenderten. Ich kaufte ein kleines Täschchen aus handgewebtem Stoff, das in kräftigem Orange und Blau leuchtete und wie dafür gemacht schien, ein paar wichtige Kleinigkeiten sicher aufzubewahren.

„Was meinst du, brauchen wir noch irgendwas?", fragte Ursula und schaute sich suchend um.

Sie blieb dann vor einem Stand stehen, der winzige Fläschchen mit parfümiertem Öl und Räucherwerk verkaufte. Der Duft von Sandelholz und Jasmin schwebte in der Luft. Ursula hielt ein kleines Fläschchen mit Sandelholz-Öl in der Hand und roch daran. „Das wäre doch ein nettes kleines Geschenk für Viktor," sagte sie. Sie nahm ein Fläschchen und reichte es mir. „Hier, probier mal!"

Die Farben und Geräusche der Medina tanzten um uns herum, und für eine Weile schien die Welt nur aus diesem Treiben zu bestehen. Ein kleiner Junge rannte lachend an uns vorbei, ein Händler rief uns in schnellem Arabisch etwas zu, und Ursula sah mich mit leuchtenden Augen an.

Plötzlich sah sie Youssef an und klopfte sich vielsagend auf den Bauch. „Ich glaube, ich könnte langsam etwas zu essen vertragen."

Wir stiegen aus dem Hummer. Youssef führte uns in das Restaurant „Restinga". Es lag in einer kleinen Seitengasse, die von grünem Laub und sanft glühenden Laternen erleuchtet wurde. Das Restaurant wirkte von außen unscheinbar, doch Viktor hatte uns empfohlen, dass es hier die besten vegetarischen Speisen der Region gäbe. Und tatsächlich – schon am Eingang empfing uns ein verlockender Duft von Gewürzen und Kräutern.

Ein Mann mittleren Alters kam uns mit ausgebreiteten Armen entgegen. „Ach, Freunde von Viktor sind Freunde von mir!" rief er in charmantem Französisch und klopfte dem Chauffeur, Youssef, herzlich auf die Schulter. „Und wie geht es dem ehrenwerten Monsieur?" fragte er lachend. Youssef antwortete auf Arabisch, was eine kleine Kette von Scherzen zwischen ihnen auslöste, bis der Restaurantbesitzer – er hieß Omar – sich mit einem Zwinkern wieder an uns wandte.

„Heute Abend habt ihr Glück! Ich habe etwas ganz Besonderes für euch vorbereitet. Ein vegetarisches Tajine, so gut, dass selbst die Skeptiker umfallen," sagte er und führte uns zu einem kleinen Tisch, der in einer Nische unter einer riesigen Palme versteckt lag. „Dieser Platz ist für besondere Gäste reserviert – und heute seid ihr diese Gäste!"

Ursula und ich setzten uns, während Omar uns freundlich Getränke reichte. Es folgten kleine Schälchen mit gemischten Salaten, eingelegtem Gemüse und einer warmen, gewürzten Linsensuppe. Ursula ließ sich von der Vielfalt begeistern und probierte alles. „Wie findest du meinen neuen marokkanischen Look?" fragte sie lachend, als sie ein Tuch im traditionellen Stil locker um ihre Schultern schlang. Ich schmunzelte und nickte, während Youssef uns aufmerksam aus einiger Entfernung beobachtete. Immer wieder machte er mit Omar seine kleinen Scherze, was das Ambiente noch lebendiger machte.

„Youssef, warum kommst du nicht zu uns an den Tisch?" schlug ich vor. Er sah überrascht aus, doch ein breites Lächeln erschien auf seinem Gesicht. „Na gut, wenn ihr mich unbedingt dabei haben wollt," erwiderte er schmunzelnd und nahm an unserem Tisch Platz. Omar kehrte mit dampfenden Schüsseln zurück, die duftend vor uns abgestellt wurden. „Mein Freund Viktor würde es mir nie verzeihen, wenn ich nicht das Beste auf den Tisch bringe! Genießt es, Freunde – ihr seid hier wie zuhause," sagte er und verbeugte sich leicht, bevor er in Richtung der Küche verschwand.

Zwischen uns und Youssef entstanden kleine Gespräche. Er erklärte Ursula einige der Gerichte auf Französisch, und ab und an hörten wir Omar und Youssef wieder Witze auf Arabisch austauschen, woraufhin beide laut lachten. Die Lebendigkeit des Ortes, die Wärme der Menschen – all das verlieh dem Abend eine zauberhafte Atmosphäre.

Der Himmel färbte sich langsam dunkler, während wir die letzten Happen unseres Essens genossen. Zum Abschied brachte Omar uns sogar noch einen Minztee, den er in kunstvollen, hohen Bögen in unsere Gläser goss. Wir verabschiedeten uns herzlich, und als wir das Restinga verließen, hatte ich das Gefühl, für einen kurzen Moment Teil dieses bunten, herzlichen Lebens gewesen zu sein.

Gemütlich traten wir dann den Rückweg zu Viktors Anwesen an, um den Abend in Ruhe ausklingen zu lassen.

Youssef parkte den Hummer vor dem Haupthaus. Als wir ausstiegen, dauerte es eine Weile, bis wir all unsere Sachen aus dem Auto geholt hatten. In dieser Zeit kam Viktor aus dem Haus, begrüßte uns überschwänglich und fragte mit funkelnden Augen: „Und, wie war's?"

„Es war wunderschön!" platzte es aus Ursula heraus. „Vielen, vielen lieben Dank!" Sie kramte kurz in ihren Taschen und zog dann das kleine Fläschchen hervor, das wir auf dem Markt gekauft hatten. „Wir haben dir eine Kleinigkeit mitgebracht," sagte sie und reichte es Viktor.

„Das hättet ihr aber nicht gebraucht," meinte er, öffnete jedoch mit einem Lächeln das Fläschchen und roch daran. „Aber es freut mich sehr!"

„Wir haben jetzt alles, was wir brauchen," ergänzte ich und trat näher. „Wir werden bald weiterfahren."

„Wann denn?" fragte Viktor überrascht.

Ursula und ich warfen uns einen kurzen Blick zu. Ich nickte, und sie antwortete: „Vielleicht schon morgen."

„Wohin wollt ihr denn?" Viktors Neugier war geweckt.

„Wir dachten daran, erstmal Richtung Süden zu fahren, vielleicht Marrakesch," sagte ich beiläufig und zuckte mit den Schultern. „Wir haben uns ja so viel vorgenommen, aber am besten lassen wir uns einfach ein bisschen treiben."

Viktor nickte und schien kurz nachdenklich. „Einfach drauflos, ohne festes Ziel – das hat was."

Wir plauderten noch kurz und verabschiedeten uns dann herzlich. Der kurze Spaziergang zum Gästehaus fühlte sich fast wie ein Abschied an – als würde ich in Gedanken bereits Lebewohl zu Viktors Anwesen sagen. Die Nacht umhüllte alles in einen sanften, dunklen Schleier, und die frische Abendluft war erfüllt von den Geräuschen des Gartens.

Am Gästehaus angekommen, verstauten wir unsere Einkäufe und setzten uns noch eine Weile auf die Terrasse, während der Abend ruhig ausklang.

Ursula zog nur noch schnell ihr Smartphone hervor, um die Route für morgen zu planen. „Die Strecke führt uns ziemlich weit nach Süden, nahe der Atlantikküste," erklärte sie. „Wir könnten direkt bis Marrakesch fahren und dann erst nach Osten abbiegen. Oder wir nehmen schon vorher kleinere Straßen quer durch – dann geht es schneller Richtung Osten."

„Und je nachdem, wie weit wir kommen, suchen wir uns morgen Abend einfach ein Nachtlager?" fragte ich.

Ursula nickte und schmunzelte. „Genau, dafür ist der Bulli ideal. Da sind wir flexibel."

Ich ließ den Blick in die Ferne schweifen und atmete tief die kühle Nachtluft ein. „Also entscheiden wir spontan und halten, wo es uns gefällt."

„Ja," antwortete Ursula leise, während wir beide noch eine Weile in die Stille der Nacht lauschten.

Viel mehr Gespräch brachten Ursula und ich an diesem Abend nicht mehr zustande. Wir saßen noch eine Zeit lang schweigend nebeneinander und lauschten in die Nacht hinaus.

Früh am Morgen machten wir uns auf den Weg. Antoine hatte uns großzügig mit Proviant versorgt. Wir entschuldigten uns bei ihm dafür, so früh aufzubrechen, und Ursula fügte hinzu: „Wir haben noch eine lange Strecke vor uns." Antoine lächelte und erklärte uns, dass Monsieur – Viktor – noch schliefe. „Bestell Monsieur bitte einen schönen Gruß von uns!" sagte ich, worauf Antoine verständnisvoll nickte.

Wir bedankten uns herzlich für alles, was er und Victor für uns getan hatten. Dann nickten wir ihm zum Abschied zu, und Antoine winkte uns freundlich nach, als wir langsam das Anwesen verließen. Ursula warf einen letzten Blick auf die Olivenhaine, die bunten Blumenbeete und die hohen Palmen, die in der frühen Morgendämmerung in warmen Farben leuchteten. Fast andächtig murmelte sie: „Auf Wiedersehen, ihr Olivenbäume, ihr Blumen, ihr Palmen. Schön war es hier." Einen Moment schien sie die Bäume und Sträucher in sich aufzunehmen, bevor sie den Blick wieder nach vorne richtete und den Wagen auf die Straße steuerte.

Die ersten Kilometer hingen wir in Gedanken noch an unseren Erinnerungen. Bilder vom glitzernden Meer, das uns umspülte, tauchten auf. Das einsame Badevergnügen am Strand. Die stillen Abende, die sich in der weichen mediterranen Wärme wie endlos dehnten. Die Erinnerung zog uns für einen Moment zurück in jene Zeit, und es lag eine fast träumerische Stille zwischen uns.

Doch je weiter wir uns von Viktors Welt entfernten, desto stärker schlich sich eine andere Stimmung ein. Die Unbeschwertheit wich einem leisen Druck. Ein Kribbeln, das in der Morgenluft lag. Ein Wissen, dass der Weg, der vor uns lag, alles andere als ruhig sein würde. In der Stille spürte ich, wie sich meine Sinne schärften, während Ursula sich tiefer in den Sitz drückte, den Blick fest nach vorne gerichtet.

Während wir in Richtung Süden auf die Hauptstraße zusteuerten, breiteten sich die Hügel des Rif-Gebirges in der Ferne aus, die sich dunkel gegen die ersten Lichtstrahlen des Tages abzeichneten. Die frische, noch kühle Luft füllte den Wagen, während wir durch die erwachenden Dörfer rollten, wo erste Lichter in den Fenstern flackerten und die Menschen begannen, ihren Tag zu begrüßen.

Unser Weg führte uns zunächst durch die sanften Hügel nahe Tétouan, wo das Land von der Farbe des ersten Sonnenlichts überzogen war und Olivenhaine mit kleinen, steinernen Gebäuden verstreut lagen. Die Straße führte uns durch grüne Hänge, die allmählich offener und karger wurden, während wir uns Richtung Süden bewegten.

Nach etwa einer Stunde Fahrt entdeckten wir eine Tankstelle, die an einer gut befahrenen Kreuzung vor uns auftauchte. Die Tankstelle wirkte neu und gepflegt, mit einer breiten Überdachung, die im sanften Licht der Morgensonne leuchtete. Ein paar Fahrzeuge hielten bereits an den Zapfsäulen, und das Personal schien gerade die ersten Frühaufsteher zu versorgen. Ursula lenkte den Wagen langsam in Richtung einer freien Säule und sah mich mit einem entschlossenen Blick an: „Wir tanken lieber, wer weiß, was noch passiert. Weit würden wir ohnehin nicht mehr kommen."

Während Ursula den VW-Bus betankte, beschloss ich, die Gelegenheit zu nutzen, um mir ein wenig die Beine zu vertreten. Das vertraute Klicken des Zapfhahns ließ jedoch auf sich warten, und ich spürte bereits eine gewisse Zeit verstreichen.

Als das Klicken schließlich kam, fragte ich neugierig: „Wie viel hast du denn getankt?"

„Fast 120 Liter," antwortete Ursula gelassen und fügte hinzu: „Und bevor du fragst: Ja, der Tank ist eine Spezialanfertigung. Damit sind wir erst einmal gut gerüstet."

Zusammen gingen wir dann Richtung Kasse. Beim Gedanken an eine kleine, wenn auch ungesunde Stärkung, stellte ich fest: „Ich brauche etwas Süßes – eine Cola und ein Eis."

„Und ich brauche Kartoffelchips,“ antwortete Ursula mit einem verschmitzten Grinsen und schnalzte kurz mit der Zunge.

Im Inneren des Shops erwartete uns das typische Angebot – bunt schillernde Getränkeautomaten, eine kleine Ecke mit Snacks und Schokoriegeln, und natürlich der Duft frisch gebrühten Kaffees aus einer Maschine neben der Kasse. Die Kassiererin nickte uns kurz zu, während sie gelangweilt durch eine Zeitschrift blätterte. Schnell hatten wir unsere Einkäufe erledigt und machten uns wieder auf den Weg zurück zum Bus.

Während wir den kurzen Weg zurücklegten, blieb Ursula plötzlich stehen und hob leicht die Hand zum Gruß, als ob sie jemanden erkannt hätte. Sie ließ die Hand sinken und murmelte dann: „Das ist ja komisch.“

„Was meinst du?“ fragte ich und warf einen neugierigen Blick zu ihr hinüber.

„Ach, ich hätte schwören können, dass das da vorne Youssef war, zusammen mit einem anderen Mann. Aber er hat nicht reagiert, und jetzt sind beide weggefahren. Da habe ich mich wohl getäuscht.“

Ihre Worte ließen mich kurz aufhorchen, doch dann schenkte ich dem Ganzen keine weitere Beachtung und konzentrierte mich lieber auf meine eisgekühlte Cola und das Mandel-Eis.

Wir fuhren weiter.

Die nächsten Kilometer fuhren Ursula und ich durch sanft hügelige Landschaften. Auf beiden Seiten der Straße erstreckten sich grüne Felder, die mit reifen Olivenbäumen und blühenden Pflanzen geschmückt waren. Die Hügel waren von üppigem Grün bedeckt, das im warmen Licht der Vormittagssonne leuchtete. Nach und nach öffnete sich die Weite vor uns. Der Blick erstreckte sich über endlose Felder, die mit goldenem Getreide besät waren. In der Ferne ragten die sanften Konturen der Berge auf, als wollten sie den Himmel berühren. Diese Landschaft vermittelte ein Gefühl von Freiheit und der Unendlichkeit des Raumes.

„Da ist er wieder!“, rief Ursula erschrocken. Ihre Augen weiteten sich, und sie blickte voller Anspannung und Entsetzen in den Rückspiegel.

„Wer ist wo?“ wollte ich wissen, überrascht von ihrer plötzlichen Aufregung.

„Der dunkelblaue Clio!", sagte sie mit einem hektischen Ton, während ihr Herz schneller zu schlagen schien. „Und ich bin mir sicher, der Beifahrer ist Youssef."

„Das kann doch gar nicht sein", murmelte ich halblaut, während ich aus Gewohnheit und Aufregung in den Rückspiegel schaute, weniger um wirklich etwas zu erkennen. „Das ist ja viel zu weit von Viktors Anwesen weg."

„Und jetzt biegt er ab!", rief Ursula aus, und ihre Stimme war von Nervosität durchzogen.

Wir fuhren weiter, aber die Anspannung zwischen uns war greifbar. „Meinst du wirklich, dass es Youssef war?", fragte ich, um die aufkeimende Panik zu dämpfen. „Es könnte auch nur jemand gewesen sein, der ihm zufällig ähnlich sieht."

„Ich weiß nicht", entgegnete Ursula und schluckte schwer. „Das kann kein Zufall sein. Er könnte uns verfolgen, wir sollten vorsichtig sein!"

„Ursula, beruhige dich", versuchte ich, ihre Besorgnis zu lindern. „Wir müssen konzentriert bleiben und nicht in Panik geraten. Wir haben noch Zeit, um einen Plan zu schmieden."

Ursula nickte, doch die Unruhe in ihren Augen blieb. „Ich hoffe, du hast recht. Aber wir sollten uns besser vorbereiten und die Route überdenken."

„Dann lass mich mal laut über die Route nachdenken," sagte ich und legte kurz die Stirn in Falten. „Falls es Youssef ist, der uns verfolgt, hat er bestimmt gehört, wie wir Viktor erzählt haben, dass wir nach Marrakesch fahren."

Ursula zog die Augenbrauen zusammen und biss sich leicht auf die Lippe, bevor sie einwarf: „Es könnte auch Viktor selbst dahinterstecken." Ein Anflug von Ärger schwang in ihrer Stimme mit.

Ich nickte nachdenklich. „In jedem Fall müssen wir davon ausgehen, dass sie von unserem Plan, nach Marrakesch zu fahren, wissen. Bisher sind wir der ganz normalen Route gefolgt, genau so, wie das Navi es uns vorgibt."

„Das stimmt natürlich," bestätigte Ursula und sah mich abwartend an. „Willst du damit sagen, wir sollten von der Route abweichen?"

„Ist das nicht eigentlich das Beste?" Ich fuhr fort, laut zu überlegen, und mein Blick wanderte kurz zu den sanften Hügeln in der Ferne. „Lass uns einfach jetzt nach Osten fahren. Falls sie uns wirklich verfolgen, sind sie inzwischen sicher überzeugt, dass wir in Richtung Marrakesch unterwegs sind und werden uns dort erwarten. Diese Zeit können wir nutzen, um einen Vorsprung in Richtung Osten herauszufahren.“

Ursula schloss kurz die Augen, dann nickte sie. „Das klingt stimmig, und die Gelegenheit ist günstig. Gleich kommt eine Hauptstraße in Richtung Osten. Die führt uns später auf eine Verbindung zur meistbefahrenen Route zwischen Marrakesch und Algerien. Die Strecke ist gut zu fahren, und wir würden einiges an Zeit gewinnen.“

„Dann lass uns das machen,“ sprach ich unseren Entschluss aus, und Ursula erwiderte mein Lächeln mit einem entschlossenen Nicken.

Wenige Kilometer später änderten wir unsere Richtung und ließen die vertraute Route hinter uns zurück.

85 Wir waren bereits ein ganzes Stück Richtung Osten gefahren, als ich bemerkte, dass Ursula neben mir allmählich ruhiger wurde. Sie warf einen prüfenden Blick in den Rückspiegel, und ich spürte, wie ein Hauch von Erleichterung über sie kam. „Der dunkelblaue Renault Clio ist immer noch weg“, sagte sie leise.

„Vielleicht könnten wir eine kleine Pause einlegen“, schlug ich vor. „Die Landschaft hier lädt wirklich dazu ein.“

Ursula sah mich kurz an und strich sich eine Haarsträhne aus dem Gesicht. „Das klingt gut,“ antwortete sie. „Und ein Ort mit einer schönen Aussicht wäre wirklich perfekt.“

„Sind hier in der Gegend nicht die berühmten Wasserfälle von Marokko?“ fragte ich nachdenklich. „Vielleicht wäre das eine schöne Stelle für eine Pause.“

Ursula hob leicht die Augenbrauen und begann, auf ihrem Smartphone zu tippen. „Du meinst die Cascades d'Ouzoud?“ Ein sanftes Lächeln spielte um ihre Lippen, und ihre Augen schienen bei der Vorstellung kurz aufzuleuchten. Sie vertiefte sich in die Karte und suchte die Wasserfälle. Dann sah sie wieder zu mir und meinte: „Ja, die sind tatsächlich in der Nähe.“

Ich war einen Moment still, dann fragte ich: „Was denkst du, wird es dort viele Besucher geben?“

Ursula seufzte leise. „Wahrscheinlich sind die Hauptaussichtspunkte gut besucht. Gerade an solchen Orten sammeln sich oft die Menschen."

In diesem Moment schien ihr etwas in den Sinn zu kommen. Ihre Finger huschten geübt über das Display. „Vielleicht gibt es ja einen weniger bekannten Aussichtspunkt," murmelte sie konzentriert. Nach kurzer Zeit blickte sie auf und lächelte. „Da ist tatsächlich eine Stelle, die abseits liegt und eher von Einheimischen empfohlen wird. Ein Geheimtipp."

Ich bewunderte, wie sie das Smartphone während der Fahrt so geschickt nutzte. „Ich finde es beeindruckend, wie du das machst," sagte ich.

Sie erwiderte das Lächeln und lenkte den Wagen sanft von der Hauptstraße in Richtung der Wasserfälle.

„Ich hoffe, der Ort ist ruhig und erlaubt es uns, die Wasserfälle in aller Stille zu genießen," meinte ich. „Nur für uns."

Ursula nickte. „Einfach die Kraft der Natur spüren, ohne dass wir mitten im Trubel sind." Sie hielt einen Moment inne, dann fügte sie hinzu: „Und schwimmen wollte ich heute auch nicht unbedingt – das würde uns vermutlich direkt zu den vielen Menschen führen."

„Stimmt," erwiderte ich. „Aber ein gutes Mittagessen an einem schönen Ort wäre wirklich wunderbar."

Schon bei der Abzweigung zu den Wasserfällen veränderte sich die Landschaft: Die Hügel traten zurück, und wir fuhren durch eine grüne, beinahe märchenhafte Umgebung, die wie verzaubert wirkte. Das Licht wurde weicher, die Vegetation dichter, und bald zogen sich Bäume wie ein sanfter Vorhang entlang der Straße. In der Ferne schien etwas in der Luft zu schimmern – ein erster Hauch der Wasserfälle, vielleicht der feine Nebel, der sich über das Tal legte.

Nach einigen weiteren Kilometern erreichten wir schließlich den abgelegenen Aussichtspunkt. Ursula parkte den Wagen, und wir stiegen aus, um den Anblick der Cascades d'Ouzoud in voller Pracht zu genießen. Die Wasserfälle stürzten aus einer Höhe von über 110 Metern herab, in mehreren Stufen und mit mächtiger Kraft. Die Sonnenstrahlen brachen sich in den Wassermassen und formten Regenbögen, die wie schillernde Brücken über die tiefgrünen Becken spannten. Feiner Sprühnebel stieg auf und legte sich wie ein Hauch auf unsere Haut, und der frische Duft von

Wasser und Moos erfüllte die Luft. Das Donnern der herabfallenden Fluten war kraftvoll und gleichmäßig, wie ein Herzschlag der Erde, der den Boden leicht erzittern ließ und uns in seinen Rhythmus zog.

Für einen Moment standen wir nur da, eingehüllt in den imposanten Anblick und die Klänge der Natur, die uns wie eine unsichtbare Kraft umhüllten.

Es dauerte eine Weile, bis wir uns an dem Anblick der Wasserfälle sattgesehen hatten. Schließlich kam uns der eigentliche Grund für unseren Aufenthalt wieder in den Sinn: das Essen.

Langsam lenkte Ursula den Bus ein Stück weiter vom Rand des Aussichtspunktes weg, gerade so weit, dass wir noch immer einen Blick auf einen Teil des schimmernden Wasserspiels hatten, aber geschützt und geborgen waren. Dann richteten wir uns behaglich ein: Ich fuhr die Markise aus, stellte die Klappstühle und den Tisch darunter auf, während Ursula bereits die Speisen auspackte, die uns Antoine mitgegeben hatte.

Schon der Duft ließ uns das Wasser im Mund zusammenlaufen. Antoine hatte keine Mühe gescheut und uns eine Auswahl an frischen, farbenfrohen Speisen eingepackt: reife Oliven, die in dunklem Purpur glänzten, zusammen mit knusprig gebackenem Fladenbrot, das nach Rosmarin duftete und goldbraun war. Dazu gab es eine Schale mit eingelegtem Gemüse – süßlich-saure Paprika, zarte Zucchini und sonnengelbe Karotten – deren Aromen sich harmonisch mischten. Auch kleine Päckchen mit Kichererbsenpaste, leicht gewürzt mit Knoblauch und Zitronenabrieb, rundeten das Ganze ab.

Gemütlich saßen wir unter der Markise, ließen den Blick immer wieder zu den Wasserfällen schweifen und genossen das Essen, das wir mit den Händen zu kleinen Häppchen formten. Es war ein Moment voll Ruhe und Genuss.

Doch schließlich spürten wir beide, wie sich eine leise Unruhe in uns regte. „Wir sollten uns wohl bald nach einem Nachtlager umsehen,“ sagte Ursula nachdenklich. „Ich habe auf den Karten gesehen, dass die Gegend hier sehr gut dafür geeignet ist.“

„Das klingt nach einem guten Plan,“ stimmte ich zu und lächelte. „Lass uns zusammenpacken und dann noch einen letzten Blick auf die Wasserfälle werfen.“

„Das machen wir,“ antwortete Ursula mit einem sanften Lächeln.

Wir begaben uns ein letztes Mal an die Kante des Aussichtspunktes und ließen das Schauspiel aus Geräuschen, Lichtern und Farben auf uns wirken. Die donnernden Wasserfälle rauschten in die Tiefe, und der glitzernde Nebel stieg empor, während die Strahlen der Sonne die Tropfen in ein funkelndes Blau und Grün tauchten. Wir standen still, fasziniert von der Kraft der Natur und der ruhigen Weite um uns herum.

„Schau mal," sagte ich beiläufig zu Ursula. „Da drüben ist auch ein Aussichtspunkt."

„Wo?" fragte sie neugierig, bereits mit suchendem Blick.

„Dort, links drüben," sagte ich, immer noch auf die Wasserfälle fixiert, „da, wo die zwei Männer stehen."

„Oh, mein Gott!", rief Ursula plötzlich aus. Ohne eine weitere Erklärung griff sie nach ihrem Handy, machte einige Fotos der Wasserfälle und lenkte die Kamera dann ganz unauffällig auf die beiden Männer. Selbst mir wäre das kaum aufgefallen, wäre ich nicht durch ihren überraschten Ausruf alarmiert worden.

Ursula zoomte das Bild heran und hielt es mir vor die Nase. „Sag mir," forderte sie mich mit einem sarkastischen Unterton auf, „wer das ist!"

„Youssef!" platzte es aus mir heraus, als mir die Szenerie bewusst wurde.

„Jetzt ist alles klar," sagte Ursula und wurde plötzlich erstaunlich ruhig und fokussiert. „Wir müssen handeln!" Ihre Stimme klang bestimmt, und ohne weiteren Kommentar wendete sie sich ab und ging zügig zurück zum VW-Bus. Konzentriert und gelassen – da war sie wieder, die Geheimagentin, dachte ich bei mir.

Schon auf dem Weg zum Camper tippte sie auf ihrem Smartphone herum. Sie blickte konzentriert darauf, als sie die Heckklappe öffnete. Als ich zu ihr stieß, hatte sie gerade unter dem Teppich gekramt. „Hier ist das verfluchte Ding," knurrte sie und hielt mir einen kleinen Gegenstand hin, etwa so groß wie ein Zwei-Euro-Stück, doch aus mattschwarzem Kunststoff. Bei näherem Hinsehen erkannte ich, dass es sich um zwei Kunststoffschalen handelte, zwischen denen wahrscheinlich eine elektronische Schaltung versteckt war.

„Dieses kleine Ding hier," erklärte Ursula knapp, „hat ihnen die ganze Zeit verraten, wo wir sind."

„Solche Dreckschweine!" entfuhr es mir. „Gib mir dieses Scheißteil – ich schmeiß es in die Wasserfälle!"

„Nein, das werden wir nicht machen," sagte Ursula ruhig und bestimmt. Die Gelassenheit in ihrer Stimme verriet mir, dass sie solche Situationen gewohnt war. „Wir legen eine falsche Fährte," beschloss sie. „Wir fahren zunächst Richtung Marrakesch und versuchen, diesen Chip einem anderen Fahrzeug unterzuschieben. Und dann ändern wir unsere Route."

„Und wie willst du das genau machen?" fragte ich, von ihrer Klarheit beruhigt und neugierig zugleich.

„Das überlegen wir uns unterwegs," antwortete Ursula gelassen, „aber es muss unauffällig ablaufen."

Sie steckte den Chip ein, und wir fuhren los – zügig, aber ohne besonderes Aufsehen zu erregen.

89 Wir passten unsere Route erneut an und fuhren wieder Richtung Marrakesch. Unauffällig reihten wir uns in den fließenden Verkehr ein. Ursula durchbrach das Schweigen und begann nachdenklich: „Ich stelle mir das folgendermaßen vor. Wir halten an und suchen uns ein anderes Fahrzeug, dem wir diesen Chip unauffällig unterjubeln. Aber es muss schnell gehen," fügte sie ernst hinzu, „wir wissen nicht, wie weit die anderen hinter uns sind. Außerdem müssen wir vermeiden, dass sie uns zufällig beobachten, wenn wir den Chip verstecken."

Zustimmend nickte ich und dachte über ihre Worte nach. Nach einer Weile meinte ich: „Es sollte ein Auto sein. Ein Lastwagen fällt auf, fährt ganz anders als wir. Das könnte ihre Aufmerksamkeit wecken."

Nach einer weiteren kurzen Pause fügte ich nachdenklich hinzu: „Und das Fahrzeug sollte eine ganze Weile in Richtung Marrakesch unterwegs sein."

Ursula hob fragend die Augenbrauen. „Warum das?"

„Stell dir mal vor," begann ich langsam, „das Fahrzeug fährt zurück und begegnet den beiden. Dann wissen sie doch sofort, dass wir sie in die Irre geführt haben."

„Guter Punkt," bestätigte sie und nickte anerkennend.

Wir fuhren weiter, schweigend in Gedanken vertieft, bis ich schließlich die Stille durchbrach. „Wenn wir es richtig machen wollen, sollten wir uns vorher eine alternative Route überlegen. Dann wissen wir, wohin das andere Fahrzeug auf keinen Fall abbiegen sollte."

Ursula lachte leise und schüttelte den Kopf. „Musst du immer alles so kompliziert machen?"

Genau in diesem Moment rief sie aus: „Hier wäre eine Gelegenheit gewesen!" Wir hatten gerade eine kleine Tankstelle passiert. Sie runzelte die Stirn, als ihre Gedanken laut wurden. „Umkehren ist keine Option, das würde zu auffällig wirken. Und außerdem … irgendwie hast du recht. Wir sollten genauer planen."

„Eigentlich könnte ich das Navi hier ausschalten", dachte Ursula laut. Die Route führte eine ganze Weile schnurgerade nach Südwesten, und momentan schien es keine Abzweigung zu geben, die wir beachten mussten. Doch Ursula konzentrierte sich und zoomte auf der Karte hin und her, prüfte den Verlauf, bis sie schließlich eine neue Route festlegte, die uns gezielt weiter Richtung Osten führen würde, ohne erneut auf die Verfolger zu treffen.

„Wie hast du das gemacht?" fragte ich neugierig. „Hast du einfach ein neues Ziel eingegeben?"

„Nein", antwortete Ursula bestimmt. „Immer wenn ich nur ein neues Ziel eingegeben habe, hat das Navi eine Route vorgeschlagen, die unsere jetzige Route kreuzt. Und dann hätten wir wieder auf den dunkelblauen Cleo treffen können." Sie hob das Kinn und lächelte zufrieden. „Ich habe die Route nach Gefühl eingegeben."

„Das ist schlau!" bestätigte ich.

Ursula nickte, fast gedankenverloren. „Und daran halte ich jetzt fest. Fühlt sich richtig an."

„Kann ich gut nachvollziehen", fügte ich hinzu und spürte eine stille Übereinstimmung mit ihrem Entschluss. Manchmal muss man einfach der inneren Stimme vertrauen.

So hatten wir nun eine neue Route, die uns wieder auf unseren Weg Richtung Osten bringen sollte, und die Spannung war förmlich greifbar. Immer noch gab es keine Gelegenheit, den Chip loszuwerden. Mehrfach waren wir an Orten vorbeigefahren, die auf den ersten Blick geeignet schienen, doch schon von weitem konnten wir erkennen, dass dort entweder kein Fahrzeug parkte oder keines, das uns passend erschien.

Die Landschaft um uns herum wechselte kaum, doch sie strahlte eine stille Bedrohlichkeit aus. Die Vegetation dünnte aus, und zwischen den vereinzelten Sträuchern und kargen Felsen breitete sich eine weite, staubige Ebene aus, in die sich die Straße schnurgerade hineinzog. Der Boden wirkte rissig und trocken, als hätte er schon ewig keine Feuchtigkeit mehr gesehen. Der Himmel, von einem tiefen Blau, wirkte unnachgiebig und brannte gnadenlos auf uns herab, während die entfernten Gebirgsausläufer am Horizont wie stumme Wächter standen. Es war eine Landschaft voller Härte, in der man sich verloren fühlen konnte – passend zu unserer bedrängenden Situation.

Allmählich spürten wir, wie die Zeit drängte. Der Gedanke, dass die Verfolger nicht allzu weit hinter uns sein konnten, ließ uns beide angespannt verstummen.

„Wir kommen der Stelle, an der wir runter müssen, immer näher," sagte Ursula angespannt und behielt die Straße im Blick. Die Anspannung in ihrer Stimme griff auf mich über, und ich wandte mich nach innen, bat mein Krafttier, den Löwen, uns beizustehen. Er hatte uns schon einmal geholfen – und wir würden seine Hilfe dringend brauchen. Doch statt des freien Weges, den er uns damals verschafft hatte, tauchte nun eine langsame Fahrzeugkolonne vor uns auf.

Ursula reagierte sofort, überholte einen Lastwagen und scherte vor ihm wieder ein. „Tschaka!" rief sie und nickte auf das Fahrzeug vor uns. „Das ist die Lösung!" Vor uns fuhr ein Pickup – ein japanisches Modell mit leerer Ladefläche. Auf der Bordwand stand in großen Buchstaben: Senegal Express.

„Hier, nimm den Chip!" Ursula drückte ihn mir in die Hand und gab schnell Anweisungen. „Sobald wir ihn überholen, öffnest du das Fenster und wirfst den Chip auf die Ladefläche. Keine Zeit zu verlieren!"

„Aber…" Ich zögerte und sah auf den kleinen, in schwarzen Kunststoff gehüllten Chip in meiner Hand. „Du weißt, dass ich schlecht sehe." Der Gedanke, präzise zu werfen, machte mich nervös.

„Du kannst das," ermutigte Ursula mich mit fester Stimme. „Stell dir einfach vor, wie der Chip auf der Ladefläche landet. Das reicht."

„Aber der Seitenwind!" begann ich zu jammern. „Wenn ich zu steil werfe, springt er zurück, und bei einem flachen Wurf prallt er vielleicht ab und rollt auf die Straße…"

„Hör auf zu lamentieren!" Sie funkelte mich an. „Vertrau darauf, dass es klappt! Sobald das Fenster unten ist und ich zum Überholen ansetze, musst du bereit sein."

In diesem Moment spürte ich, wie sich die anfängliche Übelkeit in mir zu absoluter Klarheit wandelte. Mein Geist wurde scharf und fokussiert, als wäre ich von einer höheren Kraft geführt. Ganz ruhig öffnete ich das Fenster und ließ den Wind über meinen Arm streichen. Ursula beschleunigte, und im nächsten Augenblick waren wir neben dem Pickup.

„Jetzt! Mach schon!" rief sie.

Ich holte tief Luft, zögerte kurz, und dann sah ich die Ladefläche wie ein Basketball-Brett vor mir. Ich wollte den Chip im vorderen Bereich ablegen, damit er zurückprallte und sicher liegen blieb.

Mit einer ruhigen Bewegung warf ich – der Chip flog in einem eleganten Bogen, landete exakt auf der Ladefläche, prallte leicht gegen die Rückwand der Kabine und kam sicher zum Liegen. Er ruhte unauffällig in der Ecke, kaum sichtbar selbst für einen neugierigen Blick des Fahrers. Es war perfekt.

Ursula beschleunigte noch einmal und überholte in mehreren Zügen die komplette Kolonne. Gerade, als wir wieder freie Fahrt hatten, meldete sich das Navi: „In zwei Kilometern links abbiegen."

„Das war knapp", murmelte sie und trat noch einmal aufs Gas. Falls die Verfolger uns näher gekommen waren, sollten sie zumindest nicht sehen, wohin wir abbogen.

Endlich erreichten wir die Abzweigung, und mit einem schnellen Schwenk verließen wir die Strecke nach Marrakesch und bewegten uns wieder auf die Berge zu.

Das karge Land wurde schnell von den ersten Ausläufern der Berge abgelöst. Die Straße schlängelte sich durch eine felsige und steinige Landschaft, während die späte Nachmittagssonne tief am Himmel stand und lange Schatten über die Hügel und Felsen warf. Ihr warmes Licht brachte die rauen Konturen des Geländes zum Leuchten, und die Wärme des Tages lag noch in der Luft, auch wenn die Strahlen bereits flacher in die Landschaft fielen.

Ursula ließ den Rückspiegel nicht aus den Augen. „Kein Clio weit und breit," murmelte sie schließlich und atmete sichtlich erleichtert auf. „Vielleicht haben wir es wirklich geschafft, ihnen zu entwischen."

Ich nickte, spürte aber, wie die Anspannung in mir noch nicht ganz nachließ. „Dann sollten wir die Gelegenheit nutzen und unser nächstes Ziel festlegen."

„Stimmt," sagte Ursula und zog ihr Smartphone hervor. „Wenn wir ein Nachtlager finden wollen, brauchen wir ein geschütztes Fleckchen. Am besten in einem Tal mit etwas Wald – hier in den Bergen sollte das möglich sein." Sie tippte und wischte auf dem Display, bis sie schließlich auf ein geeignetes Ziel stieß. „Hier," sagte sie, „es gibt eine kleine Lichtung in einem Waldstück weiter östlich, etwa eine halbe Stunde von hier."

Ich schaute auf die felsige, zunehmend schroffe Landschaft vor uns und nickte. „Dann hoffen wir mal, dass der Wald hält, was er verspricht."

Mit einem knappen Lächeln legte Ursula das Smartphone beiseite und richtete ihren Blick wieder auf die Straße. „Gut, dann fahren wir weiter und schauen, ob wir heute Nacht ein wenig Ruhe finden."

93

Die Fahrt führte uns tiefer in die Berge hinein, wo sich die Felsen zu höheren Klippen türmten. Schließlich tauchten wir in ein Tal hinab, das von dichten Bäumen gesäumt war, bereit für eine hoffentlich ruhige Nacht.

Ursula schaltete den Bus in den Geländemodus und ließ ihn sanft über das holprige Terrain rollen. Die Federung des Fahrzeugs hob sich leicht, während wir uns auf den schmalen Schotterweg begaben, der kaum breiter als ein Ziegenpfad war. Staub und lose Steine knirschten unter den Reifen, und der dichte Wald verschluckte die letzten Geräusche der Straße hinter uns. Über uns schlossen sich die Baumkronen, und das späte Licht der tief stehenden Sonne fiel in schrägen Strahlen durch die Blätter, tauchte den Wald in ein warmes, leuchtendes Grün.

„Wir sind fast da," sagte Ursula ruhig und konzentriert, während sie den Bus langsam durch die engen Kurven steuerte.

Ich ließ meinen Blick nach oben schweifen, dorthin, wo die gewaltigen Baumkronen das Licht wie durch einen Schleier filterten. Der Anblick wirkte beruhigend und geheimnisvoll zugleich, als ob die Natur selbst uns in ihrem geschützten Inneren willkommen heißen würde.

„Das hier sieht nach einem Ort aus, den die Zivilisation vergessen hat," murmelte ich.

„Genau das brauchen wir," antwortete Ursula mit einem kurzen Lächeln, das in ihren Augen aufblitzte, ohne dass sie den Blick von der schmalen, unebenen Strecke löste. „Hier wird uns so schnell niemand folgen."

Die Strecke wurde schwieriger, und Ursula manövrierte den Bus vorsichtig um eine enge Kurve, wo ein abgestorbener Baum sich bedrohlich über den Weg neigte. Der Boden wurde uneben, fast sumpfig, und die Vegetation dichter. Bald erreichten wir eine kleine Lichtung, die sich wie eine versteckte Insel im Herzen des Waldes öffnete. Der Boden war von Gräsern und Farnen bedeckt, die im schrägen Sonnenlicht ein sattes, weiches Grün zeigten. Ein kleiner Bach schlängelte sich an der Seite der Lichtung entlang, und das Wasser glitzerte im Abendlicht wie fließende Kristalle.

„Hier ist es," sagte Ursula und brachte den Bus zum Stehen. Sie lehnte sich zurück und atmete tief ein. „Hier können wir die Nacht verbringen – sicher und verborgen."

Ich sah mich auf der Lichtung um und nahm die Atmosphäre in mich auf. Der leichte Wind, der sanft durch die Bäume strich, trug den Duft feuchter Erde und das herbe Aroma von Zedernholz. Das Bachrauschen mischte sich mit dem Flüstern der Blätter, und jeder Klang schien den Ort noch lebendiger zu machen. Wir waren angekommen, im Herzen der Wildnis, wo die Präsenz der Natur sich wie ein stilles, doch wachendes Auge anfühlte, das uns fern von jeglicher Bedrohung bewahren würde.

„Nicht schlecht, Agentin Bauer," sagte ich mit einem schiefen Lächeln. „Nicht schlecht."

Ich ließ den Blick noch einmal über die Lichtung schweifen und spürte, wie sich eine überraschende Ruhe in mir ausbreitete. Es war, als ob der Ort mich in einem sanften Griff hielt, mich durchströmte. Ergriffen von der Tiefe des Moments, wusste ich, dass dieser Ort uns genau das bot, was wir brauchten – Zuflucht und Sicherheit.

Kaum hatten wir den Bully geparkt, begannen wir, uns gemütlich einzurichten. Ich fuhr die Markise aus. Hier weniger, um uns vor der Sonne zu schützen, sondern vielmehr, um den heimeligen Raum des Campers in die Natur hinaus zu erweitern. Ich stellte die Klappstühle und den Tisch auf. Es war fast schon eine kleine Zeremonie geworden.

Ursula hielt mir eine Flasche Wasser entgegen: „Du musst mehr trinken! Du trinkst zu wenig." Sie sah mir in die Augen und lächelte mich an.

„Du hast recht. Danke," antwortete ich.

„Dann lass uns erst einmal den Staub des Tages loswerden," schlug Ursula vor. „Ich habe da vorne eine gute Stelle an dem Bach gesehen. Dort können wir uns waschen."

„Ein erlösender Gedanke," entfuhr es mir. „Willst du alleine gehen?" fragte ich.

„Nein," gab sie zurück, „der Weg zum Bach ist zwar nicht weit, aber etwas tricky. Nicht, dass du mir nachher noch hineinfällst. Komm einfach mit mir mit." Und sie packte mich bei der Hand.

Wir kletterten eine kleine Böschung hinab. Es war tatsächlich rutschig, und über einige Steine mussten wir klettern. Wir waren jedoch mittlerweile ziemlich eingespielt. Bald erreichten wir eine kleine Kiesbank, die uns willkommen hieß. Wir legten unsere Dellabas, die wir in der Medina von Tetouan erstanden hatten, auf einen großen Stein. Ursula tastete sich barfuß in den Bach vor und setzte sich einfach ins flache Wasser.

„Da bin ich empfindlicher," lachte ich, „ich lasse meine Sandalen einfach an."

Das Wasser war überraschend kühl, aber diese Erfrischung war sehr angenehm nach der Hitze des Tages und den aufregenden Erlebnissen.

Als wir uns ausreichend gereinigt fühlten, streiften wir einfach unsere Dellabas wieder über. Es fühlte sich wie eine Erneuerung an. Schließlich machten wir uns auf den Rückweg.

Wir machten es uns in den Klappstühlen gemütlich, während die Dämmerung langsam über die Eichen und Zedern zog, die die Lichtung umgaben. Das letzte Licht des Tages fiel flach durch das Blätterdach und malte goldene Strahlen auf den weichen Waldboden. Der Duft von feuchtem, erdigem Moos und den herben Noten der Zedern mischte sich mit dem Aroma von Antoines Proviant, der immer noch reichlich übrig war. Ursula stellte den Gaskocher auf den Tisch und begann, Kaffee zuzubereiten. „Den brauche ich jetzt", kommentierte sie, während der erste Dampf aus dem Topf aufstieg und sich in der kühlen Abendluft verlor. „Gerne stark", antwortete ich, während das Rascheln der Blätter und das leise Knacken von Ästen in der Stille des Waldes zu hören waren. Die Vögel zogen sich langsam zurück, und der Wald schien für den Tag zur Ruhe zu kommen. Es war eine Oase der Ruhe, die den turbulenten Tag hinter uns ließ und uns im Moment mit der Stille der Natur verband.

Wie aus dem Nichts holte uns die gegenwärtige Lage wieder ein. Mit meiner dampfenden Tasse Kaffee in der Hand grübelte ich laut vor mich hin: „Ich denke, wir haben sie abgeschüttelt."

„Wie kannst du dir da sicher sein?" fragte Ursula, ihre Augen schauten mich skeptisch an.

„Überleg mal", begann ich und setzte mich aufrechter hin. „Wenn ich an die Situation mit dem Pick-up heute denke und wie reibungslos es gelaufen ist, dann muss es so sein. Wenn das Universum sich die Mühe macht, die Dinge so zu ordnen, dann kann das nur gut sein." Ich blickte Ursula eindringlich an, in der Hoffnung, sie zu überzeugen.

„Dein Vertrauen hätte ich gerne", murmelte sie, während sie auf den Boden starrte.

„Für mich ist das ganz logisch", entgegnete ich. „Jedes Mal, wenn wir mit uns selbst verbunden waren, haben wir Hilfe erhalten. Heute war das doch auch so. Die Art, wie du die Ausweichstrecke bestimmt hast, und dann der Pick-up, der zur richtigen Zeit am richtigen Ort war."

„So gesehen hast du recht", bestätigte Ursula und nickte zustimmend.

„Aber warum haben sie uns verfolgt?" Diese zentrale Frage brannte auf Ursulas Zunge.

„Zumindest wollten sie uns nichts antun", überlegte ich laut. „Die Gelegenheit dazu wäre vielleicht gegeben gewesen. Sie wollten wohl erfahren, ob wir etwas wissen."

„Und das ist typisch Viktor!", schnaubte Ursula fast wütend. „'Informationen sind mein Geschäft', hat er gesagt. Jetzt will er erfahren, ob wir ihm etwas verheimlichen und vielleicht mehr über den Felsen seiner Familie wissen."

„Da könntest du recht haben", bestätigte ich und blickte in die Ferne, als ob ich dort die Antworten finden könnte. „Aber eine Sache passt nicht. Er hat uns doch so freundlich empfangen."

„Er ist einfach falsch", betonte Ursula mit fester Stimme.

„Genau genommen können wir das nicht wissen", entgegnete ich. „Es könnte genauso gut sein, dass Youssef von jemandem anders bezahlt wird und nicht nur uns, sondern auch Viktor überwacht."

Ein Moment der Stille folgte.

„Das kann ich nicht leugnen", setzte Ursula schließlich das Gespräch fort. „Es könnte auch noch eine ganz andere Organisation oder sonst wer dahinterstecken. Den Chip, den sie bei uns versteckt hatten, kann man nämlich nicht einfach so beschaffen. Man braucht dafür spezielle Beziehungen."

„Wie meinst du das genau?" Jetzt war ich neugierig geworden.

„Bei unserer Abfahrt habe ich unsere Standardprozedur durchgeführt", erklärte Ursula. „Damit kann ich alle aktiven und einfachen passiven Sensoren finden. Aber dieser Sensor ist speziell. Es ist ein passives System, das das Funknetz unseres VW-Busses nutzt. Ich musste schon etwas tiefer suchen, um ihn zu entdecken. Ich habe eine ganz neue App benutzt, die ich zuvor noch nie verwendet hatte. Diese Entwicklung ist also ganz neu, und nicht jeder hat Zugriff auf solche Technologien."

„Wow", stieß ich aus. „Das ist ja dann eine ganz andere Dimension."

Wir schwiegen wieder, die Schwere der Situation drückte auf uns.

„Aber im Grunde ist es egal", sagte ich schließlich. „Egal, wer dahintersteckt, wir müssen uns von den Gedanken daran befreien. Sie würden uns nur belasten."

„Loslassen also?" fragte Ursula, während sie in den Boden schaute.

„Hier und jetzt, das ist das Einzige, das zählt." Mit diesen Worten versuchte ich, unser Gespräch in eine andere Richtung zu lenken.

Ursula schmunzelte leicht. „Das ist doch erst mal nur so ein Spruch," meinte sie und schaute mich skeptisch an.

„Dann lass es mich anders formulieren," entgegnete ich und warf einen kurzen Blick in die Ferne. „Was können wir eigentlich verändern?"

„Wir können planen, wie es weitergeht." Ursula überlegte und nickte langsam, als ob sie meine Gedanken ergänzen wollte.

„Genau," bestätigte ich, während mein Blick wieder gedankenverloren in die Ferne glitt. „Ich habe im Hinterkopf schon die ganze Zeit über etwas nachgegrübelt. Nämlich, wie Arterien wohl aussehen mag."

Ursula musterte mich überrascht. „Daran hast du heute auch noch gedacht?"

„Ja," erwiderte ich nach kurzem Zögern. „Es war mehr so eine Ahnung, ein Gedanke, der in mir gereift ist."

„Und was genau?" Sie stupste mich leicht an, ihr neugieriger Blick forschte nach einer Antwort.

„Marco Polo und Colombo," sagte ich, meine Stimme von einer Mischung aus Erkenntnis und Unsicherheit getragen. „Wir hatten doch schon vermutet, dass der Name Colombo etwas mit einer Taube zu tun haben könnte. Aber du hast mal angedeutet, vielleicht weisen Marco Polo und Colombo gemeinsam darauf hin, dass Arterien von zwei Seiten zu betrachten ist."

Ursula nickte, ihr Blick konzentriert und aufmerksam. Ich fuhr fort: „Ich habe über die Wörter an sich nachgedacht. Auch darüber, dass wir irgendwo den Hinweis auf Berge haben. Im Französischen bedeutet das Wort col ‚Pass'. Und bei Marco… da steckt das Wort mar drin, das mich ans italienische Wort für Meer erinnert. Irgendwie spüre ich, dass auf der einen Seite von Arterien das Meer ist – und dass auf der anderen Seite Berge sein müssen. Nur das Symbol der Taube bleibt noch unklar."

Ursula nickte und sah mich eindringlich an. „Das hast du eigentlich schon länger vermutet. Und ehrlich gesagt, die Idee von einer unterirdischen Höhle habe ich auch nie so recht geglaubt."

„Dann sollten wir uns darauf vorbereiten, dass wir früher oder später in die Berge müssen," fasste Ursula nachdenklich zusammen. „Mit dem Bulli kommen wir da vermutlich nicht mehr weit."

Ich nickte, während sich die ersten Ansätze eines neuen Plans in meinem Kopf formten. „Dann müssen wir uns noch genau überlegen, wie wir das bewerkstelligen."

Ursula überlegte einen Moment und sagte dann: „Das klären wir am besten vor Ort. Aber dafür brauchen wir so etwas wie eine Schaltzentrale." Sie hob eine Augenbraue und schmunzelte. „Also, lass uns erst mal nach Algier fahren. Wir haben dort in einem Hotel eine Suite, die einer von uns regelmäßig nutzt. Es wird nicht weiter auffallen."

Überrascht von dieser Wendung sah ich sie an und erwiderte mit einem leichten Lächeln: „Na, da habe ich nichts dagegen."

Ursula nickte, ihre Augen blitzten entschlossen. „Dann hätten wir also einen Plan."

„Aber es gibt noch ein Problem," setzte ich an. „Wir können nicht einfach die gewohnte Route nach Algier nehmen. Es wäre zu auffällig. Unsere Verfolger könnten die Grenzen überwachen, und man könnte uns am Grenzübergang entdecken. Zumal es nur einen einzigen offenen Grenzübergang zwischen Marokko und Algerien gibt."

Ursula nickte nachdenklich und verengte leicht die Augen. „Ja, ich hab darüber nachgedacht. Aber die grüne Grenze…" Sie hielt einen Moment inne. „Das hab ich bei einem früheren Auftrag auch schon machen müssen. Es ist riskant, aber wir können es organisieren. Ich werde morgen früh meine Kontakte anrufen und sehen, was sie tun können, um uns über die Grenze zu bringen."

„Gut," antwortete ich, „dann lass uns hier Schluss machen."

Die Nacht war bereits hereingebrochen, und Dunkelheit umhüllte uns. Die einzige Lichtquelle waren die Sterne am Himmel. Wir hatten es vermieden, das Licht an unserem Camper anzumachen, um keine Insekten anzulocken. Die Schatten des Waldes wirkten geheimnisvoll und kühl.

„Am liebsten würde ich draußen schlafen," schwärmte Ursula, „wenn da nicht diese verdammten Moskitos wären."

Ich überlegte kurz und sagte: „Ich habe mal gehört, dass die Einheimischen Kampfer gegen Moskitos verwenden. Aber ich weiß nicht, wie der aussieht. Ich weiß nur, dass man ihn zerreiben oder als Räucherwerk verwenden kann. Vermutlich braucht man dafür trockene Blätter."

„Na, wie der aussieht, hab ich gleich raus," sprudelte es aus Ursula hervor, und schon hatte sie ihr Smartphone in der Hand. Nach kurzem Tippen meinte sie: „Ach so, der wächst dort drüben." Sie grinste und fügte hinzu: „Ich nehme die Taschenlampe, hole mir da drüben ein paar Blätter und probiere das einfach aus."

Ich runzelte die Stirn. „Und was willst du jetzt machen?"

„Ich werde mit dem Gaskocher ein bisschen Kampfer in unserem Bus räuchern und die Moskitos damit vertreiben," erklärte Ursula lächelnd und entschlossen.

„Also schläfst du doch im Bus?" Ich zog eine Augenbraue hoch.

„Ja, ja," erwiderte sie und schüttelte den Kopf. „Aber bei diesen Temperaturen würde ich am liebsten möglichst unbekleidet schlafen, wenn es dir nichts ausmacht. Und ich will mir nicht die Decke über den Kopf ziehen müssen, nur um mich vor diesen Biestern zu schützen."

„Alles gut," sagte ich grinsend. „Tu dir keinen Zwang an."

Während Ursula ihre Vorbereitungen traf, stellte ich das Hochdach auf und pumpte die Matratze auf. Kurz darauf erfüllte ein leicht eigenartiger, rauchiger Geruch das Fahrzeug. Ich schnupperte und murmelte: „Na, wenn's hilft, soll's mir recht sein."

Schon bald legten wir uns schlafen. Eine ganze Weile lag ich jedoch wach, lauschte auf die Geräusche des Waldes, die draußen in der Dunkelheit lauernd wie feine Stimmen flüsterten. Das Rascheln der Blätter, das leise Knacken trockener Äste – jedes kleine Geräusch weckte eine seltsame Unruhe. Immer wieder wanderte mein Blick in die Dunkelheit, das Herz schlug schneller, als ob ich darauf wartete, dass unsere Verfolger uns doch noch überraschen würden. Der Gedanke, wie sie sich vielleicht lautlos näherten, um die Stille der Nacht jäh zu durchbrechen, ließ mich frösteln.

Doch nichts geschah. Alles blieb ruhig. Langsam ließ die Anspannung nach, und ich spürte, wie mein Geist sich auflöste, sich in die Ruhe der Nacht ergab und sich schließlich in die Welt der Träume hineinsinken ließ.

„Wo bist du?" rief Ursula von weitem, ihre Stimme sanft im Morgendunst.

„Hier am Bach!" rief ich zurück, meine Stimme in die Stille des Waldes hineinschickend. Nach einer kurzen Pause fügte ich hinzu: „Es ist alles gut!"

Die ersten Sonnenstrahlen hatten eben das Blätterdach durchdrungen, als ich mich auf einer Kiesbank am Bach niedergelassen hatte, um zu meditieren. Das leise Plätschern des Wassers begleitete meinen Atem, und die Luft duftete frisch und erdig, wie neugeboren von der Nacht. In der frühen Morgenkühle schloss ich die Augen, ließ meinen Geist ruhiger werden und atmete tief in meinen Solarplexus hinein. Ich stellte mir vor, wie ich alle schwere, stagnierende Energie in den Bach fließen ließ. Jeder ausgehende Atemzug war wie ein Loslassen von Sorgen und Ballast, und das Wasser nahm sie auf, trug sie sanft fort.

Mit jedem Atemzug verband ich mich tiefer mit dem, was mich umgab. Die Energie strömte durch mein Kronenchakra in mich hinein, durchströmte meinen Körper und erfüllte mich mit frischer Kraft. Erst nachdem ich mich gereinigt und frei von belastenden Gedanken gemacht hatte, ließ ich meine innere Stille zur eigentlichen Praxis werden, als mein Geist ganz in die Meditation eintauchte. Für einen Moment verlor ich mich im Atem des Waldes, in der Einheit von allem, was war, und fand Frieden.

Ich saß bereits eine Weile reglos da, als ich Schritte hinter mir hörte. Ursula trat vorsichtig über die Steine, das Rascheln ihrer Schritte unterbrach die friedliche Stille nur sanft.

„Ah, hier bist du!" rief sie überrascht und setzte sich auf einen Stein neben mir. „Das musst du mir erklären", fuhr sie fort und schüttelte leicht den Kopf. „Gestern war der Weg für dich noch so mühsam und beschwerlich. Und heute schaffst du es ganz alleine mit deinem Blindenstock. Wie machst du das?"

Ich lächelte. „Lass mich so anfangen", begann ich. „Mein Onkel ist schon lange völlig blind. Früher hat er andere Blinde betreut, und einmal hat er mir erzählt, dass er und ich ein besonderes Glück hätten. Wir können uns den Raum um uns herum bildlich vorstellen. Manche andere können das nicht – sie verlieren ihre Orientierung sofort, sobald sie sich einmal um die eigene Achse drehen."

Ursula nickte, während ich fortfuhr. „Die Ärzte haben oft mit mir Tests gemacht, und ich weiß, dass ich nur noch einen kleinen Fleck in der Mitte habe, mit dem ich überhaupt sehen kann. Dazu kommt, dass meine Netzhaut in Falten gelegt ist und meine Linse getrübt. Doch mein Gehirn füllt das Sichtfeld irgendwie auf – es blendet mir bekannte Dinge ein und macht den Rest für mich lebendig. Wenn ich eine Strecke schon einmal gegangen bin, verbinden sich Sehen, Hören, Fühlen und sogar Erinnerungen zu einem gemeinsamen Bild. All diese Sinneseindrücke fügen sich zu einem Ganzen, und mein Gedächtnis hilft mir dabei. Klar, es war nicht ganz einfach hier runterzukommen – aber ich wusste ja, dass ich es gestern auch geschafft habe."

Ich hielt einen Moment inne, bevor ich leise hinzufügte: „Und ich bin froh, dass mich diese dunkle Schwärze, die mir die Ärzte prophezeit haben, noch nicht eingeholt hat. Vielleicht bin ich einfach nur anders. Anders, als manche Menschen es sich für mich wünschen."

Da kam Ursula von hinten und legte sanft ihre Hände auf meine Schultern. „Es gibt viele", sagte sie, ihre Stimme warm und weich, „die dich genau so mögen, wie du bist."

„Ich weiß." Das genügte. Ihre Worte berührten mich tief, und ich fühlte eine leise Dankbarkeit, die in mir aufstieg.

Sie hatte unsere Waschutensilien mitgebracht, und so nutzten wir den klaren Bach, um uns zu erfrischen. Das Wasser war kalt, erweckte die Sinne und vertrieb den letzten Rest von Müdigkeit. Der Waldboden war feucht vom Morgentau, und die Sonne, die nun höher stand, ließ die Tautropfen wie Diamanten funkeln.

Schließlich machten wir uns bereit für den Tag und gingen zurück zum Bulli. Innerlich gereinigt und gestärkt, fühlte ich, dass wir bereit waren für alles, was auf uns zukommen mochte. Die Herausforderungen mochten groß sein, aber auch unser Vertrauen und unsere Entschlossenheit waren gewachsen.

Als Erstes nach dem Frühstück griff Ursula zu ihrem Telefon. Schnell hatte sie Erfolg: „Tariq Ben Saïd", meldete sich eine freundliche Stimme. Dann folgte sofort die Frage: „Es-ce toi, Ursula?"

„Wer sonst?" erwiderte Ursula mit einem Schmunzeln. „Bonjour, Tariq! Und, wie geht es den Kindern?" schob sie gleich nach.

„Très bien, très bien!" rief Tariq begeistert. „Sie haben sich riesig über die Trikots gefreut."

„Das freut mich," sagte Ursula zufrieden. „Zuerst hatte ich noch überlegt, ihnen eine Playstation zu schenken. Aber ich mag es nicht besonders, wenn die Kinder nur drinnen sitzen und zocken."

„Da sind wir ganz einer Meinung," gab Tariq lachend zurück. Doch dann wurde seine Stimme ernster: „Aber du rufst bestimmt nicht an, um mit mir über die Kinder zu sprechen, oder?"

„Ich brauche mal wieder einen Übertritt," antwortete Ursula nun in ernstem Ton. „Ich komme von Westen und muss nach Osten."

„Hinter wem bist du diesmal her?" wollte Tariq wissen.

Ursula holte kurz Luft, ehe sie antwortete: „Jemand, der sogar eine Blacklisted Area erschaffen kann."

Am anderen Ende der Leitung herrschte einen Moment Stille. Nur das leise Knistern war zu hören. Dann meldete sich Tariq wieder: „Wann brauchst du die Passage?"

„Ich bin schon auf dem Weg und könnte morgen oder übermorgen an der Grenze sein."

„Dann übermorgen früh, bei der Dämmerung. Ich halte dir denselben Korridor frei wie letztes Mal. Und denk daran: Lass das Licht aus!"

„Danke für den Hinweis, Tariq. Ich werde daran denken," bestätigte Ursula.

Eine kurze Stille folgte, dann fragte Tariq: „Wann sehen wir uns wieder?"

„Vielleicht, wenn all das hier vorbei ist," meinte Ursula nachdenklich. „Mal sehen."

„Gerne würde ich noch mit dir plaudern, aber ich habe ein Meeting." Man konnte das Bedauern in seiner Stimme deutlich heraushören.

„Dann au revoir, und wünsch mir Glück!" sagte Ursula.

„Bonne chance et bon courage!" Mit diesen Worten legte er auf.

Ein erleichtertes Lächeln huschte über Ursulas Gesicht. „Wir haben eine Passage!" rief sie aus und jubelte leise. Dann fügte sie hinzu: „Jetzt brauche ich erst mal einen Kaffee."

03

Da ich das gleiche Bedürfnis verspürt hatte, war der Kaffee bereits fertig. Ich reichte Ursula eine dampfende Tasse.

„Ich staune immer wieder," kommentierte ich das vorangegangene Gespräch, „über welche Kontakte du verfügst. Und was alles möglich ist, wenn es einfach menschlich zugeht."

Ursula nickte zustimmend und genoss die ersten Schlucke ihres Kaffees. Als wollte sie ablenken, schlug sie vor: „Dann können wir jetzt die Route planen."

„Sehe ich das richtig," hakte ich ein und ging auf ihr Thema ein, „dass wir jetzt zeitlich etwas Puffer haben?"

„Ja, ein wenig," bestätigte Ursula. „Aber wir müssen bedenken, dass wir auf Nebenstrecken unterwegs sein werden und dort langsamer vorankommen. Vor allem der letzte Abschnitt bis zur Grenze wird sehr anspruchsvoll für unseren VW-Bus sein. Letztes Mal hatte ich einen Land Cruiser. Aber mit der Sonderausrüstung ist unser Bulli ja fast ein Geländewagen."

„Ich kenne die Strecke zwar nicht," gab ich zu, „aber ich bin überzeugt, dass er mithalten kann."

„Die Stelle, an der wir die Grenze überqueren müssen, liegt ein gutes Stück weiter nördlich," erklärte Ursula. „Deshalb schlage ich vor, dass wir heute schon in Richtung Norden weiterfahren. Dort finden wir leichter eine Einkaufsmöglichkeit und eine Tankstelle. Dann können wir schauen, wie weit wir heute kommen."

„Ja, genau," stimmte ich zu. „Und dann suchen wir uns einfach wieder ein Nachtlager, so wie wir dieses hier gefunden haben. Perfekt!"

„Ich lege die genaue Route später fest, wenn wir im Auto sitzen," beschloss Ursula.

Dann blickte sie mir mit ihren tiefblauen Augen eindringlich in die meinen. „Lass uns diese Fahrt einfach genießen wie zwei Freunde, die zusammen Urlaub machen."

Ich erwiderte ihren Blick, ohne zu blinzeln, und nickte. „Zwei sehr gute Freunde."

Dann stießen wir mit unseren Kaffeetassen an.

Wie vermutet konnten wir auf dem Weg nach Norden unsere Vorräte ergänzen und den Tank auffüllen. Die Landschaft war atemberaubend, und es kam in mir das Gefühl auf, als wären wir tatsächlich auf einem entspannten Urlaubstrip.

Dann jedoch kreuzten wir, von Süden kommend, die Nationalstraße, die von Westen nach Osten in Richtung Algerien führte und die wir normalerweise genommen hätten, wenn nicht unsere Verfolger gewesen wären. Schlagartig wurde es in unserem VW-Bus still, und die Stimmung kippte ins Ernsthafte.

Um die angespannte Stille zu durchbrechen, forderte mich Ursula auf: „Erzähl mir was! Egal, was dir in den Kopf kommt."

„Mir geht immer wieder Arterien durch den Kopf," begann ich und merkte selbst, wie mein Tonfall nachdenklich wurde. Dann ließ ich meinen Gedanken freien Lauf:

„Wenn dort tatsächlich Berge sind, wie ich vermute, frage ich mich, wie sie das anstellen. Wir haben ja gesehen, dass sie eine Blacklisted Area eingefügt haben. Wenn sie die Satellitenbilder manipulieren, dann könnten sie die Berge natürlich einfach unsichtbar machen. Aber wir haben auch gesehen, dass nur zehn Kilometer entfernt ein kleiner Ort liegt. Wie wollen sie diese Berge vor den Menschen dort verstecken? Oder… vielleicht müssen sie das gar nicht? Vielleicht haben die Menschen dort einfach so viel Angst, dass sie ihr Leben so leben, als ob es Arterien gar nicht gibt…"

Ich hielt kurz inne, dann fuhr ich leise fort: „Es müssen jedenfalls sehr mächtige Menschen sein, die sowas bewerkstelligen können. Und die Gegend selbst ist ja auch interessant. Mir ist der Film Casablanca eingefallen – Nordafrika war ja im Zweiten Weltkrieg auch einer der Brennpunkte. Vielleicht ging es damals schon um mehr, als wir heute aus den Geschichtsbüchern erfahren. Mein Großvater hat damals in Nordafrika gekämpft."

Meine Stimme wurde sanfter, als ich erzählte: „Ich habe noch einen Brief, den er drei Tage nach seinem 25. Geburtstag an meine Großmutter geschrieben hat. Darin beschreibt er, wie er zusammen mit seinem Burschen in einem Sandsturm eine Schneise durch die amerikanischen Stellungen geschossen hat. Kurz zuvor hatte mein Großvater noch seine letzte Zigarette mit seinem Burschen geteilt, in dem Bewusstsein, dass diese Zigarette vielleicht die letzte für immer war. Wenig später wurde er dann durch einen Granatsplitter verwundet und kam nach Tunis in ein Lazarett, wo ihn die Amerikaner gefangen nahmen. Er sagte immer, dass ihm der Granatsplitter das Leben gerettet hat."

Ich sah zu Ursula hinüber und meinte: „Ich habe mich oft gefragt, warum Nordafrika für die Amerikaner und auch für die Deutschen damals so wichtig war. Vielleicht wussten beide Seiten mehr, als sie zugegeben haben. Vielleicht waren Hitler und Himmler nicht einfach nur auf der Suche nach Arterien. Vielleicht wollten sie es erobern…"

Nach meinem Monolog kehrte eine gedämpfte Stille ein. Ursula sah mich mit einem nachdenklichen Blick an und sagte leise: „Das sind viele Gedanken. Dein Kopf ist wohl voll davon."

Wir schwiegen einen Moment, bis Ursula mich sanft an mein eigenes Mantra erinnerte: „Vielleicht solltest du einfach nicht so viel grübeln und das Hier und Jetzt genießen. So, wie du es gestern zu mir gesagt hast."

Ich lächelte. „Da hast du recht," erwiderte ich. „Vielleicht werde ich ja schon bald wissen, wie es wirklich ist." Mit einem tiefen Atemzug konzentrierte ich mich wieder auf die Gegenwart und die Landschaft um uns herum.

Rings um uns erstreckte sich der Mittlere Atlas, dessen Hänge und Täler uns mit dramatischen Felsen, sanften Hügeln und weitläufigen Pinienwäldern umgaben. Die schroffen Berggipfel verschwammen in der Ferne und verloren sich im zarten Blau des Horizonts. Der Wechsel von Zedern, Eichen und knorrigen Wacholderbäumen schuf ein wildes, doch harmonisches Bild. Über uns wölbte sich der wolkenlose Himmel, während der Wind die Blätter zum Rascheln brachte, wie ein ständiges Flüstern der Natur. Und unter dieser weiten, ruhigen Kulisse schien unsere Mission kurzzeitig beinahe unwirklich – tatsächlich fast wie zwei Freunde auf einem sorglosen Abenteuer.

Für unser Nachtlager hatten wir wieder einen geeigneten Wald ausgewählt. Wir waren schon einige Zeit auf den von Bäumen gesäumten, mitten im Wald gelegenen Wegen unterwegs und mussten noch den richtigen Platz finden, an dem wir unseren VW-Bus endgültig abstellen konnten.

Die Sonne stand bereits tief, als Ursula eine schmale Abzweigung im Wald bemerkte. Mit sicherem Griff lenkte sie den VW-Bus über das unebene Gelände, bis wir in einer dichten Baumgruppe eine Lichtung fanden. Hier schützten uns die hohen, dichten Bäume – ein Ort, an dem wir den Bus gut verbergen konnten, fernab von neugierigen Blicken.

Ursula parkte den Bus so geschickt, dass seine Konturen nahezu im Dunkel der umliegenden Bäume verschwanden. „Ich glaube, ich habe vorhin einen kleinen Hügel gesehen," sagte sie. Ich konnte ihr weiches, verträumtes Lächeln ihrer Stimme entnehmen. „Vielleicht hat man von dort aus einen freieren Blick auf den Himmel als hier versteckt zwischen den Bäumen."

Nachdem wir uns eingerichtet hatten, kehrte eine angenehme Stille ein, die nur von gelegentlichem Vogelzwitschern durchbrochen wurde. Ursula schien bereits in Gedanken versunken und warf immer wieder einen kurzen Blick in die Richtung, in der sie die kleine Anhöhe gesehen hatte.

„Lass uns nach dem Essen zu der Anhöhe gehen", schlug Ursula vor.

„Gerne", erwiderte ich. „Ein paar Schritte nach dem Essen tun mir bestimmt auch gut."

Wir beeilten uns mit dem Abendessen, um die Anhöhe noch mit den letzten Sonnenstrahlen zu erreichen. Als wir dort ankamen, eröffnete sich uns ein unsagbar romantischer Ausblick: Der weite Blick auf die marokkanische Landschaft, das Tal im nördlichen Atlasgebirge, war ein wahres Paradies aus Farben und Formen. Die rotgoldene Abendsonne tauchte alles in ein warmes, sanftes Licht, und der Horizont schien sich mit den weichen Farben des Himmels zu verbinden, als ob der Tag sich selbst in den Abend legte.

Fasziniert von der unendlichen Schönheit der Landschaft verharrten wir auf der Anhöhe für eine Weile in Stille, nur der Wind in den Bäumen begleitete uns.

„Kannst du den Abendstern sehen?", fragte Ursula schließlich. „Ist er hell genug?"

„Wenn du mir zeigst, in welche Richtung ich sehen muss, könnte es klappen", erwiderte ich.

Ursula nahm behutsam meine Hand und führte sie in die Richtung, in der sich der Abendstern verbergen musste. Sie hielt sie dort an. „Dort", sagte sie dann. „Kannst du ihn wahrnehmen?"

„Ja, kann ich", bestätigte ich leise. „Vielen Dank! Er ist wirklich schön."

Wir standen still, der Moment schien sich in der Zeit zu verlieren. Schweigend genossen wir den Anblick der Venus, die am Himmel erstrahlte.

„Nun betrachten wir zum dritten Mal zusammen die Venus", sagte ich zu Ursula.

„Und sie wird immer schöner", flüsterte sie.

So standen wir noch lange dort, verloren in der Schönheit des Himmels und der Stille der Natur um uns herum. Wir fühlten die Verbundenheit mit der Welt, mit allem, was war – ein romantischer, fast spiritueller Moment, der unsere Seelen in Einklang mit dem Universum brachte.

„Dein Handy spricht so schnell", sagte Ursula, „dass ich kein Wort verstehe. Was liest du denn da?"

„Ich beschäftige mich noch mal mit der Venus", antwortete ich. „Unser Ausflug gestern Abend hat mich inspiriert."

Der Umgang zwischen Ursula und mir war inzwischen so vertraut, dass sie ganz ungeniert ein Gespräch begann, während sie im Heck des

Bullys ihre Morgentoilette verrichtete. Ich saß bereits wieder im Klappstuhl, das Smartphone in der Hand. Für uns Sehbehinderte war es ein wahres Geschenk, dass moderne Smartphones den Inhalt des Bildschirms vorlesen konnten.

„Weißt du noch", fuhr ich fort, „dass ich mich schon länger frage, wie das zusammenpasst: auf der einen Seite die heilige Teresa und auf der anderen Seite Bösewichte wie Hitler und Himmler?"

„Ja, klar", kam die Antwort von Ursula, deren Stimme war undeutlich. Sie hatte die Zahnbürste im Mund. Es war ein eigenartiges Geräusch, ein bisschen wie ein heiliges Murmeln aus einer anderen Dimension. Ich musste grinsen – sie hatte die Fähigkeit, selbst beim Zähneputzen etwas Erhabenes zu vermitteln.

„Ich glaube", fuhr ich fort, „das Gute und das Böse sind einfach immer irgendwie verknüpft."

„Jetzt wirst du aber philosophisch", erwiderte Ursula, während sie die Zahnbürste mit etwas Wasser aus einem der Kanister spülte. Ihre Bewegungen waren so gleichmäßig und bestimmt, als würde sie ein unsichtbares Ritual vollziehen, und ich dachte, wie seltsam es doch war, dass etwas so Profanes wie Zähneputzen für sie fast etwas Göttliches hatte. Ihre Haare, die im Licht der Heckklappe des Wagens glänzten, fielen in weichen Wellen über ihre Schultern. Ein Bild aus der Antike, das in einem ganz anderen, alltäglichen Kontext gefangen war.

„Die Venus ist ja gleichzeitig der Abendstern und der Morgenstern. Und das wussten übrigens schon die Menschen im alten Byzanz. Sie haben den Planeten zwar nicht Venus genannt, aber sie wussten immerhin schon, dass der Morgenstern und der Abendstern ein und derselbe Planet sind."

„Ja, und weiter?" fragte Ursula, während sie sich die Haare kämmte. Der Kamm glitt leicht durch ihr Haar, als ob die ganze Welt für diesen einen Moment stillstand – der Marsch der Zeit verlangsamte sich, und ich fühlte mich, als ob ich Zeuge eines geheimen, uralten Rituals war, das uns für einen kurzen Augenblick miteinander verband.

„Genauso wie der Abendstern und der Morgenstern an den zwei entgegengesetzten Seiten der Nacht und des Tages auftreten, steht die Venus einerseits für die perfekte göttliche Liebe, aber andererseits für die Versuchung des Fleisches. Also steckt bereits in der Venus selbst eine gewisse Ambivalenz."

„Du immer mit deinen Fremdwörtern", neckte mich Ursula, aber in ihrer Stimme schwang ein Hauch von Anerkennung mit. Und während sie ihre Haare zu einem einfachen Pferdeschwanz band, war es, als würde sie selbst – völlig unbewusst – etwas von der komplexen Symbolik der Venus in sich tragen. In diesem Moment war sie nicht nur Ursula, sondern ein Hauch von etwas viel Größerem.

„Warte, es wird noch besser", beharrte ich. „Der Morgenstern hieß bei den Römern Luzifer. Und Luzifer bedeutet einfach nur: der, der das Licht bringt. Und jemand, der das Licht bringt, ist doch jemand Positives. Erst später hat man den Begriff Luzifer für einen gefallenen Engel verwendet, den Inbegriff des Bösen."

„Das finde ich jetzt doch spannend", gab Ursula zu, als sie sich die letzten Strähnen zurechtzupfte. Ihre Aufmerksamkeit war nun ganz bei mir, doch auch hier schwang etwas in ihr mit, das mich ein weiteres Mal an die Venus erinnerte – eine tiefe, mystische Ruhe, gepaart mit einer fast beiläufigen Schönheit, die in den alltäglichsten Handlungen lag.

„Und genau da steckt doch die Verbindung", betonte ich. „Der Maler der Venus war bestimmt gebildet. Er muss um die Ambivalenz der Göttin der Liebe gewusst haben. Und auch um ihre Nähe zur Figur des Luzifers. Glaub mir, in Arterien liegen Gut und Böse, ganz eng zusammen."

„So! Fertig! Wir können frühstücken", beschloss Ursula mit einem Lächeln, das jetzt fast beiläufig wirkte, als ob sie die ganze Philosophie um uns herum auf sich wirken hatte lassen und nun bereit war, mit einem einfachen Akt das Heilige zu beenden. Sie war sich ihre Djellaba über und ging zum Frühstückstisch. In ihrem Gang lag diese unaufdringliche Eleganz, die trotzdem eine Art von göttlicher Präsenz in sich trug, als ob der Alltag für sie nie wirklich nur Alltag war.

„Wir sollten diese Momente noch genießen", sagte Ursula leise und ließ ihren Blick durch die Baumwipfel gleiten. „Die nächsten 36 Stunden könnten anstrengend werden."

„Die Fahrt über die Grenze, meinst du?", fragte ich und versuchte, den Ernst in ihrer Stimme zu greifen.

Ursula nickte, und für einen Augenblick war da eine leichte Falte auf ihrer Stirn, bevor sie mit einem Lächeln fortfuhr: „Dafür treffen wir heute Amigo." Sie schüttelte den Kopf, als wäre der Gedanke an ihn fast amüsant, und der ernste Ausdruck in ihrem Gesicht wich einem schmunzelnden Funkeln.

„Amigo?" Ich runzelte die Stirn. „Von einem Amigo war noch nie die Rede gewesen."

Ursula hob eine Augenbraue, als wollte sie mich daran erinnern, dass sie hier die Route schon einmal genommen hatte. „Du weißt doch," begann sie, und in ihrem Blick lag dieses sachliche Verständnis für die Dinge, die für mich noch neu waren. „Für den Grenzübergang brauchen wir einen Platz, von dem aus wir das Gelände überblicken können. Zufällig gibt es dort einen Felsen, der aussieht wie ein Hundekopf. Ich hatte einmal einen Hund. Der hieß Amigo. So verbinde ich die Erinnerung an ihn mit diesem Ort."

Ich spürte, wie die Anspannung in mir für einen Moment nachließ, und nickte verständnisvoll. „Ein Felsen also," murmelte ich. Es war seltsam tröstlich, dass diese gefährliche Route auch eine Art Vertrautheit für Ursula hatte.

„Wir sollten rechtzeitig dort sein," sagte Ursula weiter, als würde sie nur ihre Gedanken laut zu sich selbst sprechen. „Am besten, bevor die Dämmerung hereinbricht. Abends kommt dort meist noch eine Streife vorbei, und die will ich lieber aus sicherer Entfernung sehen."

Ich nickte langsam, während ich die Wärme des Kaffees in meinen Händen spürte. „Dann lass uns in Ruhe unseren Kaffee austrinken, bevor wir weiterziehen." Mein Blick suchte den ihren, um Zustimmung zu finden, aber da war bereits ein stilles Einverständnis zwischen uns, ein flüchtiger Moment, der uns beide beruhigte.

Die Aufgabe war nun klar: wir mussten bedacht handeln, in der Ruhe bleiben und gleichzeitig der Dringlichkeit nachgeben, die uns nach vorne zog. Ein weiteres Stück Weg lag vor uns, und mit jedem Schluck Kaffee fühlte sich dieser Moment wie ein Atemholen an, ein Innehalten vor dem, was kommen würde.

Anfangs folgten wir einer rauen Piste aus dem Tal, in dem unser Versteck im Wald gelegen hatte. Die Nebenstrecken wurden zunehmend schlechter, das Terrain unwegsamer, und die Vegetation karger. Über uns zogen große Raubvögel ihre Kreise, während wir uns langsam weiter Richtung algerische Grenze vorarbeiteten. Die Sonne stand inzwischen schon hoch am Himmel, und der Weg zog sich länger hin, als uns lieb war. Es wurde immer deutlicher, dass wir keine Zeit verlieren durften, wenn wir vor Einbruch der Dunkelheit bei Amigo ankommen wollten.

Ursula steuerte den VW-Bus vorsichtig über die steinige Strecke. Die Reifen gruben sich fest in das unebene Gelände, während wir an knorrigen Büschen und zerklüfteten Felsen vorbeikamen. Hin und wieder begegneten uns einzelne Hirten, die ihre Ziegen den Hang hinauftrieben. Es fühlte sich an, als ob die Welt hier stillstehen würde – ein ruhiger, harter Ort, der in seiner Abgeschiedenheit fast unberührt schien.

Nach einiger Zeit erreichten wir die Stelle am Fluss, wo der Pfad zu einer schmalen Furt wurde. Schon von weitem erkannten wir eine Gruppe Einheimischer und, mitten auf dem Weg, einen Esel. Das Tier stand unbeirrt und blockierte den Weg, seine großen Augen blickten stur geradeaus, und seine Ohren spitzten sich neugierig. Mehrere Männer standen wild gestikulierend um ihn herum und versuchten vergeblich, das Tier zur Seite zu bewegen – aber der Esel blieb standhaft.

„Schau mal, der kleine Kerl blockiert die ganze Straße," murmelte Ursula mit einem Lächeln. Wie es ihre Art war, rückte selbst der Zeitdruck, unter dem wir standen, in den Hintergrund, wenn ein Tier im Spiel war, das offensichtlich Hilfe brauchte.

„Vielleicht hat er eine Nachricht für uns?" scherzte ich mit einem Seitenblick auf ihre besondere Gabe.

Ursula lächelte kurz, dann trat sie langsam auf den Esel zu und schloss die Augen. Als sie ihre Hand vorsichtig ausstreckte, wurde es plötzlich still in der Menge, und die Männer warfen ihr neugierige, teils skeptische Blicke zu.

Mit sanfter Stimme begann Ursula leise mit dem Esel zu sprechen und wandte sich schließlich zu mir. „Er fühlt sich einsam," flüsterte sie. „Er sagt, dass früher ein Mann immer bei ihm war."

Ich runzelte die Stirn. „Glaubst du, sein Besitzer ist gestorben?"

Ursula nickte nur. Dann sprach sie beruhigend auf den Esel ein, ihre Hand glitt sanft über sein zotteliges Fell. „Er ist hier geblieben, weil hier Menschen sind," erklärte sie schließlich und wandte sich den Männern zu, die nun gespannt zuhörten.

Ein alter Mann mit wettergegerbtem Gesicht trat aus der Menge hervor und musterte Ursula mit einem einfühlsamen Blick. Sein Französisch war gebrochen, aber verständlich. „Der Esel… er ist allein?" fragte er sanft.

11

Ursula nickte. „Ja, er braucht ein Zuhause," sagte sie, bevor sie den Esel erneut ansprach. „Möchtest du vielleicht mit diesem Mann gehen? Er kann dir Gesellschaft leisten."

Der alte Mann wies auf seinen Pick-up mit einem Holzaufbau voller Hühner, die neugierig gackerten. „Ich kenne diese Einsamkeit," sagte er leise, „ich würde ihn zu mir nehmen."

Ursula lächelte und wandte sich wieder dem Esel zu. „Möchtest du mit ihm gehen? Dann hättest du wieder ein Zuhause." Der Esel schnupperte an der Hand des alten Mannes und schnaubte, bevor er mit sanftem Druck seine Nase an dessen Schulter drückte.

Jemand brachte ein Brett herbei, und die Männer packten gemeinsam an, um den Esel über das Brett und schließlich auf die Ladefläche des Pick-ups zu helfen. Das Gegacker der Hühner und die Stimmen der Männer füllten die Luft, und es herrschte eine ausgelassene, beinahe feierliche Stimmung. Ursula und ich warfen uns einen zufriedenen Blick zu – sie hatte hier etwas Besonderes bewirkt, nicht nur für den Esel, sondern auch für den alten Mann, der endlich einen Gefährten gefunden hatte.

Der Pick-up setzte sich langsam in Bewegung, und die Menge begann sich zu zerstreuen. Ursula drehte sich zur Furt um, und wir nahmen die nächste Etappe in Angriff. Der VW-Bus glitt vorsichtig ins Wasser der Furt, das gegen die Karosserie spritzte und über die Windschutzscheibe lief. Mit festem Griff steuerte Ursula das Fahrzeug über die Felsen, und bald erreichten wir das andere Ufer – bereit für das nächste Abenteuer.

„Glaubst du, dass der Esel sich wohlfühlt bei dem alten Mann?" fragte ich, nachdenklich.

Ursula lächelte leicht und behielt den Blick auf die holprige Piste vor uns gerichtet. „Ja, ich denke schon. Es gibt manchmal diese Momente, in denen sich zwei einsame Seelen begegnen und einander helfen können. Dieser alte Mann… ich glaube, er braucht den Esel genauso sehr, wie der Esel ihn braucht."

Ich nickte. „Es ist irgendwie beruhigend zu wissen, dass selbst an Orten wie diesen, weitab von allem, solche Verbindungen entstehen können. Manchmal sind es genau die kleinen Dinge, die eine Spur in dieser Welt hinterlassen."

Ursula warf mir einen kurzen Seitenblick zu. „So wie wir? Mit unserem Plan, der sich Schritt für Schritt weiter entfaltet?"

Ich erwiderte das Lächeln. „Ja, genau so. Vielleicht machen solche Begegnungen die Reise zu etwas Besonderem. Wenn wir hier raus sind… vielleicht sollten wir öfter einfach auf die kleinen Dinge achten."

„Einverstanden," sagte sie leise, fast als wäre es ein Versprechen.

Der VW-Bus ächzte und rumpelte über das Gelände, das vor uns wie ein ungeordneter Flickenteppich aus Steinen, Rissen und Löchern lag. Die Räder kämpften gegen die lose Erde, die sich immer wieder unter ihnen verschob, und Ursula hielt das Lenkrad fest umklammert. Ihre Augen waren konzentriert auf den Weg gerichtet, doch ihre Lippen pressten sich fest zusammen – ein untrügliches Zeichen, dass ihr jede Unebenheit des Bodens Sorgen bereitete.

Ein kleines Hindernis schien überstanden, und im nächsten Moment tauchte schon das nächste auf: Ein Felsblock ragte mitten im Weg auf, wie eine stolze Herausforderung an jedes Fahrzeug, das es wagte, hier durchzufahren. Ursula drückte die Unterlippe nachdenklich gegen ihre Zähne und dann streckte sie die Hand nach der Konsole in der Mitte des Cockpits aus. Mit einem Fingerzeig öffnete sie die Offroad-Seite im Multimediasystem. Die Anzeige, gesäumt von verschiedenen Symbolen und Reglern, flimmerte leicht auf dem Bildschirm. Ein leiser Klick, und Ursula griff nach einem der abgebildeten Drehknöpfe, drehte ihn langsam – und es war, als würde der VW-Bus selbst aufatmen und seine Schultern straffen. Mit einem leichten, mechanischen Surren hob er sich weiter an, um noch ein paar Zentimeter mehr Bodenfreiheit zu gewinnen.

„Langsam", murmelte ich mehr zu mir selbst, als der VW-Bus nun ein kleines Stück höher, sanft nach vorne kippelte, das Gleichgewicht suchend, schwankend zwischen den Reifen, die abwechselnd festen Halt suchten. Es war, als würden wir auf einem Drahtseil balancieren, und jeder Fehler könnte uns hart auf den Boden der Realität zurückwerfen.

„Es geht schon", sagte Ursula, die Anspannung in ihrer Stimme nur knapp hinter einer dünnen Fassade des Selbstvertrauens verborgen. Sie ließ den Motor nur sachte arbeiten, jeder Meter verlangte äußerste Präzision, um nicht mit den Bodenplatten aufzusetzen. Staub wirbelte auf und legte sich wie ein rauer Schleier über die Windschutzscheibe, während sich die schroffen Hügel und das brüchige Gelände immer weiter vor uns ausdehnten.

Die Piste schien endlos – ein Labyrinth aus Trümmern und vertrockneten Sträuchern, durchsetzt von tieferen Rinnen, in denen sich kleine Schatten sammelten. Ursula umfuhr vorsichtig eine dieser Einkerbungen, und ich hielt den Atem an, als sich der Bus zur Seite neigte, gerade so weit, dass es mir vorkam, als könnten wir jeden Moment kippen. Doch mit einem leichten Ruck fanden die Räder wieder Halt, und wir schoben uns weiter vorwärts, Zentimeter um Zentimeter.

Schließlich tauchte „Amigo" in der Ferne auf, ein stiller Wachposten aus Stein, der mit dem Profil eines Hundekopfes aus dem Hang ragte. Die Nähe zum Ziel verlieh uns neue Kraft, doch der Weg blieb fordernd, und der VW-Bus spürte jeden Zentimeter dieses kargen Geländes. Ursula schien ein letztes Mal alle Kräfte zu mobilisieren, den Bus noch sicher die letzten Meter zu manövrieren. „Jetzt bloß kein Reifenschaden", dachte ich bei mir, als wir auf die letzten Hindernisse vor dem Felsen zuhielten.

Schließlich erreichten wir einen geschützten Platz, den Ursula mit Kennerblick ausgesucht hatte. Die Räder kamen zum Stillstand, und für einen Moment herrschte Stille – eine unsagbare Erleichterung. Ich ließ die Anspannung in meinem Körper nach, und Ursula atmete tief aus, lehnte sich entspannt in den Sitz zurück und lächelte. „Willkommen bei Amigo", sagte sie leise, und der Platz schien wie ein stilles Versprechen von Sicherheit nach all den Herausforderungen, die der Weg hierher bereitet hatte.

„Kannst du bitte einfach im Bus bleiben?" fragte Ursula, doch es klang eher wie eine Aufforderung als eine Frage. Sie schob direkt hinterher: „Ich muss erst die Lage sondieren. Es könnte sein, dass wir uns hier verstecken müssen – oder schnell losfahren."

„Und da ist es praktischer, wenn ich schon mal im Auto sitze," bestätigte ich leise. „Verstanden."

„Und sei bitte so leise wie möglich," fügte sie hinzu, „und mach kein Licht an."

„Wie schaltet man das Tagfahrlicht eigentlich aus?" fragte ich neugierig. Eigentlich kann man es doch gar nicht deaktivieren.

„Guter Punkt," reagierte Ursula nachdenklich. „Das mache ich lieber gleich, bevor ich es noch vergesse." Sie drehte die Zündung erneut und navigierte durch das Menü auf der Seite, wo sie zuvor den Offroad-Modus aktiviert hatte. Nach einigen Klicks setzte sie einen Haken. „Jetzt geht das Licht erst wieder an, wenn ich den normalen Drehknopf für die Beleuchtung betätige."

Sie überprüfte sorgfältig, dass das Licht wirklich auf „Aus" stand und nicht auf „Automatik". „Jetzt muss ich mir erst einmal etwas Praktischeres anziehen," murmelte sie und schlüpfte nach hinten. Ihre leichte Kleidung vom Tag, bequem und luftig, passte jetzt kaum zur abendlichen Frische und den Herausforderungen, die bevorstanden.

Während Ursula sich umzog, öffnete ich die Beifahrertür, deaktivierte die Innenbeleuchtung und stellte sicher, dass kein Lichtschein uns verraten würde, falls ich die Tür nochmal öffnen müsste. Ich setzte mich seitlich auf den Beifahrersitz und ließ meine Beine nach draußen baumeln, in die kühle Abendluft. Die Sonne stand tief am Himmel und die Dämmerung stand kurz bevor, tauchte alles in ein goldenes Licht, das bald verblassen würde.

15 Als Ursula schließlich aus der Schiebetür des Busses trat, war sie neu eingekleidet – und ein Gedanke blitzte in mir auf: Lara Croft. Die Figur aus den Videospielen und Filmen kam mir unweigerlich in den Sinn, als ich Ursula in ihrem Outfit sah. Sie trug robuste Outdoor-Stiefel und eine enge Cargohose, darüber eine schlichte, aber funktionale Fleecejacke, die sie warm hielt und ihre Beweglichkeit nicht einschränkte. Doch es war der letzte Blick, der mich innehalten ließ – das Schulterholster mit einer Waffe, die dunkel im Schatten des Busses schimmerte.

„Ich hätte gar nicht gedacht," brachte ich leise hervor, „dass wir eine Waffe an Bord haben."

„Ich hasse das Ding auch," entgegnete Ursula mit einem Hauch von Abscheu in der Stimme, der ihre sonst so klare Entschlossenheit durchbrach. „Aber sicher ist sicher," fügte sie hinzu, mehr für sich selbst als für mich, um die eigene Haltung zu festigen.

Ursula strahlte etwas Beruhigendes und gleichzeitig Unnachgiebiges aus. In der sanften, goldenen Helligkeit der späten Sonne wirkte sie wie eine moderne Kriegerin, ein Schatten in der beginnenden Dämmerung, entschlossen, jedem möglichen Szenario standzuhalten. Die bevorstehenden Ereignisse mochten unbekannt sein, doch sie schien vorbereitet – auf alles.

„Ich schaue mal nach, was sich an der Grenze tut," sagte Ursula, und ich konnte ihre Anspannung spüren. „Dann komme ich wieder." Sie verschwand, und ich setzte mich wieder in Fahrtrichtung auf meinen Sitz, schloss die Tür und ließ das Fenster einen Spalt geöffnet.

Der Moment war eine Mischung verschiedenster Gefühle. Ich war zur Untätigkeit gezwungen – und das war schwer auszuhalten. Ich wusste, die Grenze war nah, aber ich konnte sie nicht einmal sehen. Nur mein Vertrauen in Ursula besänftigte mich und gab mir Ruhe.

Und dann war da noch die Waffe gewesen. Waffen, Kriege – als ob jemals auch nur eine einzige Waffe wirklich etwas Gutes bewirkt hätte. Auch wenn sich das die Träger solcher Waffen immer wieder selbst vorgaukelten. Waren Kriege nicht immer der Ausdruck einzelner machthungriger Egos? Ausdruck der Egos der Mitläufer? Jener, die sich in der Bugwelle der Macht einen Vorteil für ihr eigenes Leben versprachen? Und all das auf dem Rücken der Menschen, die im Grunde vielleicht nur in Frieden leben wollten.

Nun saß ich hier, an der Grenze zweier Länder, die sich gestritten hatten. Wie zwei Nachbarn in einer x-beliebigen Siedlung hatten sie ihre Grenzen geschlossen. Und sicher gab es auch hier Familien, die dadurch auseinandergerissen wurden.

Plötzlich wurde ich aus meinen Gedanken gerissen.

Der typische Klang eines Motorrads war zu hören. Nein, zwei. Jetzt war ich mir sicher. Es waren zwei Motorräder – Zweitakter. Der vertraute Sound von Geländemaschinen kam näher, irgendwo hinter den Felsen in Richtung der Grenze. Sie stoppten. Ich glaubte, zwei Männer zu hören. Der rau-heisere Klang arabischer Stimmen war zu vernehmen.

Ich wagte keine Bewegung und saß gebannt und konzentriert allein hier. Ein seltsamer Mix aus Angst und stiller Hoffnung machte sich in mir breit. Was, wenn Ursula entdeckt wurde? Würde sie schießen?

Dann sprang eine der Maschinen wieder an. Sie kam auf uns zu.

Ich blieb regungslos. Wie würde Ursula sich verhalten? Die Maschine musste wohl in unsere Richtung einen Anstieg erklimmen. Ich konnte die Steine fliegen hören, die der Hinterreifen unter sich weg geschleudert hatte.

Und dann – ein Schuss. Dumpf, wie ein Gewehrschuss, ähnlich wie ich ihn früher in meiner Heimat vernommen hatte, wenn Jagd gewesen war. Ich erstarrte.

Es konnte nicht Ursula gewesen sein, schoss es mir durch den Kopf. Sie hatte nur eine kleine Pistole.

Erst jetzt merkte ich, dass das Motorrad, das auf uns zugekommen war, gewendet haben musste und sich wieder entfernte. Schließlich hörte ich erneut beide Maschinen in Richtung der Grenze.

Ich hörte die beiden Männer miteinander reden. Ein Hoffnungsschimmer keimte in mir auf. Hätten sie Ursula entdeckt, dann wäre mindestens einer der beiden Männer jetzt in unserer Nähe.

Und dann atmete ich auf, als ich vernahm wie sich beide Motorräder entfernten – und zwar in die Richtung, aus der sie ursprünglich gekommen waren.

17

Ich sprang aus dem Bus. Es war dunkel geworden, die Nacht schien für meine Augen undurchdringlich. Vorsichtig tastete ich mich um das Heck des Busses herum, auf der Suche nach einem Anhaltspunkt, wo Ursula sein könnte. Mein Gehör war geschärft; ich lauschte in die Richtung, in der ich sie vermutete.

Dann hörte ich Schritte. Es waren ihre – sie kamen direkt auf mich zu, und mit jedem Schritt beschleunigte sich ihr Tempo. Noch bevor sie mich erreichte, konnte ich ihre Präsenz spüren. Als sie schließlich bei mir war, fiel sie mir in die Arme, und wir hielten uns fest.

Gleichzeitig brach es aus uns heraus: „Ich hatte solche Angst um dich!"

Wir standen eine ganze Weile so, hielten uns einfach nur fest. Ganz allmählich ließ die Anspannung nach, wich einer leisen, beruhigenden Stille.

„Dann erzähl mir bitte ganz in Ruhe… waren das marokkanische Grenzsoldaten? Und was war mit dem Schuss?" fragte ich schließlich, als meine Atmung ruhiger wurde.

„Ich bin ja Gott froh," fing Ursula an, „dass der eine nicht bis zu dir durchkam!" Ein wenig zitternd, aber jetzt deutlich gefasster, erzählte sie weiter. „Da kommen also die beiden Grenzsoldaten. Der ältere hatte ein Funkgerät vorne am Motorrad befestigt, der andere war noch ziemlich jung. Und beide hatten Gewehre. Erst blieben sie da unten stehen, genau an der Stelle, wo wir über die Grenze wollen. Dann fuhr der Junge einfach los, in unsere Richtung. Währenddessen nahm der Ältere das Funkgerät in die Hand."

„Und dann?" fragte ich leise, meine Hand immer noch fest um ihren Arm.

„Dann zückte der Ältere sein Gewehr und schoss in die Luft. Daraufhin kehrte der Jüngere um und fuhr zu seinem Kollegen zurück. Mann, das war knapp. Wenn er unten auf dem Weg geblieben wäre, hätte er dich vermutlich gar nicht gesehen. Aber wenn er hier hochgekommen wäre…" Sie hielt inne, nahm dann einen tiefen Atemzug. „Auf alle Fälle muss der mit dem Funkgerät eine Anweisung bekommen haben, zurückzufahren. Und dann sind sie abgerückt."

„Und ich hatte solche Angst um dich," sagte ich, die Situation nun selbst verarbeitend. „Ich wusste ja nicht genau, wo du bist. Als ich den Schuss hörte, dachte ich, die hätten auf dich geschossen."

„Nein, nein," beruhigte mich Ursula. „Ich lag da oben auf dem Kopf von Amigo in Deckung. Da konnten sie mich unmöglich sehen. Aber du wärst in Gefahr gewesen, wenn der eine weitergefahren wäre."

„Gut, dass es jetzt vorbei ist," versuchte ich, die Situation endgültig zu beruhigen. Wir nahmen uns nochmals in die Arme und spürten, wie der Stress von uns abfiel.

Die dunkle Nacht umgab uns still und mächtig; kein Laut störte die tiefen Schatten des Vorfalls.

„Jetzt fällt es mir erst auf," sagte Ursula, und ich konnte ihre Verwunderung vernehmen. „Du hast mich vorhin nach marokkanischen Grenzsoldaten gefragt."

„Ja, und?" antwortete ich, mindestens genauso verwundert.

„Woher wusstest du das?" hakte sie nach.

„Na," entgegnete ich, „ich hab's halt gehört."

„Aber wie hast du geschlossen, dass es Grenzsoldaten sind? Und warum Marokkaner?"

Ich atmete tief durch und begann zu erklären: „Es waren zwei Geländemaschinen, und die kenne ich sehr gut aus meiner Jugend. Ich bin neben einem Motorradhändler aufgewachsen. Außerdem kamen die Motorräder nicht aus unserer Richtung, und auch nicht aus der Richtung, in die wir wollen. Sie kamen genau von Norden. Daher vermutete ich, dass sie entlang der Grenze gefahren sind – typisch für Grenzsoldaten. Schmuggler wären eher in unsere Richtung gefahren."

Ursula schien zu überlegen, während ich fortfuhr: „Und weil der eine Fahrer hier den Berg hochgefahren ist und wir uns noch auf marokkanischem Boden befinden, war klar, dass es keine Algerier waren. Außerdem waren es zwei Männer – das habe ich an den Stimmen erkannt. Sie haben vermutlich Arabisch gesprochen, aber sicher bin ich mir nicht."

Ursula atmete hörbar aus, als sie sagte: „Du hast sogar ihre Stimmen gehört? Das habe ich nicht wahrgenommen."

Ich zuckte mit den Schultern und meinte beiläufig: „Naja, ich verlasse mich eben mehr auf mein Gehör."

„Trotzdem überrascht es mich," meinte sie nachdenklich. „Die Männer waren bestimmt noch ein paar hundert Meter entfernt."

„Dann kann ich ja die Nachtwache übernehmen," schlug ich vor und fügte hinzu: „Wir brauchen doch sicher eine Wache, und du solltest schlafen, damit du fit bist, wenn wir aufbrechen müssen."

„Das ist ein guter Punkt," stimmte Ursula sofort zu. „Und in der tiefschwarzen Nacht könnte dein Gehör wirklich von Vorteil sein."

„Schaffe ich es bis zum Felsen hoch? Ganz nach oben?" fragte ich schließlich.

„Naja," überlegte Ursula, „abgesehen davon, dass es jetzt dunkel ist, sind wir zusammen schon schwierigere Wege gegangen. Das dürfte klappen."

„Gut," meinte ich entschlossen. „Ich hole noch mein Handy, und dann halte ich von dort oben Wache. Wenn etwas ist, rufe ich dich an."

„Das müsste gehen," erwiderte Ursula. „Dann bekomme ich sogar noch etwas Schlaf."

Oben auf der Kuppe von Amigo angekommen, verweilten wir dort noch eine kurze Weile zusammen. Während ich mir einen Platz suchte, an dem ich auch längere Zeit sitzen konnte und von unten unsichtbar war – sollte tatsächlich jemand, so unwahrscheinlich es auch sein mochte, mit einem Nachtsichtgerät die Gegend absuchen –, sagte Ursula nachdenklich: „Diese Stelle an der Grenze ist wirklich ein Geschenk. Weiter nördlich, wo die Besiedlung dichter ist, ist die Grenze viel besser gesichert. Da gibt es auch Gräben und allerlei anderes. Und weiter südlich, in Richtung der einzigen echten Grenzstation, ist es ähnlich. Nur hier, in der Einsamkeit der Wildnis, haben sie sich weniger Aufwand gemacht."

„Hier kann ich gut bleiben", erwiderte ich, während ich es mir so bequem wie möglich machte.

„Gut, dann lege ich mich jetzt hin und versuche zu schlafen", sagte Ursula und trat den Rückweg zum Bulli an. Schon einen Moment später war das Licht ihrer Taschenlampe verschwunden.

Zunächst vergewisserte ich mich, dass ich auch wirklich Empfang hatte – das war der Fall. Per Sprachbefehl stellte ich den Timer auf 30 Minuten und aktivierte den Vibrationsalarm. So war ich sicher, dass ich geweckt würde, falls ich doch einschlief, ohne riskieren zu müssen, dass ein lauter Klingelton uns verriet.

Dann richtete ich meine Aufmerksamkeit auf meine Sitzposition. Inzwischen war ich wieder geübter darin, entspannt zu sitzen. Ich achtete auf eine aufrechte Haltung und versuchte, jede Art von Anspannung loszulassen. Mit sanftem Pendeln nach links und rechts, das ich mir einst bei einem indischen Lehrer abgeschaut hatte, hielt ich mich in einer fast unmerklichen Bewegung – eine Methode, die erstaunlicherweise half, Verkrampfungen zu vermeiden.

Noch einmal ging ich gedanklich durch meinen Körper und löste jede verbleibende Blockade. Mit jedem tiefen Atemzug entspannte ich mich mehr und mehr.

Dann begann ich meine Meditation. Schritt für Schritt versuchte ich, jenen Zustand zu erreichen, in dem man nach innen gewandt und völlig in Stille verweilt und doch zugleich bewusst bleibt, alle Geräusche von außen wahrnimmt.

Einmal, vor einigen Monaten, war ich unerwartet in einen Zustand geraten, in dem ich selbst im Schlaf alles um mich herum wahrnehmen konnte – ein Erlebnis, das mich damals völlig überrascht hatte, fasziniert und erschreckt zugleich. Während ich träumte, nahm ich gleichzeitig die Geräusche von draußen und das Ticken der Uhr drinnen wahr und konnte über meinen eigenen Traum nachdenken.

Dieser Zustand hatte mich so erschreckt, dass ich einige Tage lang zögerte, wieder zu meditieren. Erst danach begann ich, mich näher mit dem Phänomen der sogenannten luziden Träume und des bewussten Schlafs zu befassen.

Nun versuchte ich, zumindest annähernd an diese damalige Erfahrung heranzukommen: entspannen, ohne einzuschlafen, und dabei alles bewusst wahrnehmen. Immer tiefer und tiefer glitt ich hinein in jenen Zustand, in dem man gleichzeitig in absoluter Stille und Ruhe verweilt und sich mit allem verbunden fühlt.

Und dann nahm ich sie ganz bewusst wahr – die Nacht, so still und weit um mich herum.

Die Stille war so vollkommen, dass kein Hauch einer störenden Energie auf mich eindrang. Sie umhüllte mich wie eine sanfte, weiche Decke, die jede noch so kleine Bewegung verstärkte. Ich konnte den leichten Luftzug auf meiner Haut spüren, das sanfte Kitzeln, das der Fels unter meinem Knöchel schickte. In der Ferne, tief in den weiten Ebenen, war kein Laut zu hören – keine Menschen, keine Tiere, nichts. Nur die Nacht selbst atmete, schwer und gleichmäßig. Ich vernahm sogar das zarte Knacken des Gesteins unter mir, wenn ich mich nur ein wenig bewegte, als ob der Fels sich unter meinem Gewicht dehnte.

Ich erlauschte die kleinsten Geräusche, die kleinste Veränderung im weiten Schweigen der Nacht. Das leise Summen des Windes, der sich mit jedem Atemzug in meine Richtung bewegte. Der Duft der kargen Erde und des verwitterten Felsens lag in der Luft, gepaart mit einem leicht feuchten, erdigen Geruch, der den kühlen Nachthimmel füllte. Der weite Raum der Wildnis war durchdrungen von dieser einzigartigen, fast mystischen Stille, die sich wie ein dicker Schleier über alles legte.

Und dann – fast unmerklich – spürte ich etwas. Ein leises, schwirrendes Geräusch, das den Augenblick durchbrach. Es kam näher, und für einen Moment hielt ich den Atem an. Die Bewegung in der Luft war geschmeidig, fast lautlos, und dann vernahm ich einen sehr nahen, scharfen Luftzug. Es war, als glitt ein unsichtbarer Schatten nur Zentimeter über mir hinweg, und ich wusste instinktiv, dass es eine Eule war. Der Flug war so nah, dass ich das zarte Rauschen ihrer Flügel hören konnte, fast wie das Zischen eines hauchzarten Windes, der durch das Dunkel glitt.

Plötzlich brach ein durchdringender, melancholischer Schrei aus ihrer Kehle – ein langer, klagender Laut, der die Stille wie mit einem Schnitt aufriss und den Raum mit einer unerwarteten Schärfe erfüllte. Der Klang hallte in der Dunkelheit wider, zog die Zeit für einen Moment in die

Länge. Es war, als ob die Nacht selbst innehielt, als der Schrei der Eule die absolute Ruhe in sich aufnahm. Und dann, so schnell wie sie gekommen war, verging der Laut, und der Wind nahm wieder seine stille, sanfte Form an.

Das Schweigen kehrte zurück – und mit ihm die unendliche Weite. Es war, als ob das ganze Universum für einen Atemzug den Puls angehalten hätte. Alles versank in Bewegungslosigkeit, in dieser seltsamen, fast heiligen Stille, die nichts weiter zuließ, nur das leise, stetige Atmen der Erde und das langsam in die Ferne verlaufende Echo des Eulenschreis.

Versunken in tiefer Meditation, ließ ich die Ruhe wieder vollkommen auf mich wirken, während der sanfte Wind über mich hinweg strich, als würde er mir die Zeit in einem langen, ruhigen Atemzug schenken.

Mein Handy vibrierte, und ich stellte den Timer erneut. Die Stunden verstrichen in dieser endlosen Dunkelheit, bis schließlich Schritte zu hören waren. Ursula kam leise auf mich zu.

„Es ist Zeit", sagte sie sanft, ihre Stimme fast eins mit der Nacht.

„Jetzt schon?" Ich war erstaunt. Für meine Augen war es tiefste Nacht, die Finsternis schien noch allumfassend. Doch Ursula bewegte sich sicher, als könnte sie längst mehr erkennen, als mir die Dunkelheit preisgab.

„Man gewöhnt sich an das Dämmerlicht," sagte sie, als hätte sie meine Verwunderung gespürt. Ihre Schritte waren ruhig und sicher, während ich mich vorsichtig vortastete.

Wir erreichten den Bus, und selbst als wir losfuhren, schien der Morgen noch kaum angebrochen. Die Welt blieb für mich im Dunkel gehüllt, obwohl Ursula bereits die ersten Konturen der Landschaft erahnte. Das beginnende Licht fühlte sich für mich wie ein ferner Hauch an, der noch nicht genug Kraft hatte, die Dunkelheit wirklich zu durchdringen.

So starteten wir in die bevorstehende Reise, umgeben von einer Dämmerung, die für mich noch tiefste Nacht war und für Ursula schon das erste Licht des neuen Tages.

Mir war es ein Rätsel, wie man sich in dieser Dunkelheit orientieren konnte. Ohne eine klare Sicht gab ich mein Schicksal in Ursulas Hände und vertraute auf ihre Fähigkeiten. Vorsichtig setzte sie den Bus in

Bewegung und lenkte ihn von unserem Stellplatz aus den Hügel hinunter. Ein paar Meter weiter wirkte es, als ob der Weg plötzlich an einer Kante endete, und tatsächlich – von dort fiel der Pfad steil in einen Hang aus losem Geröll ab.

„Hoffentlich hat Tariq seine Arbeit erledigt," murmelte Ursula leise, bevor sie den Bus weiterrollen ließ.

Ich hielt mich am Griff fest und drückte die Füße gegen den Boden, bereit, den Ruck des Gefälles abzufangen. Die Reifen knirschten und rutschten leicht auf dem losen Untergrund, und immer wieder lösten sich Steine, die dann klappernd den Abhang hinunterrollten und in der Stille der Morgendämmerung ein kaum wahrnehmbares Echo hinterließen.

Kaum hatten wir das Geröllfeld überwunden, wurde der Boden etwas ebener, doch die Hindernisse waren noch lange nicht vorbei. Ursula manövrierte konzentriert, wich Dingen aus, die ich mir als größere Hindernisse vorstellte – möglicherweise Felsen oder tiefe Mulden, die für das Fahrwerk des Busses gefährlich hätten werden können. Vermutlich lag da ein großer Stein vor uns, als Ursula sanft auswich und der Wagen zur Seite kippte, bevor wir wieder auf die Spur zurückkehrten. Ich hielt die Luft an und dachte nur: „Besser nicht sprechen," um ihre Konzentration nicht zu stören.

Dann begann der Weg allmählich wieder anzusteigen, zunächst sanft, dann etwas steiler. In engen Serpentinen schraubten wir uns langsam die Hänge hinauf, der Bus brummte und ächzte unter der Anstrengung, in den schmalen Kurven nicht an Schwung zu verlieren. Endlich wurde die Straße gerade, und das Gelände vor uns ebnete sich.

„Geschafft!", rief Ursula aus, ihre Stimme voller Erleichterung und Freude. Sie lockerte den Griff am Steuer und atmete tief durch. Ein paar Meter weiter schaltete sie schließlich das Licht ein, das die ersten Konturen des Weges erhellte. „Da vorne," erklärte sie und wies in die Dunkelheit, „da kommt bald eine etwas bessere Straße."

Es dauerte eine ganze Weile, bis die Anspannung allmählich aus unseren Gliedern wich. Wir hatten die ganze Zeit geschwiegen, als hätten die Worte im Angesicht dieser Stille keinen Platz. Die ersten Lichtstrahlen des Morgens streiften die felsige Landschaft und tauchten sie in ein zartes

Grau, das die Formen der Felsen weich und dennoch monumental erscheinen ließ.

„Ich fahre noch ein Stück weiter," begann Ursula schließlich leise, als wäre selbst ihre Stimme hier ein Eindringling. „Dann suche ich uns einen geeigneten Platz, um anzuhalten. Erstmal frühstücken."

„Das ist eine gute Idee," stimmte ich erleichtert zu, spürte dabei, wie der Hunger mir in den Magen kroch. Vor lauter Aufregung hatte ich das Essen völlig vergessen.

Die vermeintliche „Straße" unter uns war kaum mehr als ein staubiger Pfad, uneben und löchrig. Nach mitteleuropäischen Maßstäben wäre er kaum als Feldweg durchgegangen. Aber in diesem Moment erschien er uns wie eine prunkvolle Allee, von mächtigen Felswänden flankiert, die stillen, steinernen Wächtern glichen.

Ein Stück weiter bot sich eine kleine, ebene Fläche an, die Ursula zielsicher ansteuerte. „Hier passt's," meinte sie, während sie den Motor abschaltete. Ein kleines High-Five besiegelte den Moment – wir hatten es geschafft.

„Jetzt machen wir es uns erstmal gemütlich," schlug ich vor und klappte die kleine Tischplatte aus. Wir richteten uns nicht nur Frühstück her, sondern kochten auch dampfenden Kaffee, der wie eine Beruhigung durch die kalte Morgenluft zog. Langsam löste sich die Anspannung, und ein fast kindliches Gefühl der Erleichterung breitete sich aus.

Während wir dort saßen, die Tassen wärmend in den Händen, ließ Ursula den Blick über die zerklüftete Landschaft schweifen. Die Felsen ragten majestätisch auf, still und unbeweglich, wie Zeugen vergangener Zeiten. „Wir können uns Zeit lassen," sagte sie schließlich leise und nickte in die Ferne. „Die Strecke schaffen wir bis heute Abend locker."

Ihre Worte schienen den Druck weiter abfallen zu lassen. Ein Hauch von Abenteuer lag in der Luft, und für einen Moment konnten wir die aufregenden Ereignisse des Grenzübertritts hinter uns lassen – auch wenn der Schatten der vergangenen Stunden noch leise über uns schwebte.

Nach einem kräftigen Schluck Kaffee vertraten wir uns noch kurz die Beine, um etwas Schwung in unsere steifen Glieder zu bekommen. Dann fuhren wir weiter. Die Sonne stand noch niedrig am Himmel, als wir den VW-Bus auf den staubigen Pfad lenkten, der uns von der Grenze weiter Richtung Osten führen sollte. Die Straßen waren rau und stellenweise kaum als Wege zu erkennen, doch je weiter wir kamen, desto breiter und fester wurden sie.

Der Vormittag verging beinahe unmerklich, während wir durch die karge und zerklüftete Landschaft des Atlasgebirges fuhren. Die Szenerie veränderte sich langsam, die Bergketten lagen wie steinerne Wellen um uns, erst schroff und hoch, dann allmählich abfallend. Felsformationen türmten sich wie uralte Wächter an den Seiten des Weges, als würden sie unsere Durchreise stumm beobachten. Auch die Vegetation wurde dichter, hier und da erschienen Olivenbäume und niedrige Büsche, die sich hartnäckig im trockenen Boden verankerten.

Im Laufe des Nachmittags erreichten wir schließlich die Ausläufer des Tellatlas, wo die Landschaft allmählich sanfter und offener wurde. Die Bergketten lagen nun hinter uns, und das Land dehnte sich in weiten Hügeln und Feldern vor uns aus, während wir unserem Ziel immer näherkamen.

Je weiter wir fuhren, desto mehr veränderte sich die Umgebung. Die einsamen Straßen und abgelegenen Bergdörfer wichen allmählich Vororten und den ersten Spuren der nahenden Stadt. Gegen Abend, als die Dämmerung sich über die Landschaft legte, begann der Himmel in warmen Rottönen zu glühen, und das Licht tauchte die letzten Hügel in ein sanftes Leuchten. Bald darauf erschien das erste Flimmern der Lichter von Algier am Horizont, eine Ahnung von Zivilisation nach den langen Stunden der Fahrt durch die Wildnis.

Ursula und ich wechselten kaum ein Wort. Eine stille Zufriedenheit lag in der Luft, während wir den VW-Bus durch die ruhigen Vororte lenkten und die Silhouette der Stadt am Rande des Tellatlas vor uns aufragte. Es fühlte sich an, als würden wir die Grenze zwischen zwei Welten überschreiten – von der rauen Einsamkeit der Berge hin zu den ersten Zeichen urbanen Lebens.

Kurz darauf erreichten wir die belebteren Straßen von Algier. Die weißen Fassaden der Gebäude glühten sanft im Licht der Straßenlaternen, und die Palmen entlang der Boulevards zeichneten sich dunkel gegen den abendlichen Himmel ab. Ursula warf mir ein wissendes Lächeln zu, als wir an der berühmten Kasbah vorbeifuhren, die wie ein Relikt aus vergangenen Zeiten zwischen den modernen Gebäuden lag.

„Fast da," sagte sie leise, während sie das Telefon griff und sicherstellte, dass die Einfahrt zur Tiefgarage im Hotel vorbereitet war.

Schließlich erreichten wir die elegante Einfahrt des Sofitel Algiers Hamma Garden. Die hohen Palmen vor der Fassade wiegten sich leicht im Abendwind, und das warme Licht hinter den bodentiefen Fenstern begrüßte uns mit einer beruhigenden Präsenz. Wir folgten der Anweisung des Personals und lenkten den Bus durch die Einfahrt zur Tiefgarage, wo die Geräusche der Stadt allmählich verstummten und einem Gefühl von Ruhe Platz machten.

„Willkommen in der Zivilisation," sagte Ursula mit einem schmunzelnden Blick, als wir den Motor abschalteten und die Anspannung des Tages allmählich von uns abfiel.

Als wir den Aufzug aus der Tiefgarage des Hotels betraten, wurden wir sofort von einer Atmosphäre umhüllt, die von Raffinesse und stilvollem Luxus geprägt war. Die Lobby war großzügig geschnitten, mit hohen Decken und großen Fenstern, die das sanfte Licht des abendlichen Algier hereinschienen ließen. Ein prachtvoller Kronleuchter schwebte majestätisch über uns, während der Duft frisch gebrühten Kaffees und süßer Leckereien aus der angrenzenden Lounge in die Luft stieg.

Ursula wurde an der Rezeption sofort erkannt. „Bienvenue, Mademoiselle Bauer!", rief der Empfangschef freundlich in fließendem Französisch, während er uns einladend zunickte. Ich spürte, wie sich die Blicke der anderen Gäste auf sie richteten, als ob ihre Präsenz eine stille Autorität ausstrahlte.

„Guten Abend," erwiderte Ursula gelassen auf Französisch, bevor sie auf Deutsch hinzufügte: „Ich nehme an, die Executive Suite ist wie gewohnt für uns reserviert?" Der Empfangschef lächelte und bestätigte dies. „Ja, wie immer, Mademoiselle Bauer. Ihr Zimmer wartet bereits auf Sie."

Mit einem subtilen Nicken gab er uns den Schlüssel. Die goldene Karte schimmerte im Licht, als Ursula sie in die Hand nahm. „Lass uns gehen", sagte sie mit einem kurzen, zufriedenen Lächeln, und ich folgte ihr, meine eigene Tasche in der Hand.

„Möchten Sie, dass wir das Gepäck für Sie hochbringen?", fragte der Empfangschef freundlich. Ursula schüttelte den Kopf und lächelte. „Das machen wir selber." Ihre Entschlossenheit ließ keinen Raum für weitere Diskussionen, und ich konnte spüren, dass dies für sie eine Selbstverständlichkeit war.

Der Aufzug war mit weichen, goldenen Tönen und edlem Holz verkleidet, und während wir nach oben fuhren, bewunderte ich die kunstvollen Wandmalereien, die Geschichten aus der algerischen Kultur erzählten. Die Türen öffneten sich und wir traten in einen langen, hellen Flur.

Die Executive Suite war ein Traum aus Luxus. Sobald wir eintraten, überkam uns der Anblick von edlen Möbeln und einem geschmackvollen Dekor. Weiche, elegante Sofas standen um einen gläsernen Tisch, und die Wände waren mit feinen Kunstwerken geschmückt, die das kulturelle Erbe der Region widerspiegelten.

Das Hauptschlafzimmer war ein Ort der Ruhe und des Komforts, mit einem großen, bequemen Bett, dessen weiße Bettwäsche zum Entspannen einlud. Große Fenster boten einen atemberaubenden Blick auf den botanischen Garten, wo die Lichter der Stadt sanft mit den sanften Farben der Natur verschmolzen.

Ursula bewegte sich mit einer Selbstverständlichkeit durch den Raum, als wäre es ihr zweites Zuhause. „Ich denke, wir werden hier gut schlafen", sagte sie und lächelte. „Die Aussicht ist einfach perfekt."

Die Suite verfügte über ein zweites Schlafzimmer, das genauso stilvoll eingerichtet war. Es fühlte sich ganz natürlich an, dass wir uns für die Nacht ein gemeinsames Schlafzimmer teilten, ohne ein Wort darüber zu verlieren.

Ich stellte meine Tasche ab und ließ mich auf das Bett fallen, während Ursula zum Fenster trat und nachdenklich in die Nacht hinausschaute. „Das Leben könnte schlimmer sein", murmelte sie, und ich konnte nicht anders, als ihr recht zu geben.

In diesem Moment wusste ich, dass die Erlebnisse, die uns in den nächsten Tagen erwarten würden, in dieser luxuriösen Umgebung nur noch faszinierender werden würden.

„Gehst du zuerst duschen?" fragte ich und ließ mich tiefer ins Bett sinken. Der Kontrast zwischen dem kargen Staub der vergangenen Tage und diesem Raum voller Luxus ließ alles surreal erscheinen. Ursula stand immer noch am Fenster, den Blick auf die Lichter der Stadt gerichtet, die im Dunkel zu flimmern schienen, wie eine andere Welt nach der endlosen Weite und Einsamkeit der Natur.

Sie drehte sich um und lächelte leicht. „Das wäre jetzt ein Segen." Sie griff nach ihrem Duschzeug und verschwand im Badezimmer. Kurz darauf hörte ich das leise Plätschern des Wassers – ein sanftes, beruhigendes Geräusch, das inmitten dieses neuen Überflusses zugleich tröstlich und fremd wirkte.

Ich lehnte mich zurück und ließ die vergangenen Tage Revue passieren. Vier Tage fernab der Zivilisation, nur Ursula und ich im VW-Bus, durch Steinwüsten und trockene Weiten, vorbei an schimmernden Wasserfällen und tiefen Wäldern. Die Verfolgung, die wir im letzten Moment abschütteln konnten, und der riskante Grenzübertritt, bei dem uns Tariq einen freien Korridor geschaffen hatte – all das fühlte sich jetzt an wie eine entfernte Erinnerung, an eine andere Welt.

„Weißt du noch, als wir auf diese Reise angestoßen haben?" Ich rief durch die Tür und spürte ein leichtes Lächeln bei der Erinnerung. „Mit einer Tasse Kaffee, irgendwo im Wald, umgeben von all den Bäumen. Wir wollten diese Fahrt einfach genießen, trotz allem."

„Das war wirklich ein guter Moment," antwortete Ursula aus dem Badezimmer, ihre Stimme, begleitet vom Rauschen des Wassers. „Und ich würde sagen, es ist uns irgendwie auch gelungen. Trotz all dem Wahnsinn da draußen."

„Ohne deine gute Orientierung hätten wir uns hoffnungslos verirrt," fuhr ich fort, meine Stimme locker und entspannt. „Wahrscheinlich irgendwo in den Hügeln vor Marrakesch."

„Orientierung ist Teil meines Jobs," kam ihre Stimme, gedämpft durch das Wasser. Ein leises Lachen folgte. „Aber ja, ich glaube, wir waren ein gutes Team. Zwei Freunde, die ihre Reise machen – trotz allem."

Die Dusche verstummte, und einen Moment später trat Ursula heraus, mit einem weichen, entspannten Ausdruck im Gesicht. „Dein Turn," sagte sie und deutete auf das Badezimmer. „Und genieß es – wer weiß, wann uns das nächste Mal ein solcher Luxus erwartet."

Ich erhob mich langsam und betrat das Badezimmer. Der Raum empfing mich mit einer Atmosphäre von Ruhe und Verheißung. Das warme, goldene Licht, das von den hohen Decken strahlte, schien die Formen des Raumes zu umarmen und verlieh ihm eine beinahe sakrale Tiefe. Der

Boden, mit seinen kühlen, dunklen Marmorplatten, schien die Geräusche der Umgebung in sich aufzunehmen, als ob jeder noch so kleine Laut – sei es das Zischen des Wassers oder das leise Rauschen meiner Schritte – sich in der Stille verlor und doch den Raum weiter und weiter öffnete. Es war, als ob jedes Geräusch im Raum eine eigene Bedeutung erhielt und die Weite des Ortes verstärkte.

Ich trat an den goldschimmernden Regler und drehte ihn auf. Das Wasser strömte in einem breiten, kräftigen Strahl, der fast die Form eines kleinen Wasserfalls annahm. Zunächst streckte ich meine Hand unter den Wasserstrom. Der Strahl traf sanft meine Haut, und ich spürte die angenehme Wärme, die sich über meinen Unterarm legte, mich einhüllte und mit jeder Sekunde mehr meine Verspannungen löste. Ein leises Seufzen entglitt mir, als die Wärme bereits jetzt die lastenden Steine der letzten Tage fortspülte.

Dann trat ich vollends unter die Dusche. Der kräftige Wasserstrahl prasselte nun auf meinen gesamten Körper, kühl und erfrischend, wie ein Bach inmitten einer Wüstenlandschaft. Die Müdigkeit der letzten Tage, der Staub und die Hitze wurden von mir abgewaschen, und ich spürte eine Welle der Entspannung, die mich durchflutete. Es war, als würde jeder Tropfen das karge Leben der vergangenen Tage mit sich fortspülen, mich freier machen und mich von der Anspannung lösen, die wie eine zweite Haut an mir haftete.

Nach dem Duschen zog ich mich langsam an. Als ich das weiche, frische Hemd überstreifte, fühlte sich die neue Kleidung wie eine Erneuerung an, als würde sie nicht nur meinen Körper, sondern auch meine Seele in etwas Frisches hüllen. Die Baumwolle schien meine Haut mit einer wohltuenden Frische zu umarmen, und ich atmete tief ein, als ob ich mich in eine neue Welt voller Möglichkeiten und Ruhe begab. Das Gefühl der Reinheit, das sich in mir ausbreitete, war wie ein neuer Anfang, eine Rückkehr zu einem klaren, frischen Zustand, den ich so lange nicht gespürt hatte.

Ich zog meine Hose an und schloss die Knöpfe, als ob ich ein Band zwischen mir und der äußeren Welt knüpfen würde – ein kleiner, aber wichtiger Akt, der mir das Gefühl von Kontrolle und Ruhe zurückgab. Der Moment war nicht nur eine körperliche Erneuerung, sondern auch eine geistige, als ob ich bereit wäre, den nächsten Abschnitt unserer Reise mit neuer Kraft und Klarheit zu beginnen.

Als ich zurück ins Zimmer trat, saß Ursula am Fenster, den Blick in die Ferne gerichtet. Die Lichter von Algier schimmerten vor ihr, doch ihre Gedanken schienen weit über die Stadt hinauszugehen.

„Ich war froh, dass du letzte Nacht die Wache übernommen hast," begann sie, ihre Stimme gedankenverloren und sanft. „Es hat mir so viel gegeben, zu wissen, dass ich mich auf jemanden verlassen kann." Ein stilles Lächeln umspielte ihre Lippen. „Auch wenn ich selbst manchmal wie ein Fels wirken mag, gibt es Momente, in denen ich einfach nur Frau sein möchte, ein Mensch unter dem weiten Sternenhimmel."

Ich schaute sie an und spürte die unausgesprochenen Gedanken, die wie eine stille Reflexion unserer gemeinsamen Reise in der Luft lagen.

„Fertig," sagte ich schließlich, ein Wort, das in seiner Einfachheit alles umfasste, was wir in diesem Moment verstanden, ohne es weiter aussprechen zu müssen.

Jetzt bemerkten wir, wie der Hunger bereits ungeduldig anklopfte. Ursula, die mit den Gepflogenheiten eines Hotels vertraut war, griff sofort zum Telefon und wählte die Nummer des Zimmerservices.

„Guten Abend, hier ist Madame Bauer aus der Executive Suite. Könnte ich bitte eine Bestellung aufgeben?" Ihre Stimme war ruhig und bestimmt, während sie dem Zimmerservice zu erklären begann, was sie wollte. „Wir hätten gerne eine vegetarische Platte ohne Ei, wenn das möglich ist. Etwas, das für zwei Personen reicht. Vielleicht eine Auswahl an mediterranen Vorspeisen? Hummus, Falafel und ein bisschen Taboulé wären perfekt. Und dazu alkoholfreie Getränke, vielleicht eine Flasche Mineralwasser und einen frisch gepressten Saft?"

Nach einem kurzen Austausch über die Optionen, die der Zimmerservice anbieten konnte, bestätigte Ursula die Bestellung mit einem zufriedenen Lächeln. „Perfekt, das klingt wunderbar. Wir erwarten das Essen in etwa einer halben Stunde. Vielen Dank!" Sie legte auf und sah mich an. „Das sollte genau das Richtige sein, um den Abend ausklingen zu lassen."

„Vielen Dank, dass du mich auf diese Reise mitgenommen hast. So vieles durfte ich schon erleben – Dinge, die mir sonst nie begegnet wären", begann ich leise.

Ursula lächelte sanft. „Den Dank kann ich nur zurückgeben. Ohne deine Begleitung wäre ich vielleicht gar nicht so weit gekommen. Und dann ist da noch etwas anderes… Du zeigst mir die Welt auf eine Art und Weise, die ich vorher nie wahrgenommen habe."

„Wie meinst du das?" fragte ich neugierig.

„Durch deine besondere Art, die Dinge zu sehen. Also…" Sie suchte kurz nach Worten, dann fand sie sie. „Du erlebst die Welt so intensiv – selbst die kleinsten Details bekommen bei dir eine Bedeutung. Das bringt mich oft dazu, langsamer zu werden und hinzuschauen, anstatt einfach nur vorbeizulaufen."

Ich lachte leise. „Aber ehrlich gesagt, ist es doch sicher manchmal auch anstrengend, oder? Ich meine, ständig auf mich Rücksicht zu nehmen."

Ursula zögerte einen Moment, dann antwortete sie nachdenklich: „Weißt du, am Anfang war es vielleicht etwas ungewohnt. Aber mit der Zeit… es hat sich einfach alles so natürlich gefügt. Vielleicht ist es genau diese Leichtigkeit, die zwischen uns entstanden ist."

Ich nickte. „Ja, genau das empfinde ich auch. Diese Leichtigkeit… Sie ist wie ein stilles Vertrauen, das sich im Laufe der Reise zwischen uns aufgebaut hat. Ein Gefühl, dass ich völlig loslassen kann, ohne ständig auf der Hut sein zu müssen."

„Und genau das spüre ich auch", erwiderte sie, ein warmes Leuchten in ihren Augen. „Dieses Vertrauen ist so wertvoll. Es ist, als wären wir einander Spiegel, die unsere Stärken und Schwächen auf eine sanfte Art und Weise sichtbar machen."

„Ein Spiegel? Interessanter Gedanke…" Ich dachte kurz nach. „Vielleicht liegt darin auch der Grund, warum es so gut funktioniert zwischen uns. Es ist nicht nur mein Vertrauen in dich, sondern auch dein Vertrauen in mich. Auch wenn ich oft genug das Gefühl habe, dass du die Kontrolle übernimmst, spüre ich, dass du mir gleichzeitig den Raum lässt, meinen eigenen Weg zu finden."

„Ja, das ist es." Sie atmete tief ein und lächelte. „Du lässt mich die Welt anders sehen, und ich glaube, ich kann dir manchmal als Augen dienen. Aber was ich wirklich von dir lerne, ist, auf eine Art und Weise wahrzunehmen, die über das bloße Sehen hinausgeht. Eine Intuition, ein Spüren… Das ist etwas, das ich erst durch dich entdecken durfte."

Ich legte meine Hand sanft auf ihre. „Und vielleicht liegt genau darin der Grund für diese besondere Verbindung. Du bringst mir Dinge nahe, die ich alleine nicht sehen könnte, und gleichzeitig bin ich für dich da, um dir eine neue Perspektive zu zeigen. Ich glaube, das ist es, was uns ausmacht – ein gegenseitiges Ergänzen, das auf Vertrauen und Leichtigkeit basiert."

„Vielleicht ist es gerade das Unsichtbare, das uns diese besondere Sichtweise schenkt." Ihre Stimme war jetzt leise und nachdenklich. „Manchmal ist das, was uns verborgen bleibt, der Schlüssel zu einer tiefen Erkenntnis."

Es klopfte an der Tür. Ich öffnete und sah einen freundlichen Mitarbeiter des Zimmerservices, der mit einem stilvollen Rollwagen hereinkam. Die appetitlich angerichtete Platte war eine Augenweide: Bunte, frische Salate, knusprige Falafel und duftender Hummus, alles kunstvoll drapiert und verziert. Daneben standen die alkoholfreien Getränke in eleganten Gläsern.

„Hier ist Ihr Essen, Mademoiselle", sagte der Mitarbeiter mit einem Lächeln und stellte den Wagen ab. Ursula bedankte sich höflich und winkte ihm freundlich zu, als er die Suite verließ.

Wir setzten uns an den eleganten Tisch, der perfekt für ein kleines Abendessen für zwei Personen eingerichtet war. Während wir das Essen aufteilten, erfüllte der aromatische Duft der Speisen den Raum und die Vorfreude auf das Mahl ließ das ohnehin schon luxuriöse Ambiente noch einladender erscheinen.

„Das wird sicher köstlich", sagte Ursula, während sie mit einem Lächeln einen Hummus-Dip auf ein Stück Fladenbrot strich. „Eine perfekte Möglichkeit, den Abend zu verbringen, bevor es morgen ernst wird."

Ich nickte und erwiderte: „Da hast du recht. Morgen müssen wir dann überlegen, wie wir am besten weitermachen."

Wir genossen das Abendessen, und als sich ein Moment der Stille einstellte, hob Ursula ihr Glas. „Auf uns", sagte sie leise, „auf das, was wir bis hierhin erreicht haben."

Ich hob ebenfalls mein Glas, das erfrischende Mineralwasser glitzerte im schummrigen Licht der Suite. „Auf alles, was noch kommt", erwiderte ich, „und auf die Venus von Avila, die uns bis hierher geführt hat."

Ein leises Lächeln huschte über Ursulas Gesicht, als wir anstießen. Der Klang des Glases, das mit meinem klirrte, schien fast wie ein stilles Versprechen für das, was vor uns lag.

Wir schauten aus dem Fenster auf die dunkle Stadt, deren Lichter in der Ferne wie funkelnde Sterne glitzerten. Es war eine ruhige Nacht, die den Luxus und die Exklusivität unserer Umgebung unterstrich und uns in der Suite das Gefühl gab, als wären wir in einer anderen Welt.

33 Das Frühstück war auf den ersten Blick einladend – ein Arrangement frischer, in Olivenöl eingelegter Tomaten und Paprika, ein Teller mit grünen und schwarzen Oliven, aufgeschnittene Gurken, Fladenbrot, Hummus, dazu süßes Feigenkompott und eine Karaffe mit Wasser, das sanft nach Minze duftete. Der Kaffee dampfte in feinsten Keramiktassen. Wir hatten vegetarisch, ohne Ei, aufs Zimmer bestellt. Doch irgendwie schmeckte es heute anders. Die Tomaten waren frisch und knackig wie immer, doch der Geschmack wollte nicht recht durchdringen. Ursula bemerkte es auch, ohne ein Wort zu verlieren; ihr Blick ruhte einen Moment auf dem Teller vor ihr, dann auf mir.

„Also", begann sie und stellte die Kaffeetasse geräuschvoll zurück auf den Unterteller. „Wie genau wollen wir jetzt vorgehen?" Ihre Stimme klang nüchtern, fast schneidend, während sie nach einem Stück Brot griff, ohne wirklich Appetit zu zeigen.

Ich zuckte mit den Schultern, spürte aber, dass die Frage tiefer ging, als die Worte vermuten ließen. „Vielleicht sollten wir einfach direkt aufbrechen. Was nützt es, hier zu warten und… herumzurätseln?"

„Herumrätseln?" Ursulas Stirn zog sich zusammen. „Das ist jetzt kein Zeitvertreib, sondern eine Sache, die wir gründlich planen müssen. Die Fahrt durch das Hinterland war ja schon anstrengend genug – denk mal an das Gelände. Einfach so hinzufahren, das wird kaum reichen."

Ich dachte einen Moment nach und schob ein Stück Paprika auf meinem Teller hin und her. „Gut, aber was ist mit einer Drohne? Moderne

Drohnen kommen ohne GPS aus, und wir könnten sie zur Aufklärung einsetzen, um uns wenigstens einen Überblick zu verschaffen."

Ursula schüttelte den Kopf. „Das ist viel zu riskant. Erstens brauchen wir einen Experten für die Steuerung in so einer Blacklisted Area, und zweitens wären wir mit einer Drohne viel zu auffällig. Und was dann? Alles, was wir sehen würden, wären die Umrisse – das Meer, die Berge. Das bringt uns letztlich auch nicht weiter."

Ich nickte nachdenklich, schob aber eine weitere Idee nach. „Vielleicht können wir über das Wasser gehen. Ein Boot anmieten und unauffällig anlegen, falls es dort eine geeignete Bucht gibt."

„Falls", wiederholte Ursula trocken. „Und selbst wenn – ein gemietetes Boot, ein Anlegen in einem unübersichtlichen Gebiet... Die Behörden hätten uns im Blick, bevor wir an Bord gehen."

Ich lehnte mich in meinem Sessel zurück und sah sie herausfordernd an. „Und was ist mit der Taube? Die war doch schließlich unser Hinweis darauf, dass der Weg über Land führt. Ich denke immer noch, dass es dort eine Art Pfad oder Route geben muss. Das Bild der Venus von Avila hat das ja klar angedeutet."

Ursula nickte knapp. „Aber selbst wenn, das wäre eine lange Strecke, und wir müssten den Großteil wohl zu Fuß zurücklegen. Keine leichte Aufgabe in dem Gelände."

„Also?" Ich hob eine Augenbraue. „Was bleibt uns dann?"

„Kamele", sagte Ursula schlicht, und ihre Stimme klang so trocken wie der Wüstenwind, der uns von der fernen Küste trennte. „Wir brauchen jemanden, der uns welche leiht – und dem wir auch wirklich vertrauen können. Das ist vielleicht das Wichtigste."

Ein Moment des Schweigens folgte, als wir beide in die Leere starrten. Doch die Idee schien im Raum zu hängen, zu absurd und schwerfällig in dieser Umgebung. Ich brach schließlich die Stille: „Ich weiß nicht, Ursula. Kamele? Wir würden aussehen wie ein Wanderzirkus und wären kaum weniger auffällig als mit einer Drohne."

Ursula schnaubte und verzog das Gesicht leicht. „Stimmt, das ist wirklich keine Lösung." Sie seufzte und fuhr sich durchs Haar. „Ehrlich gesagt, brauchen wir jemanden, der das Gelände wirklich kennt. Jemanden, der sich dort auskennt und uns sicher führen kann. Wir brauchen... einen Führer."

Die Erkenntnis traf uns beide gleichzeitig, fast wie eine unausgesprochene Wahrheit, die sich plötzlich entlud. Wir tauschten einen Blick, in dem die Schwere dieser Notwendigkeit deutlich spürbar war –

doch auch die Ungewissheit, wo wir einen solchen Menschen finden könnten.

Ursula wandte sich zum Fenster und blickte hinaus. Der botanische Garten erstreckte sich unter uns – eine grüne Oase inmitten der Stadt, ruhig und beschaulich, wie ein stiller Kontrast zu der verzweifelten Lage, in der wir uns befanden. Sie drehte sich zu mir um und lächelte schwach. „Vielleicht sollten wir wirklich rausgehen und einen klaren Kopf bekommen. Ein Spaziergang im Garten könnte uns gut tun."

Ich nickte langsam und stand ebenfalls auf. „Ja, frische Luft. Und wer weiß – vielleicht werden wir dann offener für die Wege des Universums."

35 Ursula und ich schlüpften in bequeme, lockere Kleidung, wie Touristen, die nichts weiter im Sinn hatten, als einen entspannten Tag zu genießen. Mit dieser schlichten Tarnung machten wir uns auf den Weg aus dem Sofitel Algiers Hamma Garden, ließen die gedämpften Klänge der Hotellobby hinter uns und traten hinaus in die Helligkeit des Tages. Der botanische Garten war nur einen kurzen Spaziergang entfernt, und schon auf dem Weg spürten wir die leichte Brise, die den Duft von Erde und Pflanzen in die Luft trug – eine willkommene Abwechslung, die sich wie ein sanftes Versprechen anfühlte.

Als wir die Eingangsallee des Gartens betraten, umfing uns das reiche Grün wie ein Mantel aus frischer Lebendigkeit. Die Palmen reckten sich hoch in den Himmel, wie ein Wald aus gesprenkeltem Licht und Schatten. Ursula atmete tief durch und ließ ihren Blick schweifen. Ich spürte, wie der Druck des Morgens langsam von uns abfiel, ersetzt durch ein Gefühl von friedlicher Erneuerung. Die Vögel zwitscherten in lebendigen Trillern, das uns in eine andere Welt entführte, weit weg von den offenen Fragen, die in unseren Köpfen lauerten.

Nach ein paar Schritten beugte ich mich zu einem blühenden Strauch, schnupperte an den feinen, zitronigen Aromen der Blüten und sagte beiläufig: „Mir hat einmal jemand gesagt, um einen herum würden immer genau die Kräuter wachsen, die man gerade braucht."

Ursula warf mir einen fragenden Blick zu, die Stirn leicht gerunzelt. „Wie meinst du das genau?"

„Dass das Universum für einen sorgt," antwortete ich mit einem leichten Lächeln, „ohne dass man es merkt."

Eine Weile gingen wir weiter, schweigend und jeder in Gedanken versunken. Der Garten entfaltete vor uns ein Mosaik aus Farben und Formen: schimmernde Wasserbecken, exotische Blumen in allen Schattierungen und riesige Bäume, deren knorrige Wurzeln sich wie alte, weise Hände in die Erde gruben. In der Mitte des Gartens entdeckten wir ein kleines, ruhiges Fleckchen, wo dichte Farne und majestätische Palmen ein natürliches Dach bildeten. Der weiche Duft von Eukalyptus erfüllte die Luft, und wir ließen uns auf einer Bank nieder, um den Augenblick voll auszukosten.

Langsam schwand die innere Spannung, die uns bis eben noch gefangen gehalten hatte. Die Gedanken, die sich um unser nächstes Ziel rankten – Arterien – traten in den Hintergrund, wichen einer sanften, fast meditativen Ruhe. Hier in diesem grünen, lebendigen Paradies schien die Welt kleiner, klarer zu werden. Ursula schloss für einen Moment die Augen, als würde sie sich mit den stillen, kraftvollen Energien des Gartens verbinden.

Ein Eichhörnchen huschte über den Weg, seine kleinen Pfoten klopften leise über die Steine, und ich spürte eine kindliche Freude aufsteigen, die ich lange nicht mehr empfunden hatte. Dieser Garten war ein Ort des Übergangs, dachte ich, zwischen den Wogen der Verzweiflung und der Gewissheit, dass wir unseren Weg schon finden würden. „Vielleicht ist das genau das, was wir jetzt brauchen," murmelte ich, mehr zu mir selbst als zu Ursula.

Sie öffnete die Augen, ein sanftes Lächeln auf den Lippen, und nickte. „Genau. Und wenn wir bereit sind, lassen wir uns vom Garten leiten."

Noch ein paar Minuten verharrten wir in dieser friedlichen Stille, ließen den Augenblick auf uns wirken, bis sich eine neue Entschlossenheit in uns regte. Schließlich sagte Ursula: „Komm, lass uns weitergehen. Noch ein wenig Zeit hier, und wir finden unsere Antwort."

Wir erhoben uns und setzten unseren Weg durch die grünen Pfade des Gartens fort, in vollkommener Harmonie mit der Umgebung – und irgendwie auch mit uns selbst.

Mit jedem Schritt durch den botanischen Garten kehrte ein Gefühl von Klarheit zurück. Es war, als ob die sattgrünen Blätter der Pflanzen alle rastlosen Gedanken in sich aufgesogen hätten, um Raum für neue Ideen zu schaffen. Der leichte Wind trug das Flüstern der Bäume zu uns, und ich beobachtete, wie das Sonnenlicht durch die dichten Blätter tanzte, als wollte es uns einen Weg weisen.

Ich blieb stehen, sah Ursula an und stellte in den Raum: „Sollen wir einfach nochmal die Suchmaschine bemühen?"

Ursula hob eine Augenbraue, ihre skeptische Miene passte nicht ganz zu der sanften Umgebung. „Wonach willst du denn suchen?" fragte sie, mit einem Hauch von Ungeduld in der Stimme.

„Ach, ich weiß nicht." Ich zuckte die Schultern und schob mit dem Schuh ein kleines Blatt beiseite, das der Wind vor meine Füße getragen hatte. „Es geht mir mehr darum, Gelegenheiten zu schaffen. Damit der Zufall eine Chance hat."

Ursula lachte leise, doch ihr Blick blieb kritisch. „Du denkst also, wenn wir wahllos drauflos suchen, dann wird uns schon das Richtige begegnen?" Ihre Stimme klang so nüchtern wie die Kühle des Schattens unter den hohen Bäumen.

„Nicht wahllos." Ich spürte, wie sich eine innere Überzeugung formte, und hielt ihrem Blick stand. „Wir müssen schon genau wissen, was wir wollen und danach suchen. Aber dann…" Ich sah hinauf zu einer Palme, deren wedelnde Blätter sich gegen das Licht wie tanzende Hände bewegten. „…müssen wir ins Vertrauen gehen. Wir müssen darauf bauen, dass die richtige Antwort dann zu uns kommt."

Sie hielt inne, ihre Augen verengten sich leicht, als ob sie in meinen Worten nach einem verborgenen Sinn suchte. „Und was wollen wir?" fragte sie schließlich und brachte damit die Sache auf den Punkt.

Ich atmete tief ein, ließ meinen Blick über das Grün um uns gleiten. „Wir suchen jemanden, der sich dort an der Küste, wo wir Arterien vermuten, auskennt. Und am besten weiß er über Arterien selbst Bescheid."

Ursula zögerte nur kurz, dann nickte sie langsam. „Im Grunde ist es das." Ihre Zustimmung fühlte sich an wie ein Signal, das uns beide auf eine klare Richtung einschwor.

„Vielleicht finden wir online jemanden – oder eine Organisation, die sich mit alten Geschichten oder Ruinen in der Gegend beschäftigt. Und wenn uns noch andere Ansätze einfallen, folgen wir denen einfach." Ich bemerkte, wie ein warmer Lichtstrahl durch das Blätterdach fiel und sich wie ein erster Schimmer eines Aufbruchs über Ursula legte.

„Gut," sagte sie entschlossen, und ein Lächeln spielte um ihre Lippen. „Dann lass uns aufbrechen."

Mit dieser klaren Richtung begannen wir uns auf den Weg zu machen, wanderten zwischen den Bäumen hindurch und folgten einem schmalen Pfad, der uns noch einmal durch die grüne Oase ganz gemächlich in Richtung Ausgang führte. Der Wind trug das Rauschen der Blätter um uns herum, als wollte er uns noch ein letztes Mal ermutigen.

Gerade als wir den botanischen Garten verlassen wollten, schoss plötzlich eine einzelne Krähe dicht über unsere Köpfe hinweg. Ich wich instinktiv zurück und rief überrascht: „Hey!"

Die Krähe zog unsere Blicke wie von selbst auf sich, ihr schwarzes Gefieder glänzte im Sonnenlicht, während sie in einer weiten Kurve in eine kleine Seitengasse abbog. „Hast du das gesehen?" fragte ich Ursula, ohne den Blick von dem Vogel abzuwenden. Mit meinem eingeschränkten Sichtfeld war es zwingend notwendig, konzentriert bei der Krähe zu bleiben. Hatte ich ein bewegliches Ziel einmal aus den Augen verloren, dauerte es lange, bis ich es wieder fand. Und dann konnte es zu spät sein.

„Hab 'ich," erwiderte sie und fügte scherzhaft hinzu: „Da ist wieder deine Krähe." Ihr Lachen klang diesmal ein wenig ungläubig, aber doch neugierig.

„Los, hinterher," sagte ich bestimmt, ohne zu zögern.

Ursula warf mir einen skeptischen Blick zu, folgte aber trotzdem. „Wenn ich das nicht schon erlebt hätte…" murmelte sie leise vor sich hin, „…würde ich dich wirklich für verrückt erklären."

Ich lachte, meine Stimme ein wenig leiser: „Ein bisschen verrückt bin ich wohl. Sonst wäre ich nicht mit dir hier."

Die Krähe war um die Ecke verschwunden, und wir beeilten uns, ihr zu folgen. In der engen, schattigen Seitengasse angekommen, sahen wir das Tier oben auf einer stabilen Holzmarkise sitzen, die zu einem kleinen Andenkenladen gehörte. Über dem Eingang prangten in geschwungenen Lettern die Worte: Le Mystère.

Der Vogel krächzte einmal, fast wie eine Einladung, und flog dann davon, als wäre seine Aufgabe hier erfüllt.

Einen Moment lang standen Ursula und ich schweigend da und tauschten einen Blick, der alles und nichts sagte – ein Ausdruck von stillem Einverständnis und doch auch Verwunderung. Schließlich zuckten wir beide gleichzeitig mit den Schultern und traten durch die schmale Eingangstür des Ladens.

Ein freundliches „Bonjour!" begrüßte uns, als wir die Schwelle des Andenkenladens überschritten – ein Gruß, den wir mit einem Lächeln auf den Lippen erwiderten. Der Laden wirkte im Inneren geheimnisvoll; die schmalen Gänge und Winkel ließen erahnen, dass es hier so manches zu entdecken gab. Der alte Holztresen fügte sich passend ins Bild, und ich konnte dahinter die Gestalt eines Mannes ausmachen, der beschäftigt schien, auch wenn man nicht genau erkennen konnte, womit er gerade hantierte.

Ursula ließ ihren Blick neugierig durch den Laden schweifen, dessen Ausmaße überraschend großzügig waren, größer, als es von außen den Anschein hatte. Überall entdeckten wir die vertrauten Souvenirs: kunstvoll geschnitzte Holzfiguren, kleine Tonkrüge, handgefertigte Schmuckstücke und bunte Tücher, die exotische Muster zeigten. An einem kleinen Altar waren geheimnisvolle Steine und Amulette mit Symbolen arrangiert, die das mystische Flair des „Le Mystère" unterstrichen.

Mich zog es wie von selbst in eine Ecke, nahe dem Tresen, die mich völlig überraschte: Hier hatte jemand offenbar einen wahren Schrein für den FC Bayern München aufgebaut. Eine große Fahne, die sich majestätisch über die gesamte Wand spannte, bildete den Hintergrund. Darunter fanden sich kleinere Fähnchen, Wimpel, Schlüsselanhänger, Tassen und Postkarten mit dem Bayern-Logo. Sogar kleine Figuren der Spieler standen aufgereiht, als ob sie eine Art Zeremonie abhalten würden. Eine rote, in das Licht der Ladenlampen getauchte Tischdecke betonte das Ensemble und ließ es fast wie einen Altar wirken. Es fehlte nur noch eine Kerze, dachte ich ironisch, um die Szenerie perfekt zu machen.

„Na, das hätte ich hier nicht erwartet," sprach ich mehr zu mir selbst und schüttelte den Kopf, halb belustigt, halb verwundert.

Meine Worte schienen den Mann hinter dem Tresen aufmerksam werden zu lassen. Er trat hervor und kam direkt auf mich zu. Etwa 1,70 Meter groß, wirkte er eher mitteleuropäisch als algerisch. Graue, kurz geschnittene Haare umrahmten ein wettergegerbtes Gesicht, in dem ein ordentlicher Schnauzbart prangte. Bekleidet war er schlicht mit Jeans und einem T-Shirt, doch sein unverkennbarer bayerischer Akzent ließ keinen Zweifel: „Bist du Deutscher?" fragte er mich direkt.

„Ich bin Bayer," antwortete ich, wie ich es gerne zu sagen pflegte.

„Ja, servus!" rief der Mann erfreut. „Nenn mich einfach Josef. Mensch, ist das schön, mal wieder Deutsche hier zu sehen." Ein breites Grinsen zog über sein Gesicht. „Und? Bist du etwa auch noch Bayern-Fan?"

Etwas in mir suchte wohl nach einer klugen Antwort, und fast ohne nachzudenken sagte ich: „Ich bin praktisch der ‚Stern des Südens', und meine Begleiterin hier ist ein Nordlicht. HSV, verstehst du?"

Während ich das sagte, griff Josef nach einer Tasse aus dem Bayern-Regal. Sie rutschte ihm jedoch aus der Hand und zerbrach klirrend auf dem Boden in tausend Stücke. Einen Augenblick lang schien er wie erstarrt. Dann hob er langsam den Blick und sagte auf Französisch: „L'Étoile du Sud apporte la lumière du Nord."

In diesem Moment trat Ursula heran, um zu sehen, was vorgefallen war. Josefs Augen durchbohrten mich, als sähe er in mir etwas Unerwartetes, etwas längst Vergessenes. Unser Blick verfestigte sich, ein stilles Einverständnis, das zwischen uns aufkeimte, als wären wir mehr als nur zwei Fremde.

„Was suchst du?" fragte Josef schließlich leise und bedächtig, fast wie in Trance.

„Die Kunst des Nichts," antwortete ich ebenso leise.

„L'art de rien," murmelte er nachdenklich, und dann, fast wie ein Echo, wiederholte er den Satz.

Wir verharrten noch einen Moment, in dem sich die Stille zwischen uns verdichtete. Dann schüttelte Josef den Kopf und wiederholte, diesmal auf Deutsch: „Der Stern des Südens bringt das Licht des Nordens." Fast als ob er zu sich selbst sprach, fügte er hinzu: „Gut… dann ist es so."

Mit einem Seufzer trat er einen Schritt zurück, als wäre ihm ein unsichtbares Gewicht von den Schultern genommen. „Hier im Laden können wir nicht reden," sagte er schließlich, nun gefasster. „Kommt heute Abend wieder und esst bei mir. Dann reden wir."

Bevor wir reagieren konnten, umarmte Josef uns plötzlich – erst mich und dann Ursula. „Servus, Licht des Nordens," murmelte er, als er sie drückte. Sein Blick schien noch immer in Gedanken versunken, und er schob uns sanft zur Tür hinaus. „Geht jetzt bitte. Ich muss das erst… verarbeiten."

Noch etwas benommen standen wir vor dem Laden, die Sonne blendete uns, und für einen Moment fühlten wir uns wie zwei begossene Pudel.

Die Gasse, die uns zuvor so lebendig und faszinierend erschien, begann sich plötzlich erdrückend anzufühlen. Von allen Seiten strömte das geschäftige Treiben der Menschen auf uns ein. Händler priesen lautstark ihre Waren an, Kinder lachten und spielten, während von einem kleinen Stand die kräftigen Gewürzaromen in die Luft stiegen. Katzen huschten zwischen den Menschen hindurch, auf der Suche nach Essbarem, und eine ältere Frau mit einem großen Korb auf dem Kopf drängte sich durch die enge Passage.

Die weißen Fassaden der Häuser warfen das Licht grell zurück, und die bunte Pracht der aufgehängten Tücher und Fahnen erschien uns plötzlich wie ein greller Überfluss. Der alte Pflastersteinboden unter unseren Füßen war uneben, das Hupen eines Motorrads, das sich durch die Menge zwängte, durchbrach die Geräuschkulisse scharf. Die einst so charmanten Balkone wirkten nun wie drohende Überhänge, die uns fast einzuengen schienen.

Dieses Leben, das hier pulsierte, hatte uns soeben noch beeindruckt, doch nach dem intensiven Erlebnis mit Josef erschien es uns bedrängend und unwirklich.

„Lass uns zurück in den botanischen Garten gehen," sagte Ursula leise. Ich nickte, unfähig, die erdrückende Stimmung in Worte zu fassen, und wir schlugen langsam den Weg zurück ein, der uns von der Gasse wegführte – hinein in die grüne Zuflucht des Gartens, wo wir hofften, wieder zur Ruhe zu kommen.

Nach dem Erlebnis mit Josef, das uns wie zwei verlorene Kinder in einem unbekannten Land zurückgelassen hatte, gingen wir schweigend zur Bank, auf der wir bereits zuvor gesessen hatten. Unser Gang war zögerlich, beinahe schleppend, als ob uns die Erschöpfung und die Wucht der Eindrücke jeden Schritt schwer machten.

Das Grün des Gartens umgab uns schließlich wie eine ruhige, schützende Hülle, und der würzige Duft des Eukalyptus wirkte beruhigend, fast wie eine Einladung, die Gedanken zu ordnen. Die vertraute Atmosphäre und die klare Sicht auf die Umgebung gaben uns das Gefühl von Sicherheit. Hier könnten wir ungestört reden und fühlten uns dennoch frei – die Wände einer Suite hätten uns nur bedrückt.

Kaum hatten wir uns gesetzt, sprudelten die Worte aus uns heraus. Ein Durcheinander von Eindrücken, Fragen und Vermutungen. Jeder wollte dem anderen mitteilen, was ihn bewegte, aber kein wirkliches Gespräch kam zustande. Schließlich hob Ursula die Hand und sagte mit einem schmunzelnden Blick: „Fang du an zu erzählen! Wie ging das eigentlich los?"

Ich atmete tief ein, ließ meinen Blick über die Palmen streifen und begann. „Also... Ich war bei den Fanartikeln und anstatt einfach zu sagen, dass ich Bayern-Fan bin, fiel mir dieses eine Lied ein. Du weißt schon: 'Stern des Südens'. Das habe ich zitiert."

Ursula nickte aufmerksam, ihre Augen waren warm und konzentriert.

„Und dann habe ich dich als ein echtes Nordlicht bezeichnet – eben als jemand, der aus Hamburg kommt. Das mit dem Fan-Sein für Hamburg habe ich auch noch hinzugefügt." Ein Lächeln zog kurz über mein Gesicht. „Und da sagte er diesen Satz... etwas über den Stern des Südens und das Licht des Nordens."

Ursula zog die Augenbrauen hoch. „Der Stern des Südens bringt das Licht des Nordens?"

„Ja, genau." Wir schwiegen beide für einen Moment und ließen den Satz in der Luft hängen, als würde die Bedeutung von allein zu uns kommen. „Vielleicht hatte das für ihn eine tiefere Bedeutung," fügte ich schließlich hinzu.

„So hat es auf jeden Fall gewirkt," sagte Ursula leise. „Er schien in dem Moment... wie soll ich sagen... völlig ergriffen. Als hätte dieser Satz etwas in ihm berührt."

Ich nickte, versunken in Gedanken. „Und dann," sagte ich nach einer kurzen Pause, „dann sagte er: 'L'Art de rien. '"Ich spürte einen leichten Stolz in mir aufsteigen, eine stille Freude. „Ich wusste sofort, dass ich mit meiner Deutung des Wortes Arterien richtigliegen könnte."

Ursula lachte leise. „Da hast du wohl voll ins Schwarze getroffen."

Ein leises Lächeln huschte über mein Gesicht, doch die Anspannung, die das Erlebnis ausgelöst hatte, ließ kaum Raum für echte Freude. Stattdessen machte sich eine Entschlossenheit breit, wie ein inneres Aufbäumen. „Er weiß also über Arterien Bescheid," sagte ich schließlich.

Ursula legte ihre Hand auf meinen Arm und sagte ruhig: „Dann bleibt uns wohl nichts anderes übrig, als heute Abend zu ihm zu gehen und mehr herauszufinden."

„Ja," murmelte ich, spürte dabei das Gewicht der Entscheidung und doch auch einen klaren Drang zur Handlung. „Heute Abend bei ihm. Da werden wir sehen, was er uns wirklich zu sagen hat."

Wir saßen noch einen Moment schweigend auf der Bank, ließen die Ruhe des Gartens auf uns wirken, die wir so dringend brauchten, bevor wir aufstanden und zurück zum Hotel gingen. Ein letzter Atemzug des Eukalyptusdufts schien uns zu begleiten, als könnten wir diese Klarheit und Entschlossenheit für den kommenden Abend mitnehmen.

In der Suite angekommen, nutzten wir die verbleibende Zeit, um uns zurückzuziehen und die Erlebnisse sacken zu lassen. Ich vertiefte mich in die Stille einer Meditation, um meine Gedanken zu ordnen und neue Kraft zu schöpfen. Schließlich war es Zeit, uns auf den Weg zu Josef zu machen.

Die rote Sonne, die sich allmählich dem Horizont entgegen neigte, tauchte die Straßen von Algier in ein warmes, gedämpftes Licht. Die Spannung, die uns beide angesichts des bevorstehenden Treffens mit Josef erfasste, schien die Atmosphäre um uns noch intensiver zu machen. Während wir durch die belebten Straßen schritten, bestimmte Ursula, wie gewohnt, mit ihren festen und zielgerichteten Schritten das Tempo.

Ursula hob leicht die Stimme, um den Straßenlärm zu übertönen: „Also, ich sage es gleich: Wir müssen bei Josef direkt zum Punkt kommen. Kein Smalltalk, keine Umschweife." Sie warf mir einen kurzen Seitenblick zu. „Ich will wissen, wie Arterien aussieht, wie wir dorthin gelangen, und was er sonst noch darüber weiß."

Ich zog den Reißverschluss meiner Jacke etwas höher und ließ meinen Blick durch die Straßen schweifen, während ich antwortete: „Das verstehe ich. Aber findest du nicht, dass das zu forsch ist? Josef wirkte doch ziemlich angespannt, schon bei unserem ersten Treffen. Vielleicht ist es besser, ihn nicht zu drängen."

Ursula runzelte die Stirn, während sie einer kleinen Gruppe von Kindern auswich, die lachend an uns vorbeiliefen: „Aber warum hat er uns dann eingeladen? Bestimmt nicht, um über Belanglosigkeiten zu reden. Er weiß etwas, und ich will endlich Klarheit. Wir können nicht ewig raten."

Ich hielt einen Moment inne, um den Weg zu überprüfen, und wies mit einem Kopfnicken auf eine kleinere Seitenstraße. „Vielleicht, aber denk mal nach: Was könnten seine Motive sein? Vielleicht hat er ein schlechtes Gewissen. Oder er steht unter Druck und versucht, uns in irgendeiner Weise einzuspannen."

Ursula schien nachdenklich. Sie lockerte ihren Schal ein wenig, während wir weitergingen: „Meinst du wirklich, er verfolgt eine eigene Agenda?"

„Das ist gut möglich." Ich zuckte mit den Schultern. „Oder er braucht Hilfe und traut sich nicht, direkt darum zu bitten. Wenn wir ihn jetzt zu sehr drängen, könnte er sich verschließen."

Ursula schnaubte leise und richtete den Blick nach vorne: „Hm… Du meinst also, wir sollten ihm den Raum lassen?"

Ich nickte, während wir die Ecke zum botanischen Garten erreichten. „Genau. Wenn wir ihm das Gefühl geben, dass er die Kontrolle über das Gespräch hat, wird er vielleicht mehr preisgeben, als er vorhatte. Dieser Satz – ‚Stern des Südens bringt das Licht des Nordens – ‘hat ihn ja sichtlich getroffen. Da steckt mehr dahinter, als wir ahnen."

Ursula zog ihre Haare zurück und strich sie hinter die Ohren, während sie über meine Worte nachdachte: „Du bist also dafür, dass wir einfach abwarten?"

Ich lächelte leicht und sah sie an. „Ich denke, wir sollten beobachten und zuhören. Die besten Antworten kommen oft von selbst, wenn man einfach den Raum dafür lässt."

Ursula blickte kurz zu mir und schüttelte den Kopf, ein schwaches Lächeln auf ihren Lippen: „Na gut, Mr. Zen. Aber was, wenn er ausweicht? Wir können uns keine leeren Hände leisten."

„Das werden wir nicht." Ich trat zur Seite, um einer Marktfrau auszuweichen, die mit einem Korb voller Orangen eilig an uns vorbeilief. „Schau, es gibt so viele Möglichkeiten, wie das Gespräch verlaufen könnte. Wir könnten jetzt Stunden damit verbringen, alles durchzudenken – oder wir vertrauen darauf, dass uns im richtigen Moment die richtigen Worte einfallen."

Ursula hielt kurz inne, um einen Bus vorbeifahren zu lassen, der eine enge Kurve nahm. Dann nickte sie langsam: „Du hast recht. Es gibt einfach zu viele Variablen. Vielleicht ist es wirklich besser, sich nicht zu viel vorzunehmen. Spontanität hat ja auch ihre Vorteile."

Ich lächelte und klopfte leicht gegen meinen Stock, während wir die letzte Gasse vor Josefs Laden betraten. „Das ist der richtige Spirit! Wir reagieren einfach auf die Situation. Und wer weiß, vielleicht erzählt Josef uns mehr, als wir hoffen."

Ursula warf mir einen schiefen Blick zu, aber ihre Augen glitzerten amüsiert: „Okay, einverstanden. Aber wenn er anfängt, um den heißen Brei zu reden, übernehme ich."

„Darauf verlasse ich mich." Ich zwinkerte ihr zu, während wir den kleinen Laden von Josef erreichten.

Ursula hob eine Braue und grinste: „Und du bleibst ruhig und sammelst deine Weisheiten aus der Stille, ja?" Ich war nicht gerade dafür berühmt, wenig zu reden.

„Deal." Ich lächelte, bevor ich die Hand hob, um an die Holztür zu klopfen.

Josef öffnete die schwere Holztür mit einem warmen Lächeln. „Ah, meine Freunde! Kommt, kommt herein! Es ist schon alles vorbereitet." Seine Stimme klang so herzlich, dass jede noch so kleine Nervosität von uns abfiel.

Mit einer einladenden Geste bedeutete er uns, ihm die schmalen, knarrenden Holzstufen hinauf zu folgen. Während wir die Treppe erklommen, fiel mein Blick auf die Wände, die von farbenfrohen Kacheln mit traditionellen Mustern geschmückt waren. Ein schwacher Duft von Weihrauch schwebte in der Luft und schien uns den Weg nach oben zu weisen.

„Meine Frau Layana erwartet euch schon", sagte Josef über die Schulter und hielt uns die Tür zu seiner Wohnung auf. Der Raum, der uns empfing, war ein wahres Fest für die Sinne: Die Wände waren in warmen Erdtönen gehalten, mit kunstvollen Textilien dekoriert, und in der Mitte des Raumes funkelte eine traditionelle Metallkanne auf einem Tablett mit verzierten Teegläsern. Der Duft von frisch gebrühtem Minztee mischte sich mit einem Hauch von Jasmin und einer süßen, würzigen Note, die von einer Schale mit Datteln ausging.

„Willkommen in unserem bescheidenen Zuhause", sagte Layana mit einer sanften, fast melodischen Stimme. Sie war eine Erscheinung von natürlicher Eleganz, ihr Haar unter einem schlichten Tuch gebunden, während sie mit geschickten Händen die Gläser mit dampfendem Tee füllte. Josef trat zur Seite und lächelte stolz. „Das ist meine Frau, Layana."

Layana nickte uns freundlich zu und musterte uns kurz mit ihren warmen, dunklen Augen. „Ihr seid also der Stern des Südens und das Nordlicht, von denen Josef erzählt hat. Es ist eine Ehre, euch bei uns zu haben."

Ursula schmunzelte leicht, während ich einen höflichen Gruß erwiderte. Josef nahm die Datteln und reichte uns das Tablett. „Bitte, nehmt. Es ist eine kleine Geste der Gastfreundschaft – die süßen Früchte der Erde."

Während wir die kleinen Köstlichkeiten probierten, führte Layana uns zu dem geschmackvoll gedeckten Esstisch. Die Polster der Stühle waren mit weichen Stoffen bezogen, die von algerischer Handwerkskunst zeugten. Auf dem Tisch standen nicht nur die Kanne mit Minztee, sondern auch ein kunstvoll geformtes Arrangement von Gebäck, das uns förmlich anlächelte.

„Setzt euch, bitte", sagte Layana, während Josef die Stühle für uns zurechtrückte. „Das Essen wird gleich fertig sein, aber wir wollten zuerst mit euch anstoßen und euch richtig willkommen heißen."

Wir ließen uns nieder, und ich spürte, wie sich die herzliche Atmosphäre wie ein sanfter warmer Wind um uns legte – leicht, einladend, und voll menschlicher Nähe. Layana stellte ein weiteres Tablett mit süßem Gebäck vor uns ab und setzte sich schließlich neben Josef, der uns aufmerksam ansah.

„Nun", sagte er schließlich, „wir freuen uns, dass ihr hier seid. Und mal sehen, was der Abend sonst noch bringen mag."

Nachdem wir die süßen Datteln und das feine Gebäck probiert hatten, stand Layana auf, um die Speisen zu holen. „Ich hoffe, ihr seid hungrig", sagte sie mit einem warmen Lächeln, während sie in die Küche ging. Kurz darauf kehrte sie zurück und trug eine große dampfende Schüssel mit

Couscous und geröstetem Gemüse in beiden Händen. Josef sprang sofort auf, um ihr zu helfen, und stellte die Schüssel in die Mitte des Tisches.

„Das ist erst der Anfang", erklärte Layana, bevor sie erneut in die Küche ging. Sie kam bald darauf mit einer zweiten Schüssel zurück, diesmal mit einer Tajine, deren verlockender Duft nach Zimt, Kurkuma und Safran den Raum erfüllte. Josef nahm sie ihr ab und stellte sie ebenfalls auf den Tisch, und daneben einen Korb mit warmem Fladenbrot, den Layana als Letztes brachte.

„Das sieht alles fantastisch aus", sagte ich und betrachtete die Vielfalt an Farben und Aromen, die vor uns stand.

„Vielen Dank", antwortete Layana, während sie sich wieder setzte und ihre Hände in den Schoß legte. „Josef hat geholfen. Er ist ein guter Koch, wenn er will."

Josef lachte leise. „Das stimmt, aber heute habe ich mich auf das Probieren beschränkt. Alles hier ist Layanas Werk."

Während sie begann, die Teller zu füllen, sagte Josef: „Es macht euch hoffentlich nichts aus, dass wir rein vegetarisch essen."

„Nein, im Gegenteil!" erwiderte ich. „Wir hatten schon Angst, ihr könntet Fleisch oder Fisch zubereiten, und dann hätten wir euch erklären müssen, dass wir nur vegetarisch essen."

Josef lachte erleichtert. „Na, dann sind wir uns ja einig!"

„Das hier", erklärte Layana und deutete auf die Tajine, „ist unser Lieblingsgericht. Die Zucchini und Auberginen sind frisch vom Markt, und die Gewürze geben ihm die besondere Note."

„Es riecht unglaublich gut", sagte Ursula, während sie einen tiefen Atemzug nahm.

Wir begannen zu essen, und die Aromen waren überwältigend. Der Couscous war leicht und fluffig, das Gemüse zart und würzig. Es war deutlich, dass hier mit Liebe gekocht worden war.

„Man sagt bei uns, dass Essen Menschen zusammenbringt", sagte Josef, während er ein Stück Fladenbrot brach und es in die Tajine tauchte. „Es ist mehr als nur Nahrung – es ist ein Austausch von Geschichten und Herzen."

„Das stimmt", sagte ich und genoss den nächsten Bissen. „Das ist wirklich außergewöhnlich!"

Josef lehnte sich zurück, sichtlich zufrieden. „Ihr schmeckt also die Arbeit, die darin steckt", sagte er mit einem Augenzwinkern.

Während des Essens brachte ich das Gespräch in Richtung Fußball. „Du bist also ein Fan des FC Bayern München", stellte ich fest, „das war mir gleich aufgefallen, wegen der ganzen Fanartikel in deinem Geschäft."

Josef grinste. „Ja, das stimmt. Das kommt daher, dass ich in jungen Jahren nach Deutschland gegangen bin. Ich habe bei BMW am Band gearbeitet. Da hat mich die Leidenschaft für den FC Bayern gepackt."

„Wie kommt es", fragte Ursula neugierig, „dass du ausgerechnet nach Deutschland gegangen bist? Wäre es nicht einfacher gewesen, nach Frankreich zu gehen?"

Josef schüttelte entschieden den Kopf. „Nein, einfacher war das nicht. Es waren schwierige Zeiten damals. Als Algerier war man in Frankreich mehr geduldet als willkommen. Da bin ich lieber nach Deutschland gegangen. Und das hat sich als richtig herausgestellt. Am Band haben sie mir schnell den Namen Josef gegeben. Und damit war ich einer von ihnen."

„Vermutlich heißt du eigentlich Youssef, oder?" fragte ich und warf Ursula dabei einen kurzen Blick zu, während ich mit den Schultern zuckte. Ursula legte kurz die Stirn in Falten. Ein zweiter Youssef auf unserer Reise, dachte ich bei mir. Geht man nach dem Prinzip von Yin und Yan, dann konnte das ja nur ein gutes Omen sein.

Josef nickte. „Aber so nennt mich schon lange keiner mehr."

Für einen Moment schien er in Gedanken verloren und blickte in die gegenüberliegende Ecke des Raumes. „Ich wollte damals mit Zuhause nichts mehr zu tun haben. Der neue Name war für mich ein Neustart."

Ein kurzes Schweigen trat ein, in dem nur das leise Klappern von Besteck zu hören war. Schließlich sah Josef auf, ein schwaches Lächeln auf seinen Lippen. „Im Grunde ist das bis heute so geblieben."

Dann wandte er sich direkt an mich, seine dunklen Augen ernst, aber neugierig. „Und du?" fragte er schließlich. „Bist du auch Bayern-Fan?"

„Schon aus Tradition", war meine Antwort.

„Kannst du dich noch an Mucki erinnern?"

„Na klar", meinte Josef trocken. „Der hat doch damals dem Gerd Müller viele Tore aufgelegt. Ein richtiges Schlitzohr war der, wo er auch gewesen ist."

„Und genau der", fuhr ich fort, „war ein Neffe meines Großvaters. Und schon deswegen ist es bei uns in der Familie Pflicht, Bayern-Fan zu sein."

„Nicht schlecht, nicht schlecht", sagte Josef und schmunzelte. „Das war eine Mannschaft! Solche Typen wie damals gibt's heute nicht mehr."

„Der Thomas Müller ist vielleicht der letzte richtige Charakter-Typ", überlegte ich laut.

„Da kannst du recht haben", gab Josef zu. „Ich mag ja besonders den Oliver Kahn", fügte er hinzu, als ob ihm plötzlich ein Gedanke gekommen wäre.

„Bei dem", rief ich aus und lachte, „warst du nicht einmal als Mitspieler sicher. Wenn du einen Fehler gemacht hast, dann konnte es schon sein, dass dich der Zorn Gottes traf."

Josefs Lächeln verblasste sofort. Ein flimmerndes Schaudern lief ihm über den Rücken, und die Atmosphäre am Tisch änderte sich. Die Leichtigkeit des Gesprächs wich einer spürbaren Schwere. Es war, als hätte jemand die Stille in den Raum gelegt, bevor das, was nun folgen würde, klarer wurde.

„Der Zorn Gottes…", murmelte er leise vor sich hin, als wäre der Gedanke an diesen Ausdruck gerade aus einem tiefen, vergessenen Teil seines Gedächtnisses hervorgetreten. Dabei sah er seine Frau an, als ob er durch ihre Augen versuchte, die Erinnerung einzuordnen.

Seine Stimme war kaum mehr als ein Flüstern. Es war, als würde er einen Schatten aus der Vergangenheit wiedererkennen, der nun nicht mehr einfach entweichen konnte. Ein tiefer Atemzug, ein Moment der Selbstbeherrschung – und dann blickte er uns wieder an, doch die Unbeschwertheit war fort.

Liana stand auf, trat hinter Josef und legte ihre Hände sanft auf seine Schultern. „Du musst es ihnen sagen", flüsterte sie. „Erzähl ihnen alles."

Josef, der noch zögerte, atmete tief durch und fragte dann, als ob er sich von einer Last befreien wollte: „Aber womit fange ich an?"

„La Colère de Dieu", bestimmte sie ruhig, „und dann erzähl ihnen von deinem Großvater."

Josef schloss die Augen, atmete tief ein, ließ die Luft langsam wieder entweichen. Drei, vier Mal, als würde er sich auf etwas vorbereiten, das ihn zutiefst herausfordern würde. Schließlich begann er, die Worte langsam und bedächtig:

„La Colère de Dieu, also."

Er schluckte noch einmal, als ob er einen unangenehmen Geschmack von der Erinnerung loswerden wollte.

„Kennt ihr die Geschichten aus dem Alten Testament der Christen, in denen von den Plagen die Rede ist, die Gott über die alten Ägypter gebracht haben soll?"

Ein leises Nicken von Ursula. Beide, sie und ich, wagten es nicht, die Stille zu stören, die wie eine unsichtbare Kuppel über uns lag, uns alle miteinander verbindend in der Erwartung dessen, was Josef uns gleich anvertrauen würde.

Und dann, als ob es nun endlich Zeit sei, fortzufahren, setzte er an:

„Gut, also. In meiner ursprünglichen Heimat erzählt man sich die Geschichte, dass zu dieser Zeit die Erde ein neues Land gebar. Ein Land erhob sich, begleitet von lautem Getöse und gewaltigem Donnerschlag. Die Auswirkungen dieser Erhebung waren so stark, dass man sie bis nach Ägypten spüren konnte. Zunächst zog sich das Wasser zurück und verschwand – nur um mit einem ohrenbetäubenden Grollen zurückzukehren, das alles verschlang, was sich ihm in den Weg stellte. Und dann wurden ganze Landstriche begraben.

Mein Großvater hat mir diese Geschichte immer wieder erzählt, und die Menschen gaben dem Land den Namen: ‚Der Zorn Gottes'. Die Auswirkungen dieser Geburt waren so gewaltig, dass es sich die Menschen nicht anders erklären konnten, als dass Gott zornig gewesen sein musste, als er dieses Land erschuf."

Josef machte eine kurze Pause, als wolle er die Schwere der Worte, die er ausgesprochen hatte, wirken lassen. Ich konnte noch immer nicht fassen, was er gerade gesagt hatte. In meinem Kopf drehte sich alles.

Ich verfolgte meine Gedanken weiter, ließ sie jedoch unausgesprochen, denn ich wollte Josef nicht unterbrechen. Seine Geschichte hatte mich in ihren Bann gezogen, und ich wollte ihm die Möglichkeit geben, alles vollständig zu erzählen.

Einmal hatte ich eine Dokumentation gesehen, in der die Plagen des Alten Ägyptens mit einem mächtigen Erdbeben in Verbindung gebracht worden waren. Das war der Zeitpunkt, an dem die Forscher glaubten, den Ursprung des Phänomens in einem Vulkanausbruch zu finden. Nur hatte man den Vulkan nie wirklich ausfindig machen können…

Ich hielt inne, verlor mich in meinen Überlegungen. Die Erkenntnis durchzuckte mich wie ein Blitz. War es möglich? Lag Arterien tatsächlich auf diesem verloren geglaubten Vulkan, von dem in der Dokumentation die Rede gewesen war?

Der Gedanke war so überwältigend, dass ich die Energie im Raum deutlich spüren konnte – eine Spannung, die uns alle auf seltsame Weise miteinander verband. Während Josef sprach, hielt ich meine Gedanken zurück, nicht, weil ich sie nicht auszusprechen wagte, sondern weil ich den Fluss seiner Erzählung nicht stören wollte. Alles, was er offenbarte, schien von entscheidender Bedeutung zu sein, und ich wollte ihm die Bühne überlassen, um die Geschichte in ihrer Gesamtheit darzulegen.

51 „Mein Großvater hat aber nie geglaubt, dass Gott etwas aus Zorn heraus macht," sagte Josef schließlich und ließ die Worte im Raum nachklingen, als ob sie etwas von fundamentaler Bedeutung trügen. „Grand-père hat immer gesagt: Gott ist die reine Liebe. Und das Land, das er geschaffen hat, ist das reine Paradies. Nur die Menschen haben es schlecht gemacht."

Er machte eine Pause, sein Blick wanderte in die Ferne, während er seine rechte Hand auf die seiner Frau legte, die noch immer sanft auf seiner linken Schulter ruhte. Es war ein Moment von tiefer, stiller Verbundenheit, die zwischen den beiden spürbar war. Eine Liebe, die sprach, ohne Worte zu brauchen.

Dann fuhr Josef fort, seine Stimme beinahe andächtig: „Grand-père war der letzte Bewahrer außerhalb von l'art de rien."

Die Worte hingen in der Luft, zart wie ein Hauch und dennoch von unermesslicher Tiefe.

„Ich habe ihm nie wirklich geglaubt, dass es dieses Land gibt," gestand Josef und senkte leicht den Kopf. „Und doch weiß ich jetzt, dass mein Großvater dort gewesen sein muss. Ich habe ihn immer für verrückt gehalten, aber jetzt… jetzt macht alles einen Sinn."

Er hob seinen Blick und sah mich an, ernst und zugleich wohlwollend, als wolle er sicherstellen, dass ich verstand, wie wichtig diese Offenbarung war. Danach wanderten seine Augen langsam zu Ursula. In dieser Bewegung lag eine stille Bitte um Verständnis.

Er wiederholte die Worte, die er bereits im Laden gesagt hatte, diesmal jedoch leiser, fast ehrfürchtig: „Der Stern des Südens bringt das Licht des Nordens."

Ursula schien einen Augenblick mit sich zu ringen, ehe sie leise und vorsichtig fragte: „Was hat es mit diesen Worten auf sich?"

Josef schluckte, als würde er eine große Anstrengung überwinden, bevor er weitersprach: „Grand-père wollte immer, dass ich ein Bewahrer werde. Aber ich habe ihm nie wirklich geglaubt. Und irgendwie hatte ich immer Angst. So viel Böses war uns in dieser Welt geschehen. Der Krieg. Der Terror. Menschen, die von heute auf morgen verschwanden. Für mich gab es doch nichts, das es zu bewahren lohnte."

Er hielt inne, wischte sich eine kleine Träne aus dem Gesicht. „Und dann… dann ging grand-père."

Seine Stimme wurde brüchig, als er sich den Moment ins Gedächtnis rief. „In seiner letzten Stunde hat er mich zu sich holen lassen. Und dann sagte er diesen Satz zu mir: ‚*L'étoile du sud apporte la lumière du nord. 'Und er bat mich, ihm zu versprechen, dass ich dem Licht helfen würde, wenn es so weit wäre. ‚Lass das Licht scheinen', hat er gesagt. Und dabei sah er mich so tief an, als wolle er mich bis in meine Seele erreichen. Dann fügte er hinzu: ‚Lass dein Licht scheinen.'"

Josef verstummte, sichtlich bewegt, während seine Worte nachhallten. Es schien, als hätte er durch das Teilen dieser Erinnerung etwas in sich gelöst, eine alte Wunde, die langsam zu heilen begann.

Ich fühlte mich in diesem Moment so sehr mit Josef, Lyana und Ursula verbunden, als wären wir schon immer eine Familie gewesen. Es war, als schwangen wir alle in einer Energie des Einklangs und der Reinheit.

„Er wollte, dass ich ein Gardien werde", brach es nun mit tiefer, rauer Stimme aus Josef heraus. Die Worte schienen schwer auf seiner Seele zu liegen, und doch klangen sie wie ein Befreiungsschlag. „Und ich habe ihm nie geglaubt."

In diesem Moment schien sich all der Schmerz, den Josef über Jahrzehnte tief in seinem Herzen vergraben hatte, wie eine schwere Last zu lösen. Es war, als würde etwas Heiliges geschehen – eine Wunde, die endlich heilen durfte. Josef konnte heilen. Wir alle spürten die Intensität seiner Verletzlichkeit, die sich jetzt in seiner ganzen Offenheit zeigte. Es war ein seltener Moment, in dem wir Anteil an etwas zutiefst Persönlichem hatten.

Langsam, beinahe zögerlich, tat ich etwas, das für mich eigentlich völlig untypisch war. Ich kniete mich neben Josef und legte ganz behutsam meine Hand auf seine linke, die schwer auf seinem Oberschenkel ruhte. Mein Herz klopfte, als ich kurz in dieser Position verharrte. Ich wollte sicher sein, dass er diese Geste nicht missverstand. Doch in dem Augenblick, als ich die Verbindung zwischen uns spürte – diese unsichtbare Brücke von Mitgefühl und Vertrauen – sprach ich leise: „Dann hilf uns, das Land deines Großvaters zu finden."

Josef hob den Kopf, seine Augen glänzten von Tränen. Ich machte eine kurze Pause, ließ meine Worte Raum, um zu ihm durchzudringen. Dann fügte ich mit Nachdruck hinzu: „Lass es uns gemeinsam suchen."

Für einen Moment schien die Zeit stillzustehen. Dann nickte Josef, ein Schluchzen entfuhr ihm. Ohne dass ich es bewusst entschied, zog ich ihn in eine Umarmung, fest, aber zugleich vorsichtig, um ihm Halt zu geben. Und dann geschah etwas Wundervolles: Ursula trat zu uns, und auch Lyana schloss sich an. Ohne Worte fanden wir uns alle vier in einer innigen Umarmung wieder.

Es war, als wären wir von einer unsichtbaren Kraft zusammengeführt worden. Die Energie im Raum schwang in vollkommener Harmonie, und wir alle spürten, dass dies ein Moment der Heilung war – nicht nur für Josef, sondern auch für uns. Wir hielten einander, als wären wir Teil eines größeren Plans, der uns jetzt auf wundersame Weise vereinte.

Nur langsam fanden wir vier wieder in so etwas wie Normalität zurück. Es schien, als wollte jeder diesen Augenblick der Verbundenheit für sich noch ein wenig festhalten, bevor er verflog.

Lyana lenkte sich mit den typischen Tätigkeiten einer Hausfrau ab. Das Essen stand noch immer auf dem Tisch, und sie begann, es in die Küche zu räumen. Ursula bemerkte dies und erhob sich, um ihr zu helfen. Mit einem stummen Nicken nahm Lyana die Unterstützung an, und gemeinsam räumten sie schweigend ab.

Josef wischte sich die letzte Träne aus den Augen und wandte sich mir zu. „Was magst du trinken?" fragte er, seine Stimme noch ein wenig brüchig, aber freundlich.

„Einen starken Kaffee", antwortete ich spontan, fast zu schnell. „Auch wenn es schon spät ist", fügte ich schmunzelnd hinzu, „aber den brauche ich jetzt."

„Darauf habe ich auch Lust", erwiderte Josef mit einem kleinen Lächeln und verschwand in die Küche. Für einen kurzen Moment blieb ich allein im Zimmer zurück.

Ich trat zum Fenster und richtete meinen Blick hinaus in die Dunkelheit. Draußen war nichts Besonderes zu erkennen, aber das brauchte es auch nicht. Ich stand einfach da, ließ das Erlebte nachklingen und gab meinen Gedanken Raum. Der Augenblick war ruhig und tief zugleich – ein stiller Nachhall dessen, was wir gerade miteinander geteilt hatten.

Schließlich kehrten wir alle an den Tisch zurück. Josef stellte die dampfenden Tassen ab, Lyana rückte die süßen Speisen wieder ins Zentrum des Tisches, und wir griffen erneut zu. Wir tranken Kaffee, lachten leise und genossen die kleine Auszeit, die uns wie ein sanftes Hineingleiten in den Alltag vorkam. Doch selbst in dieser Normalität war die Wärme und die Nähe des Augenblicks spürbar. Es war, als hätte sich etwas verändert – in uns und um uns.

So behutsam, wie es mir möglich war, nahm ich das Gespräch wieder auf, als mich Josefs ruhiger Blick traf. „Kann es sein, dass du ursprünglich aus dem Westen Algeriens stammst? Irgendwo an der Küste, nicht weit von der marokkanischen Grenze?"

Josef blinzelte überrascht. Lyana hob die Kanne und schenkte sich eine kleine Menge Kaffee nach, während sie aufmerksam lauschte. Ursula stellte ihre Tasse mit einem leisen Klirren ab.

„Wie kommst du darauf?" fragte Josef, sichtlich erstaunt. Doch bevor ich antworten konnte, fuhr er fort: „Tatsächlich bin ich dort auf einem kleinen Bauernhof aufgewachsen. Mein Bruder lebt dort heute noch, aber ich war seit meiner Flucht nicht mehr dort. Der Tod meines Großvaters und der Auftrag, den er mir damals gab … das war einfach zu viel für mich. Deshalb bin ich nach Deutschland gegangen. Erst vor zwei Jahren haben Lyana und ich dieses Haus hier gekauft und sind wieder nach Algerien zurückgekehrt. Das Leben hier in unserem kleinen Laden ist so viel … echter. In Deutschland schien es nur noch um Status zu gehen – das nächste Auto, der nächste Urlaub. Wer hat mehr, wer kann mehr vorzeigen …"

Sein Blick schweifte ab, während er sprach, und ich nickte nachdenklich. Es war wichtig, Raum für diese Gedanken zu lassen.

Josef seufzte. „Aber ich habe es nie geschafft, zurück in meine alte Heimat zu fahren." Er blickte in die Ferne, als ob er ein längst vergangenes Bild zu greifen versuchte. Dann schüttelte er sich leicht und sah mich wieder an. „Wie bist du darauf gekommen, dass ich von dort stammen könnte?"

Nun war ich an der Reihe zu erzählen. Ich begann mit unserer Reise, erzählte von den Spuren, die wir verfolgt hatten, und von den Hinweisen auf Hitler und Himmler, allerdings ohne die Erlebnisse in der Staatskanzlei oder im Bayerischen Nationalmuseum im Detail zu erwähnen. Als ich von Teresa von Ávila und der Venus sprach, verlor ich mich fast in meinen Gedanken. Ursula war es, die mich immer wieder sanft zurückholte, wenn ich zu ausschweifend wurde.

„Hier", sagte sie schließlich und zog ein Bild der Venus von Ávila auf ihrem Smartphone auf. Sie zeigte es Josef und Lyana, die beide beeindruckt die kunstvollen Details bewunderten, selbst auf dem kleinen Bildschirm.

Wir berichteten weiter von der „Blacklisted Area", wobei wir Ursulas Beruf nur indirekt andeuteten. Dennoch tauschten Josef und Lyana einen wissenden Blick aus, der zeigte, dass sie längst ahnten, dass Ursula nicht einfach eine Touristin war.

Ich lenkte das Gespräch schließlich auf die Taube und erklärte, wie ich vermutete, dass sie ein Schlüssel zu einem Zugang sein könnte – einem Weg vom Land aus, der in die Berge führte.

Josef lehnte sich zurück und schwieg für einen Moment. „Bis gestern hätte ich gesagt, dass dieses Land, von dem du sprichst, nie existiert hat. Es gibt bei uns dort keine Berge, wie du sie suchst. Aber …" Er hielt inne und schien nach den richtigen Worten zu suchen. „Aber andererseits bist du jetzt hier, so wie es Grand-père prophezeit hat."

„Der Stern des Südens bringt das Licht des Nordens", wiederholte ich den Satz aus der Prophezeiung.

Josef nickte langsam. „Mein Großvater war oft tagelang verschwunden. Und wenn wir ihn fragten, wo er gewesen war, sagte er nur: 'l'art de rien'."

„Arterien", flüsterte ich, und ein Kribbeln lief mir über den Rücken.

„Ja", sagte Josef mit einem leichten Lachen. „Aber nicht so, wie du es aussprichst. Du sprichst es Deutsch aus. Bei uns sagt man es auf Französisch. L'art de rien, die Kunst des Nichts. Es war für uns Kinder nur eine Redensart – etwas, das unerklärlich verschwindet. Doch jetzt … jetzt fange ich an, die Bedeutung zu verstehen."

Ich starrte ihn einen Moment lang an, dann nickte ich langsam. „Du meinst also, dass 'Arterien 'eine Kurzform von l'art de rien ist?"

Josef schmunzelte. „Genau."

Dann richtete Josef seinen Blick direkt auf Ursula. „Licht des Nordens. Es freut mich, dass du mein Haus erhellst."

Ursula schien nach Worten zu ringen. Schließlich fragte sie in ihrer klaren, pragmatischen Art: „Wie geht es weiter?"

Josef erwiderte ihren Blick eindringlich. „Lasst uns gemeinsam hinfahren."

Inzwischen war es weit nach Mitternacht. Der Tag hatte uns viel gegeben, und es war an der Zeit, die Erlebnisse sacken zu lassen. Wir waren uns einig, die weiteren Planungen unserer gemeinsamen Suche nach Arterien nicht mehr in dieser Nacht fortzusetzen, sondern alles in Ruhe am nächsten Tag zu besprechen. Noch einmal umarmten wir uns alle herzlich, bevor wir uns schließlich voneinander lösten. Zum Abschied tauschten wir Telefonnummern aus, eine Geste, die unsere neu entstandene Verbindung bekräftigte.

Josef begleitete uns noch bis zur Ladentür. Dort blieb er einen Moment stehen, bevor er sich uns zuwandte. „Schlaf gut, Stern des Südens", sagte er, ein warmes, aber müdes Lächeln auf den Lippen, und klopfte mir dabei sanft auf die Schulter. Dann schloss er die schwere Holztür, die mit einem sanften Knarren ins Schloss fiel.

Draußen herrschte eine eigentümliche Stille, die nur von den entfernten Geräuschen der Stadt durchbrochen wurde. Das Brummen eines Lastwagens drang gedämpft zu uns, während irgendwo in der Ferne das hohe Sirren eines Rollers durch die Nacht schnitt. Ein kurzes, scharfes Hupen ließ die Szene aufleben, bevor die Geräuschkulisse wieder in sich zusammensank.

Die Straßenlaternen warfen ein weiches, honigfarbenes Licht, das sich auf dem Pflaster spiegelte und den Zauber des Abends in die Nacht hineintrug. Hier und da schimmerten die letzten Lichter geschlossener Geschäfte, während der Himmel über uns in einem sanften Funkeln erstrahlte.

Ursula blieb stehen und hob den Blick. „Siehst du das? Die Sterne oben und die Lichter der Stadt unten – irgendwie passt das alles zusammen." Sie zeigte auf die funkelnden Punkte, die wie eine geheime Verbindung zwischen Himmel und Erde wirkten. „Es fühlt sich an wie … Balance."

Ich sah nach oben, dann hinunter auf die ruhigen Straßen, und auch, wenn ich die Sterne nicht so wie Ursula wahrnehmen konnte, nickte ich nachdenklich. „Fast so, als hätte der Stern des Südens sich in dieser Nacht mit dem Licht des Nordens vereint."

Unser Weg führte uns zurück zum Hotel, wo die Stille der Lobby eine willkommene Ruhe bot. Wir nahmen den Fahrstuhl hinauf, und sobald wir unsere Suite betraten, ließ ich mich erschöpft, aber zufrieden auf einen der Sessel fallen.

„Das war wirklich etwas Besonderes", sagte Ursula, während sie ihre Schuhe abstreifte und ihre Zehen in den Teppich bohrte.

„Das darfst du laut sagen", entgegnete ich und spürte ein leises Nachklingen der Eindrücke, die wir erlebt hatten.

Nach einem Moment stand ich auf. „Aber weißt du, was ich jetzt brauche? Etwas Unvernünftiges!" Mit einem Grinsen griff ich zum Telefon und bestellte Cola und Chips beim Zimmerservice. Ursula lachte und schüttelte den Kopf. „Perfekte Wahl. So schließt man einen besonderen Abend ab."

Ich zog die Vorhänge zur Seite und enthüllte das große Panoramafenster, das einen atemberaubenden Blick auf die Lichter der Stadt bot. Algier lag vor uns wie ein glitzernder Teppich, dessen Muster sich mit dem Nachthimmel verwoben hatte.

„Es ist schwer, das alles zu verarbeiten", sagte ich leise und lehnte mich gegen die Fensterkante.

Ursula nickte, ihre Arme locker verschränkt. „Ich glaube, das, was noch kommt, wird genauso besonders sein. Auch wenn ich keine Ahnung habe, was genau."

Als die Lieferung eintraf, riss ich die Chipstüte auf, und das Knistern durchbrach die angenehme Stille. Ursula nahm sich eine Handvoll und stellte ihren Stuhl direkt ans Fenster. „Chips und Aussicht – unschlagbar."

Ich folgte ihrem Beispiel, und gemeinsam blickten wir hinaus in die stille Nacht. Der Zauber des Abends hallte nach, wie ein Echo, das nicht verblassen wollte. Schließlich lehnte Ursula sich an meine Schulter, und ich ließ den Moment einfach wirken.

„Die kleinen Dinge machen die großen Nächte aus", murmelte ich.

Ursula lächelte, und wir saßen noch lange dort und verschmolzen nach und nach mit der algerischen Nacht.

„Oh, entschuldige", murmelte Ursula kaum hörbar und drehte sich weg.

Noch bevor ich reagieren konnte, war sie bereits wieder eingeschlafen.

Trotz unserer Nähe und Vertrautheit – oder vielleicht gerade deswegen – war es zwischen uns noch nicht zum letzten Schritt gekommen. Jeder von uns hatte seine Themen. Manche Menschen bringen ihre Themen bereits mit, andere schaffen sich ihre Themen selbst. Es gibt viele, die scheinbar unbeschwert mit ihren Themen leben, und die meisten bemerken sie nicht einmal. Sie wissen nicht, dass sie in ihrem Leben vielen Irrtümern erlegen sind.

Und dann gibt es die ganz wenigen, die mit ihren Irrtümern gelassen umgehen – jene, die verinnerlicht haben, dass all dies nur ein großes Spiel ist. So weit war ich damals noch nicht. Mein Verstand hatte das Konzept des „Spiels des Lebens" bereits erfasst. Ich hatte die Zeichen gesehen und meine Erfahrungen damit gemacht. Doch mein Körper war zu jener Zeit noch in der dreidimensionalen Illusion gefangen.

Ein bestimmter Aspekt am Tod meiner Partnerin beschäftigte mich noch immer – so sehr, dass ich ihren Namen nicht einmal mehr aussprechen konnte. Ihr Name war sehr weiblich gewesen, so wie sie selbst. Sie war die Verkörperung von Weiblichkeit, von innen heraus und im äußeren Erscheinungsbild.

Im Grunde war sie die perfekte Manifestation der Venus gewesen. Sie war im Zeichen der Göttin geboren. Es war nicht nur ihr Äußeres – ihre Maße von 120, 65, 95 – die mich faszinierten. Jean-Pierre de la Roche hatte seine eigene Venus mit solcher Hingabe gemalt, und doch kam dieses Bild nicht an die Erinnerung heran, die ich von ihr hatte. Man brauchte nur in ihre großen, tiefgründigen Augen zu blicken, und man war verloren.

Bei einer Gedenkveranstaltung, die ich für sie organisiert hatte, fragte ein guter Freund, ob es überhaupt einen einzigen Mann im Raum gebe, der nicht irgendwann einmal in sie verliebt gewesen war.

Wie die echte Venus hatte sie einen untrüglichen Sinn für alles Schöne. Selbst die Tiere liebten sie. Einmal, während eines Spaziergangs, kam ein fremder Hund direkt auf mich zu und schnüffelte an meiner Hose. Das war so außergewöhnlich, dass wir beide überrascht waren. Denn wir waren daran gewöhnt, dass die Tiere zunächst auf sie zuliefen.

Jede noch so wilde, streunende Katze kam angelaufen, um von ihr gestreichelt zu werden. Einmal saßen wir im Frühjahr, bei strahlendem Sonnenschein, unter einem Baum, den die Menschen den Engelslandeplatz nannten. Ein Fink flog heran, setzte sich neben sie und schenkte ihr einen kleinen Zweig.

Inzwischen existierte der Engelslandeplatz nicht mehr. Ein starker Wind hatte den Baum entwurzelt und einfach umgerissen – etwa zur gleichen Zeit, als sie ging.

Durch das Erleben ihres Übergangs wusste ich, dass sie vollständig im Göttlichen aufgegangen war. Es war kein bloßer Glaube, sondern Gewissheit. Wie ein Tropfen, der ins Meer zurückkehrt und dort vollständig aufgeht. Die Erinnerung an den Tropfen bleibt, ebenso seine Essenz, aber er ist nun Teil von etwas Größerem geworden. Sein Nachklang mag noch spürbar sein, doch seine Töne mischen sich immer mehr mit dem Rauschen des Meeres, bis alles untrennbar verbunden ist.

Dieses Wissen hätte in mir eine unsagbare Freude auslösen müssen – es war schließlich alles, was sie sich je gewünscht hatte. Und doch war es für mich, als inkarnierten Menschen, etwas, das einen tiefen inneren Konflikt in mir auslöste.

Weiblich. Dieses Adjektiv, oder all das moderne Gerede über Gender, war für eine Seele – und besonders für eine, die in die Gemeinschaft des Göttlichen zurückgekehrt war – so unbedeutend wie die

Frage, ob ein Tropfen in der Wüste als Regentropfen oder Tautropfen bezeichnet wird. Seine Zeit in der Wüste ist ohnehin endlich, und früher oder später wird er diesen Zustand verlassen. Wenn die wärmende Sonne ihn schließlich in feinste Substanz verwandelt, spielt es keine Rolle mehr, auf welchem Weg er dorthin gelangt ist.

Nun hatte ich also die weibliche Inkarnation einer Seele geliebt – eine Liebe, die weit über das Physische hinausging, eine Verbundenheit von Seele zu Seele. Doch wer war diese Seele wirklich gewesen? Diese Frage beschäftigte mich, ohne dass ich es bewusst wahrnahm.

Die Gewissheit, dass unsere Verbindung über den physischen Tod hinaus Bestand hatte, hätte mich mit unendlicher Freude erfüllen müssen. Aber damals war ich noch erfüllt von der Trauer darüber, dass der Tropfen seine Individualität verloren hatte – mit all ihren Ecken, Kanten, Fehlern und Irrtümern. Es war für mich zu schwer, zwischen den Empfindungen meiner Spielfigur und denen meiner Seele zu unterscheiden.

Mir fehlte die Anleitung, wie mein Charakter nach all diesen Erlebnissen wieder Verbindung zu einem anderen Charakter aufnehmen sollte.

Vielleicht würde ja gerade unsere Reise nach Arterien mir die Antworten bringen, die ich so lange gesucht hatte.

Ursula bewegte sich wieder.

Während manche Menschen von ihren inneren Konflikten in eine starre Reglosigkeit gezwungen werden, als hielte sie eine unerträgliche Angst gefangen, war es bei Ursula genau umgekehrt. Sie begegnete ihren nächtlichen Herausforderungen in der Bewegung. Es war, als würde ihr Körper den Tag noch einmal durchleben, jede Handlung im Schlaf nachvollziehen. Kaum hatte sie eine Position eingenommen, drehte sie sich bereits zur nächsten.

Auch in dieser Nacht war das nicht anders. Genau wie ich teilte sie diesen Drang nach Freiheit, der uns dazu bewogen hatte, die störende Klimaanlage abzuschalten. Wir wollten die echten nordafrikanischen Temperaturen spüren, auch wenn das bedeutete, uns der Last des Tages gemeinsam mit unserer Kleidung zu entledigen. Die seidigen Decken des Hotels lagen direkt auf unserer Haut, eine zarte Verbindung zur Welt, die uns umgab.

Inmitten dieser unruhigen Nacht war es passiert. Ursula war mir nicht nur nahegekommen, sie hatte sich halb auf mich gelegt.

Auf dem Rücken liegend, wurde ich wach. Ihr Kopf ruhte halb auf meiner Schulter und halb auf meiner Brust, ihr linker Arm lag schwer auf mir. Ihr Atem war ruhig, tief und gleichmäßig, wie ein sanftes Wiegenlied, das die Dunkelheit durchdrang. Ihr rechtes Bein war ausgestreckt, das linke angewinkelt, sanft auf meinem Körper ruhend.

Die Nähe war intensiv, und doch fühlte sie sich natürlich an. Ich spürte, wie meine Wahrnehmung sich auf die Berührung konzentrierte. Zunächst nahm ich jeden Kontaktpunkt unserer Körper einzeln wahr: den sanften Druck ihrer Hand, die Wärme ihrer Haut, das kitzelnde Gefühl ihrer Haare, die meine Hüfte streiften. Ihr Atem, warm und gleichmäßig, berührte meine Brust, ein rhythmischer Puls, der unsere Verbindung untermalte.

Bald verschwammen die Einzelheiten, und ich erfasste unsere Berührung als Ganzes. Es war, als ob wir in diesem Moment den Raum, den unsere beiden Körper gemeinsam einnahmen, zu einem einzigen, lebendigen Ganzen verschmolzen. Die Grenze zwischen uns löste sich auf, und die Einheit, die daraus entstand, trug mich weiter, hin zu etwas Tieferem.

Langsam verlagerte sich meine Aufmerksamkeit auf das, was jenseits des Physischen lag. Es war, als würde ich die Essenz unserer Verbindung spüren, ein unsichtbares Feld, das unsere Energien verband. Besonders im Bereich unserer Herzen nahm ich einen Fluss wahr, der wie eine sanfte Strömung durch mich hindurchfloss. Ich öffnete innerlich die Tore meines Herzens, ließ diese Energie frei strömen, hingebungsvoll und ohne Zurückhaltung.

Der Fluss wuchs, wurde stärker, bis ich keine Trennung mehr zwischen uns spürte. Unsere Energien verschmolzen, wie zwei Flammen, die zu einer einzigen emporlodern. Es war ein stiller, heiliger Moment, eine Verbundenheit, die Worte kaum beschreiben können. Ich fühlte das Erheben unserer Seelen, nicht als Emotion, sondern als einen Zustand des Einsseins.

So lagen wir eine Zeitlang, bis Ursula sich wieder bewegte. Ihr leises Murmeln, ein halbes „Oh, entschuldige", durchbrach die Stille. Sie drehte sich von mir weg, doch die Verbindung in meinem Herzen blieb bestehen. Die Einheit, die ich gespürt hatte, war nicht an Berührung gebunden, sie war zu etwas Größerem geworden.

Mit diesem Gefühl von Harmonie und Einssein sank ich zurück in den Schlaf. Der kommende Tag und Arterien konnten jetzt kommen – mein Herz war bereit.

„Guten Morgen", sagte Ursula mit einem sanften Lächeln, während sie sich zu mir drehte. Ihre Stimme klang warm und einladend. „Bist du schon wach?"

„Ja, gerade so", murmelte ich, noch halb im Dämmerzustand.

„Dann muss ich dich wohl aufwecken!" Mit einem schelmischen Grinsen beugte sie sich über mich und begann, unbarmherzig meine Seiten zu kitzeln.

„Nicht da! Genau da!", lachte ich laut und rollte mich zur Seite. „Ich steh ja schon auf!"

Ursula sprang mit überraschender Energie aus dem Bett. „Es ist schon spät am Vormittag", bemerkte sie, als sie den schweren, eleganten Vorhang zur Seite zog.

Ein warmer Lichtstrahl brach sich seinen Weg ins Zimmer und brachte die Glasoberflächen und die dezenten Goldakzente der Einrichtung zum Schimmern. Doch das plötzliche Licht blendete mich, und ich musste mir reflexartig die Hand vor die Augen halten. „Könntest du das Licht ein bisschen langsamer hereinlassen?" murmelte ich mit einem leicht ironischen Unterton.

„Was hältst du davon", begann sie, während sie ihre Haare zurückstrich, „wenn ich dir heute ein bisschen von Algier zeige? Dabei könnten wir überlegen, wie wir jetzt genauer vorgehen."

Überrascht von dem spontanen Vorschlag, überlegte ich kurz. „Das klingt genial! Viel besser, als hier im Hotel zu versauern."

„Der Abend gestern war wirklich besonders", fuhr Ursula fort, während sie zur Anrichte im Bad ging und eine elektrische Zahnbürste aus ihrer Kulturtasche nahm. „Aber ich muss das alles noch sortieren und einordnen." Sie begann ihre Zähne zu putzen, die Zahnbürste summte leise.

„Geht mir genauso", bestätigte ich und ließ mich gedankenverloren auf die Toilette sinken. Immer noch schwirrten mir die Ereignisse des gestrigen Abends durch den Kopf.

Ursula gurgelte, spuckte ins Waschbecken und sah mich durch den Spiegel an. „Du warst gestern wirklich ergriffen."

„Du aber auch", erwiderte ich und zog die Spülung.

„Kann ich deinen Rasierer benutzen?" Sie drehte sich mit einem neugierigen Blick um. „Die für euch Männer sind irgendwie besser als das, was uns Frauen angeboten wird."

„Na klar, der liegt in meiner Kulturtasche. Nimm ihn dir einfach." Während ich mich vorbeugte, um meine Zähne zu putzen, hörte ich, wie sie kichernd den Rasierer hervorzog.

„Der sieht ziemlich robust aus. Genau, was ich brauche!" Mit einem dankbaren Lächeln nahm sie sich ein Handtuch, legte es sorgfältig auf den Boden und begann, sich zu rasieren.

Ich begann zu gurgeln, stellte aber dann die Zahnbürste noch einmal an. Das Geräusch des Rasierers gesellte sich dazu, ein leises, rhythmisches Summen.

„Was hat Josef eigentlich mit dem ‚Gardien'gemeint?" Ursula hob die Stimme, um die summenden Elektrogeräte zu übertönen.

Ich spülte meinen Mund aus und richtete mich auf. „Das habe ich auch nicht ganz verstanden. Er hat auch das Wort ‚Bewahrer'benutzt."

„Dann müssen wir ihn wohl noch mal fragen", stellte sie mit einem entschlossenen Nicken fest.

„Da ist wohl noch einiges, was Josef uns erzählen muss", fügte ich hinzu, während ich die Dusche anstellte. Das Wasser sprudelte hervor, und der Raum füllte sich langsam mit warmem Dampf.

Als ich aus der Dusche trat, hörte ich noch das letzte Summen des Rasierers und sah Ursula über das Becken gebeugt. Sie schüttelte gerade eines ihrer Handtücher über dem Waschbecken aus. Kleine Haare fielen in das Becken, und sie strich das Handtuch mit einem prüfenden Blick glatt.

„Kannst du mir bitte ein frisches Handtuch reichen?" fragte sie beiläufig.

„Klar", sagte ich und nahm eines der weichen, weißen Hotelhandtücher vom Stapel. Ich reichte es ihr, und sie nickte dankbar.

„Was meinst du, wie lange er uns warten lässt?" fragte Ursula, während sie das frische Handtuch über die Anrichte legte.

„Hoffentlich nicht zu lange. Ich will endlich mehr über diesen Ort wissen."

„Gut. Ich geh dann unter die Dusche. Aber bevor ich es vergesse: Kannst du das Frühstück aufs Zimmer bestellen? Ich sterbe vor Hunger!"

„Natürlich", antwortete ich und griff nach dem Telefon. Während ich die Nummer der Rezeption wählte, trat ich ans Fenster, ließ meinen Blick hinausgleiten und nahm das Treiben der Stadt wahr.

Das Telefonat lief routiniert ab, doch im Hintergrund wurde Algier für mich lebendig: Von der Straße drangen Stimmen herauf, das Klappern von Schritten auf dem Pflaster und das rhythmische Hupen von Autos. Dazwischen hörte ich das Rattern eines Wagens, vielleicht ein alter Handkarren, und die fröhlichen Rufe eines Straßenhändlers. Die Geräusche schienen im Takt der hellen Sonne zu tanzen, die alles beleuchtete und selbst durch die Schatten der Mauern hindurch allem Leben einhauchte.

„Das Frühstück ist unterwegs", verkündete ich, als ich den Hörer auflegte.

„Perfekt", rief Ursula aus dem Bad. „Dann lass uns später gemeinsam überlegen, wie wir weiter vorgehen."

Ursula trat aus dem Bad, und ich bemerkte sofort, dass sie ein eng anliegendes, elegantes Sommerkleid trug. Der Stoff schimmerte sanft im Licht, und es schmiegte sich perfekt an ihre Figur. Es war ein leichter, floraler Stoff, der ihre gebräunten Schultern betonte. Sie drehte sich mit einem Lächeln zu mir um. „Wie gefällt es dir?"

„Du siehst umwerfend aus", sagte ich, mehr als überrascht von ihrem Auftritt.

„Danke", antwortete sie mit einem Lächeln, das etwas Stolz in sich trug. „Ich dachte, es passt zu dem Tag. Frisch und ein bisschen abenteuerlich."

Das Licht, das durch die hohen Fenster der Suite fiel, hüllte den Frühstückstisch in einen magischen Zauber. Auf einer großen Platte türmten sich Croissants, Baguettes und dunkles Fladenbrot. Daneben glänzten kleine Schälchen mit Dattelpaste, Feigenmarmelade und Honig, während ein silbernes Kaffeeservice dampfend in der Mitte stand.

Ursula lehnte sich entspannt zurück und ließ den Blick über die prächtige Einrichtung schweifen. „Kannst du mir bitte die Butter geben?" fragte ich, während ich ein Croissant in der Hand hielt.

Sie schob den kleinen Porzellanteller mit einer kunstvoll geformten Butterrose zu mir. „Hier. Aber sag mal, was genau hat Josef denn eigentlich mit diesen Plagen gemeint? Ich hab das nicht mehr ganz auf dem Schirm."

Ich schluckte einen Bissen herunter, nahm einen Schluck von meinem starken, schwarzen Kaffee und dachte kurz nach. „Hm, wo fange ich an?" begann ich und ließ meinen Blick durch das Fenster schweifen. Die Dächer von Algier glitzerten im Licht, als wären sie mit einem Hauch von Perlmutt überzogen, während die Wärme des späten Vormittags die Luft leicht flimmern ließ. „Laut dem Alten Testament hat Gott die Ägypter mit einer Reihe von Plagen bestraft, um sie dazu zu bewegen, die Israeliten ziehen zu lassen. Es ist die Rede von schlechtem roten Wasser, Fröschen, Insekten und Krankheiten. Besonders eine Verdunkelung des Himmels lässt manche Forscher glauben, dass es einen großen Vulkanausbruch gegeben haben könnte. Und dann gibt es ja auch noch die Geschichte, in der Moses das Wasser teilt."

„Jaja", sagte Ursula, während sie sich eine großzügige Menge Feigenmarmelade auf ein Brötchen strich, „und als die Streitkräfte des Pharao hinterherkamen, hat das Wasser sie begraben."

„Genau", fuhr ich fort und wischte mir eine Spur Marmelade von den Fingern. „Manche Forscher glauben, dass auch diese Geschichte auf ein Erdbeben oder ein ähnliches Naturereignis zurückgeht. Sie vermuten, dass eine große Erdbewegung das Wasser zunächst abfließen ließ und es mit einer gewaltigen Flutwelle zurückkehrte."

Ursula nickte nachdenklich, während sie einen Schluck ihres Kaffees nahm. „Und wenn ich das richtig verstehe," übernahm Ursula wieder, „behauptet Josef, dass all das irgendwie mit der Entstehung von Arterien zusammenhängt?" Sie schaute mich mit fragendem Blick an, ihre blauen Augen blitzten im Morgenlicht.

„Grundsätzlich wäre das denkbar", sagte ich, während ich ein Stück Fladenbrot abbrach. „Wir sind hier in Nordafrika. Im Bereich des Mittelmeeres trifft die afrikanische Platte auf die europäische – oder genauer gesagt, die Eurasische. Diese Plattenbewegungen haben ja auch die Alpen und hier den Atlas entstehen lassen."

„Du redest von dieser Plattentektonik, oder wie nennt man das?" Sie reichte mir ein weiteres Brötchen. „Und hier, nimm dir noch etwas Honig."

„Danke." Ich bestrich das Brot und fuhr fort: „Richtig, Plattentektonik. Und ich glaube, Forscher haben auf der europäischen Seite nach einem Vulkan gesucht, der die Plagen ausgelöst haben könnte.

Aber warum sollte er nicht hier liegen? Vielleicht gab es hier tatsächlich vulkanische Aktivitäten, die die Ereignisse ausgelöst haben."

Ursula biss herzhaft in ihr Marmeladenbrötchen und lächelte, während sie kaute. „Mich hat Erdkunde in der Schule nie wirklich interessiert," meinte sie, „aber irgendwie wird das Ganze immer mysteriöser."

Ich ließ meinen Blick wieder durch das Fenster in die Ferne schweifen, wo das glitzernde Mittelmeer den Horizont küsste. „Vielleicht", sagte ich leise, „liegt die Antwort dort, in der Heimat von Josef."

„Was für eine gigantische Aussicht!", begann Ursula begeistert, während sie den Blick über die Stadt schweifen ließ.

„In Paris war ich noch nie auf der Notre-Dame," schwärmte ich, „und jetzt stehe ich hier auf ihrer afrikanischen Schwester. Und der Weg hierherauf hat sich wirklich gelohnt."

Der Wind trug das leise Murmeln der Stadt hinauf, vermischt mit den entfernten Rufen der Möwen und dem stetigen Rauschen des Meeres. Die Gerüche der Stadt mischten sich mit dem Salz in der Luft und gaben dem Moment eine besondere Atmosphäre.

„Ungefähr in der Richtung, da drüben hinter dem Meer, muss Deutschland liegen," sagte Ursula und deutete mit der Hand auf den weiten Horizont. Ihre Stimme klang nachdenklich, als sie den Blick über das tiefe Blau des Wassers wandern ließ.

„Im Grunde haben Josef und ich gar nicht so weit auseinander gewohnt," fuhr ich fort, meine Gedanken abschweifend. „Besonders zu der Zeit, als ich noch in München lebte."

„Ja, es ist schon ein großer Zufall," sagte Ursula und drehte sich zu mir um. „Dass er so viele Jahrzehnte da drüben auf der anderen Seite des Meeres gewohnt hat und wir ihn jetzt hier treffen. Und vor allem auf die Art und Weise, wie wir ihm begegnet sind."

Ich schloss die Augen für einen Moment und lauschte den Geräuschen der Stadt und des windgepeitschten Meeres. „Es gibt keine Zufälle," dachte ich laut vor mich hin.

„Ja, ja," wehrte Ursula ab, „ich kenne den Spruch schon: Es gibt nur das, was dir zufällt." Sie schnaubte amüsiert und strich sich eine Haarsträhne aus dem Gesicht.

„Für mich ist das so," fuhr ich fort, „dass einem immer wieder die Dinge begegnen, aus denen wir lernen oder sonst irgendwie weiterkommen sollen. So lange, bis wir die Dinge wahrnehmen und die Gelegenheit beim Schopf packen. Und für uns wirkt es dann, als wäre diese Gelegenheit gerade in dem Moment zufällig da. Und eigentlich waren die Möglichkeiten schon vorher da. Wir konnten sie nur nicht früher sehen. Es wirkt also zufällig, hat aber einen größeren Plan."

Ursula blieb einen Moment still, die frische Brise wehte ihr durch die Haare. Dann blickte sie mich herausfordernd an. „Und der wäre in unserem Fall?"

Der Blick auf die Stadt und das Meer war atemberaubend: Das azurblaue Wasser verschmolz mit dem klaren Himmel, die Dächer der Stadt glänzten im Sonnenlicht und die Mauern der Altstadt schimmerten in warmen Erdtönen. Die Farben und Formen, die sich bis zum Horizont erstreckten, schienen fast greifbar, als könnte man die Luft selbst berühren, so klar und lebendig war der Anblick.

„Es scheint uns irgendwie bestimmt zu sein," antwortete ich schließlich, „nach Arterien zu kommen."

Ursula nickte langsam und folgte meinem Blick in die Ferne. „Nun, ich hoffe, der Plan führt uns als Nächstes an den Strand," sagte sie mit einem Lächeln und deutete hinunter zur Küste, wo der Horizont und das Meer zu einem schimmernden Band verschmolzen.

„Ja," stimmte ich zu, „lass uns unsere Tour dort fortsetzen."

Langsam machten wir uns auf den Weg, die Kirche hinter uns lassend, und traten in die warmen Strahlen der Mittagszeit.

„Der Sand kitzelt so angenehm an den Füßen", stellte ich fest, während wir barfuß den ruhigen Strand entlangliefen. Nur wenige Menschen waren in der Ferne zu sehen, und die sanften Wellen sangen ihr beruhigendes Lied. Eine kleine Möwe hüpfte vor uns her, suchte im Sand nach etwas Essbarem.

„Und hier kann man richtige Abdrücke hinterlassen!" Ursula jubelte und bohrte ihre Zehen tief in den Sand, genau dort, wo die sanften Ausläufer der Wellen den Boden noch fest und kühl hielten. Dann richtete sie sich auf und betrachtete ihre Fußspuren, die im feinen Sand klar zu erkennen waren.

„Josef hat auf seine Art auch Spuren hinterlassen", fiel mir ein, während ich die Wellen beobachtete, die an Ursulas Abdrücken nagten.

„Es muss schwer gewesen sein", fügte Ursula hinzu, ohne von den Spuren abzusehen. „Von dem kleinen Bauernhof ins fremde Deutschland zu gehen."

„Naja", überlegte ich laut, „er ist ja wohl eher geflohen. Vor dem, was sein Großvater ihm prophezeit hat."

„Meinst du, er kneift jetzt?" Ursula sah mich mit nachdenklichem Blick an.

„Nein", antwortete ich bestimmt. „Dafür war sein Moment gestern Abend viel zu stark."

„Schau!" rief Ursula plötzlich. „Jetzt haben die Wellen meine Spuren fast schon wieder weggespült." Sie bückte sich, hob eine Muschel auf und drehte sie in den Händen, während sie einen Moment lang nachdenklich den Wellen nachsah. „Das war erst gestern Abend. Es kommt mir schon wieder so lange vor."

„Ich würde schon gerne wissen", begann ich langsam, „was genau ein Bewahrer ist."

Ursula hob den Kopf, sah auf die Möwe, die nun in einiger Entfernung laut krächzend aufflog, und antwortete dann trocken: „Vermutlich bewahrt er irgendwelche Geheimnisse von Arterien. Ganz klar."

„Vielleicht weiß Josef ja noch mehr, als ihm bewusst ist", überlegte ich, während ich die Muschel in Ursulas Hand betrachtete, die in der Sonne schimmerte.

„In jedem Fall", meinte Ursula nachdenklich, „müssen wir erst mal sehen, wie weit wir uns auf ihn verlassen können. Wenn ihm seine Vergangenheit zu viel wird, könnte es sein, dass er wieder flüchten will."

Ich blieb stehen, ließ den warmen Wind über mein Gesicht streichen und sagte schließlich: „Wenn ich das so hineinspüre, glaube ich, dass es für ihn jetzt Zeit ist, sich seiner Vergangenheit zu stellen. Und ich denke, dass er das auch machen wird."

Ursula nickte, ließ die Muschel vorsichtig in den Sand gleiten und meinte lächelnd: „Na, dann wollen wir mal hoffen."

Eine Welle rollte an den Strand und nahm dann die Muschel ein Stück mit zurück ins Wasser. Wir standen einen Moment schweigend da, lauschten dem Rauschen der Brandung und dem fernen Ruf der Möwen.

Mit einem lauten, tiefen Tröten meldete sich der Ozeanriese, der gerade majestätisch in den Hafen von Algier einlief. Das Geräusch schien durch die Luft zu schneiden und ließ mich einen Moment innehalten. Um uns herum herrschte reges Treiben: Menschen riefen einander über das Stimmengewirr hinweg zu, die Räder schwerer Karren rumpelten über das Kopfsteinpflaster, und Möwen schrien, während sie in der Hoffnung auf ein paar Fische über den Marktständen kreisten. Der Geruch von Salz, Diesel und frischem Fang lag schwer in der warmen Luft.

„Wie ist es für dich?" fragte ich Ursula, während wir uns zwischen den Kisten und Netzen am Pier einen Weg suchten. „Wenn du an einem fremden Hafen bist, bekommst du dann Heimweh oder Fernweh?"

Sie hielt kurz inne und ließ den Blick über die geschäftige Szenerie schweifen. „Eigentlich weder noch", antwortete sie nachdenklich. „Ich bin, wo ich bin." Sie blieb stehen und beobachtete einen alten Mann, der mit kräftigen Bewegungen Netze in ein Boot zog. „Selbst wenn ich darüber nachdenke, wie es woanders wohl wäre, bleibe ich doch an dem Ort verankert, an dem ich gerade bin."

Ich nickte und betrachtete einen riesigen Frachter, dessen Kran gerade Container mit einem metallischen Klirren absetzte. „Wie mag es in Arterien wohl sein?" führte ich die Überlegung fort, mehr zu mir selbst als zu ihr.

Ursula zuckte mit den Schultern, doch ihre Augen verrieten, dass sie bereits darüber nachdachte. „Vor allem", begann sie, während sie sich eine Strähne aus dem Gesicht strich, „wer mag in Arterien sein?" Ihre Stimme wurde leiser, fast als würde sie sich selbst nicht trauen, die Antwort zu erahnen.

Ein Hupen von einem Lkw schnitt durch die Luft, und für einen Moment wurden wir beide aus unseren Gedanken gerissen. „Die Ungewissheit macht mir, offen gestanden, etwas Angst", gab ich schließlich zu. „Vor allem, wenn ich bedenke, welche Macht diese Leute zu haben scheinen."

Ursula atmete tief durch, ihr Gesicht war ernst, aber ruhig. „Wir haben uns auf die Suche nach dem Bösen gemacht." Ihre Worte waren fast verloren im Lärm des Hafens, doch ich konnte sie klar hören. „Und wir dürfen uns nicht wundern, wenn wir ihm früher oder später begegnen."

Ein kalter Windstoß brachte den Salzgeruch des Meeres mit sich, und für einen Moment sahen wir beide hinaus auf das offene Wasser. Es schien eine grenzenlose Ungewissheit vor uns zu liegen, genauso wie die Reise, die uns bevorstand.

Wir blieben vor einem stattlichen Haus stehen, das im Kolonialstil erbaut war. Es thronte über der Straße wie eine verblassende Erinnerung an vergangene Zeiten. Die weißen Säulen und kunstvoll verzierten Balkone wirkten gleichzeitig majestätisch und melancholisch, als trügen sie die Last eines Jahrhunderts voller Geschichten. Die Farbe blätterte an einigen Stellen ab, und doch strahlte das Gebäude eine unverkennbare Eleganz aus, die uns beide für einen Moment verstummen ließ.

„Wie viele Menschen wohl durch diese Tür gegangen sind?", fragte Ursula nachdenklich und deutete auf die schwere Holzpforte mit ihren kunstvollen Schnitzereien. „Und wie viele von ihnen haben in diesem Haus wirklich zueinander gefunden?"

Ich schmunzelte. „Du meinst, Vertrauen zueinander gefasst?"

Sie nickte langsam, die Augen auf ein halbgeöffnetes Fenster gerichtet, aus dem helle Vorhänge im Wind flatterten. „Vertrauen ist ein seltsames Ding. Es ist unsichtbar, und doch trägt es alles, was uns Menschen verbindet. Ohne Vertrauen sind selbst die schönsten Beziehungen hohl."

Ich betrachtete sie einen Moment und spürte, wie ihre Worte nachklangen. „Vertrauen ist aber auch zerbrechlich. Man baut es über Jahre auf und kann es in einem einzigen Augenblick verlieren."

„Stimmt", erwiderte sie leise, ihre Stimme fast verloren im Lärm der Straße. „Aber vielleicht ist das das Geheimnis: Wahres Vertrauen entsteht, wenn es trotz allem bestehen bleibt. Wenn man jemanden enttäuscht und der andere trotzdem bleibt."

Ich ließ den Blick über die verzierten Fensterläden wandern und dachte an unsere neuen Freunde. „So wie bei Josef und Lyana. Man hat das Gefühl, dass sie einander wirklich vertrauen. Er hat ihr sogar von Arterien erzählt, obwohl er weiß, wie gefährlich dieses Wissen sein könnte."

Ursula lächelte leicht. „Ja, Josef ist ein guter Mann. Aber dieses Vertrauen ist nicht nur ein Geschenk. Es ist etwas, das sie sich über Jahre verdient haben. Sie kennen die Stärken und Schwächen des anderen, und sie haben sich dafür entschieden, trotzdem zusammenzubleiben."

Ein Windstoß wehte den Geruch von frisch gebackenem Brot herüber, und ich atmete tief ein. „Manchmal überlege ich, wie es ist, so jemandem vollkommen zu vertrauen. Ohne Zweifel, ohne Angst."

Ursula drehte sich zu mir und sah mir direkt in die Augen. „Vielleicht ist Vertrauen nicht die Abwesenheit von Angst, sondern die Entscheidung, trotz der Angst zu glauben."

Ich war einen Moment sprachlos. Diese Frau verstand es, selbst die schwierigsten Themen auf den Punkt zu bringen. Während wir langsam weitergingen, spürte ich, wie ihre Worte in mir präsent blieben. Ich dachte darüber nach, wie viel Vertrauen bereits zwischen uns entstanden war – in den kurzen Wochen, die wir uns kannten. Ursula hatte mich immer wieder überrascht, hatte meine Schwächen gesehen und nie gezögert, mir beizustehen.

Vielleicht war Vertrauen genau das, was sie gesagt hatte: eine Entscheidung. Und ich begann zu ahnen, dass ich diese Entscheidung längst getroffen hatte.

71

Die Altstadt von Algier pulsierte vor Leben. Zwischen den engen, von Basaren gesäumten Gassen lag ein kleiner Platz, auf dem sich Einheimische und Reisende gleichermaßen versammelten. Ursula und ich hatten einen Tisch unter einem schattenspendenden Baum gefunden. Ein kleiner Teestand bot dampfenden Minztee an, der mit einem Schuss süßer Magie serviert wurde. Der Duft von Gewürzen und frisch gebrühtem Tee erfüllte die Luft, während das leise Summen der Gespräche den Platz wie ein lebendiges Flüstern umgab.

Ursula griff nach ihrer Tasse und hielt sie einen Moment in den Händen, als wollte sie die Wärme einfangen. „Glaubst du, Josef wird sich bald melden?" Ihre Stimme klang nachdenklich, während sie über den Rand der Tasse zu mir herüberschaute.

Ich nippte an meinem Tee und ließ den Blick über die Szene schweifen – eine Marktfrau lachte, während sie ihre Waren anpries, ein Junge jagte einem Ball hinterher. „Er muss ja erst einmal den Kontakt in seine Heimat aufnehmen. Vielleicht hat er inzwischen Neuigkeiten, wie wir dorthin reisen können."

Ursula legte den Kopf schief, als sie über meine Worte nachdachte. „Er hat erwähnt, dass sein Bruder noch auf dem Bauernhof lebt, wo er aufgewachsen ist. Vielleicht schlägt er vor, dass wir dort übernachten."

Ein Lächeln stahl sich auf mein Gesicht. „Der Gedanke hat etwas Romantisches, findest du nicht? Auf einem alten Hof zu übernachten, der die Geschichte ihrer Familie atmet." Ich hielt kurz inne, dann fügte ich hinzu: „Meinst du, sein Bruder hat sich gefreut, von ihm zu hören? Oder… war er vielleicht eher distanziert?"

Ursula zögerte und spielte mit dem Löffel in ihrer Tasse. „Man weiß es nie. Familie kann kompliziert sein, vor allem nach so vielen Jahren. Vielleicht hat Josef sich lange nicht gemeldet, und sein Bruder musste damit klarkommen, ohne ihn weiterzuleben."

Gerade als ich etwas erwidern wollte, vibrierte Ursulas Smartphone auf dem Tisch. Sie hob es an, las den Namen, und ein kleines, amüsiertes Lächeln huschte über ihr Gesicht. „Das ging schneller als gedacht," sagte sie und nahm den Anruf an.

„Hallo, Josef," begann sie, während ich ihren Gesichtsausdruck aufmerksam beobachtete. Ihre Stirn zog sich leicht zusammen, dann entspannte sie sich wieder. „Ja, wir sind in der Nähe. Natürlich. Wann wäre es dir recht? … Gut, dann hören wir uns später."

Nachdem sie das Gespräch beendet hatte, legte sie das Telefon zurück auf den Tisch und griff erneut nach ihrer Tasse. „Er meinte nur, wir sollen uns bereithalten. Es klingt, als würde er uns bald Bescheid geben."

Ich nickte langsam. „Er klang bestimmt… besorgt, oder?"

„Eher angespannt, würde ich sagen," erwiderte sie und stand auf. „Lass uns ein wenig durch die Gassen schlendern. Wenn er sich wieder meldet, sind wir bereit."

Wir zahlten unseren Tee und machten uns auf den Weg durch die engen, belebten Gassen der Altstadt. Die Sonne warf lange Schatten über die schmalen Straßen, und das Gefühl, dass etwas Bedeutendes auf uns wartete, begleitete jeden unserer Schritte.

Die engen Gassen der Casbah lagen im dunstigen Licht des Nachmittags, belebt von einem Mosaik aus Farben, Gerüchen und Klängen. Ursula führte mich sicher durch das Gewirr der labyrinthartigen Straßen, ihre Hand oft sanft an meinem Arm, wenn der Weg holprig wurde oder wenn wir einem Hindernis ausweichen mussten. Der Duft von Gewürzen, frisch gebackenem Brot und manchmal auch schwerem Parfüm mischte sich mit der feuchten Luft, die von der nahen Küste herüberzog.

„Was für ein Ort", sagte Ursula, während wir an einem kleinen Marktstand stehen blieben, der Souvenirs anbot. „Es ist, als würde die Zeit hier stehenbleiben und gleichzeitig rasen."

Ich lächelte. „Man hört die Geschichten, die die Wände erzählen wollen – wenn man zuhört. Hörst du das? Dieses Klopfen? Jemand bearbeitet Metall. Vielleicht ein Kupferschmied."

Sie lauschte für einen Moment. „Das hätte ich überhört. Du hast recht – immer wieder erstaunlich, wie viel du wahrnimmst."

Während sie sprach, fiel ihr Blick auf einen kleinen Kerzenständer aus filigran geschnitztem Holz. Er stellte einen Schutzengel dar, der eine Kerze aus Bienenwachs in seinen ausgebreiteten Händen hielt. „Schau mal", sagte sie, beinahe ehrfürchtig. „Das wäre doch etwas für Josef, findest du nicht? Es könnte ihn daran erinnern, dass sein Großvater ihn aufgefordert hatte, Gardien zu sein und sein Licht leuchten zu lassen."

Ich nickte. „Es ist perfekt. Es könnte ihn daran erinnern, dass er nicht nur beschützen, sondern auch Hoffnung schenken soll."

Nachdem wir den Engel gekauft hatten, setzten wir unseren Spaziergang fort. Ursula erzählte schließlich von einer Last, die sie schon lange mit sich trug. „Man erwartet von mir immer Perfektion", begann sie. „Blond, blauäugig und dazu in einem von Männern dominierten Job. Als wäre mein Aussehen entweder eine Waffe oder ein Makel. Ich muss ständig beweisen, dass ich mehr bin als das."

Ihre Stimme klang ruhig, doch ich spürte den inneren Druck, der hinter ihren Worten lag. Nach einem Moment des Schweigens fragte ich behutsam: „Glaubst du, dass die Menschen das wirklich von dir erwarten? Oder könnte es sein, dass es einen Teil in dir gibt, der diese Erwartung selbst stellt?" Ich sah sie an, vorsichtig, und wollte ihren Blick nicht aus den Augen verlieren. „Manchmal sind die größten Erwartungen doch die, die wir uns selbst auferlegen."

Ursula hielt inne, und ein nachdenklicher Ausdruck huschte über ihr Gesicht. „Vielleicht hast du recht", sagte sie leise, mehr zu sich selbst als zu mir.

Nach einer Weile brach sie das Schweigen: „Ich weiß gar nicht, wie du das machst. Du bist fast blind und trotzdem… so aufmerksam. Glaubst du nie, dass du nicht gut genug bist?"

Ich zögerte kurz, bevor ich antwortete. „Doch. Oft sogar. Aber ich versuche jeden Tag aufs Neue, mit dieser Unsicherheit zu leben. Es gelingt mir mal besser, mal schlechter. Aber an den guten Tagen fühle ich, dass meine Stärke vielleicht gerade darin liegt, es immer wieder zu versuchen."

Ursula legte sanft ihre Hand auf meinen Arm. „Vielleicht ergänzen wir uns gerade deshalb so gut. Du siehst Dinge, die ich nicht sehe. Und ich… na ja, ich helfe dir, die Stolpersteine zu umgehen."

Ein plötzlicher Ruf eines Verkäufers unterbrach unser Gespräch. Wir blieben stehen und beobachteten eine Frau, die einen Korb mit tiefroten Datteln anbot. Das Sonnenlicht brach sich in der glänzenden Schale der Früchte, wodurch sie wie kleine Juwelen wirkten. Kinder liefen lachend an uns vorbei, während ein alter Mann geduldig einen Esel durch die engen Straßen führte.

„Die Casbah", murmelte ich. „So viele Kontraste. Schönheit und Chaos. Arm und Reich. Und doch scheint es hier eine Art Gleichgewicht zu geben."

„Ja", stimmte Ursula zu. „Vielleicht sollten wir uns auch davon inspirieren lassen – einfach versuchen, unser Gleichgewicht zu finden."

In diesem Moment fühlte ich mich ihr besonders nah. Es war, als hätte die Casbah ihre eigene Magie, die uns nicht nur durch die Straßen führte, sondern auch durch unsere Gedanken. Der Schutzengel in meiner Tasche fühlte sich plötzlich nicht mehr nur wie ein Geschenk für Josef an, sondern auch wie ein stiller Begleiter, der uns beide ermutigte, unser eigenes Licht leuchten zu lassen.

Ein fernes Donnergrollen schwebte in der Luft, kaum mehr als ein leises Rumoren, das sich mit dem Säuseln des Windes vermischte. Ich hielt inne und spitzte die Ohren. Es war, als hätte die Natur eine Warnung geflüstert, fast unmerklich.

„Es wird vielleicht noch Regen geben", sagte ich schließlich, meine Stimme ruhig, aber bestimmt.

Ursula sah mich an, die Stirn in Falten gelegt. „Bist du sicher?" Ihre Augen huschten zum Himmel, der über uns klar und blau leuchtete, ohne eine einzige Wolke.

„Ja", bekräftigte ich. „Ich höre ein entferntes Gewitter, vielleicht am Horizont. Und die Vögel… sie sind anders. Die Möwen schreien mehr als zuvor. Vorhin konnte ich sie nur von der Küste hören, jetzt sind sie auch hier in der Stadt. Außerdem hat der Wind zugenommen – fühlst du es?"

Ursula schloss kurz die Augen, ließ den Wind ihre Haut streifen und nickte langsam, ohne etwas zu sagen. Genau in diesem Moment vibrierte ihr Telefon. Sie zog es aus ihrer Tasche und nahm ab, ohne auf die Anzeige zu sehen.

„Ja, Josef?" Ihre Stimme klang wie immer ruhig, während sie zuhörte. Sie hatte das Telefon ans Ohr gehalten, sodass ich nur ihre Antworten hören konnte. „Ach so… ja, verstehe. Wir… genau, das hatte ich auch überlegt." Dann senkte sie das Gerät und stellte es selbstverständlich auf laut.

„Ich habe vergessen, dich mithören zu lassen", sagte sie und hielt das Telefon nun in der Hand, damit es nicht mehr am Ohr war.

Josefs Stimme war nun deutlich zu hören. „Übrigens, es ist Regen vorhergesagt. Vielleicht wäre es nicht schlecht, eine Regenjacke mitzunehmen."

Ursula nickte, als ob er das hätte sehen können, und warf mir einen schnellen Blick zu. „Dann sollten wir wohl noch mal ins Hotel zurück und uns regenfest machen."

„Ja, das klingt vernünftig", sagte Josef, und man hörte ein leichtes Rauschen in der Leitung.

„Gut, dann machen wir das so. Bis später, Josef."

„Bis später", kam die Antwort, und das Gespräch war beendet.

Ursula ließ das Telefon in ihre Tasche gleiten und sah mich mit einem entschlossenen Blick an. „Na, dann los!"

Die Welt um uns geriet in Bewegung. Die Möwen riefen lauter, der Wind trug den salzigen Duft des Meeres und die feuchte Frische des Steins mit sich. Irgendwo schien ein Hund kurz zu bellen, nur um dann wieder zu verstummen. Ich konnte den Wechsel spüren, die Veränderung in der Atmosphäre. Der Regen war noch nicht da, aber er näherte sich.

Gemeinsam machten wir uns auf den Weg zurück, die Stadt um uns herum so lebendig wie unsere eigenen Gedanken.

Der Wind hatte bereits aufgefrischt, als wir die schmale Seitengasse erreichten, in der Le Mystère lag. Die Luft roch frisch und leicht nach nahendem Regen. Gerade als die ersten Tropfen meine Schulter berührten, öffnete Ursula die schwere Holztür, und wir traten in den Laden ein.

Hinter der Theke stand Josef, ein breites Lächeln auf dem Gesicht. „Da seid ihr ja, meine Freunde! Ihr habt es gerade noch trockenen Fußes geschafft – sehr gut!"

Ich zog den kleinen geschnitzten Schutzengel aus meiner Tasche hervor und reichte ihn Josef. „Eine kleine Erinnerung an den gestrigen Abend," sagte Ursula mit einem warmen Lächeln.

Josef nahm das Geschenk gerührt entgegen, seine Augen glänzten vor Freude. „Ihr seid unglaublich!" Er umarmte erst Ursula und dann mich fest, ohne ein Wort des Dankes hinzuzufügen, weil sein Ausdruck alles sagte.

„Kommt, hoch mit euch! Hier unten ist es zu ungemütlich," sagte Josef schließlich, während er uns die schmale Treppe hinauf in seine Wohnung führte.

Oben angekommen, reichten wir ihm unsere Jacken. Als ich Ursula aus ihrem Mantel half, grinste Josef verschmitzt. „Na, heute siehst du ja richtig zum Reinbeißen aus!"

Ursula verdrehte kurz die Augen, bevor sie Josef mit einem spielerischen Schlag gegen die Schulter traf. „Ach, du und deine Sprüche!" Ihre Stimme war halb belustigt, halb tadelnd, doch wir alle lachten laut und herzlich.

Josef wischte sich grinsend eine imaginäre Träne aus dem Auge. „Tee oder Kaffee? Was darf's sein?"

„Kaffee!", sagten Ursula und ich gleichzeitig, fast wie im Chor. Das brachte uns noch einmal zum Lachen.

Josef zeigte auf den Tisch in der gemütlichen Ecke des Wohnzimmers. „Setzt euch doch schon mal. Ich bin gleich wieder da!" Damit verschwand er in die Küche, während wir uns an den Esstisch setzten, an dem wir bereits am Abend zuvor zusammengesessen hatten.

„Wisst ihr, ich bin noch ganz aufgeregt", sprudelte es aus Josef heraus, als er mit einer Kaffeekanne und zwei Tassen aus der Küche zurückkehrte. Sein Blick war zugleich freudig und nachdenklich, seine Bewegungen unruhig, als ob er nicht recht wüsste, wo er beginnen sollte.

Draußen begann der Sturm an Intensität zu gewinnen. Der Regen, der bisher nur sanft auf die Fensterscheiben getrommelt hatte, fiel nun in dichten Vorhängen. Der Wind heulte in der engen Seitengasse, und das Fenster erzitterte kurz unter einem besonders starken Stoß.

„Nadir hat mir doch glatt den Hörer aufgelegt", brach Josef schließlich mit belegter Stimme hervor. Der Regen prasselte in diesem Moment wie ein Trommelfeuer gegen die Scheiben, und ein Donner folgte so nah, dass es uns erschauern ließ.

Ursula, die sich auf dem Stuhl etwas nach vorne lehnte, musste ihre Stimme heben, um das Rauschen des Sturms zu übertönen: „Wer ist Nadir?"

„Mein Bruder", antwortete Josef mit einem kurzen Nicken, und als wolle die Natur die Bedeutung seiner Worte unterstreichen, blitzte es hell auf, gefolgt von einem dröhnenden Donner, der die Wände leicht erzittern ließ.

Josef atmete tief durch und fuhr dann lauter fort: „Ich habe ihn angerufen, und kaum hatte ich das erste Wort gesagt, hat er aufgelegt. Ich konnte mich nicht einmal entschuldigen, dass ich mich so lange nicht gemeldet habe. Ich … ich hatte einen schweren Nachmittag." Seine Stimme brach leicht, während er uns Kaffee einschenkte, die Hände ein wenig zittrig. „Ich wusste nicht, was ich machen sollte. Ich habe meinen kleinen Bruder im Stich gelassen."

Er sah mich mit feuchten Augen an, die Dunkelheit des Raumes schien sich in seinem Gesicht widerzuspiegeln. Der Geruch von frisch gebrühtem Kaffee erfüllte den Raum, ein feines, fast tröstliches Aroma in der angespannten Atmosphäre.

„Und jetzt?" schoss es wie aus einem Mund aus Ursula und mir heraus. Unsere Frage wirkte im lauten Regen wie ein Flüstern.

Josef lächelte zaghaft, fast unsicher, während er sprach: „Lyana hat mich nicht nur getröstet …" Seine Stimme wurde wärmer, fast liebevoll. „… sie hat mich auch dazu gebracht, noch einmal anzurufen. Und dieses Mal … dieses Mal hatten wir ein gutes Gespräch. Mein kleiner Bruder Nadir …" Seine Worte verblassten, als er gedankenverloren in die Ferne starrte.

In diesem Moment wurde das Gespräch von Ursulas warnendem Ruf unterbrochen: „Stop! Josef!" Der Kaffee drohte überzulaufen, weil er nicht bemerkte, wie voll er Ursulas Tasse einschenkte. Josef stutzte, lächelte entschuldigend und murmelte ein „Oh, Verzeihung", während er die Kanne abstellte.

Draußen war der Sturm noch nicht vorüber, doch die Blitze schienen weiter in die Ferne zu ziehen. Der Donner rollte nun gedämpfter, und der Regen klang leiser, als habe die Natur eine Pause eingelegt.

Schließlich setzte sich Josef zu uns an den Tisch, als wolle er uns in sein aufgewühltes Herz blicken lassen. Die Atmosphäre war schwer, aber voller Erwartung, als ob etwas Neues begann.

„Er hat mich Youssef genannt," begann Josef mit einem Ton, der zugleich überrascht und nachdenklich klang. „Youssef," wiederholte er leise, fast wie ein Echo. „So hat mich lange niemand mehr genannt." Einen Moment hielt er inne, bevor er weitersprach: „Und ich glaube… ich möchte meinen alten Namen wieder annehmen."

Seine Worte hingen einen Augenblick in der Luft, als ob sie ihre Bedeutung entfalten müssten. Dann nickte ich ihm zu, mit einem Verständnis, das aus der Tiefe meines Inneren kam. „Schließlich sind es deine Wurzeln," sagte ich leise, mit Nachdruck. Meine Augen suchten die seinen, um ihm die Bedeutung meiner Worte zu übermitteln.

Josef erwiderte meinen Blick und nickte, diesmal entschlossener.

Währenddessen spürte ich, wie meine Gedanken mich zu meinen eigenen Wurzeln führten. Vor meinem inneren Auge sah ich das kleine Tal in meiner niederbayerischen Heimat, Niederbayern. Es war ein Bild voller Einfachheit und Schönheit: ein Dorf, in dem jeder jeden kannte. Die Kirche, die als Mittelpunkt des Lebens über allem thronte, stand auf einem Hügel, weithin sichtbar für alle, die ins Tal blickten.

Ich dachte an die Menschen, die ihr ganzes Leben in diesem Tal verbracht hatten, für die es die ganze Welt bedeutete. Und an mich, der ich schon länger fort war, als ich jemals dort gelebt hatte. Ein Hauch von Wehmut und Ehrfurcht durchströmte mich.

Wie gut konnte ich Josef verstehen. Nein, Youssef, dachte ich. Es war, als hätte sein Entschluss auch in mir etwas berührt, etwas Verborgenes, das noch immer lebendig war.

Youssef strich mit der Hand langsam über den Tisch, als wolle er seine Gedanken ordnen. Sein Blick haftete auf der Holzoberfläche vor ihm, und einen Moment schien er in sich zu gehen. Schließlich sprach er mit ruhiger

Stimme: „Nadir möchte mich so schnell wie möglich sehen." Er machte eine kurze Pause, dann fügte er hinzu: „Und ich ihn auch."

Ursula stellte ihre Kaffeetasse ab und lehnte sich ein wenig nach vorne. „Dann lass uns morgen gemeinsam hinfahren", schlug sie vor, ihre Stimme warm und bestimmt.

Youssef nickte zögernd, doch sein Blick blieb auf dem Tisch. „Ich habe ihm schon von euch erzählt", erklärte er, ohne die Augen zu heben. „Er hat uns auf den Hof eingeladen."

Ursula runzelte leicht die Stirn. „Was genau hast du ihm erzählt?"

Ich ergänzte: „Hast du ihm von Arterien erzählt?"

Youssef hob den Kopf und sah uns beide an. „Nein", sagte er ruhig, fast entschuldigend. „Ich habe ihm nur erzählt, dass mich zwei Freunde aus Deutschland begleiten werden. Alles andere… es wäre einfach zu viel gewesen."

Ursula nickte nachdenklich, während sie kurz die Hand an ihre Hüfte legte, als spüre sie eine Verspannung. „Das verstehe ich", sagte sie schließlich.

„Wie schnell kannst du los?" fragte sie dann, ihre Augen auf Youssef gerichtet.

„Am liebsten morgen früh", gestand Youssef, seine Stimme klang eindringlich. „Ich möchte Nadir so schnell wie möglich in die Arme schließen."

Ich nahm einen Schluck Kaffee, bevor ich antwortete: „Dann nehmen wir doch morgen am späten Vormittag unseren VW-Bus." Ich sah Ursula an. „So haben wir genug Zeit, uns vorzubereiten."

Youssef runzelte leicht die Stirn und überlegte. „Das letzte Stück der Straße ist aber ziemlich schlecht", gab er schließlich zu bedenken. „Ich weiß nicht, ob euer VW-Bus dafür geeignet ist."

Ich winkte ab und grinste. „Keine Sorge. Der Bully hat sich auf unserer Reise quer durch den Atlas wacker geschlagen."

Youssef hob eine Augenbraue, aber ein kleines Lächeln huschte über sein Gesicht. „Na gut", sagte er schließlich. „Dann vertrau ich euch."

In diesem Moment fiel Ursula etwas auf. „Kommt Lyana mit? Und… wo ist sie eigentlich?"

Fast, als hätte sie es gehört, kam Lyana aus der Küche. In ihren Händen balancierte sie eine große Schüssel mit dampfendem Essen. „Hier bin ich“, sagte sie in ihrem gewohnt ruhigen Ton. Sie stellte die Schüssel auf dem Tisch ab, trat an Youssef heran und legte ihm ihre linke Hand sanft auf die rechte Schulter. „Manchmal braucht jeder seinen eigenen Raum“, fügte sie hinzu, ihre Worte bedeutungsvoll und nachdenklich.

Youssef legte seine Hand kurz auf ihre und nickte. „Lyana wird den Laden führen, während ich nicht da bin.“

Ursula und ich sahen sie überrascht an. Fast schien es, als sei ihr unsere plötzliche Aufmerksamkeit zu viel, denn sie lenkte ab: „Das Essen ist fertig. Kannst du mir helfen, Youssef?“

„Gerne“, bestätigte er, stand auf und folgte ihr in die Küche. „Die Details können wir später besprechen.“

Wir blieben zurück, und ich ließ meinen Blick zum Fenster hinauswandern. Der Regen hatte nachgelassen und wirkte nun wie ein sanfter Teppich, der das lebensspendende Nass wohlwollend mit sich brachte.

„Endlich kommt Bewegung rein“, bemerkte Ursula trocken, während sie sich zurücklehnte und die Arme verschränkte. Ihre Stimme klang wie eine Mischung aus Erleichterung und Vorfreude.

Zurück im Hotel fiel die Tür mit einem energischen Klacken ins Schloss. Fast gleichzeitig rief Ursula, wie befreit: „Endlich! Jetzt geht's nach Arterien!“ Ihre Stimme hallte kurz im Raum wider, während sie ihren Mantel mit einer schwungvollen Bewegung über die Lehne eines Sessels warf.

Ich lächelte. Die Anspannung der letzten Tage, in denen wir gezwungen gewesen waren, zu warten, schien mit diesem Moment von uns abzufallen. Die Aussicht auf die bevorstehenden Ereignisse erfüllte den Raum mit einer neuen, spürbaren Energie.

Einem Impuls folgend, griff ich nach meinem Handy und ließ sanfte Musik erklingen. Die Melodie füllte den Raum mit einem ruhigen, harmonischen Klang. Ich sah Ursula an, streckte ihr meine Hand entgegen und fragte leise: „Tanzen wir?“

Einen Moment lang zögerte sie, doch dann legte sich ein feines Lächeln auf ihr Gesicht. Sie nahm meine Hand, und wir traten vor das große Panoramafenster. Ohne ein Wort begannen wir uns im Takt der

Musik zu bewegen – eine langsame, fließende Harmonie aus dezenten Schritten und sanften Drehungen. Unsere Bewegungen waren schlicht, doch voller Nähe, wie ein leises Gespräch ohne Worte, getragen von der Melodie.

Draußen breitete sich Algier in der nächtlichen Dunkelheit vor uns aus. Die Lichter der Stadt glitzerten auf den nassen Straßen und Dächern, die der vorübergezogene Gewitterregen mit einem glänzenden Film überzogen hatte. Alles wirkte intensiver, lebendiger – als hätte der Regen die Stadt gereinigt und neu zum Leuchten gebracht.

Als wir so weit überlegt hatten, was wir noch vorbereiten müssten, griff ich einen Punkt auf: „Eine Sache habe ich noch, die mir den ganzen Tag im Kopf herumschwirrt. Seit du davon gesprochen hast, wir sollten in unsere Balance kommen.“

„Was meinst du damit?“ fragte Ursula, überrascht und zugleich neugierig.

Ich zögerte kurz. „Ist dir eigentlich bewusst,“ begann ich vorsichtig, „dass du nachts immer sehr unruhig schläfst?“

Ursula runzelte die Stirn, ihre Skepsis war offensichtlich. „Ich merke es vor allem morgens, wenn mein Bett völlig zerwühlt ist. Und manchmal wache ich sogar quer im Bett liegend auf.“

„Mich beschäftigt die ganze Zeit,“ fuhr ich fort, „ob dir nicht eine einfache Übung helfen könnte. Und die würde ich jetzt gerne mit dir machen. Hast du Lust?“

„Wenn es nicht zu lange dauert“, sagte sie, mit einem Tonfall, in dem sich Skepsis und Neugierde mischten. „Ich bin schon müde. Und morgen könnte ein anstrengender Tag werden.“

„Genau deswegen“, bekräftigte ich. „Es dauert auch nicht lange.“

Ich lächelte aufmunternd und begann, sanft Anweisungen zu geben: „Die Chakren kennst du ja, oder?“

„Ja, ja. Was soll ich tun?“ erwiderte Ursula und verschränkte die Arme, ehe sie sich wieder löste.

„Stell dich bitte hier vors Fenster, so dass du den botanischen Garten sehen kannst. Steh ruhig und aufrecht, die Beine nicht ganz schulterbreit auseinander. Schau dir den Garten noch einmal genau an und bring eine der grünen Pflanzen vor dein inneres Auge. Zum Beispiel den Eukalyptusbaum bei der Bank, auf der wir gestern gesessen haben."

Ursula trat an das Fenster. Die Straßenlaternen tauchten den botanischen Garten in ein zartes Licht, das sanft über die Baumkronen glitt und die Szenerie in eine ruhige Atmosphäre hüllte. Ihre Haltung war zunächst steif, doch sie schloss die Augen und nickte schließlich. „Hab ich."

„Gut. Dann stell dir jetzt vor, wie all die Energie der Aufregung des Tages, die Unruhe und der Stress, über dein Wurzelchakra in einem roten Licht aus deinem Körper abfließen. Der Baum dort unten nimmt diese Energie auf und wandelt sie um. Gleichzeitig fließt frische, ruhige Energie durch dein Kronenchakra. Sie kommt als helles, goldenes Licht aus dem Universum in dich hinein."

Ich machte eine kurze Pause, um der Energie Zeit zu geben, zu fließen. „Lass es zu. Spür, wie sich das goldene Licht langsam von oben in deinen Körper bewegt. Es ist warm, sanft und voller Leben."

Dann fuhr ich fort: „Es durchdringt jeden Winkel deines Seins, schiebt die rote, stressgeladene Energie nach unten. Der Baum nimmt sie auf und wandelt sie um. Und nun spür, wie das goldene Licht dich von Kopf bis Fuß erfüllt."

Ich wartete eine Weile, um der Energie Raum zu geben, sich vollständig zu entfalten. Ihre Atmung ging jetzt ruhiger und tiefer.

„Vom Kopf über die Schultern bis in die Fingerspitzen. Lass es weiterfließen, entlang deines Rumpfes, bis in deine Beine und in jede einzelne Zehe."

Ich ließ ihr erneut Zeit, die Wirkung der Energie zu spüren und in sich aufzunehmen.

„Spür die Ruhe und die Wärme, die das goldene Licht mit sich bringt. Du bist oben angebunden an das Universum und unten verbunden mit der Natur. Atme tief ein und aus und genieße den Moment."

Ihre Atmung wurde tiefer. Die Anspannung, die zuvor ihren ganzen Körper umfangen hatte, schien langsam zu weichen. Ihr Gesichtsausdruck veränderte sich; eine Sanftheit legte sich um ihre Züge.

Die skeptische Ursula von gerade eben und die Frau, die jetzt vor mir stand, schienen zwei völlig unterschiedliche Menschen zu sein. So umfassend war die Ruhe, die nun in ihr lag.

Ich beobachtete sie still. Sie stand da, eins mit allem um sie herum, als würde sie vollständig in diesem Moment aufgehen. Es war, als hätte das Universum selbst sie in eine schützende Umarmung genommen.

Diese Nacht schlief Ursula außergewöhnlich ruhig.

Am nächsten Morgen ging es los.

Direkt nach dem Aufstehen begann Ursula, die ersten Dinge zu organisieren. Sie ließ den Bulli nicht nur waschen und auftanken, sondern auch mit Trinkwasser und anderen Vorräten beladen. Dazu telefonierte sie mit dem Empfangschef, und ein Page holte den Schlüssel. „Das mache ich immer so", erklärte sie, während sie ihre Sachen zusammenlegte. „Das spart Zeit. Ich bin oft in verschiedenen Städten, und bis ich herausgefunden habe, wo man was kaufen kann, vergeht einfach zu viel davon. So kann ich mich besser auf meine eigentliche Arbeit konzentrieren."

Dank ihrer Umsicht konnten wir uns in Ruhe fertig machen, ausgiebig frühstücken und dann in aller Gelassenheit packen. Schließlich checkten wir aus und fuhren, wie wir gekommen waren, mit dem Aufzug hinunter in die Tiefgarage. Dort wartete der Bulli, frisch gewaschen und perfekt vorbereitet. Ursula warf einen letzten Blick zurück und murmelte leise: „Auf Wiedersehen, liebes Hotel!" Als wir die Rampe der Tiefgarage hinauffuhren, schien die lebendige Stadt uns sofort wieder einzufangen. Die Geräusche, die Menschen, die Bewegung – es war, als hätte das Leben nur auf uns gewartet.

Wie vereinbart, holten wir Youssef an der Rückseite seines Hauses ab. Einige Kisten und Taschen mussten noch verstaut werden, was wir gemeinsam schnell erledigten. „Um an die Telefonnummer meines Bruders zu kommen," erklärte Youssef, während er eine Tasche im Kofferraum verstaute, „musste ich den Bürgermeister anrufen. Er hat angedeutet, dass es meinem Bruder finanziell wohl nicht besonders gut geht. Vermutlich wird er sich über frisches Essen freuen. Darum war ich vorhin noch schnell auf dem Markt."

Lyana, Youssefs Frau, half uns beim Verladen und verabschiedete ihren Mann und uns herzlich. Doch bevor wir losfuhren, zog sie sich ins Haus zurück. „Ich kann es nicht mit ansehen, wenn Leute wegfahren", hatte sie uns entschuldigend erklärt. Ihre Augen wirkten dabei ein wenig feucht, und es war, als wollte sie die Tür nicht nur vor dem Abschied, sondern auch vor ihren eigenen Gefühlen schließen.

Ich machte es mir auf dem Rücksitz bequem, während Youssef sich neben Ursula auf den Beifahrersitz setzte. „Ich werde vor allem am Ende der Strecke bei der Navigation helfen", sagte er, während er sich anschnallte. Ursula nickte, überprüfte die Spiegel und startete den Motor. Und so begann unsere Reise.

Als wir die Fahrt begannen, sprudelte es nur so aus Youssef heraus. Er hätte sich direkt bei einer der einschlägigen Gesellschaften als Reiseführer bewerben können – ein klares Zeichen seiner Nervosität. Die Straße führte uns zunächst durch die belebten Vororte Algiers, doch schon bald ließ die dichte Bebauung nach, und die Küstenlandschaft begann uns einzuhüllen. Auf der rechten Seite lag das glitzernde Blau des Mittelmeers, auf der linken ragten Hügel und Berge empor, die von der Sonne in ein warmes Licht getaucht wurden.

Ich versuchte, ihn abzulenken: "Wir haben gelesen, dass Forscher glauben, der Name des Ortes Stidia komme entweder von dem Wort für Stadion oder würde auf einen Wall oder Damm hinweisen."

Youssef lachte: "Ich habe keine Ahnung davon, was irgendwelche Forscher denken. Aber wenn man nach dem geht, was mein Großvater immer erzählt hat, dann ist das so ähnlich wie mit Sankt Anton in Österreich."

"Wie kommst du auf Sankt Anton?" wollte Ursula wissen.

"Na," fuhr Youssef fort, "die Amerikaner nennen den Ort Stanton. Und wenn man nach meinem Großvater geht, dann heißt Stidia eigentlich 'die heilige Idee'. Er hat den Namen oft gebraucht, auch wenn ich nicht wirklich weiß warum."

Während er sprach, glitt die Straße weiter am Meer entlang, mal näher an der Küste, mal durch kleine Ansammlungen von Pinienwäldern, die den Blick auf das Wasser kurzzeitig verdeckten. Die frische Meeresluft mischte sich mit dem Duft von Pinienharz und wildem Thymian. Ein leichter Wind brachte die salzige Brise ins Auto, während kleine weiße Boote in der Ferne auf den Wellen schaukelten.

Wir redeten noch während der Fahrt über dies und das – über die Kolonialzeit, den Krieg und den Terror. Und wie traurig all das Youssef machte. Die Küste blieb unser stetiger Begleiter, während die Landschaft sich allmählich veränderte. Flache Sandstrände wurden seltener, stattdessen tauchten immer häufiger steile Klippen auf, die ins Meer fielen.

Kleine, von Felsen geschützte Buchten zogen den Blick auf sich, als wollten sie Geheimnisse der Vergangenheit bewahren.

Um ihn von seiner Traurigkeit abzulenken, fragte Ursula nun nach seiner Zeit in Deutschland. Mit all diesen Gesprächen verging die Zeit wie im Flug.

Doch als wir unserem Ziel langsam immer näher kamen, verstummte Youssef schließlich. Die Landschaft veränderte sich erneut – die Straßen wurden enger, und das Blau des Meeres wich mehr und mehr den ockergelben und rötlichen Farben der Felsen und Hügel. Die Vegetation wurde spärlicher, und ein Gefühl von Abgeschiedenheit nahm zu.

Youssefs rührende Aufmerksamkeit für jedes Detail seiner Heimat ließ auch mich gefühlt jeden einzelnen Stein begrüßen.

Ursula schaltete den VW-Bus in den Offroad-Modus, und wir verließen die befestigte Straße. Der Wagen rumpelte über den unebenen Pfad, der sich zwischen trockenen Sträuchern und schroffen Felsen hindurchschlängelte. Die Landschaft war still, nur das Knirschen der Reifen auf dem steinigen Boden und das gelegentliche Krächzen eines Vogels durchbrachen die erdrückende Ruhe. Die Luft war trocken, der Horizont in der Ferne flirrte vor Hitze, während sich die kargen Hügel vor uns auftürmten.

Youssef starrte aus dem Fenster, schweigend. Sein sonst so lebhaftes Gesicht war ernst, fast melancholisch. "Hier habe ich früher als Junge gespielt," murmelte er, mehr zu sich selbst als zu uns. Ich saß auf der Rückbank und folgte seinem Blick – ein Bild von Verfall und Verlassenheit offenbarte sich. Ein schmaler, staubiger Weg führte uns auf das Anwesen zu, das wie ein Relikt einer längst vergangenen Zeit wirkte.

Das zentrale Herrenhaus stand erhaben und zugleich gebrochen da. Es war aus grobem, grauem Stein erbaut, die Fassade übersät mit Rissen und von Flechten überwuchert. Große Fenster, die einst die Landschaft einfingen, waren trüb und zum Teil zerschlagen. Die einst imposanten Türen hingen schief in ihren Angeln, und die Stufen, die zum Eingang führten, waren von Unkraut durchzogen.

Ringsherum gruppierten sich die Nebengebäude, jedes mit einer eigenen Geschichte des Verfalls. Eine alte Scheune, deren Dach teilweise eingestürzt war, wirkte wie eine traurige Erinnerung an geschäftige Tage. Ein weiterer kleiner Bau war von wildem Gestrüpp fast vollständig verschluckt. Über allem lag eine bedrückende Stille, als hätte das Anwesen selbst die Zeit angehalten.

Ursula hielt den Bus mit einem letzten Ruck an. "Wir sind da," sagte sie leise, ohne Youssef anzusehen. Er nickte stumm, griff nach der Tür und stieg aus. Die trockene Luft umhüllte uns sofort, als wir ihm folgten. Ich spürte, wie der staubige Boden unter meinen Schuhen knirschte, während wir uns dem Hauptgebäude näherten.

Youssef ging voraus, seine Schultern wirkten schwer unter der Last der Erinnerungen. Als wir vor dem einst prächtigen Eingang standen, hielt er inne. Ursula und ich blieben hinter ihm stehen, unsere Blicke wanderten über die bröckelnde Fassade. Ich konnte mir kaum vorstellen, dass dieser Ort jemals ein blühender Bauernhof gewesen sein könnte.

Für einen Moment sagte niemand ein Wort. Eine traurige Ergriffenheit vereinte uns, während wir stumm das verfallene Gebäude betrachteten.

In diesem Moment öffnete sich knarrend die Eingangstür. Ein Mann schob sie zögerlich einen Spalt weit auf, sein Gesicht halb im Schatten. Er blickte unsicher hinaus, als müsse er erst begreifen, wer dort stand. Dann öffnete er die Tür ein Stück weiter, und das Licht fiel auf ihn. Er war etwas größer als Youssef, mit einer kräftigeren Statur, aber sein gebeugter Rücken und die tiefen Falten in seinem Gesicht ließen ihn älter wirken, als er sein konnte. Dies musste Nadir sein, Youssefs jüngerer Bruder. Doch wo war die Jugend geblieben? Sein Gesicht, gezeichnet vom Leben, trug den Ausdruck eines Mannes, der zu viel getragen hatte.

Für einen Moment ruhte sein Blick misstrauisch auf uns, fast wie eine Prüfung. Doch dann fand er Youssef. Der dunkle, skeptische Blick wich einem Ausdruck reiner Erkenntnis. Seine Augen weiteten sich, und seine Gesichtszüge schienen förmlich zu schmelzen. Mit einem kräftigen Atemzug, als würde er eine Last abwerfen, formte sich ein Lächeln, offen und voller Erleichterung. „Youssef, c'est toi!" Seine Stimme brach beinahe vor Freude, und er riss die Tür vollständig auf.

Youssef zögerte keinen Augenblick. Er trat auf seinen Bruder zu und schloss ihn in die Arme. Beide hielten sich fest, ohne ein Wort zu sagen, und blieben eine Weile einfach so im Türrahmen stehen, während der Wind durch die trockenen Sträucher vor dem Haus strich. Die Vergangenheit schien sich in diesem Moment aufzulösen, und das verfallene Elternhaus wirkte plötzlich nicht mehr trostlos, sondern wie ein stiller Zeuge einer Wiedervereinigung.

Ursula und ich wechselten einen kurzen Blick. Es war, als lägen alle Emotionen in der Luft – Freude, Trauer, Vergebung. Eine Träne der Rührung glänzte in ihren Augen, und auch ich musste blinzeln. Gleichzeitig wussten wir nicht recht, wie wir uns verhalten sollten. Wir waren bloß stille Beobachter, beinahe Eindringlinge in diesen intimen Moment zwischen Brüdern.

Dann löste sich die Umarmung, und Nadir begann sofort zu sprechen, mit einer schnellen, ungeduldigen Stimme, als wolle er in wenigen Sätzen all die Jahre aufholen. Youssef erwiderte ebenso lebhaft. Meine Französischkenntnisse reichten nicht aus, um mehr als ein paar Worte zu verstehen, aber das war auch nicht nötig. Ihre Gesten, das Lachen, das sich immer wieder in ihre Stimmen mischte, sagten mehr als Worte. Es war, als hätten sie ein unausgesprochenes Abkommen geschlossen, das besagte: Was auch war, lass uns nach vorne blicken.

Nadir hob dabei eine Hand, um über Youssefs Schulter zu streichen, fast wie ein Vater, der sicherstellen will, dass sein Sohn wohlbehalten zurückgekehrt ist. Youssef legte ihm kurz die Hand auf den Arm, und in dieser Geste lag eine stille Vertrautheit, die ihre lange Trennung verblüffend einfach überbrückte.

Die Sonne begann, sich hinter den kargen Bergen zu senken, und der Schatten des Hauses fiel über uns. Ein Windstoß brachte den Geruch von trockenem Holz und Sand. Ursula, die neben mir stand, sah zu den beiden hinüber und murmelte: „Es ist, als würde das Haus aufatmen." Ich nickte, unfähig, etwas hinzuzufügen, aber mit dem Gefühl, dass wir gerade Zeugen eines Wunders wurden.

Youssef stellte uns seinem Bruder Nadir einfach als „Freunde aus Deutschland" vor. Ein Moment der Neugier flackerte in Nadirs Gesicht auf, doch er sagte nichts weiter und nickte nur knapp. Es schien, als wolle er sich diesen Teil der Geschichte später erzählen lassen. Mit einem schelmischen Lächeln wandte sich Youssef an Nadir und bedeutete ihm, ihm zu folgen. Gemeinsam gingen wir zum VW-Bus, wo Youssef die hintere Tür öffnete und eine Schachtel nach der anderen herauszuheben begann. „Schau mal, Nadir, das habe ich für dich besorgt," sagte er stolz, während er den Bruder mit einer wahren Fülle an frischen Lebensmitteln überhäufte. Aus den Kisten leuchteten saftige Orangen, Granatäpfel und eine ganze Reihe exotischer Datteln, von denen jede Sorte in kleinen Bastkörben verpackt war. Es gab buntes Gemüse: knackige Zucchini, leuchtend gelbe Paprika, dunkel schimmernde Auberginen und große Büsche frischer Koriander- und Minzkräuter, deren Duft sich sofort verbreitete. Jeweils ein Netz mit Zwiebeln und Knoblauch sowie ein kleines Päckchen Gewürze, die Youssef sorgfältig ausgesucht hatte, vervollständigten das Bild. Nadir stand zunächst wie angewurzelt, dann nahm er die erste Kiste entgegen und murmelte: „Merci, frère." Seine Stimme klang rau, aber voller Dankbarkeit.

Kurz darauf lud Nadir uns ins Haus ein. Wir traten über die Schwelle, und ich konnte nicht umhin, den Raum in mich aufzunehmen. Das Haus hatte zweifellos bessere Tage gesehen. Die Wände, einst sicher strahlend weiß, zeigten den Zahn der Zeit – Risse zogen sich wie Adern durch das Putzwerk, und die Farbe war an manchen Stellen verblasst. Doch hier und da waren Spuren einer vergangenen Eleganz sichtbar: filigran verzierte Holzarbeiten an den Türrahmen, ein kunstvoll gestalteter Fliesenboden, der trotz seiner Abnutzung Geschichten von Wohlstand und Stil erzählte.

„Kommt, wir kochen zusammen," sagte Youssef mit einem Lächeln, das keinen Widerspruch duldete. Die Küche war klein, aber funktional. Nadir hatte offensichtlich versucht, sie in Ordnung zu bringen – frische Tücher hingen über der Spüle, und die Arbeitsflächen waren saubergewischt. Es lag der angenehme Geruch von Kräutern in der Luft, wahrscheinlich Reste von Nadirs eigenem Kochen. Wir schnitten Gemüse, Youssef zeigte uns seine Gewürze aus der Heimat, und bald erfüllte das Knistern von Öl in der Pfanne und das leise Klappern von Besteck die Küche. Die Stimmung wurde überraschend schnell leicht und heiter, als Nadir begann, Anekdoten aus der Kindheit zu erzählen – kurze Geschichten, die immer wieder von Youssefs Lachen unterbrochen wurden.

Das Abendessen selbst war ebenso einfach wie köstlich: ein würziges Gemüsecouscous, frisches Brot und aromatischer Minztee. Wir saßen an einem alten Holztisch, der einmal stabil und stolz gewesen sein musste, jetzt aber hier und da wackelte. Die Unterhaltung war lebendig, die Anspannung des Wiedersehens wich einer Wärme, die den Raum erfüllte.

Ursula und ich hielten uns meist zurück, genossen es jedoch, diese Verbindung zwischen den Brüdern zu erleben.

Nach dem Essen führte Nadir uns durch das Haus. Die Gänge waren schmal und kühl, die Wände zeigten die gleichen Spuren der Zeit wie die Außenfassade. „Das ist das Zimmer unserer Eltern," sagte Youssef mit einem Anflug von Ehrfurcht in der Stimme, als Nadir uns eine Tür öffnete. Es war ein einfacher Raum, aber die hohen Decken und ein alter, handgeknüpfter Teppich ließen erahnen, dass hier einmal Würde geherrscht hatte. Nadir zeigte uns auch das Badezimmer – eine winzige Kammer mit alten, aber sauberen Armaturen. „Ich habe getan, was ich konnte," murmelte er, als hätte er Angst, dass die Umstände zu offensichtlich wären.

Schließlich zogen Ursula und ich uns in unser zugewiesenes Schlafzimmer zurück. Es war schlicht, aber Nadir hatte die Bettwäsche frisch aufgezogen, und auf dem kleinen Nachttisch stand sogar eine Öllampe. Ich setzte mich auf das Bett, das unter meinem Gewicht leise knarzte, und lauschte. Von irgendwo im Haus drang das tiefe, herzliche Lachen der beiden Brüder zu uns herüber. In diesem Moment wurde mir klar, dass wir nicht nur Zeugen einer Wiedervereinigung, sondern auch eines neuen Anfangs geworden waren.

Ursula stand am Fenster, das den Blick in die stille Dunkelheit des Hofes freigab. Das Licht der schwachen Lampe warf einen warmen Schimmer auf die Wände, die von Jahren gelebter Geschichte erzählten.

„Hast du hier auch nur die kleinste Kleinigkeit gesehen, die auf Arterien hinweist?" fragte Ursula und wandte sich mit fragendem Blick zu mir um.

Ich hielt inne, ließ meinen Blick durch das Zimmer gleiten, das zugleich vertraut und fremd wirkte. „Keine Spur," sagte ich schließlich und zuckte mit den Schultern. „Ich kann mir das einfach nicht erklären." Meine Stimme klang fester, als ich mich fühlte. „Mir ist das alles ein großes Rätsel."

Ursula nickte, doch ihre Stirn blieb leicht gerunzelt. „Wenigstens konnten wir die beiden schon einmal zusammenbringen", sagte sie, aber die Freude darüber klang gedämpft. Sie ließ den Blick nicht von mir, als erwarte sie, dass ich ihr doch noch eine Erklärung liefern könnte.

Ich sah wieder zur Seite, schüttelte fast unmerklich den Kopf und murmelte mehr zu mir selbst als zu ihr: „Dass wir nichts finden… So nah dran, und trotzdem…" Ich ließ den Satz offen, weil mir die Worte fehlten.

„Wenn es so ist," nahm ich schließlich wieder Faden auf, „dass wir zu einer gemeinsamen Seelenfamilie gehören und uns vor diesem Leben ausgemacht haben, uns gegenseitig zu helfen, dann mussten wir vermutlich erst einmal unseren Teil der Aufgabe erfüllen."

„Meinst du?" fragte Ursula nachdenklich.

„Ganz bestimmt", antwortete ich entschlossen. „So schnell, wie wir Vertrauen zueinander gefasst haben, können wir uns nur aus einem früheren Leben kennen."

Sie ließ meine Worte wirken, ehe sie sagte: „Und immerhin hat uns Youssef von seinem Großvater erzählt."

„Ja, genau," nahm ich den Ball auf. „Der ist von genau hier nach Arterien aufgebrochen. Und auch wenn das Ganze noch so mysteriös erscheinen mag, kann Arterien nicht mehr weit sein."

Mit diesem Satz blickte ich Ursula tief in die Augen. Meine Worte schienen nachzuwirken, als ob die Stille des Zimmers sie festhielt. Dann fuhr ich fort: „Ich habe vorhin nebenbei mit Youssef vereinbart, dass wir morgen sehr früh aufbrechen möchten."

„Sehr gut," sagte Ursula, ein Anflug von Entschlossenheit in ihrer Stimme. „Ich kann es kaum erwarten."

Dann bereiteten wir uns für die Nacht vor.

Ich freute mich still darüber, dass Ursula die kleine Übung, die ich ihr am Vorabend gezeigt hatte, nun in ihre abendliche Routine aufgenommen hatte.

Als sie bereits schlief, vertiefte ich mich noch weiter in die Meditation. Zunächst fokussierte ich mich auf meinen inneren Ton, den ich mit jeder Atembewegung klarer hörte, und dann auf mein inneres Licht, das sanft in mir aufleuchtete. Der Raum um mich herum begann zu verblassen, als ich immer tiefer in diesen Zustand eintauchte.

Und dann, als die Welt um mich herum immer weiter entschwand, tauchten wiederholt drei Bilder vor meinem inneren Auge auf. Sie kamen in einer endlosen Schleife, jedes Mal exakt gleich.

Das erste Bild zeigte das freundliche, jedoch zugleich fremde Gesicht eines alten Mannes. Er war mir fremd und doch merkwürdig vertraut. Er strahlte eine tiefe Ruhe aus. In seinen Händen hielt er eine weiße Taube, die sanft und friedlich in seinen Händen lag. Ihre Federn schimmerten fast silbern im Licht, das der Mann ausstrahlte. Die Taube schien eine Botschaft zu tragen, obwohl sie sich nicht bewegte – die Stille war von Bedeutung.

Im nächsten Bild sah ich mich selbst, wie ich auf einer weißen Taube reitend durch die Luft schwebte. Der Wind streifte mein Gesicht, doch ich fühlte keinerlei Angst, nur ein Gefühl von Freiheit und Leichtigkeit. Die Taube glitt sanft durch die Lüfte, als ob sie mich genau dorthin brachte, wo ich hingehörte.

Das dritte Bild zeigte mich an einer Treppe, die steil hinaufführte. Die Stufen waren aus festem, dunklem Stein, doch sie waren von etwas Weichem, fast wie eine Erinnerung, eingerahmt. Die Stufen selbst schimmerten in einem warmen Braun, und ich wusste, dass ich sie erklimmen musste. Die Stufen führten nach oben, immer weiter, und der Weg schien endlos zu sein. Es gab keinen Blick zurück, nur nach oben.

Diese drei Bilder überlagerten sich und wiederholten sich, wie kleine Kurzfilme in einer endlosen Schleife. Sie begleiteten mich mit einer tiefen Vertrautheit, als ob sie mir längst bekannt wären, als ob ich sie schon unzählige Male gesehen hätte.

Langsam begann ich wieder, die Umgebung um mich herum wahrzunehmen. Der warme Raum, das leise Atmen von Ursula, die ruhig, tief und fest schlief. Aber die Szenen blieben präsent, so klar und lebendig wie zuvor.

Die Nacht war bereits weit vorangeschritten, und die Stille war nun vollständig. Ich war voll von Fragen, doch sie hielten mich nicht auf, in die Ruhe der Nacht zu sinken. Voller Fragen und dennoch völlig ruhig, legte ich mich schließlich schlafen.

Nadir war bereits auf den Beinen, als wir zum Frühstück kamen. Der wohltuende Duft von frischem Kaffee vermischte sich mit dem angenehmen Geruch von Fladenbrot, das Nadir auf dem Herd gebacken hatte. Fast zeitgleich mit uns trat Youssef in den Raum. Es war beinahe schon selbstverständlich, dass er uns einlud, uns zu setzen, auch wenn wir uns ein wenig wie Gäste fühlten. Wir wollten helfen, doch er winkte ab: „Ihr habt schon so viel getan!"

Während er sich mit seinem Bruder daran machte, den Tisch zu decken und uns ein Frühstück zu bereiten, das uns für den vermutlich anstrengenden Tag stärken sollte, fragte ich: „Hast du deinem Bruder erzählt, warum wir hier sind?"

„Habe ich", antwortete Youssef. „Und er will mitkommen." Wir wechselten ins Französische, und Nadir war höflich genug, um langsam zu sprechen, damit wir ihm besser folgen konnten.

„Ich habe Nadir gefragt", fuhr Youssef fort, „was er denkt, wo Großvater hingegangen sein könnte, als er von Arterien gesprochen hat. Und wir konnten uns auf einen bestimmten Platz an der Küste einigen."

„Dann fahren wir heute dort zusammen hin", schlug Ursula vor.

„Das letzte Stück werden wir zu Fuß gehen müssen", betonte Nadir.

„Dann schauen wir einfach, wie weit wir kommen", schlug ich vor. „Und dann sehen wir weiter."

„Was ist eigentlich ein Gardien?", warf Ursula nun in den Raum.

„Wir haben uns gestern Abend auch darüber unterhalten", erzählte Youssef. „Aber so richtig wissen wir das auch nicht. Wir glauben, es ist jemand, der die heilige Idee von Arterien bewahrt. Was immer das genau heißt."

Alle vier waren wir ratlos. Wir stellten noch allerlei Mutmaßungen an, ohne jedoch ein zufriedenstellendes Ergebnis zu erzielen. Schließlich einigten wir uns darauf, einfach den nächsten Schritt zu gehen. „Hinfahren", sagte ich.

Das Frühstück war schnell beendet, und wir bereiteten alles für die Abfahrt vor.

Die drei Szenen aus meiner Meditation behielt ich für mich. Doch zu Ursula sagte ich schließlich: „Frag mich nicht warum, aber ein Gefühl sagt mir, dass ich meinen Rucksack für mehrere Tage packen sollte."

Der Motor des VW-Busses brummte kraftvoll, als wir weiter in die Richtung vordrangen, in der wir Arterien vermuteten. Ursula lenkte den Wagen sicher durch das unwegsame Gelände. Der Bus, ein zuverlässiger

Begleiter in all den letzten Wochen, kämpfte sich tapfer durch den trockenen Boden, der unter den Rädern knirschte. Trotz seiner unauffälligen Bauweise war er für uns mehr als ein Fahrzeug – ein Symbol für die Reise, die wir begonnen hatten.

„Da geht's nicht weiter", sagte Ursula schließlich und hielt den Bus abrupt an. Vor uns erstreckte sich der Graben, ein trockenes Bett. Der Weg war blockiert, keine Brücke, nur der steile Abhang hinab und dann wieder hinauf. Der Bulli hatte uns bis hierher gebracht, aber nun war Zivilisation nicht mehr genug, um uns weiterzuführen.

„Von hier ab geht es nur zu Fuß weiter", stellte Nadir fest und warf einen prüfenden Blick auf die zerklüftete Stelle vor uns.

„Früher sind wir mit unserem Großvater hier drüber gegangen", sagte Youssef und deutete auf die Stelle, wo einst eine Brücke gestanden hatte.

„Die Brücke ist schon vor Jahren eingestürzt", fügte Nadir hinzu. „Wir werden wohl etwas klettern müssen."

Ursula öffnete die Tür und blickte in die Runde. „Was sein muss, muss sein", sagte sie ruhig, während sie ihren Rucksack schulterte.

Youssef blickte zwischen Ursula und mir hin und her. Unsere Rucksäcke, die wir jetzt fest aufgesetzt hatten, waren offensichtlich schwer gepackt.

„Warum schleppt ihr so schwere Rucksäcke mit euch herum?" fragte Youssef neugierig.

Ich zögerte kurz, bevor ich antwortete: „Ich möchte einfach glauben, dass es weitergeht. Auch wenn der Glaube daran verrückt erscheinen mag. Und darauf möchte ich vorbereitet sein. Daher das Gepäck."

Es war nicht nur der Graben, den wir nun überqueren mussten, sondern auch ein innerer Übergang. Wir wussten es alle – der Weg führte uns nicht nur durch das Land, sondern in eine andere Dimension, ein Reich des Glaubens, wo die gewohnten Mittel der Zivilisation nicht mehr ausreichten. Hier, in der rauen, unveränderlichen Landschaft, waren wir ganz auf uns selbst angewiesen, auf das, was uns tief innen zusammenhielt.

„Ihr seid ja ein richtig eingespieltes Team", sagte Youssef mit einem schiefen Lächeln, als wir endlich den Graben durchquert hatten. Er strich sich den Staub von der Hose und musterte Ursula und mich, die wir fast automatisch Handgriffe wechselten, um uns gegenseitig zu helfen.

„Es fühlt sich an, als würden wir das schon immer machen", antwortete Ursula trocken, während sie ihren Rucksack zurechtrückte und kurz ihre Hand über die Stirn wischte, um den Schweiß wegzutupfen.

Der Graben lag hinter uns, doch der Weg schien immer endloser zu werden. Die Landschaft um uns herum war karg und doch beeindruckend – ein Mix aus steinigem Boden und trockenem Buschwerk, durchbrochen von vereinzelten kleinen Hügeln, die sich vor der flachen Küstenebene erhoben. Die Luft war mild, fast warm, und das Licht der Sonne tanzte golden auf den Steinen, doch es konnte die Schwere in uns nicht vertreiben.

Wir gingen weiter, schweigend, Schritt für Schritt auf die Küste zu. Der Boden wurde sandiger, und die trockene Hitze wich allmählich einer frischen, salzigen Brise, die vom Meer herüberzog. Doch von den Bergen, die wir erwartet hatten, war weit und breit keine Spur. Der Horizont blieb flach und leer, als wollte die Landschaft selbst uns auslachen.

Plötzlich, nach einem weiteren endlosen Stück, fiel die Küste vor uns steil ins Meer hinab. Eine schroffe Felskante tauchte wie aus dem Nichts auf, und dahinter grollte die Brandung gegen die Klippen, sprühte kleine Gischtwolken in die Luft. Der Himmel hatte einen bleichen, fast kühlen Blauton, wie eine Landschaft, die ihr eigenes Geheimnis nicht preisgeben wollte. Die Sonne glitzerte auf der schier endlosen Wasseroberfläche, aber statt Hoffnung zu wecken, schien sie uns mit ihrer Weite zu verspotten.

Wir blieben stehen, jeder von uns mit seinem eigenen Gedankenchaos. Ursula schloss für einen Moment die Augen und ließ den Wind durch ihr Haar wehen, während Nadir einen Stein aufhob und ihn wortlos ins Meer schleuderte. Youssef hingegen zog seine Stirn in Falten, die Hände in die Hüften gestemmt, während sein Blick über die Küste glitt – suchend, hoffend, zweifelnd.

Ich stand einfach da, starrte auf das Wasser hinaus und spürte den steifen Wind, der mir ins Gesicht blies. Es wäre gelogen, zu behaupten, dass der Moment uns Hoffnung gab. Frust und Ratlosigkeit überwogen, krochen wie eine kalte Hand langsam unsere Gedanken hinauf.

„Sollte all das, was wir bis hierhin auf uns genommen hatten, umsonst gewesen sein?" Diese unausgesprochene Frage lag schwer in der Luft.

Wir standen wie verlorene Seelen nebeneinander an der Küste. Das Rauschen der Wellen war unser einziger Begleiter, doch statt Trost zu spenden, betonte es nur die Leere. Der Blick aufs offene Meer wirkte plötzlich nicht mehr wie ein Versprechen, sondern wie ein Ende, eine Sackgasse, die uns daran erinnerte, wie wenig wir wirklich wussten.

Das Wasser des Meeres schimmerte silbern unter dem diffusen Licht des Himmels, als ich innerlich Simran hielt, mein Mantra, das uns Schüler von Sant Mat mit dem Göttlichen verbindet. Ein kühler Wind wehte vom offenen Meer herüber, trug den salzigen Duft des Ozeans mit sich und ließ meine Haut leicht kribbeln.

Neben mir holte Ursula ihr Smartphone hervor und betrachtete es mit konzentrierter Miene. „Kein GPS", stellte sie halblaut fest und runzelte die Stirn. „Nicht einmal Netz. Wir sind genau in der Blacklisted Area."

Youssef, der uns aufmerksam beobachtet hatte, fuhr sich nachdenklich mit der Hand durch seine vom Wind zerzausten Haare, während sein Blick über die Klippen schweifte. „Was genau ist das eigentlich? Diese Blacklisted Area? Ihr habt schon einmal davon erzählt, aber ich hab's nicht verstanden."

Ursula sah ihn kurz an, bevor sie wieder aufs Meer hinausblickte. „Irgendjemand sehr Mächtiges hat hier das GPS deaktiviert. Und die Satellitenbilder, die man von dieser Stelle findet, sind künstlich erzeugt."

Youssef verschränkte die Arme vor der Brust und zog die Stirn kraus. „Aber wenn jemand so viel Aufwand betreibt … dann muss es doch etwas Wichtiges geben. Dann muss hier doch irgendwo Arterien sein."

Seine Worte schwangen in mir nach, und plötzlich wusste ich: Es ist genau hier. Ich spürte es tief in mir. „Es ist vermutlich genau hier", sagte ich leise.

Ungläubige Blicke trafen mich. Ursula verschränkte die Arme und stellte sich vor mir auf, die Fäuste in die Hüften gestemmt. „Wie kannst du so etwas sagen?" Ihr Blick war herausfordernd. „Hier ist doch nichts."

Ich hielt ihrem Blick stand und antwortete ruhig: „Ich sehe etwas. Es ist mir nicht gleich aufgefallen, aber jetzt bin ich mir sicher."

„Was genau siehst du?" Ihre Stimme klang drängend. „Spann uns nicht auf die Folter."

Ich holte tief Luft. „Du weißt doch, dass ich immer dort, wo Energie ist, eine orange Farbe sehe. Zum Beispiel, wenn Menschen emotional aufgeladen sind – dann erkenne ich ihre Gesichter nicht mehr, sondern sehe nur noch einen hellroten Fleck."

Ursula nickte, ihre Stirn noch immer in Falten gelegt. „Und?"

Youssef hörte aufmerksam zu, während Nadir etwas abseits stand und den Horizont betrachtete. Die Unterhaltung lief auf Deutsch, und ich wollte nichts riskieren, indem ich es falsch übersetzte.

Ich sprach weiter, nun mit einem fernen Blick Richtung Meer. „Es ist mir nicht sofort aufgefallen, aber hier ist alles rot. Vor allem dort draußen, über dem Wasser, aber auch hier um uns herum. Je weiter ich landeinwärts blicke, desto weniger wird es."

Ein Moment der Stille folgte, nur unterbrochen vom Rauschen der Wellen. Ich erinnerte mich an etwas und wandte mich direkt an Ursula. „Kannst du dich erinnern, als wir bei Viktor von seinem Anwesen aus in die Ferne geblickt haben? Ich habe dir von dem Sog erzählt, den die Weite auf mich ausübt. Und vom Druck, der von einem Funkmast ausging."

Ursula entspannte sich ein wenig und nickte langsam. „Ja, ich erinnere mich. Es war erstaunlich, wie genau du den Funkmast lokalisieren konntest, ohne ihn zu sehen."

„Hier ist es anders", fuhr ich fort. „Vor uns sollte eigentlich die Weite frei und entspannt sein, so wie ich es kenne. Aber stattdessen spüre ich nur Druck. Es ist, als würde mich etwas vom Meer wegschieben. Irgendeine sehr starke Energie ist hier."

Youssef sah Ursula fragend an. „Meint er das ernst?"

Ursula hielt inne, bevor sie leise, fast nachdenklich antwortete: „Ja. Aufgrund seiner schlechten Augen hat er gelernt, Dinge wahrzunehmen, die uns oft entgehen, weil wir nicht darauf achten."

Sie legte ihm eine Hand auf die Schulter und fügte hinzu: „Und ich habe gelernt, seinen Wahrnehmungen zu vertrauen."

Ich erwiderte ihren Blick und nickte still. Es tat gut, diese Bestätigung von ihr zu hören.

Youssef begann erneut, die Umgebung mit einem prüfenden Blick abzusuchen. „Dann muss hier etwas sein! Wonach sollen wir suchen?"

Ein Gedanke schoss mir durch den Kopf. Die Taube!

„Ursula", sagte ich, und meine Stimme klang aufgeregt. „Die Taube! Erinnerst du dich an das Bild der Teresa von Ávila? Eigentlich die Venus von Ávila. Die weiße Taube war abgebildet."

Ursula nickte energisch. „Wir dachten, die Taube könnte uns den Zugang zu Arterien zeigen."

„Betrachtet man es poetisch", fügte ich hinzu, während der Wind an uns zerrte, „weist uns der Heilige Geist den Weg nach Arterien."

Ein Flackern der Hoffnung glomm in Ursulas Augen auf. Youssef begann erneut, die Umgebung mit einem prüfenden Blick abzusuchen.

Plötzlich ertönte das heisere Krächzen einer Krähe. Eine einzelne schwarze Krähe war von der Wand der Steilküste aufgestiegen, flog in einem Kreis über uns und krächzte dreimal. Sie stieg immer höher in die Luft, bis keiner von uns sie mehr sehen konnte.

Ich blickte zu Ursula. „Siehst du sie noch?"

Sie schüttelte den Kopf. „Nein, sie ist weg!"

Der sonst so zurückhaltende Nadir mischte sich plötzlich in das Gespräch ein. Offenbar hatte er unsere Aufregung bemerkt. „Was ist los?" fragte er, während sein Blick zwischen uns hin- und hersprang.

„Colombe", sagte ich auf Französisch. „Wir suchen etwas wie eine Taube?"

Nadir legte nachdenklich eine Hand ans Kinn und dachte kurz nach. Dann deutete er nach rechts. „Da drüben", sagte er ruhig, „gibt es einen Felsen, bei dem ich einmal mit Großvater gewesen bin. Der sieht ein wenig aus wie eine Taube."

„Wo?" riefen wir anderen drei fast gleichzeitig. „Das müssen wir sehen!" sagte Ursula, und Youssef fügte hinzu: „Zeige ihn uns! Wo ist das?"

Aufgeregt liefen wir los. Nadir voraus, Youssef und Ursula unmittelbar hinter ihm. Ich folgte ihnen, trotz meiner eigenen Aufregung mit der nötigen Vorsicht, in etwas Abstand. Mein Stock tippte gegen den steinigen Untergrund, während ich gebannt auf die anderen lauschte.

Plötzlich hörte ich sie rufen: „Das muss es sein!"

„Jetzt weiß ich es auch wieder!", fügte Youssef hinzu. „Hier war ich schon mal!"

Als ich näher kam, schien es keine Zweifel mehr zu geben. Da stand er, der Stein. Etwas versteckt hinter anderen Felsen, doch er zeigte eindeutig die Silhouette einer Taube. Der Felsen war vielleicht vier Meter hoch. Der Kopf zeigte in Richtung Meer, der Schwanz landeinwärts. Der bauchige Rumpf erinnerte klar an eine Taube.

„Jetzt gibt es auch noch diese Taube!", freute sich Ursula, doch gleichzeitig schien sie verwirrt. „Aber was will sie uns sagen?"

Die Szene war von einer eigenartigen Mischung aus Staunen und Verwirrung geprägt. Wir standen da, voller Fragen und schon einen Schritt weiter. Ein weiteres Rätsel war aufgetaucht, und die Antworten schienen uns weiterhin zu entgleiten.

Ohne es abzusprechen, legten nun Ursula und ich unsere Rucksäcke gleichzeitig ab und lehnten sie aneinander. Ein Augenblick der Synchronizität, den wir beide bewusst wahrnahmen. Wir hielten für einen kurzen Moment inne und blickten uns in die Augen. Diese kleinen Erlebnisse können zwei Menschen tiefer verbinden, als es die Umgebung wahrnehmen kann. Mit einer Kopfbewegung deutete ich in Richtung des Steines. Ich forderte sie mit Nachdruck auf: „Ich muss auf der Taube reiten."

Ich legte meine Hände auf ihre Schultern und erzählte ihr, da ich nun die Zeichen verstand, ganz genau von den drei Szenen der vergangenen Nacht.

„Hier ist die Taube ganz still", überlegte ich laut, „aber ich muss auf ihr fliegen. Du musst mir da hinauf helfen!" Ich forderte Ursula bestimmt auf.

„Hier drüben!", rief Youssef genau in diesem Moment. Die beiden Brüder hatten den Stein bereits genau unter die Lupe genommen. „Hier sind so etwas wie Tritte!", rief er nun, während er uns heranwinkte.

Es waren kleine Vertiefungen im Stein, die gerade so tief waren, dass man mit der Fußspitze Halt fand. Unbedingt wollte ich nun hinauf. „Helft mir bitte!", forderte ich die anderen auf, als ich bereits begann, hinaufzuklettern.

Die anderen waren genauso aufgeregt und schoben mich mehr nach oben, als es eigentlich notwendig gewesen wäre. Erst beim Klettern stellte ich fest, dass es am Übergang vom Hals zum Rücken der Taube eine glatte Ebene gab, so als hätte hier jemand ganz gezielt ein Podest angelegt. Mich bedächtig festhaltend, kam ich schließlich auf meinen Knien oben an. Als ich mich langsam aufrichtete, passierte es. Ich war so überwältigt, dass ich beinahe wieder rückwärts hinab gefallen wäre.

Um mich herum hatte sich die Landschaft völlig verändert. Ein gewaltiges Felsmassiv erhob sich steil vor mir. Vom Meer, an dem wir gerade noch gestanden hatten, war nichts mehr zu sehen. Der Stein, auf dem ich stand, schimmerte dunkel. Selbst die Erde um uns herum war nun von einer tiefen, fast schwarzen Farbe. Ich hatte es noch nie live gesehen, aber so stellte ich mir Lavagestein vor.

„Wie der Phönix aus der Asche", murmelte ich andächtig und staunend vor mich hin.

„Was ist los mit dir?", rief Ursula von unten. Der Anblick musste von unten eigenartig gewesen sein. Ich stand dort, völlig in Staunen versunken, während ich mich umblickte, als wäre ich in einer anderen Welt. Und für meine Weggefährten war immer noch nichts zu erkennen.

„Hier ist es! Ich sehe es!", sprudelte es aus mir heraus. Zu mehr Erklärung war ich in diesem Moment nicht in der Lage. Zu überwältigend war das Erlebnis.

Ich hatte auch bereits die Stufen entdeckt, die in die dunkle, steinerne Höhe führten. „Hier geht es noch weiter!", rief ich aus und begann wieder nach unten zu klettern, um meinen Rucksack zu holen. In meiner Aufregung war es mir gar nicht eingefallen, dass die anderen mir den Rucksack hätten reichen können.

„Das müsst ihr euch ansehen!", forderte ich die anderen auf, während ich nach unten kletterte.

Youssef war als Erster oben, Ursula, die sich noch kurz vergewissert hatte, dass es mir gut ging, folgte als Zweite. Dann kam Nadjr.

„Hier ist doch nichts!", rief Youssef. Die drei blickten sich fragend um, und dann richteten sie ihre Blicke auf mich – von oben herab. Und ich stand unten, den Rucksack auf den Schultern, bereit, den nächsten Schritt zu tun.

Ursula fand als Erste wieder Worte: „Was willst du gesehen haben?"

Völlig sprachlos standen wir da. Ich unten, fest auf dem Boden der Tatsachen, Ursula oben auf dem Rücken der steinernen Taube. Unsere Blicke trafen sich – fragend, suchend, als könnten wir in den Augen des anderen eine Antwort finden.

Unterdessen kletterten Nadir und Youssef bereits den Felsen herab. Ihre Stimmen vermischten sich mit dem Wind, während sie sich in schnellem Französisch unterhielten. „Hat Großvater nicht vielleicht einen Hinweis erwähnt?", warf Youssef gestikulierend ein. Nadir zuckte ratlos mit den Schultern. Angekommen neben mir, waren sie völlig in ihre Diskussion vertieft und schenkten mir keine Beachtung.

„Was genau hast du gesehen?" Ursula sprach ruhig, fast sanft, doch in ihren Augen lag eine drängende Neugier. „Ich weiß, dass du etwas gesehen hast. Auch wenn ich nicht verstehe, wie das möglich ist – und warum wir nichts sehen."

„Lass mich zu dir kommen", schlug ich vor. „Bleib oben."

Ich nahm meinen Rucksack ab, hielt ihn ihr entgegen. „Magst du ihn mir bitte abnehmen?"

Sie nickte, nahm den Rucksack entgegen und stellte ihn sorgfältig an der Seite des Podests ab. „Du musst dir wirklich sicher sein", kommentierte sie mit einem skeptischen Blick, „wenn du mir den Rucksack nach oben gibst."

Beim zweiten Versuch war ich schneller oben. Als ich mich aufrichtete, lag vor mir die steinerne Treppe, die sich klar in die massive Felswand hineinbohrte.

„Und du siehst wirklich nichts?" Ich wollte es noch einmal wissen, mein Blick suchte ihren.

„Nur das, was die ganze Zeit hier war." Ursula wirkte unsicher, beinahe skeptisch.

Ich zeigte mit meinem Stock dorthin, wo ich die Treppen sah, die sich in die Felswand hineinwanden. Zögernd reichte ich ihr den Stock – und sie versuchte es. Doch ihre Hand glitt durch die Luft, als wäre dort nichts als Leere.

Dann wurde es noch merkwürdiger. Vorsichtig verlagerte ich mein Gewicht und wagte einen Schritt auf die erste Stufe der Treppe, die scheinbar nur für mich existierte. Die steinerne Wand vor mir schien plötzlich näher, als wäre sie bereit, ein Geheimnis preiszugeben.

„Wo bist du hin?" Ursulas Stimme riss mich aus meinen Gedanken. Sie klang laut, schrill vor Sorge, als stünde ich Meilen entfernt – doch ich hatte nur einen einzigen Schritt gemacht.

„Hier bin ich", antwortete ich und hob beruhigend die Hand. Doch sie reagierte nicht, schien mich nicht zu hören. Ihre Augen suchten mich verzweifelt.

Ich trat zurück auf das Podest, von dem ich gekommen war. Kaum war ich wieder an ihrer Seite, atmete Ursula erleichtert auf. „Da bist du ja!" Ihre Arme schlangen sich um mich, fest, beinahe schützend. Für einen Moment verweilten wir so, dann flüsterte sie, fast für sich selbst: „Das ist alles so verrückt."

„Das ist es", bestätigte ich leise, den Blick erneut auf die unsichtbare Treppe gerichtet, die nur ich sehen konnte.

Ich drückte Ursula fest an mich – so fest, als könnte ich durch diese Umarmung eine Kraft in mir wecken, die uns weiterhelfen würde. Und genau das geschah.

„Lass mich nachdenken", flüsterte ich. „Vielleicht habe ich die Antwort schon gegeben, ohne es zu merken. Der Heilige Geist."

„Der Heilige Geist?" Sie wiederholte die Worte langsam, fragend.

„Ja," bestätigte ich. „Vielleicht würden wir es heute anders ausdrücken. Erinnerst du dich, wie wir auf unserer Reise immer weitergekommen sind, sobald wir im Einklang mit uns selbst und der Welt um uns waren?"

Ursula nickte.

„Denk an das Gefühl, das wir an jenem Tag am Meer in Marokko hatten. Dieses tiefe Gefühl der Verbundenheit mit allem um uns herum. Hol dir dieses Gefühl zurück."

Sie schloss die Augen, als würde sie bereits versuchen, es zu greifen. „Wie soll ich das machen?" Ihre Stimme war leise, fast scheu.

„Fang mit der Übung an, die ich dir in Algier gezeigt habe," schlug ich vor. „Verbinde dich über dein Kronenchakra mit der Energie des Himmels und über dein Wurzelchakra mit Mutter Erde. Lass die Energien durch dich hindurchfließen, frei und ungehindert, bis sie sich in allem um dich herum ausbreiten."

Eine Weile verging. Dann nickte sie erneut. Ihr Atem wurde ruhiger, gleichmäßiger.

„Jetzt lass die Grenzen zwischen dir und der Welt um dich herum verschwimmen", fuhr ich fort. „Stell dir vor, wie alles ineinander übergeht, ohne Barrieren, ohne Trennung."

Während ich sprach, stellte ich mir Ursula als ein Wesen vor, das vollkommen mit seiner Umgebung verschmolzen war. In meiner Vorstellung verband sie ein goldener Lichtstrahl nach oben, während ein tiefroter Lichtstrahl nach unten durch die Taube hindurch bis in die Erde reichte. Ihre Energie begann, sich im Raum auszubreiten, wie ein leuchtender Nebel, der langsam alles umhüllte.

Ich spürte, wie sich eine tiefe Ruhe in ihr ausbreitete. Ihre Atmung wurde noch gleichmäßiger, ihr Körper schien leichter, fast schwerelos. Sie fand ihren Einklang – den Punkt, an dem alles in Harmonie zu sein scheint.

„Schau dich jetzt um," forderte ich sie auf. „Was siehst du?"

„Wow!" Ein Staunen lag in ihrer Stimme. Sie hätte mir nichts sagen müssen – ihr Ton verriet alles. Doch dann begann sie, die Felsen und die Steintreppe zu beschreiben. Ihre Worte waren erfüllt von einer fast kindlichen Freude, wie die eines Kindes, das zum ersten Mal Schnee sieht.

Das Glück, das mich in diesem Moment durchströmte, war unbeschreiblich. Gemeinsam hatten wir etwas geöffnet – ein Tor in eine andere Welt. Diese Erfahrung zu teilen, machte sie um ein Vielfaches kraftvoller, als wenn ich sie allein durchlebt hätte.

Unser gemeinsamer Weg hatte eine neue Dimension erreicht.

Ursula begann zu tanzen. Ein Funkeln trat in ihre Augen, als sie das Podest unter ihren Füßen spürte – fest, kraftvoll und lebendig. Ohne Vorwarnung drehte sie sich, langsam zuerst, dann schneller, mit einer Leichtigkeit, die ansteckend war. Ihre Arme schwebten durch die Luft, als wollte sie die unsichtbaren Fäden des Moments greifen und in die Wirklichkeit weben.

Sie lachte. Ein klarer, freudiger Ton, der über die Felsen hallte und die Stille zerbrach. „Komm schon!" rief sie mir zu, ihre Hände ausstreckend, während sie einen Tanzschritt nach dem anderen vollführte. Ihre Bewegungen waren wie die eines Vogels, der zum ersten Mal den Himmel berührt.

Doch ich blieb stehen. In mir kämpften zwei Welten – die des Staunens, still und bedacht, und die Verlockung, sich dieser plötzlichen Ekstase hinzugeben. Meine Füße wollten sich nicht bewegen, als hätte die Erde mich sanft an ihre Oberfläche gekettet.

Plötzlich wandte sich Ursula der Treppe zu, die wie aus dem Felsen selbst gewachsen war. Mit federnden Schritten erklomm sie die Stufen, fast so, als trüge sie der Wind hinauf. Ihre Füße berührten kaum den Stein, und ihr Körper bewegte sich im Rhythmus einer unsichtbaren Melodie. Nach einem Stück verharrte sie einen Moment, atmete tief ein und sah sich um, als würde sie die Welt neu entdecken.

Dann sprang sie mit einer Leichtigkeit, die fast unwirklich erschien, wieder die Treppe hinab. Ihre Schritte waren schnell, fast spielerisch, und jeder Schritt hallte wie ein Echo des Lebens selbst wider. Unten angekommen, breitete sie die Arme aus, als hätte sie die Energie des Himmels und der Erde in sich aufgenommen.

„Es existiert wirklich!" flüsterte Youssef unter uns, und seine Stimme bebte vor Ergriffenheit. „Das Land, von dem Großvater gesprochen hat … es ist hier!"

Ursula kehrte auf das Podest zurück und nahm diesmal meine Hand. Ihre Aufforderung konnte ich nicht mehr ignorieren. Sie zog mich sanft in ihren Tanz, der sich wie eine Spirale aus Licht um uns legte. Anfangs noch unsicher, ließ ich mich schließlich von ihrer Energie mitreißen. Meine Bewegungen wurden freier, die Zurückhaltung wich einer unaufhaltsamen Freude.

Unter uns begannen auch Nadir und Youssef zu lachen. Ihre anfängliche Verwunderung verwandelte sich in ausgelassene Begeisterung. Sie drehten sich um die eigene Achse, hoben die Arme gen Himmel, als wollten sie die Welt umarmen, die ihnen plötzlich so voller Wunder erschien.

Der Felsen – die Taube – schien zu vibrieren, als ob er unsere Freude in sich aufnahm und mit uns tanzte. Es gab keine Grenzen mehr zwischen oben und unten, zwischen uns und der Welt. Nur diesen einen Moment, in dem alles miteinander verschmolz.

Wir vier, oben und unten, tanzten, lachten, spürten die Luft um uns, die plötzlich leicht und lebendig war. Kein Gedanke, kein Zweifel, nur das reine Erleben. Es war, als hätte sich der Himmel selbst geöffnet und uns in seinen Tanz aufgenommen.

Und in diesem Augenblick wusste ich: Wir hatten das Tor zu einer anderen Welt nicht nur betreten – wir hatten es in uns selbst geöffnet.

Doch die alte Welt forderte noch ihren Tribut.

Als unser Lachen allmählich verstummte und die Tanzschritte abebbten, wurde die Stimmung ruhiger. Es war, als ob uns die Leichtigkeit des Moments sanft auf den Boden zurückholte. Die Zeit drängte. Der nächste Schritt lag vor uns.

„Jetzt ihr!" rief ich zu Youssef und Nadir hinunter, meine Stimme hallte über die Felsen. Die Brüder blickten sich an, einen kurzen Moment des stillen Einvernehmens, bevor Youssef langsam und in einer ruhigen, gleichmäßigen Bewegung zu mir nach oben blickte.

Er schüttelte bedächtig den Kopf. „Nein… das ist nicht unser Weg." Seine Stimme war ruhig, doch in ihr lag eine unerschütterliche Entschlossenheit. „Nadir und ich… wir werden hierbleiben. Wir wollen das Anwesen unserer Eltern wieder aufbauen, Stein für Stein. Vielleicht schaffen wir daraus einen Ort für Menschen, die so sind wie wir. Menschen, die etwas suchen, das sie kaum in Worte fassen können."

Sein Blick wurde ernst, fast forschend. „Vielleicht können wir der Idee unseres Großvaters auf unsere Weise neues Leben einhauchen. Seine heilige Idee… sie verdient es, weitergetragen zu werden."

Ich spürte eine plötzliche Nähe zu ihm, eine Art magnetisches Ziehen. Ohne nachzudenken, sprang ich von der Plattform zu ihm hinunter. Es war weniger ein Klettern als ein Sprung des Vertrauens.

Kaum war ich unten, legte Youssef seine Hand auf meine Schulter. „Und weißt du…", begann er leise, seine Augen suchten die meinen, „ich muss auch an Lyana denken."

Der Name hing einen Moment in der Luft. Eine sanfte Melancholie schwang mit, während sich unsere Blicke trafen. Ich zog ihn in eine Umarmung, die fest und vertraut war, als hätten wir uns schon lange gekannt.

Ursula trat in diesem Moment zu uns. Sie hatte die Szene aufmerksam verfolgt, und ihre Augen spiegelten Verständnis wider. „Das können wir sehr gut verstehen", sagte sie sanft und legte eine Hand auf

Youssefs Schulter. Auch sie zog ihn in eine herzliche Umarmung, die den Abschied spürbar machte.

Ich wandte mich zu Nadir, der bisher stumm geblieben war. Sein Blick war auf den Boden gerichtet, als würde er in den Felsen Antworten suchen. Ich trat vor ihn, breitete die Arme aus, eine stumme Einladung. Einen Moment zögerte er, dann hob er den Kopf. Tränen glitzerten in seinen Augen, als wir uns umarmten.

„Ach… wie gerne hätte ich euch beide mitgenommen," flüsterte ich, meine Stimme brüchig vor Emotion. „Was auch immer uns dort oben erwartet – zusammen wäre es leichter."

Doch tief in mir wusste ich, dass ihr gemeinsamer Weg , der ja geradeerst begonnen hatte, hier eine andere Richtung nahm. Dass unser Weg nicht der ihre war.

Nadir löste sich aus der Umarmung und sprach plötzlich, seine Stimme zögerlich, aber ehrlich: „Es hat mich erschreckt, als ihr verschwunden … und dann plötzlich wieder aufgetaucht seid."

Seine Augen suchten Halt in den unseren.

„Ja, es ist alles ziemlich mysteriös… und unbegreiflich," bestätigte ich.

Ursula trat einen Schritt vor, ein sanftes Lächeln auf ihren Lippen. „Und trotzdem ist es so," sagte sie leise, fast wie eine sanfte Erinnerung an die Realität, die wir nicht mehr leugnen konnten.

Ein Moment der Stille legte sich über uns – kein Schweigen, sondern eine geteilte Einsicht. Die Welt hatte sich verändert. Und mit ihr auch wir.

Ursula öffnete ihren Rucksack mit einem kurzen, geübten Griff und holte etwas Kleines, schwarzes hervor. Sie drückte es Youssef in die Hand. „Hier ist der Schlüssel vom Bulli," sagte sie, ihre Stimme ruhig, aber bestimmt. „Passt gut auf ihn auf. Und natürlich könnt ihr ihn benutzen, so oft ihr wollt."

Youssef nahm den Schlüssel, hielt ihn einen Moment in der Hand, als würde er das Gewicht der Verantwortung spüren. Ursula blieb geduldig und erklärte ihm noch ein paar technische Details – vor allem die

Sonderfunktionen des Wagens. Es war ein sachliches Gespräch, fast zu nüchtern für diesen Moment des Abschieds, und doch notwendig.

Ich beobachtete die Szene, wie sich die nüchterne Welt der Mechanik und die emotionale Bedeutung dieses Moments miteinander vermischten. Der Bulli – mehr als nur ein Fahrzeug, er war nun ein Bindeglied zwischen zwei Welten.

Dann war es Zeit. Ich kletterte als Erster wieder auf die steinerne Taube zurück, und ich fühlte mich irgendwie an die unzähligen Male erinnert, in denen ich ein Flugzeug bestiegen hatte. Ursula reichte mir ihren Rucksack, den ich festhielt, während sie mir nachfolgte. Gemeinsam sicherten wir unser schweres Gepäck auf dem Rücken, als ob wir uns für eine letzte, entscheidende Etappe rüsteten.

Ein kurzer Moment des Zögerns. Unsere Blicke trafen die der Brüder ein letztes Mal. „Bis bald", flüsterte ich, die Worte leise, fast zerbrechlich. Auch Ursula verabschiedete sich mit einem sanften Lächeln, das Wärme und Melancholie zugleich ausstrahlte. Wir wussten alle vier, dass wir keine Ahnung hatten, wann – oder ob – wir uns wiedersehen würden.

Noch ein letzter Blick zurück, dann wandten wir uns der steinernen Treppe zu. Die Treppe, die sich in die Ungewissheit wand, wie eine Einladung in eine neue Welt. Wir atmeten tief durch, spürten die klare Luft, die uns den Abschied erleichterte und zugleich den Aufbruch beflügelte.

Ursula legte eine Hand kurz auf meine Schulter. „Auf geht's," sagte sie, mit einem Funken Entschlossenheit in den Augen.

Und so ließen wir die alte Welt hinter uns – und betraten die unbekannte, neue Welt.

Wir machten uns auf den Weg. Ursula ging voraus, ich hinter ihr her.

Schritt für Schritt. Stufe für Stufe.

Die steinerne Treppe wand sich vor uns die schroffe Felswand empor. Der Fels wirkte uralt, fast als hätte er die Geschichte der Zeit selbst in seinen Rissen konserviert. Unten, wo der Aufstieg begonnen hatte, war das Gestein tiefschwarz – Lavagestein, wie ich vermutete, eine Ahnung, die mich bereits weiter unten begleitet hatte. Hier oben, mit der Sonne im

Rücken, leuchtete der Stein jedoch stellenweise in einem warmen, fast rötlichen Farbton. Ein Spiel zwischen Hitze, Licht und alter Erde.

Ich machte es, wie ich es mir angeeignet hatte. Meinen Langstock hielt ich in der rechten Hand und tastete damit die übernächste Stufe ab. Dazu touchierte ich die Frontseite der Stufe leicht mit der Kugel am unteren Ende meines Stockes. Ich machte das ohne Kraftaufwand, einfach nur dadurch, dass ich den Stock vor mir in der richtigen Höhe hielt. Jedes Mal fühlte es sich so an, als würde ich die Schwelle zu etwas Neuem berühren.

Bei jedem Schritt stieß der Stock automatisch gegen die Frontseite der Stufe. Dann musste ich ihn nur kurz etwas höher ziehen. Mit dem Schritt nach oben wanderte auch der Stock weiter nach oben. Und mit der Bewegung nach vorne traf er auf die nächste Stufe.

Klack. Ein leises, kaum wahrnehmbares Geräusch. Müde, fast so, als ob die Treppe selbst von den vielen Reisenden, die sie erklommen hatten, erschöpft wäre.

Und so ging es weiter. Linkes Bein. Klack. Rechtes Bein. Klack.

Ich begann, noch genauer auf meinen Atem zu achten.

Rechtes Bein. Einatmen. Klack. Linkes Bein. Ausatmen. Klack.

In diesem Rhythmus stieg ich die scheinbar endlose Treppe hinauf. Die Monotonie des Aufstiegs beruhigte mich auf eine seltsame Weise, wie ein Mantra, das ich Stufe für Stufe wiederholte.

Ich hatte mir angewöhnt, mitzuzählen. Eins, zwei, drei… Siebenunddreißig, achtunddreißig… Bis ich bei fünfundsiebzig, sechsundsiebzig, siebenundsiebzig ankam.

Noch genau. 77 Stufen bis zum nächsten Absatz.

An diesen Absätzen wechselte die Treppe oft ihre Richtung. Sie wand sich weiter nach oben, als ob sie die steile Felswand umarmen wollte. Ich fragte mich, wie viele dieser Absätze wohl noch vor mir lagen.

Ich begann, den Vorgang so weit zu automatisieren, wie es ging. Denn ich ahnte bereits, wie lang dieser Aufstieg werden könnte. Doch statt mich von dieser Ahnung entmutigen zu lassen, griff ich auf eine alte Gewohnheit zurück.

Früher, als ich noch Fahrrad fuhr und steile Hügel erklomm, hatte ich mir angewöhnt, dreimal mit dem rechten Bein kräftiger zu treten und dann dreimal mit dem linken. Ein Trick, um jedes Bein kurz ruhen zu lassen, während das andere für den Schwung sorgte.

Hier, auf dieser steilen Treppe, gab es keinen Schwung zu holen. Und dennoch half mir dieser kleine Trick.

Dreimal Fokus auf rechts. Rechtes Bein. Einatmen. Klack. Dreimal Fokus auf links. Linkes Bein. Ausatmen. Klack.

Der zweite Absatz war erreicht. Wieder 77 Stufen hinter mir.

Die Sonne brannte gnadenlos auf den schwarzen Fels. Ihr Licht spiegelte sich an manchen Stellen, als wollte es die schroffe Oberfläche in Brand setzen. Ich spürte die Hitze auf meinem Rücken, verstärkt durch das schwere Gepäck, das ich trug.

Doch ich wusste, dass ich noch einen weiten Weg vor mir hatte. Und mit jedem Klack des Stocks und jedem Schritt wurde die Passhöhe greifbarer, auch wenn sie noch unsichtbar blieb.

Ein Song kam mir in den Sinn. "The Loneliness of the Long Distance Runner." Er war auf der ersten Heavy-Metal-Platte, die ich je gekauft hatte. Das Lied beschreibt die Einsamkeit eines Langstreckenläufers, der Schritt für Schritt seine Bahnen zieht. Der Rhythmus hämmerte in meinem Kopf. Doch langsamer als im Original.

Laufen – das war hier, auf dieser steilen Treppe, nicht angesagt. Jede Stufe war höher, als sie es in einem Wohnhaus gewesen wäre. Deutsche Wohnhäuser achten auf Normen. 14 Stufen zum Keller hinab. 15 Stufen für alles andere. Deutsche achten auf Normen, nicht auf Menschen.

In dem Haus, das ich einmal gebaut hatte, hatten die Treppen 16 Stufen. Aus der Norm gefallen. Aber so sollte es vor allem älteren Menschen leichter fallen, die Treppe zu erklimmen. Für ältere Menschen können Treppen zu schier unüberwindbaren Hindernissen werden. Und dann macht es einen großen Unterschied, wenn die einzelnen Stufen etwas niedriger sind. Man schafft dann auch 16 Stufen.

Hier aber waren alle Stufen höher, als sie es in einem normgerechten deutschen Haus gewesen wären. Bei jedem Schritt musste ich mein Bein weiter anheben, als mir lieb war.

Und der Drummer in meinem Kopf hämmerte weiter.

Nächster Absatz.

So kletterten Ursula und ich die steinerne Treppe immer weiter die Felswand hinauf. Zusammen. Und doch jeder für sich allein.

Wie sonst im Leben auch, gehen wir Menschen unterschiedliche Wege, in unterschiedlichen Geschwindigkeiten.

In jungen Jahren, als ich noch viel Sport trieb, war ich fest davon überzeugt, kein Ausdauertyp zu sein. Alles, was Ausdauer erforderte, langweilte mich nicht nur – es schien, als wäre ich für solche Dinge schlicht ungeeignet. Irgendwann jedoch machte ich eine Entdeckung: Die Geschwindigkeit, die andere als langsam und geeignet für lange Distanzen ansahen, war für mich immer noch zu schnell.

Blieb ich jedoch bei meinem eigenen Tempo – langsamer als das der anderen – dann passierte etwas Merkwürdiges. Ich holte sie irgendwann ein. Und nicht nur das – während sie außer Atem gerieten, ging es bei mir einfach weiter. Langsam, aber stetig.

Heute denke ich anders über diese Kategorien von "vorne" und "hinten". Jeder ist dort, wo er ist. Ob er läuft, geht, steht oder sich sogar rückwärts bewegt – alles liegt im Auge des Betrachters. Was für mich ein Schritt nach vorne ist, mag für jemanden anderen ein Rückschritt sein.

So wie jetzt.

Ich ging die Treppe hinauf, Schritt für Schritt, während Youssef und sein Bruder einen anderen Weg gewählt hatten.

Im Gegensatz zu mir war Ursula diese langsame Gleichmäßigkeit ein Gräuel. Mal stürmte sie voraus, kraftvoll und zielstrebig. Dann blieb sie plötzlich stehen, als hätte etwas ihr Interesse geweckt. Ich holte sie ein.

Wenn sie anhielt, tat sie es nie grundlos. Ihr Blick wanderte zu den Seiten der Treppe. Ein winziges Pflänzchen, das aus einer schmalen Felsspalte hervorspross, zog ihre Aufmerksamkeit auf sich. Sie kniete sich kurz hin, betrachtete die zarten Blätter mit einem Lächeln, das fast andächtig wirkte.

„Sieh nur, wie es sich festklammert," sagte sie leise, mehr zu sich selbst als zu mir.

Einige Schritte weiter: Ein kleiner Käfer, der träge die steinernen Stufen überquerte. Ursula blieb stehen, beugte sich vor und ließ ihre Hand knapp über dem Insekt schweben, als würde sie es segnen.

„Hallo, Kleiner," murmelte sie, bevor sie wieder aufrecht stand und mit energischen Schritten weiterging. Jeder Moment, der sie zum Innehalten bewegte, gab ihr neue Kraft.

Ich beobachtete sie aus der Distanz. Sie bewegte sich, als wäre sie mit einem unsichtbaren Gummiband an mich gebunden – sie schnellte vor, ich folgte in meinem eigenen Rhythmus.

Schritt für Schritt.

So bewegten wir uns gemeinsam die Treppe hinauf. Zwei Menschen, die den gleichen Weg gingen, aber auf völlig unterschiedliche Weisen.

Nächster Absatz.

Je höher wir stiegen, desto mehr wurde mir bewusst, wie notwendig es gewesen war, den gesamten langen Weg gemeinsam zu gehen.

Oft hatte ich mich auf unserem Weg gefragt, ob wir nicht einfach direkt nach Arterien hätten gelangen können. Aber dann wären uns all die Momente verwehrt geblieben, in denen wir zusammen gewachsen waren. All die Schwierigkeiten, die wir gemeinsam gemeistert hatten, lehrten uns neue Dinge. Wir erfuhren mehr über uns selbst und über den anderen – über unsere Stärken und unsere Schwächen, einzeln und zusammen.

Vielleicht hätten wir bereits an der Kopie des Bildes Der Venus von Avila erkennen können, dass wir genau hierhin nach Algerien mussten. Die Hinweise waren eigentlich schon in dem Gedicht von Theresa verborgen. Nur verstanden hatten wir sie damals noch nicht. Und ohne unsere scheinbaren Irrwege wären wir heute nicht so ein gut eingespieltes Team.

Und dann war da noch der eher spirituelle Teil.

Ich hatte erst während unserer Reise wieder intensiver mit der Meditation begonnen. Erst durch unsere gemeinsamen Erlebnisse in der Natur entwickelten wir das Verständnis dafür, wie wichtig es ist, sich mit allem verbunden zu sehen. Ohne diese Erkenntnis wären wir spätestens bei der Prüfung mit der Taube gescheitert. Selbst wenn uns jemand direkt hierhin geführt hätte, hätten wir ohne dieses Wissen wieder umkehren müssen.

Nur gemeinsam konnten wir es schaffen.

Unsere Verbindung musste erst wachsen. Ich musste fast laut lachen, als ich mich daran erinnerte, wie schüchtern und scheu wir zu Beginn unserer Reise noch gewesen waren.

Wie peinlich genau wir doch zu Beginn darauf geachtet hatten, dem anderen seinen Raum zu lassen, wenn er zur Toilette musste. Und wie unkompliziert unser Umgang mittlerweile geworden war.

Auch Youssef hatte es bemerkt. Er hatte erkannt, wie sehr Ursula und ich harmonierten – wie selbstverständlich wir miteinander agierten, ohne viele Worte, oft nur durch Blicke und Gesten.

Ich rief mir die vielen schönen Momente, die Ursula und mich nun verbanden, ins Gedächtnis.

Diesmal kam er sehr schnell – der nächste Schritt, der nächste Absatz.

Ursula empfing mich mit einer Wasserflasche in der Hand. Ihr Gesicht war von der Hitze gerötet, ein feiner Schweißfilm glänzte auf ihrer Stirn. Ohne ein Wort reichte sie mir die Flasche. „Trink!" Ihre Stimme war sanft, aber bestimmt.

Ich nahm die Flasche dankbar entgegen und spürte, wie das kühle Wasser meine Kehle hinabglitt. Ein wohltuender Moment inmitten der brennenden Hitze, die sich wie ein unsichtbares Gewicht auf uns legte.

Wir hielten kurz inne, ließen unsere Blicke schweifen. Die Landschaft vor uns erstreckte sich nach Süden in einem wüstenähnlichen Panorama. Ursula schirmte ihre Augen mit der Hand ab und blinzelte in die Ferne. „Da vorne… Ich glaube, ich sehe den Bully. Er zieht eine Staubwolke hinter sich her."

Tatsächlich, am Horizont war eine flimmernde Bewegung zu erkennen, winzig und weit entfernt. Doch während die Welt unter uns sich immer weiter öffnete und wir bereits tief nach Algerien hineinschauen konnten, schien unser Ziel über uns kaum näher zu rücken.

Ein bedrückendes Gefühl machte sich breit, als wir nach oben blickten. Die Gipfel, die uns den Weg wiesen, waren nun in Wolken gehüllt – oder vielleicht waren sie es schon die ganze Zeit gewesen, und ich hatte sie einfach nicht wahrgenommen.

Ich seufzte leise und versuchte, die Stimmung etwas aufzulockern. „Wann sind wir endlich da, Mama?" fragte ich lachend und grinste Ursula an.

Sie zog eine Augenbraue hoch und lächelte schief. „Schön, dass du noch lachen kannst." Doch in ihren Augen lag ein Hauch von Erschöpfung. Die Anstrengung der letzten Stunden zeichnete sich in jeder ihrer Bewegungen ab. Ihre Schritte waren langsamer geworden, der Atem ging schwerer.

Auch ich spürte die Strapazen des Anstiegs. Meine Beine brannten, und jeder Schritt auf den rauen, steinernen Stufen fühlte sich an, als würde ich gegen die Schwerkraft selbst kämpfen. Nur die Erfahrungen und das – nennen wir es mal – Training der letzten Wochen halfen mir, die Müdigkeit zu verdrängen.

Ursula wischte sich den Schweiß von der Stirn, nahm die Flasche zurück, die ich immer noch nicht leergetrunken hatte, und trank einen tiefen Schluck. Auch ich gönnte mir noch einen letzten Zug. Die erste Flasche Wasser war fast aufgebraucht, und es blieb die leise Sorge, wie lange der Vorrat noch reichen würde.

„Bereit?" fragte sie und streckte mir die Hand hin. Ich nickte. Gemeinsam setzten wir unseren Weg fort, Schritt für Schritt, die unendliche Treppe hinauf, bis wir schließlich in die Wolken eintauchten, als ob sie uns in eine andere Welt aufnehmen würden.

Ursula eilte voran, wie sie es immer tat. Doch ihr Schritt war nicht mehr so behände wie zu Beginn. Die anfängliche Leichtigkeit war der Anstrengung gewichen, und auch ihre Worte wurden spärlicher. Trotzdem setzte sie weiter auf ihre Taktik: Ein kurzer, kräftiger Energieschub, dann eine kleine Pause, um nicht völlig zu erschöpfen.

Ich fiel zurück in meinen eigenen, inzwischen fast automatisierten Rhythmus. Rechtes Bein. Einatmen. Klack. Linkes Bein. Ausatmen. Klack. Immer wieder, Schritt für Schritt. Ein endloser Takt, der sich in mein Bewusstsein eingrub.

Um mich abzulenken, ließ ich meine Gedanken treiben. Was hatte mich hierhergebracht?

Mein Schatz. Sie war immer präsent – nicht nur, wenn ich bewusst an sie dachte. So vieles, was wir uns gemeinsam erarbeitet hatten, war zu einem festen Bestandteil meines Wesens geworden. Nicht nur Erinnerungen, sondern echte Errungenschaften. Wie ich dem Leben begegnete, wie ich Herausforderungen annahm – all das trug ihre Handschrift.

Manche Muster meiner Jugend, die mich unmerklich eingeschränkt hatten, waren durch sie aufgebrochen worden. Doch ich wusste, dass der Weg noch lang war. So vieles lag noch im Argen.

Wie oft sagen Menschen: „Da kann ich nicht aus meiner Haut!" Meist als Entschuldigung, um die Verantwortung für ihr Handeln abzuschieben. Wir spüren, dass wir anders handeln könnten, sollten – und doch verfallen wir in alte Muster. Diese Entschuldigungen lassen die Last der Verantwortung leichter erscheinen.

Mein Schatz hatte mir gezeigt, dass es einen anderen Weg gibt. Für mich war sie ein Licht, ein leuchtender Kompass in der Dunkelheit. Und dieses Licht war immer noch da, bei jedem einzelnen Herzschlag.

In den wenigen Jahren, die uns zusammen gegeben waren, hatten wir wie ein Schatten gewirkt – vereint, untrennbar. Doch jetzt drängte sich mir ein anderes Bild auf: Zwei leuchtende Sphären, schwebend und schillernd. Ihre Sphäre war bereits vollkommen, ein honiggoldener Nebel, der an die süße Gabe der Bienen erinnerte, durchzogen von einem zarten, rötlichen Schimmer.

Meine Sphäre hingegen war noch unfertig, durchzogen von verschiedensten Farben, manche leuchtend, andere dunkel und schwer.

Doch zusammen füllten wir einen größeren Raum aus, als wir es jemals allein gekonnt hätten.

Und dann geschah etwas Magisches. Ihre Sphäre begann sich vor meinem inneren Auge auszudehnen, ihr goldener Honig verdünnte sich und verschmolz mit allem, was wahr, und füllte den Raum mit einer sanften, pulsierenden Energie.

In diesem leuchtenden Raum tauchten weitere Sphären auf – die meiner Seelenfamilie. Ursula. Youssef. Und viele andere, die ich bereits getroffen hatte, und solche, die mir noch begegnen würden. Ein ganzer Kosmos aus pulsierendem Licht.

Plötzlich wurde ich aus dieser Vision gerissen. Ich konnte es an der Richtung erkennen, in der die Treppe nun verlief. Eine Richtungsänderung hatte stattgefunden, und daher musste ich einen Absatz verpasst haben.

Wir bogen erneut ab und traten tiefer in die Wolken hinein – in eine Welt, die sich vor uns verbarg und doch greifbar nah war.

Was noch? Was waren die anderen Erlebnisse, Dinge und Menschen gewesen, die mich auf meinem Weg bis hierher gebracht hatten?

Ich wollte tiefer in diese Gedanken eintauchen, doch es gelang mir nicht. Die Erschöpfung war bereits so groß, dass nun jeder Schritt meine volle Aufmerksamkeit erforderte. Einmal war ich bereits gestolpert. Mein Schuh war an der Kante einer Stufe hängen geblieben.

Und ich hatte gelernt, die Zeichen des Universums zu erkennen. Wenn es einen straucheln lässt, dann kommt zunächst eine Warnung. Fast so, als würde es sagen: „Pass auf, was du tust!"

Von diesem Moment an fokussierte ich mich noch mehr auf die korrekte Ausführung jeder Bewegung. Schließlich befanden wir uns immer noch auf einer engen Treppe, die an einer steilen Felswand entlangführte. Ich war dem Himmel dankbar, dass er uns in Wolken hüllte. So konnte ich den Abgrund neben mir nicht sehen.

Kein Geländer schützte uns.

Sollte ich stürzen, wollte ich mich wenigstens in Richtung der Felswand fallen lassen. Aber allein diese Überlegung ließ eine starke

Verkrampfung in mir entstehen. Jede Faser meines Körpers spannte sich an, als ob ich den Absturz bereits verhindern wollte, bevor er überhaupt geschehen konnte. Doch die Anspannung kostete mich wertvolle Energie. Energie, die ich für den Aufstieg dringend brauchte.

Also blieb mir nichts anderes übrig, als mich auf die grundlegenden Prinzipien des Lebens zu besinnen: Loslassen und Vertrauen.

Ich musste die Vorstellung loslassen, dass etwas schiefgehen könnte. Im Grunde musste ich sogar den Wert meines eigenen Lebens loslassen. Sollte ich hinabstürzen in den Abgrund, dann wäre es wohl Teil des Plans.

Und mit diesem Gedanken musste ich auch die Kontrolle loslassen.

Wenn ich weiterhin tun würde, was ich begonnen hatte – Schritt für Schritt vorwärtsgehen –, dann könnte ich mich jeder einzelnen Bewegung voll und ganz hingeben. Lockerheit.

Das Wort hallte wie ein höhnisches Gelächter in der Felswand wider. Ich wollte locker bleiben, doch die Furcht lauerte in jeder Zelle meines Körpers.

Trotzdem versuchte ich zu vertrauen. Warum sollte mich das Universum bis hierhin geführt haben, nur um mich am Ende stürzen zu lassen? Ich wollte glauben, dass auch ich, wie offensichtlich andere vor mir, das Ziel des Weges erreichen konnte.

Und dann geschah es. Ich schaffte es, jeden einzelnen Schritt mit Dankbarkeit zu verbinden. Dankbarkeit für alles, was ich bisher erleben durfte – auch für diesen Moment, in dem ich auf den Kern dessen zurückgeworfen wurde, was es bedeutet, seinen Weg zu gehen.

Der nächste Absatz wurde erreicht. Ich atmete schwer und bedeutete Ursula, dass ich dringend eine Pause brauchte.

Wir setzten uns, schweigend. Für einen kurzen Moment waren wir von der Anstrengung und der gemeinsamen Pause tief verbunden.

Dann ging es weiter.

Warum heißt es eigentlich Weg? Laufen wir Menschen immer vor etwas weg? So oft, dass wir der Verbindung zwischen dem Hier und dem Dort den Namen Weg gegeben haben – und nicht etwa Hin?

Der Hin würde uns auf etwas hinführen, auf etwas zu.

Wenn wir unsere Sprache so verändern würden, dann kämen vielleicht auch andere Gedanken in unser Leben.

Aber auch mir ging es in jener Situation so: Ich lief auf etwas zu, ohne genau zu wissen, wohin. Ich lief einfach. Immer weiter.

Meine Beine brannten. Jeder Muskel zog sich zusammen, schrie nach Ruhe. Doch es ging weiter, Schritt für Schritt, Stufe für Stufe.

Ich hatte längst aufgehört, die Stufen zu zählen.

Die Luft um mich war schwer, feucht, und jeder Atemzug fühlte sich an, als würde ich durch einen dichten Vorhang aus Nebel atmen. Mein Rucksack drückte wie ein bleiernes Gewicht auf meine Schultern, als hätte ich einen Felsbrocken darin. Der Schweiß lief in dicken, salzigen Tropfen an meinem Rücken hinab, sammelte sich im Saum meines Hemdes und ließ es an der Haut kleben.

Ich setzte einen Fuß vor den anderen, mechanisch, ohne nachzudenken. Denken? Dafür fehlte mir die Kraft.

Hin und wieder stolperte ich leicht, als würde mein Körper versuchen, mir ein Zeichen zu geben: Halt an! Doch ich konnte nicht. Ich durfte nicht.

Jeder Absatz war eine kleine Erlösung – und gleichzeitig eine neue Qual. Es hätte mich nicht gewundert, wenn es am Ende 77 Stufen hin zu 77 Absätzen gewesen wären.

Ich biss die Zähne zusammen, spürte, wie meine Knie weich wurden. Mein Atem ging stoßweise, schwer und unregelmäßig, als würde mir die Luft ausgehen.

Ein Gedanke schlich sich in meinen erschöpften Geist: Der Hin… Vielleicht ist er doch der bessere Name. Ich laufe nicht weg. Ich laufe hin. Auf etwas zu. Aber wohin?

Die Frage blieb unbeantwortet. Mein Verstand war zu müde, um sich damit zu beschäftigen. Alles, was zählte, war der nächste Schritt.

Noch ein Schritt.

Und noch einer.

Und immer wieder die gleiche, monotone Bewegung – eine Mischung aus Schmerz und Hoffnung, dass irgendwo da oben das Ziel auf mich wartete.

Ursula war die Erste, die die letzte Stufe der Treppe erreichte. Vom dichten Nebel umhüllt, schwankte sie kurz, bevor sie mit letzter Kraft die Arme in die Luft warf und rief: „Geschafft! Wir sind oben!" Ihre Stimme hallte von den Felswänden wider, als ob der Nebel selbst ihre Anstrengung anerkennen würde.

Ich kam wenige Sekunden nach ihr an, außer Atem, doch erleichtert. Der Nebel legte sich dicht um uns, verschluckte die Sicht und ließ die Umgebung geheimnisvoll und unwirklich wirken. Nur die Silhouetten der hohen Felsen links und rechts des schmalen Pfades waren vage erkennbar, wie stumme Begleiter, die unseren nächsten Schritt beobachteten.

„Noch ein kleines Stück", sagte ich zu Ursula, meine Stimme rau vor Anstrengung. Sie nickte, und gemeinsam setzten wir uns in Bewegung, Schritt für Schritt, während der Pfad eben und schmal zwischen den Felsen weiterführte. Der Boden unter unseren Füßen fühlte sich fest und sicher an, und doch lag eine Spannung in der Luft, als ob wir uns einem Moment näherten, der alles verändern würde.

Plötzlich, ohne Vorwarnung, lichtete sich der Nebel. Die Felswände traten zurück, und vor uns öffnete sich die Welt. Ein weiter, offener Raum – grenzenlos und voller Möglichkeiten.

Wir standen still, überwältigt von der plötzlichen Weite. Der Wind, der sanft unsere Gesichter berührte, schien eine neue, frische Luft zu tragen, die nach Abenteuer roch.

Ich drehte mich zu Ursula, nahm ihre Hand und drückte sie leicht. „Der ganze Weg hat sich gelohnt", sagte ich leise, mit einem Lächeln, das sich langsam auf meinem Gesicht ausbreitete.

Sie erwiderte den Blick, und für einen Moment standen wir da, schweigend, mit der Gewissheit, dass wir Großes erreicht hatten, und dass noch etwas anderes großes vor uns lag.

Arterien lag vor uns.

Und wir hatten es nur erreichen können, weil wir eine Entwicklung auf unserem Weg gemacht hatten. Gemeinsam und jeder für sich.

Jeder sollte wenigstens einmal in seinem Leben diese Genugtuung und gleichzeitig Verbindung spüren dürfen, wie wir in diesem Augenblick.

Lesen Sie in Band 2 „ ABENTEUER IN ARTERIEN "
was die beiden dort erleben und welche Menschen ihnen begegnen, gut und böse.

ARTERIEN   MARTIN BRENNINGER